JN434803

티보가家 사람들

민음

티보가 사람들

1914년 여름 1

로제 마르탱 뒤 가르

정지영 옮김

7

일러두기

· 이 책은 갈리마르 출판사에서 펴낸 Bibliothèque de la Pléiade판의 로제 마르탱 뒤 가르 전집 I, II(1955)에 실린 *Les Thibault*를 번역한 것이다.
· 「티보가 사람들」은 총 여덟 작품으로 이루어진 대하소설이다. 이 책 『티보가 사람들—1914년 여름 1』은 그중 일곱 번째 작품의 서막이다.
· 「1914년 여름」은 총 3권에 걸쳐 진행되며, 해당 '작품 해설'을 마지막 3권에서 볼 수 있다.
· 주는 모두 옮긴이의 주이다.

차례

1914년 여름 1

티보가 사람들

1

자크는 피곤하였으나 자세를 흐트러뜨리지 않으려고 목을 꼿꼿이 하고 있었다. 눈동자만 조금 움직일 뿐이었다. 그리고 원망하는 듯한 눈길을 인정머리 없는 상대 쪽에 던졌다.

패터슨은 성큼성큼 벽까지 물러섰다. 그는 한 손에는 팔레트를, 다른 한 손에는 붓을 들고 오른쪽 왼쪽으로 번갈아 고개를 갸우뚱거리면서 자크로부터 삼 미터 앞의 이젤 위에 놓여 있는 캔버스를 뚫어지게 보고 있었다. 자크는 생각했다. '저 친구는 정말 팔자가 좋군. 그림을 그릴 수 있으니!' 그의 시선은 손목시계로 갔다. '나는 오늘 밤까지 기사를 써야 한다. 그런데 저 녀석은 그런 것은 아랑곳하지 않으니, 인정머리 없는 녀석!'

숨이 막힐 듯한 더위였다. 가차 없는 햇살이 유리창으로 쏟아져 들어오고 있었다. 전에 부엌이었던 이 방은 성당 옆 건물 맨 위층의, 마을이 내려다보이는 곳에 자리 잡고 있는데도 이곳에서는 호수도 알프스산맥도 보이지 않았다. 눈부시게 푸른 유월의 하늘이 마주 보일 뿐이었다.

방구석의 비스듬한 천장 밑에는 타일을 깐 바닥 위에 짚을 넣어 만든 매트 두 개가 가지런히 놓여 있었다. 초라한 옷가지들은 아무렇게나 박아 놓은 못에 걸려 있었다. 녹슨 오븐 위, 벽

난로의 선반 위, 개수대 위에는 잡다한 물건들이 뒤죽박죽으로 쌓여 있었다. 에나멜 세면대, 구두 한 켤레, 다 쓴 물감 튜브들로 가득 찬 시가 통 하나, 비누 거품이 말라붙은 면도 솔, 접시들, 컵 속에서 시들어버린 장미 두 송이, 파이프 하나, 마루에는 뒤집힌 캔버스 몇 장이 벽에 비스듬히 세워져 있었다.

이 영국인은 웃통을 벗고 있었다. 이를 악물고 코로는 거친 숨을 내쉬는 것이 마치 막 달려온 사람 같았다.

"쉽지 않아…." 하고 그는 고개를 돌리지도 않고 중얼거렸다.

북유럽 사람 특유의 흰 상체는 땀으로 번들거리고 있었다. 부드러운 살갗 밑에서 근육이 꿈틀거렸다. 몸은 야윌 대로 야위어 가슴팍 아래쪽에는 삼각형 모양의 그림자가 드리워져 있었다. 너무 몰두한 나머지 낡은 바지의 얇은 천 밑에서 다리의 힘줄이 떨렸다.

"이제는 담배꽁초 하나 없으니." 하고 그는 중얼거리며 한숨을 쉬었다.

이곳에 도착하면서 자크가 호주머니에서 꺼내놓은 담배 세 개비를 화가나 모델이 포즈를 취하기 시작할 때부터 연거푸 뻑뻑 피워버렸던 것이다. 어제부터 아무것도 먹지 않아 텅 비어 있는 그의 위는 자주 경련을 일으키곤 했다. 그러나 그는 익숙해져 있었다. '이마가 너무 빛나서.' 하고 그는 생각했다. '흰색이 모자라지 않을까?' 그는 금속제 리본처럼 납작해진 채 마루 위에 놓여 있는 백연색 튜브에 시선을 던졌다. 화구상 게렝에게도 이미 백 프랑 정도의 빚이 있었다. 전에 무정부주의자였다가 최근에 사회주의자로 전향한 게렝은 다행히 동지였다….

패터슨은 초상화에서 눈을 떼지 않고 마치 옆에 아무도 없는 것처럼 얼굴을 찌푸렸다. 그의 화필이 아라베스크 무늬를 그리듯 허공에서 움직였다. 갑자기 그의 파란 눈이 자크를 향했다. 도둑 까치와 같이 자크의 이마를 쏘아보는 그 시선은 어찌나 날카로웠던지 잔인해 보이기까지 했다.

'마치 과일 그릇에 담긴 사과라도 보는 것 같군.' 자크는 흥미를 느끼며 생각했다. '그 기사 쓰는 일만 없다면….'

패터슨이 자크의 초상화를 그리겠다고 넌지시 제의해왔을 때 자크는 감히 거절할 수가 없었다. 여러 달 전부터 패터슨은 모델을 고용할 만한 여유가 없었다. 그렇다고 화필을 쥐지 않고 스물네 시간 동안 그냥 있을 수는 없었기 때문에 그저 정물을 그리는 것으로 재능을 달래고 있었다. 패터슨은 처음에는 이렇게 말했었다. "더도 말고 네다섯 번만 포즈를 취해주면 돼…." 그러나 화가 머리끝까지 치미는 것을 참으면서 번번이 꼬박 두 시간씩 계속되는 이 포즈를 취하기 위해 아침나절마다 어쩔 수 없이 이 도시의 꼭대기까지 올라오곤 했던 것도 일요일인 오늘로서 아흐레째가 되었다!

열에 들뜬 듯 패터슨은 팔레트 위에 붓을 문지르기 시작했다. 그는 잠깐 동안 마치 도약대에서 탄력성을 시험해보는 선수처럼 무릎을 굽히고는 꼼짝도 하지 않으며 자크를 뚫어져라 바라보았다. 그러더니 갑자기 팔을 쭉 뻗은 채 검객처럼 오른쪽 다리를 앞으로 내밀고 돌진했다. 그러고 나서 캔버스의 정확한 지점 위에 한줄기 빛, 그것도 아주 작은 빛을 그었다. 다시 벽까지 물러서서 눈을 가늘게 뜨고 머리를 좌우로 흔들면서 성난 고양이처럼 가쁜 숨을 몰아쉬었다. 그는 자크 쪽으로 돌아서더니 마침내 미소를 지으면서 말했다.

"눈썹, 관자놀이, 이마 위에 나 있는 머리털에 굉장한 힘이 들어 있어! 쉽지 않군…."

그는 팔레트와 붓을 개수대 위에 놓고 몸을 홱 돌리더니 짚을 넣어 만든 매트 위에 벌렁 누워버렸다.

"오늘 아침은 이만!"

겨우 해방된 자크는 크게 한숨을 내쉬었다.

"봐도 될까? …야! 오늘은 많이 진척됐군!"

자크의 초상화는 비스듬히 앉아 있는 모습이었으며 무릎까지 그려져 있었다. 왼쪽 어깨는 뒤로 처져 원경으로 처리되어 있었고, 오른쪽 어깨와 팔과 팔꿈치는 앞으로 쑥 나와 있었다. 힘줄이 불거져 나온 손은 넓적다리 위에 크게 벌려져 있었고, 화면 아래쪽을 밝고 발랄하게 하고 있었다. 얼굴은 밝은 빛을 받으며 치켜들려 있었으나 머리카락과 이마의 무게에 눌린 것처럼 왼쪽 어깨 쪽으로 비스듬히 처져 있었다. 광선은 왼쪽으로 비치고 있었다. 얼굴의 반은 그림자가 드리워져 있었으나 머리의 비스듬한 각도 때문에 이마 전체가 빛을 받고 있었다. 그리고 이마의 왼쪽에서 오른쪽으로 드리워진 윤기 나는 짙은 갈색 머릿결 덕분에 피부의 광도가 한결 더 돋보였다. 패터슨은 이마를 약간 덮은, 풀처럼 빳빳하고 촘촘하게 난 머리카락을 훌륭하게 그려냈던 것이다. 튼튼한 턱은 반쯤 풀어 헤친 하얀 칼라 위에 얹혀 있었다. 슬픔을 간직한 듯한 주름살은 얼굴에 무척 준엄한 빛을 가져다주었고, 입술이 좀 균형을 잃은 큰 입을 고상하게 보이게 하고 있었다. 고뇌가 서린 눈썹 아래로 미광 속에 잠긴 눈길은 솔직하고 단호한 빛을 띠고 있었으나 너무나 대담하고 넉살 좋게 표현되어 있어서 실물과 닮아 보이지 않았다. 패터슨은 그것을 알아차렸다. 전체적으로 보아 이마, 어깨, 턱뼈에서 느껴지는 육중한 힘을 그는 아주 잘 표현했다. 그러나 그는 움직이는 시선 속에서 서로 뒤섞이지 않고 연속적으로 나타나는 명상, 슬픔, 대담성의 뉘앙스를 결코 표현할 수 없다는 데 절망하고 있었다.

"내일도 와줄 수 있지?"

"필요하다면." 하고 자크는 내키지 않는 투로 대답했다.

패터슨은 몸을 일으켜 침대 위에 있는 레인코트 호주머니를 뒤졌다. 그러더니 깔깔대고 웃었다.

"미튀르크 녀석이 경계하고 있어. 요즈음에 와서는 호주머니에 담배를 넣어두는 법이 없단 말이야."

웃기 시작할 때면 패터슨은 이내 오륙 년 전 자신의 청교도인 가족과 인연을 끊고 스위스에 와서 살려고 옥스퍼드를 뛰쳐나왔을 때의 장난꾸러기 같은 모습을 되찾곤 했다.

"안됐군." 하고 그는 익살스런 말투로 중얼거렸다. "일요일 선물로 담배 한 개비를 주려고 했는데, 원!…"

패터슨은 먹을 것이 없는 것은 쉽게 견뎌낼 수 있어도 담배가 없는 것은 견디지 못했다. 그리고 담배 없이는 살아도 그림물감 없이는 살 수 없었던 것이다. 그런데 물감, 담배, 먹을 것까지 이렇게 오랫동안 떨어져서 곤란을 겪은 적은 없었다.

그들은 제네바에서 이렇다 할 수입 없는 젊은 혁명가들의 방대한 집단을 이루고 있었다. 그러면서 그들은 활동 중인 여러 조직들과 은밀히 관계를 맺고 있었다. 그들은 무엇으로 생활하고 있었는가? 아무튼 그들은 살아가고 있었다. 자크같이 혜택받은 인텔리들은 신문사나 잡지사 같은 데에서 일하고 있었다.

다른 사람들, 곧 세계 곳곳에서 몰려온 전문 직업인, 인쇄공, 도안공, 시계공들도 그럭저럭 입에 풀칠은 할 수 있었다. 그리고 그것을 일정한 직업이 없는 동지들과 함께 나누어 썼다. 그러나 그들 대부분은 이렇다 할 직업이 없었다. 그들은 어쩌다 막노동같이 보잘것없는 보수를 받는 일을 하다가 주머니에 몇 푼 생기기가 무섭게 써버리곤 했다. 이런 무리들 가운데는 다 떨어진 셔츠를 입고 개인 교수를 하거나 도서관에서 조사하는 일을 맡거나 연구소의 허드렛일을 하면서 입에 풀칠해나가는 학생들이 많았다. 그러나 다행히도 이들 모두가 한꺼번에 곤란을 겪었던 적은 한 번도 없었다. 이처럼 호주머니에 한 푼도 없이 떠돌아다니는 무리들에게는 약간의 빵이나 돼지고기, 따뜻한 커피 한 잔, 담배 한 갑 정도를 확보할 수 있을 만큼의 푼돈만 있으면 충분했다. 상호 부조는 이렇게 자연스럽게 이루어져갔다. 젊은 시절에 같은 호기심, 같은 확신, 같은 사회적 정열, 같은 희망을 품고 집단 생활을 해나갈 때는 하루에 한 끼로 때우는 것쯤은 예삿일이며 그나마 그 한 끼도 별것 아닌 것으로 때울 수 있었다. 패터슨 같은 친구들은 심한 공복에서 오는 자극은 두뇌 활동에 유익한 도취감을 가져다준다고 농담 삼아 이야기하곤 했다. 그것은 빈정거림 이상의 의미를 담고 있었다. 보잘것없는 식사는 그들의 정신적 흥분을 부채질하는 결과를 가져다주었고, 그 결과 동네 모퉁이에서, 카페에서, 하숙집에서 때 없이 열리곤 하는 끊임없는 그들의 모임은 더욱 열기를 띠는 것이었다. 특히 그것이 **본부**에서 열릴 때는 더욱 그러했다. 그곳에 모일 때는 외국의 혁명가들이 가지고 들어온 정보들을 교환하기도 하고 자기들의 경험이나 주의 주장을 검토하기도

하면서, 모두가 똑같은 열정을 가지고 미래 사회의 건설을 위해 온 힘을 기울이고 있었다.

자크는 면도용 거울 앞에서 칼라와 넥타이를 매만지고 있었다.

"서두를 것 없잖아…. 그렇게 바삐 어디에 가려고 그래?" 패터슨이 중얼거렸다.

그는 여전히 웃통을 벗은 채 두 팔을 벌리고 침대에 누워 있었다. 손목은 여자애 손목처럼 가늘었으나 손은 장정의 손이었다. 발목 역시 가늘기는 했으나 영국인 특유의 발이었다. 머리는 작았고 땀에 젖어 착 달라붙은 잿빛 섞인 금발은 유리창 밑에서 빛바랜 진홍색을 띠고 있었다. 심오하다고 하기에는 너무 밝게 반짝이는 그 눈 속에는 천진스러움이 고뇌와 끊임없이 싸우고 있는 것 같았다.

"말하고 싶은 것이 산더미 같은데." 하고 그는 불쑥 말했다. "우선 자네는 어제저녁에 **본부**에서 너무 일찍 자리를 떴어…."

"피곤해서 그랬어…. 모두들 제자리에서 맴돌며 같은 말만 되풀이하니까…."

"그건 그랬지…. 하지만 아주 열띤 토론이었어…. 자네가 없어서 아쉽더군. 그 조종사가 마침내 보아소니에게 대답을 했어. 오! 몇 마디뿐이었지. 그런데 그 몇 마디가 — 뭐라고 할까? — 참으로 통쾌한 것이었어!"

그 말투는 어렴풋한 반감 같은 것을 드러내고 있었다. 자크는 패터슨이 메네스트렐 — 사람들은 그를 그냥 '조종사'라고 불렀다 — 을 증오하면서도 일종의 존경심을 품고 있는 것을 지금까지 여러 번 느껴왔다. 그러나 그에 대해 패터슨에게서 해명을 듣고자 한 적은 한 번도 없었다. 자크는 메네스트렐에게 깊은 애정을 품고 있었다. 그를 친구로서만 사랑하는 것이 아니었다. 그는 그를 스승의 한 사람으로 여기면서 존경심까지도 바치고 있었다.

자크는 홱 돌아서며 말했다.

"무슨 말인데? 그가 뭐라고 말했어?"

패터슨은 곧바로 대답하지 않았다. 그는 천장을 바라보며 야릇한 미소를 지었다.

"끝나갈 무렵이었지. 갑자기… 많은 사람들은 자네처럼 자리를 떠나버렸어…. 그는 보아소니가 지껄이도록 내버려두면서 관심 없다는 듯한 태도였어…. 갑자기 그는 여느 때와 같이 자기 발밑에 앉아 있는 알프레다 쪽으로 몸을 굽히고는 아무도 쳐다보지 않고 재빨리 말했어…. 가만있자, 생각나는군…. 대충 이런 거였어. '**니체는 신의 개념을 말살했다. 그 대신 그는 인간이라는 개념을 가져다놓았다. 그러나 그런 것은 아무것도 아니다. 그것은 첫 단계에 지나지 않는다. 이제는 무신론이 더 멀리 나아가지 않으면 안 될 때이다. 무신론은 인간이라는 개념마저도 말살하지 않으면 안 된다.**'"

"그래, 그게 어쨌단 말이야?" 하고 가볍게 어깨를 움직이며 자크가 말했다.

"잠깐만 기다려…. 그때 보아소니가 이렇게 물었어. '**그러면 무엇으로 인간이라는 개념을 대신하겠나?**' 그러자 조종사는 예의 그 독특한 미소를 지으면서—정말 멋지더군…—힘찬 목소리로 말했어. '**무엇으로도 대신할 수 없어!**'"

자크는 대답 대신 미소를 지어 보였다. 그는 더웠고 모델 노릇을 하느라고 지쳐 있었다. 빨리 일하러 가고 싶었다. 게다가 선량한 패터슨을 상대로 철학적 논쟁을 벌이고 싶은 생각은 추호도 없었다. 미소를 거두며 그는 다만 이렇게 말했다.

"패트,* 그는 확실히 고귀한 정신의 소유자야!"

영국인은 팔꿈치를 짚고 몸을 일으키더니 자크의 얼굴을 빤히 쳐다보았다.

"무엇으로도 대신할 수 없대! 아무리 그렇다 해도… absolutely monstrous! …Don't you think so?"**

자크가 침묵을 지키자 그는 침대에 다시 몸을 던졌다.

"조종사는 어떤 인생 경로를 밟아왔을까? 나는 언제나 이 점에 관해서 골똘히 생각하고 있어. 그토록… 그토록 비정한 데까지 도달하려면 틀림없이 고난의 길을 걸어왔으리라고 생각되지 않아? 그리고 독기를 얼마나 마셨을까? …어때, 티보?" 그는 거의 말투를 바꾸지 않고 다시 자크 쪽을 돌아보면서 말을 계속했다. "오래전부터 자네한테 물어보고 싶은 것이 있었어. 자네는 두 사람 다 잘 알고 있으니까. 자네는 알프레다가 조종사와 함께 사는 것을 만족해한다고 생각하나?"

자크는 자신이 지금까지 한 번도 이런 의문을 가져본 적이 없다는 것에 생각이 미쳤다. 이것저것 따져볼 때 말도 안 되는 의문만은 아니었다. 그러나 까다로운 문제였다. 그는 이 점에 관해서는 패터슨과 이러쿵저러쿵하지 않는 것이 좋겠다는 막연한 직감 같은 것이 떠올랐다. 마침내 넥타이를 다 매고 난 그

* 패터슨의 애칭.

** 영어로 '정말 무시무시한 일이야! …그렇게 생각하지 않아?'라는 뜻.

는 어물쩍 넘어가려고 어깨를 으쓱해 보였다.

패터슨도 이런 침묵을 언짢게 여기는 것 같지 않았다. 그는 다시 길게 누우며 물었다.

"오늘 밤에 자노트의 강연회에 갈 건가?"

자크는 화제가 바뀌는 기회를 놓치지 않았다.

"확실한 것은 모르겠어…. 우선 『르 파날』*지를 위해 끝내야 할 일이 있어…. 일이 순조롭게 되면 여섯시쯤에 **본부**에 들르지." 그는 모자를 썼다. "어쩌면 오늘 밤에 다시 보게 되겠지, 패트!"

"자네, 알프레다에 관한 대답은 하지 않았어." 하고 패터슨은 몸을 반쯤 일으키면서 말했다.

자크는 이미 문을 열어놓은 뒤였다. 그는 다시 돌아섰다.

"나는 모르겠어." 그는 약간 주저하는 듯하다가 말했다. "그런데 그녀가 행복하지 못할 이유가 없지 않아?"

2

벌써 한시 반이 넘었다. 제네바 사람들은 한가롭게 점심 식사를 하며 휴일을 즐기고 있었다. 햇살은 부르 뒤 푸르 광장에 수직으로 내리쬐어 그늘은 건물들의 가장자리에만 보랏빛 테두리로 남아 있었다.

자크는 인적 없는 광장을 비스듬히 가로질러 갔다. 분수의

* '신호등'이라는 뜻.

물줄기 소리만이 정적을 깨뜨리고 있었다. 고개를 숙인 채 목덜미에 햇살을 받으며 자크는 빠른 걸음으로 걸어가고 있었다. 그는 번쩍거리는 아스팔트 때문에 눈이 따가워짐을 느꼈다. 제네바의 여름 더위를—그것은 희고 푸른빛을 띤 듯한, 극심하면서도 건강에 좋은, 후텁지근하거나 찌는 듯한 폭염은 드문 그런 더위이다—지나치게 두려워하지 않았음에도 불구하고 지금 좁은 퐁텐가街의 상점들을 따라가다가 뜻하지 않은 약간의 그늘을 발견한 그는 몹시 기뻤다.

그는 자신의 기사에 대해 골똘히 생각하고 있었다. 그것은 『파날 스위스』지의 '서평' 란에 실릴, 프리치의 최근 저서에 관한 몇 장의 서평 원고였다. 이미 삼분의 이는 써놓았다. 그러나 첫 부분은 완전히 다시 써야만 했다. 어쩌면 그것은 라마르틴*의 문구를 인용하는 것으로부터 시작해야 할 것 같았다. 그가 그저께 도서관에서 다시 베껴놓은 그 문구는 이러했다. **애국주의에는 두 가지가 있다. 하나는 국민을 서로 이간질하는 정부들에 의해 눈먼 국민들이 상호 간에 품게 되는 온갖 증오, 온갖 편견, 심한 반감으로 이루어지는 애국주의이고…, 다른 하나는 이와는 반대로 모든 국민이 공통으로 갖는 모든 진리와 권리로 이루어지는 애국주의이다…**. 그 생각은 확실히 옳다. 그리고 고결하다. 그러나 그 표현은… '흥.' 하고 그는 미소를 지으며 생각했다. '1848년 무렵의 객설이라고 말할 수 있겠지…. 그러나 생각해보면 우리도 거의 비슷하게 말하고 있지 않을까? …물론 예외는 있겠지만…' 하고 그는 곧 생각했다. '이를테면 조종사의 말은 이것과는 전

* 19세기 프랑스의 낭만주의 시인으로 정치가로도 유명하다.

혀 다르지….' 메네스트렐과 연관된 패터슨의 질문이 생각났다. 알프레다는 과연 행복할까? 그로서는 그렇다거나 아니다라는 대답을 할 만한 처지가 못 되었을 것이다. 여자들이란… 여자들 일을 어떻게 알 수 있겠는가? …소피아 캄메르진과의 추억이 그의 머릿속을 스쳐갔다. 로잔과 캄메르진 영감의 하숙을 떠난 뒤로 소피아에 대한 일은 거의 잊고 있었다. 처음에는 소피아가 그를 만나려고 여러 번 제네바에 찾아왔었다. 그러나 그 뒤로는 발길을 끊어버렸다. 그러나 그녀가 찾아왔을 때 그는 언제나 즐거운 마음으로 맞아주곤 했었다. 그런데 그가 그녀에 대해 전혀 애정을 느끼고 있지 않다는 사실을 눈치챈 것일까? 일말의 아쉬움이 그의 머릿속을 스쳐갔다…. 좀 색다른 여자였지…. 그 뒤로 그는 그녀를 대신할 만한 여자를 찾지 못했다.

그는 발걸음을 재촉했다. 론강까지 내려가야 했다. 그는 강 건너 저쪽 그르뉘 광장에 살고 있었다. 그곳은 좁은 골목길과 지저분한 집들이 늘어서 있는 빈민가였다. 가운데 공중변소가 있는 그 광장 한 모퉁이에 가구 딸린 사층짜리 글로브 호텔이 빗물로 얼룩진 정면을 빤히 드러내고 있었다. 낮은 출입문 위에는 유리로 만든 지구의가 있었는데, 그것은 저녁이면 불이 켜져 간판을 대신했다. 거리의 다른 호텔들과는 달리 이 호텔에서는 매춘부를 받지 않았다. 경영자는 독신자인 베르셀리니 형제로 두 사람 모두 여러 해 전부터 사회당의 당원으로 가입해 있었다. 그들은 거의 모든 객실을 열성 당원들에게 빌려주었는데, 숙박비가 매우 쌌고 그것도 형편이 닿을 때 내도록 했다. 베르셀리니 형제는 돈이 없다는 이유만으로 손님을 내쫓은 적은 한 번도 없었다. 다만 수상한 자는 예외였다. 왜냐하면 이런 혁명가들의 무리 가운데는 매우 선량한 사람들과 악질적인 사람들이 동시에 끼어 있게 마련이기 때문이었다.

자크의 방은 호텔의 위층에 있었다. 그것은 비좁지만 아담하고 깨끗한 방이었다. 한 가지 유감스러운 것은 하나밖에 없는 십자형 유리창이 층계참 쪽을 향해 나 있다는 점이었다. 그 때문에 계단에서 나는 소리와 냄새가 사정없이 방으로 들어왔다. 조용한 가운데 일하려면 그는 어쩔 수 없이 창문을 닫고 천장의 전깃불을 켜야만 했다. 가구는 충분했다. 좁은 침대, 옷장, 책상과 의자, 그리고 벽에 붙어 있는 세면대. 책상은 작았고 위에는 항상 잡다한 물건들이 쌓여 있었다. 글을 쓸 때 자크는 대개 침대에 걸터앉아 책상 대신에 지도를 무릎에 올려놓곤 했다.

일을 시작한 지 삼십분쯤 되었을 때 누군가가 간격을 두고 문을 세 번 두드렸다.

"들어와." 자크가 큰 소리로 외쳤다.

빠끔히 열린 문 사이로 헝클어진 머리를 한 어린아이의 얼굴이 나타났다. 알비노*인 반네드 소년이었다. 그도 지난해 자크와 같이 로잔을 떠나 제네바로 와서 같은 호텔에 묵고 있었다.

"미안해요…. 방해가 되었나요, 보티?" 그는 자크가 아버지의 죽음 이래로 자기의 기사에 본명을 써왔음에도 계속해서 예전의 필명을 부르는 사람들 가운데 하나였다.

"카페 랑도에서 모니에를 만났어요. 조종사로부터 당신에게

* 색소 결핍증.

전해 달라는 부탁을 두 가지 받았대요. 하나는 조종사가 당신을 만날 일이 있어서 다섯시까지 집에서 기다리겠다는 것이고, 다른 하나는 당신 원고가 이번 주 『르 파날』지에 실리지 않게 되었으니까 오늘 밤까지 넘겨주지 않아도 된다는 거예요."

자크는 자기 앞에 널려 있는 종이 위에 두 손을 가지런히 놓고 머리를 벽에 기댔다.

"잘됐구나!" 그는 한숨을 돌렸다는 듯이 말했다. 그러나 곧 그는 생각했다. '그렇다면 이번 주에는 이십오 프랑을 받지 못하겠군….' 이제 돈도 거의 바닥이 나 있었다.

반네드는 생긋이 웃으며 침대로 다가왔다.

"잘 안 써져요? 무엇에 관한 글인데요?"

"프리치의 『인터내셔널리즘』이라는 책에 관한 거야."

"그런데요?"

"솔직히 말해서 나도 어떻게 생각해야 좋을지 모르겠어…."

"그 책을요?"

"책도 책이고… 인터내셔널리즘 말이야."

이마 언저리에 보일까 말까 하는 반네드의 눈썹이 찡그러졌다.

"프리치는 편협해." 하고 자크는 말을 계속했다. "더구나 전혀 가치가 다른 몇 가지를 혼돈하고 있는 것 같은 생각이 든단 말이야. 곧 민족 관념이라든가 국가 관념이라든가 조국 관념이라든가. 그래서 옳아 보이는 말을 할 때도 무엇인가 잘못 생각하고 있다는 인상이 들어."

반네드는 눈살을 찌푸리고 듣고 있었다. 희미한 속눈썹의 그늘이 그의 시선을 가리고 있었고, 입을 오므렸기 때문에 입아

귀가 처져 보였다. 그는 책상까지 물러난 다음 서류, 세면도구, 책들을 옆으로 밀어놓고 그 위에 앉았다.

자크는 자신이 없는 말투로 계속했다.

"프리치나 그 일당들에게 인터내셔널리스트의 이상이란 무엇보다도 조국 개념의 폐기를 의미하고 있어. 그런데 그럴 필요가 있을까? 꼭 그래야만 할까? 확언할 수는 없을 것 같아!"

반네드는 인형 같은 손을 쳐들며 말했다.

"아무튼 애국심이라는 거 없애버려야 해요! 한 나라라는 좁은 울타리 안에서 어떻게 혁명을 생각할 수 있겠어요? 혁명, 진정한 혁명, 우리의 혁명, 그것은 인터내셔널의 과업이라고 생각해요! 그리고 도처에서, 동시에, 전 세계의 모든 노동자들 대다수에 의해 실현되어야 하는 거예요!"

"그래. 그러나 자네 자신도 애국주의자와 조국 개념을 구별하고 있잖아."

반네드는 원색에 가까운 곱슬머리가 덮인 조그마한 머리를 고집스럽게 저었다.

"그것은 같은 거예요, 보티. 십구세기의 예를 보면 알아요. 도처에서 애국주의와 조국에 대한 감정을 북돋우면서 십구세기는 민족국가의 원칙을 공고히한 거예요. 그리고 각 국민 사이에 증오를 심어주면서 새로운 전쟁을 준비해왔던 거예요!"

"동감이야. 그러나 각 나라에서 조국 개념을 왜곡시킨 것은 애국주의자들이 아니라 십구세기의 민족주의자들이었어. 감정적이며 정당하고 악의 없는 애착 대신에 그들은 일종의 신앙, 일종의 공격적인 광신을 가져다주었지. 이런 민족주의는 처치해야 해. 물론, 그래야지! 하지만 프리치의 말처럼 조국에 대한 감정도 동시에 배격해야 할까? 이 인간 현실, 말하자면 육체적이고 감각적인 이 현실을?”

“그럼요! 진정한 혁명가가 되려면 우선 모든 인간관계를 끊고 자신과도 단절해야 하는데….”

“조심해.” 자크가 그의 말을 중단시켰다. “자네는 혁명가를 생각할 때 자네 자신이 되고자 하는 혁명가의 유형을 머릿속에 두고 있는 거야. 그런데 자네는 인간 본성과 현실과 실생활에 따라 행동하는 인간, 일반적으로 말하는 인간을 못 보고 있어…. 게다가 내가 말하는 감정적인 애국주의라는 것을 사람들은 정말 버릴 수 있을까? 나는 장담할 수 없어. 아무리 몸부림쳐도 인간은 결국 풍토를 따르게 마련이거든. 천성적 기질이라는 것을 갖고 있는 거지. 인종적 특징을 갖고 있는 거야. 인간은 자신을 형성시켜준 문명의 특수한 형태와 그 관습에 얽매여 있어. 어디를 가나 자신의 언어를 지키거든. 이 점을 주의할 필요가 있어! 아주 중요한 거야. 조국의 문제도 틀림없이 그 근본은 언어의 문제에 지나지 않는 것이고! 어디에 있건, 어디를 가건 인간은 자기 나라말과 자기 나라 어법으로 생각하려고 들거든…. 우리 주변을 한번 살펴봐! 제네바에 있는 우리 친구들, 스스로 고국을 등지고 나와 여기에서 그야말로 국제적인 집단을 이루고 있다고 자처하는 사람들 말이야! 그러면서도 본능적으로 끼리끼리 모여 이탈리아인, 오스트리아인, 러시아인 등의 허다한 작은 분파를 이루는 것을 보란 말이야…. 같은 땅에서 태어났고 우애 있고 **애국심이 강한** 작은 집단들이지. 반네드, 자네 자신도 벨기에인과 함께 있지 않은가!…”

알비노는 몸을 떨었다. 밤의 새와 같은 그의 눈동자가 비난의 빛을 띠고 자크를 응시하다가 이내 속눈썹 그늘로 사라졌다. 그의 신체적 결함은 그의 태도의 겸손함을 한결 돋보이게 했다. 그러나 그의 침묵은 그의 신념, 그의 사상보다 훨씬 견고하고 겉으로 보기에는 소심한 것 같지만 이상하리만큼 자신에 차 있는 그의 신념을 지키는 데 보탬이 되곤 했다. 그 어느 누구도, 자크나 조종사조차도 반네드에게 진정한 영향력을 행사할 수는 없었다.

“아니야, 아니야.” 하고 자크는 계속해서 말했다 “사람은 조국을 떠날 수는 있어도 잊을 수는 없는 거야. 그리고 이런 뜻에서의 애국주의가 우리 인터내셔널리스트의 혁명 이념과 근본적으로 양립할 수 없는 것은 아니야! …그래서 내 생각으로는, 프리치가 하듯이, 본질적으로 인간적인 요소들, 그 자체가 힘을 나타내는 이 요소들을 공격하는 것은 경솔한 짓이 아닐까 해. 미래의 인간에게서 이런 것을 박탈해버리는 것은 오히려 해로운 일이 아닐까 하는 생각까지도 들어.” 그는 잠시 입을 다물었다가 말투를 바꾸어 망설이는 듯 애매한 말투로 이렇게 말했다. “나는 그렇게 생각은 하고 있지만 그렇게 쓸 용기가 없어. 특히 몇 장 안 되는 서평 기사에서는 더욱 그래. 오해를 사지 않으려면 마땅히 한 권의 책으로 써야 할 거야.” 그는 다시 입을 다물었다가 갑자기 이렇게 말했다. “하기야 그런 책도 나는 쓰지 않을 거야…. 왜냐하면 결국 나는 아무것에도 확신이 없으니까! 알겠어? 조국을 잊은 사람을 상상하지 못하는 것은 아니야. 사람은 적응해나가. 누구든지 결국은 그런 단절에 익숙해질 거야.”

반네드는 책상에서 물러나 자기도 모르게 자크 쪽으로 한 걸음 다가왔다. 장님 같은 그의 얼굴에는 해맑은 기쁨의 표정이 감돌고 있었다.

"사람은 거기에서 큰 보상을 찾게 될 거예요!"

자크는 미소를 지었다. 그가 어린 반네드를 좋아하는 것은 반네드가 이 같은 열정을 가졌기 때문이다.

"그럼 난 가요." 하고 알비노가 말했다.

자크는 계속 웃고 있었다. 그는 반네드가 깡충깡충 뛰어 문 쪽으로 가서 가볍게 인사를 하고 살며시 방을 나가는 모습을 바라보고 있었다.

이제는 기사를 끝마쳐야 한다는 의무감도 없지만—오히려 그 때문이었는지 모르지만—그는 다시 기운차게 일을 시작했다.

현관에서 네시를 알리는 시계 종소리가 울렸을 때 자크는 여전히 글을 쓰고 있었다. 메네스트렐이 그를 기다리고 있을 시각이었다. 그는 침대에서 뛰어내렸다. 일어서자마자 그는 공복을 느꼈다. 그러나 거리에 나가서 어물어물할 시간이 없었다. 더운물에 넣으면 곧 풀어지는 가루 초콜릿이 서랍 한구석에 아직 두 봉지 남아 있었다. 마침 알코올램프에도 어제 보충해둔 알코올이 들어 있었다. 얼굴과 손을 씻는 동안에 벌써 작은 냄비에서는 물이 끓고 있었다. 그는 뜨거운 초콜릿을 쩔쩔매면서 들이켜고는 황급히 방을 나섰다.

3

메네스트렐은 그르뉘 광장에서 꽤 멀리 떨어져 있고, 많은 혁명가들, 주로 러시아 망명객들이 살고 있는 카루주가街에 살고 있었다. 그곳은 아르브 강가를 따라 플랑팔레 들판 너머에 있는 아무런 특색이 없는 교외의 동네였다. 그곳에서 넓은 공간이 필요한 건축업자, 장작이나 연탄을 파는 땔감 장사, 주물 장사, 마차상, 쪽판상, 장식품상들이 작업장을 차려놓고 있었고, 이들의 재료 창고들이 휙 트인 거리를 따라 드문드문 있는 낡은 집이며 훼손된 정원이며 분양지 따위와 뒤섞여 있었다.

조종사가 살고 있는 건물은 퐁뇌프 다리 어귀, 샤를 파주 강변로와 카루주가 모퉁이에 있었다. 사층짜리 긴 건물은 누렇고 평평하며 발코니도 없었으나 여름 햇빛을 받아 이탈리아풍의 초벌칠을 한 것처럼 운치 있는 색조를 띠고 있었다. 갈매기 떼가 창문 앞을 지나 아르브 강가의 제방 위에 날아가 앉곤 했다. 아르브강은 물살이 빨라서 수심이 그다지 깊지 않아 수면 위로 보일 듯 말 듯 솟은 바위들을 거품으로 덮으면서 격류와 같은 모습을 하고 있었다.

메네스트렐과 알프레다는 복도 끝에 있는 두 칸짜리 아파트에 살고 있었다. 좁은 현관이 방 두 칸을 갈라놓고 있었는데, 작은 방은 부엌으로 다른 방은 응접실 겸 사무실로 쓰고 있었다.

볕이 잘 들어 덧문을 닫아놓고 창가에서 메네스트렐은 작은 이동식 테이블 위로 몸을 수그리고 자크가 오기를 기다리며 일을 하고 있었다. 그는 잘고 갈겨쓰는, 약자투성이의 글씨체로 아주 얇은 용지에 무엇인가 간단한 메모를 하고 있었는데, 그것을 판독한 다음에 구식 타자기로 치는 일은 알프레다가 맡아 하고 있었다.

지금 조종사는 혼자였다. 알프레다는 그녀가 늘 앉아 있던 의자, 메네스트렐의 의자에 바싹 붙어 있는 낮은 의자에서 방금 떠났다. 그녀는 메네스트렐의 일이 잠시 중단된 틈을 이용하여 식탁용 물병에 시원한 물을 채우기 위해 수돗물을 틀려고 부엌 쪽으로 갔다. 약한 가스불로 천천히 데우고 있는 복숭아 설탕 졸임의 새콤한 향기가 방 안의 더운 공기 속에 떠돌고 있었다. 그들은 거의 유제품과 야채와 찐 과일만 먹고 살았다.

"프레다!"

그녀는 들고 있던 커피 필터를 물로 씻어내고 물기를 없앤 다음 급히 손을 닦았다.

"프레다!"

"네…."

그녀는 얼른 그의 곁으로 돌아와 낮은 의자에 앉았다.

"어디 갔었어?" 하고 메네스트렐은 수그리고 있는 그녀의 갈색 목덜미에 손을 얹으면서 나지막이 속삭였다. 그것은 대답을 듣기 위한 질문이 아니었다. 그는 일을 계속하면서 몽상에 잠긴 듯한 목소리로 그렇게 물었다.

그녀는 얼굴을 들어 미소를 지었다. 그 눈길은 타는 듯했고 성실하며 침착해 보였다. 크게 뜬 그 눈은 모든 것을 보고, 모든 것을 이해하고, 모든 것을 사랑하고 싶다는 욕망을 나타내고 있었다. 그러나 그 눈길에서 고집이라든가 호기심 같은 것은 조금도 찾아볼 수 없었다. 그녀는 단지 바라보고 기다리기 위해 이 세상에 태어난 것 같아 보였다. 메네스트렐이 그녀에게 생각한 것을 분명히 말하기 시작할 때는(그는 언제나 그렇게 했다) 그녀는 메네스트렐 쪽으로 몸을 돌리고 두 눈으로 듣고 있는 듯했다. 가끔 그의 생각이 미묘해질 때면 그녀는 눈을 깜박거리며 거기에 동의를 나타냈다. 이렇게 그녀가 언제나 가까이에서 조용히 그리고 끊임없이 주의를 기울이며 있어주는 것, 이것이야말로 메네스트렐이 원하는 모든 것이었다. 그것은 지금 그가 살아가는 데 공기만큼이나 없어서는 안 되는 것이었다.

그녀는 이제 겨우 스물두 살로 그보다 열다섯 살이나 아래였다. 그들이 어떻게 알게 되었으며 어떤 인연으로 맺어져 이렇게 함께 살게 되었는지 정확히 아는 사람은 아무도 없다. 그들은 지난해에 함께 제네바로 왔다. 메네스트렐은 스위스 태생이다. 그녀는 자신의 가족이나 어린 시절에 관해서 아무런 암시조차 하지 않았지만 사람들은 그녀가 남아메리카 태생이라는 것을 알고 있었다.

메네스트렐은 무엇인가 계속해서 갈겨쓰고 있었다. 갸름한 그의 얼굴—끝은 뾰족하게 다듬은 짧고 검은 턱수염 때문에 더 길게 보였다—은 앞으로 숙여져 있었다. 양쪽 관자놀이에 의해 죄어진 것 같은 좁은 이마가 빛을 받아 환하게 드러나 보였다. 왼손은 여전히 알프레다의 목덜미에 놓여 있었다. 젊은 여인은 등을 구부린 채 고양이처럼 꼼짝도 않고 떨면서 그 애무에 몸을 내맡기고 있었다.

메네스트렐은 왼손은 그대로 둔 채 쓰던 일을 멈추고는 멍하게 허공을 바라보다가 고개를 가로저었다.

"당통*은 이렇게 말했어. **우리는 아래의 것을 위해, 위의 것을 아**

래에 두고 싶다. 이봐, 그러나 이것은 한 정치가의 말이야. 혁명적 사회주의자의 말은 아니야. 루이 블랑키, 프루동, 푸리에, 마르크스라면 결코 그런 말은 하지 않았을 게 틀림없어."

그녀는 눈을 메네스트렐 쪽으로 향했다. 그러나 그는 그녀를 보고 있지 않았다. 이제 창살 틈으로 햇빛이 새어 들어오는 창 위쪽을 향한 그의 얼굴은 무표정하기만 했다. 그의 용모는 단정했지만 이상하리만큼 생기가 없어 보였다. 얼굴색은 병적이라고는 할 수 없지만 잿빛이 돌고 있어서 마치 피부밑의 피가 무색인 것 같은 인상을 주었다. 짧게 깎은 검은 콧수염 밑의 입술도 살갗과 똑같은 빛깔이었다. 생기는 모두 두 눈에 쏠려 있었다. 두 눈은 작았고 괴상하리만큼 서로 가깝게 모여 있었다. 새까만 눈동자는 눈꺼풀과 눈꺼풀 사이 전부를 차지하고 있어서 흰자위가 보일 듯 말 듯했다. 그 빛나는 광채는 똑바로 쳐다보지 못할 정도로 강렬했다. 그러나 그 눈빛은 아무런 열정도 발산하지 못하고 있었다. 아무런 정감도 담겨 있지 않고 초롱초롱하기만 한 그 눈빛은 극도의 주의력으로 항상 긴장된 것같이 보여서 전혀 인간의 눈 같아 보이지 않았다. 그 눈빛은 상대를 굴복시키고 불안하게 만드는 눈이었다. 그것은 어떤 동물, 어떤 원숭이한테서나 볼 수 있는 날카롭고 야생적이며 이상한 눈빛을 연상시켰다.

"…개인주의적 이데올로기의 삼단논법." 하고 그는 거리낌 없이 중얼거렸다. 그것은 마치 마음속으로 생각의 결말을 짓는 것 같았다.

* 조르주 당통(Georges Danton). 프랑스 혁명기의 정치가.

힘이 없고 매우 단조로운 목소리였다. 그는 말할 때면 거의 언제나 짧고 아리송한 어구를 사용했는데, 그것은 약하지만 지칠 줄 모르는 숨결로 내뱉는 것 같은 느낌을 주었다. 각 음절을 하나하나 떼어 말하면서도 "개인주의적 이데올로기의 삼단논법"과 같이 매끄러운 일련의 말을 단숨에 엮어가는 수법은 한 번의 활로 십육분 음을 연속적으로 연주하는 바이올리니스트의 솜씨를 연상시켰다.

"계급적 사회주의는 사회주의가 아니야." 하며 그는 계속해서 말했다. "계급 질서를 뒤엎는 것, 그것은 다만 하나의 악을 다른 악으로 대신하고, 하나의 억압을 다른 억압으로 바꾸는 것에 지나지 않아. 오늘날의 모든 계급은 고통을 당하고 있어. 이윤 제도, 끊임없는 경쟁의 횡포, 지나친 개인주의는 고용주도 속박하고 있어. 단지 고용주가 그것을 이해하지 못하고 있을 뿐이야." 그는 이렇게 말하면서 두 번이나 가슴에 손을 대고 잔기침을 했다. 그리고 아주 빠른 말투로 말했다. "노동의 새로운 조직을 통해 모든 건전한 구성원들을 차별 없이 계급 없는 사회 속으로 폭넓게 용해시키는 것, 바로 이것이 필요한 거야…."

그러고 나서 그는 다시 쓰기 시작했다.

메네스트렐의 이름은 항공기 발달의 초기 역사와 결부되어 있었다. 조종사 겸 정비사였던 메네스트렐은 취리히 공장이 창설될 때 S.A.S*가 초빙한 사람들 가운데 하나였다. 그리고 아직

* 스위스 항공협회.

도 사용되고 있는 몇 개의 장치에는 그의 이름이 붙여져 있었다. 당시에 알프스산맥 위를 비행하려는 그의 끈질긴 시도는 많은 국민들의 관심을 끌었다. 그러나 그는 취리히-토리노 장거리 비행의 실패로 인해 다리에 부상을 입은 뒤(그는 하마터면 목숨을 잃을 뻔했다) 조종사직을 내려놓았다. 그러고 나서 그는 S.A.S의 파업 때 기술자로서의 직업을 단호하게 버리고 노동운동에 가담했는데, 그 뒤 갑자기 스위스를 떠나버렸다. 그는 어떻게 되었을까? 스위스를 떠난 뒤 여러 해 동안 동유럽에서 지냈을까? 그는 러시아 문제에 매우 정통했었다. 그리고 그가 슬라브 방언을 잘한다는 사실을 보여주는 기회도 여러 번 있었다. 그뿐만 아니라 그는 소아시아와 스페인에 관한 사항도 많이 알고 있었다. 유럽 혁명계의 유력 인사들 대부분과 개인적인 교류가 있었던 것도 사실이었다. 그들 가운데 많은 사람들하고는 계속적인 서신 왕래까지 있었던 것이다. 그러나 그러한 사람들과 어떤 기회에 어떤 의도를 가지고 가까워졌을까? 이런 것들에 관한 그의 이야기는, 언제나 마치 다른 일에 관해서 이야기하듯이, 정확성과 모호함이 뒤섞여 사람들을 어리둥절하게 만들었으며, 그 때문에 일반적인 차원의 토론에서도 부수적인 정보를 제공하곤 했다. 그는 자신이 직접 들은 것 같은 특별한 말이나 자기 자신이 그 자리에 있었던 것 같은 일을 이야기할 때도 그 자신이 그 사건에 어떤 역할을 했는지에 대해서는 결코 설명하려 들지 않았다. 그러한 암시는 언제나 부수적인 것이었다. 사실이나 주의나 개인에 대해서 이야기할 때는 진지하고 확실한 근거가 있는 말투였으나 일단 자기 자신의 문제가 될 때는 농담이라는 생각이 들 정도로 얼버무리는 것이었다.

그러면서도 그는 어떤 일이 일어난 현장에 자기가 언제나 있었던 듯한 인상을 주었다. 적어도 그는 어느 날 어느 장소에서 실제로 무슨 일이 있었는지에 대해서 어느 누구보다도 잘 알고 있었으며, 그 사건에 대해서 독특한 관찰력을 가지고 있었기 때문에 논박할 수 없는 뜻밖의 추론을 이끌어내는 듯했다.

그는 왜 제네바에 왔을까? 언젠가 그는 "조용히 있고 싶어서"라고 말한 적이 있었다. 처음 몇 달 동안 그는 망명자들이나 스위스 사회당원들과도 교제하지 않고 은둔 생활을 계속했다. 그는 날마다 알프레다와 함께 도서관에서 프랑스혁명에 관한 논객들의 저술을 읽고 그것에 주석을 붙이면서 지냈다. 자신의 정치적인 교양을 보완하는 목적 말고는 다른 목적이 없는 것 같았다.

그러던 어느 날, 제네바의 젊은 투사 리차들레는 그를 **본부**에 데리고 가는 데 성공했다. 그곳에는 밤마다 스위스나 외국의 잡다한 혁명가 무리들이 모이곤 했다. 그곳 분위기가 마음에 들었던 것일까? 그날은 말 한마디 하지 않더니 다음 날에는 제 발로 왔다. 그리고 얼마 안 가서 그의 강한 개성이 인정받게 되었다. 한동안 하는 일 없이 잡담이나 늘어놓던 이 이론가들의 패거리 속에서 활기찬 그 비판 정신, 책을 읽거나 남이 하는 말에서 주워들은 지식이 아니라 오히려 경험을 통해서 얻은 것 같은 나무랄 데 없는 그 재능, 모든 문제를 구체적인 차원으로 이끌어가고 혁명 사상에 항상 실제 목표를 제시하고자 하는 그 본능, 지극히 복잡한 사회 문제 속에서 곧 그 본질을 끄집어내고 그것을 명확한 방식으로 요약하는 그 슬기, 그는 이러한 것들을 보임으로 모든 사람들에게 특별한 영향력을 발휘하게 된 것이다. 몇 달 만에 그는 이 집단의 핵심적 인물이자 실제로 이 집단을 이끌어가는 주동적 인물이 되었다. 어떤 사람은 그를 '지도자'라고 부르기까지 했다. 그는 날마다 나타났다. 그러나 그를 둘러싸고 있는 신비는 여전히 밝혀지지 않았다. 그것은 한 걸음 물러서서 때를 기다리면서 '무엇인가 마음의 준비를 하는' 사람의 신비였다.

"이리로 오세요." 알프레다는 자크를 부엌으로 안내하면서 말했다. "지금 일하시는 중이에요."

자크는 이마의 땀을 닦고 있었다.

"물 드시겠어요?" 그녀는 개수대 수도꼭지에서 물을 받고 있던 물병을 가리키면서 말했다.

"그러지요!"

물이 채워진 컵에 곧 김이 서렸다. 그녀는 여느 때처럼 공손하고 친절한 모습으로 물병을 들고 그의 앞에 서 있었다. 엷게 분을 바른 윤기 없는 얼굴, 나지막한 코에다 입술을 다물 때면 마치 잘 익은 딸기처럼 부풀어 오르는 어린아이 같은 입, 관자놀이 쪽으로 약간 찢어진 두 눈, 눈썹 언저리에서 얼굴을 가린 검고 억센 윤기 있는 머리카락, 이 모든 것은 유럽제 일본 인형을 연상시켰다. '푸른 기모노를 입고 있어서인지도 모르지.' 하고 그는 생각했다. 그때 물을 마시던 그의 머릿속에는 패터슨이 한 질문이 다시 떠올랐다. '자네는 알프레다가 조종사와 함께 사는 것을 만족해한다고 생각하나?' 메네스트렐하고 이야기할 때면 언제나 그녀가 곁에 있었지만 실상 그는 그녀에 관해서 아는 것이 거의 없었다. 그는 그녀를 살아 있는 사람이라기보다는 가정의 한 부속물로, 더 정확히 말하면 메네스트렐의 일부로 생각했었다. 지금 알프레다와 단둘이 마주 앉게 되자 그는 비로소 무엇인가 어색한 느낌이 드는 것을 알 수 있었다.

"한 컵 더 드실래요?"

"그러지요."

초콜릿 때문에 그는 목이 말랐다. 점심을 걸렀다는 것, 그리고 변변찮은 것으로 끼니를 때웠다는 생각에 사로잡혀 있었다. 그러자 갑자기 뜻밖의 생각이 머리를 스쳤다. '알코올램프를 끄고 왔나?' 기억을 더듬어보았지만 분명하지 않았다.

소송사의 목소리가 칸막이를 통해 들려왔다.

"프레다!"

"네…."

그녀는 미소를 지었다. 그리고 장난기 어린 눈길로 자크를 살짝 쳐다보았다. 그 시선은 '어쩌면 저렇게 응석받이 같을까!' 라고 말하는 것 같았다.

"갈게요." 하고 그녀가 말했다.

메네스트렐은 의자에서 일어나 있었다. 그는 지금 막 덧문을 반쯤 열어놓은 창 앞에 역광을 받으며 서 있었다. 햇빛이 방 안에 흘러 들어와 낮고 큰 침대, 아무런 장식이 없는 벽, 만년필과 몇 장의 종이만이 가지런히 놓여 있는 책상 위를 비추고 있었다.

회색 면 파자마를 입고 서 있는 메네스트렐은 키가 커 보였다. 몸집은 늘씬하고 윗몸은 좀 좁은 편이었다. 그러나 두 어깨는 어쩐지 구부정해 보였다. 그는 자크에게 손을 내밀면서 날카로운 두 눈으로 자크의 눈을 쏘아보았다.

"오라고 해서 미안해. 여기가 **본부**보다 더 조용할 것 같아서….” 그는 책갈피 끈으로 표시해놓은 책을 알프레다에게 건네주면서 덧붙여 말했다. “알프레다, 당신 일은 바로 이거야.”

그녀는 순순히 타자기를 꺼내더니 마루에 웅크리고 앉아 등을 침대에 기댄 채 피아노를 치듯이 두드리기 시작했다.

메네스트렐과 자크는 책상 옆에 앉았다. 조종사의 얼굴에는 불안한 빛이 감돌았다. 그는 의자 등에 몸을 기대고 다리를 앞으로 쭉 뻗었다. (부상당한 뒤부터 그는 오른쪽 무릎이 뻣뻣해져서 다리를 약간 절곤 했다.)

“곤란한 일이 생겼어.” 하며 그는 말을 꺼냈다. “어떤 사람이 편지를 보내왔어. 그 편지에 따르면 경계할 인물이 둘 있는 것 같아. Primo,* 기트베르.”

“기트베르?” 하고 자크가 외쳤다.

“Secundo,** 토블러.”

자크는 침묵을 지키고 있었다.

“놀랐나?”

“기트베르?” 하고 자크는 다시 물었다.

“이게 바로 그 편지야.” 메네스트렐은 파자마 주머니에서 봉투를 하나 꺼내면서 말을 계속했다. “읽어봐.”

“그렇군요.” 자크는 편지를 천천히 읽고 나서 말했다. 그것은 길고 냉철하며 공격적인 익명의 편지였다.

“기트베르와 토블러가 크로아티아 운동에서 취한 태도는 자네가 알고 있는 대로야. 그들은 대회에 참석하기 위해 빈에 올

* ‘첫째로’라는 뜻의 이탈리아어.

** ‘둘째로’라는 뜻의 이탈리아어.

거야. 요컨대 그들을 어느 정도까지 믿을 수 있느냐가 문제야. 이 점이 매우 중요해. 나는 확실한 것을 알기 전에는 아무에게도 알리지 않겠어."

"그래요." 자크는 다시 동의했다. '그럼 어떻게 할 작정이에요?'라는 말이 나오려는 것을 그는 참았다. 메네스트렐과의 관계에는 일종의 동지애 같은 것이 마음속 깊이 새겨져 있는데도 불구하고 그는 본능적으로 어느 정도 거리를 두고 있었다.

질문을 예상한 듯 메네스트렐은 입을 열었다.

"Primo…" (그는 병적이라고 할 정도로 언제나 명확해야 한다는 점에 신경을 썼다. 그래서 그는 자주 이렇게 확실하고 날카로운 투인 Primo라는 말로 이야기를 시작하였다. 그렇다고 다음에 언제나 Secundo라는 말이 뒤따르는 것은 아니었다.) "Primo, 확증을 얻기 위한 유일한 방법은 현지 조사야. 빈에서의 조사는 비밀로 해야 돼. 그러기 위해서는 사람들 눈에 안 띄는 인물에게 시켜야 해. 어떤 당에도 가입해 있지 않은 사람이면 더 좋고…. 그러나" 하고 그는 말을 계속하면서 자크를 뚫어지게 바라보았다. "확실한 사람이라야만 돼. 곧 그 판단력에 믿음이 갈 수 있는 인물 말이야."

"그래요." 하고 말하는 자크의 태도는 놀라면서도 내심 흐뭇해하는 눈치였다. 그는 만족스러워하면서 곧 이렇게 생각했다. '이렇게 되면 모델 노릇을 그만둘 수도 있겠군…. 패트에게는 안된 일이지만.' 그러다 또다시 알코올램프가 생각났다.

잠시 침묵이 흘렀다. 들리는 것은 타자기 소리와 멀리서 샘물이 졸졸 흐르듯이 개수대에서 흘러내리는 수돗물 소리뿐이었다.

“맡아주겠나?” 메네스트렐이 말했다.

자크는 가볍게 머리를 끄덕여 승낙의 뜻을 보였다.

“출발까지는 이틀이 남았어.” 메네스트렐이 다시 말했다. “그동안 서류들을 준비해. 그리고 빈에는 필요할 때까지 머물러 있고. 필요하다면 두 주일이라도.”

알프레다는 잠시 자크 쪽으로 눈을 돌렸다. 자크는 아무 대답도 하지 않고 다시 머리로 승낙의 표시를 했다. 그녀도 다시 일을 계속했다.

메네스트렐은 이야기를 계속했다.

“빈에서는 오스메르가 도와주게 돼 있어.”

이렇게 말하다가 그는 입을 다물었다. 누군가가 막 현관문을 두드렸기 때문이다.

“알프레다, 가봐…. 토블러가 정말 돈을 받은 사실이 있다면” 하고 그는 자크 쪽으로 돌아앉으면서 말했다. “오스메르가 틀림없이 알고 있을 거야.”

오스메르는 메네스트렐의 친구 가운데 하나였는데, 오스트리아 태생으로 빈에 살고 있었다. 자크도 지난해 로잔에서 그를 만난 적이 있었다. 오스메르는 그곳에 와서 며칠을 묵고 갔었다. 이때의 해후는 자크에게 깊은 인상을 남겼다. 냉소적으로 기회주의적 혁명가로 자처하면서, 수단을 가리지 않으며, 최종 목적만을 유일한 목적으로 삼고, 하찮은 일이라도 그것이 혁명 목적에 도움이 된다면 체면 손상 따위는 아랑곳하지 않고, 필요에 따라서는 제복을 입는 것도 개의치 않는 그런 혁명가의 한 사람을 만나보기는 처음이었던 것이다.

알프레다가 돌아와 누가 왔는지 알렸다.

"미퇴르크예요."

메네스트렐은 자크 쪽을 보면서 투덜거리듯이 말했다.

"나중에 **본부**에서 또 이야기하지…. 들어와, 미퇴르크." 그는 목소리를 높여 말했다.

미퇴르크는 활처럼 생긴 눈썹 밑에 크고 둥근 안경을 쓰고 있었다. 그런 눈썹 때문에 그는 언제나 놀란 표정을 짓고 있는 것처럼 보였다. 얼굴은 통통한 데다 살갗이 부석부석해서 소금 부은 것같이 보이는 것이 마치 잠을 충분히 못 잔 몽유병 환자 같았다.

메네스트렐은 의자에서 일어났다.

"미퇴르크, 무슨 일로 여기까지 왔나?"

미퇴르크의 눈길이 방 안을 한 바퀴 돌더니 조종사, 자크, 그러고 나서 알프레다에게로 옮겨 갔다.

"자노트가 막 **본부**에 도착했어요." 하고 그는 설명했다.

'아니야' 하고 자크는 생각했다. '심지를 불어 불을 끄고 왔는지 어쨌는지 아무래도 확실하지 않단 말이야. 그릇에다 초콜릿을 가득 붓고는 끄지도 않은 채… 초콜릿을 마시고 그냥 뛰쳐나왔어…. 아마 불은 여전히 타고 있겠지….' 그는 멍하게 눈을 고정시킨 채 아무 말 없이 있었다.

"자노트는 오늘 밤 강연을 하기 전에 당신을 꼭 만나고 싶어해요" 하며 미퇴르크는 계속해서 말했다. "그런데 그는 여행으로 몹시 지쳐 있어요…. 더위를 이겨내지 못하더군요…."

"하긴 머리가 그토록 텁수룩하니…." 하고 알프레다가 중얼거렸다.

"그래서 좀 자러 갔습니다…. 그런데 저더러 잘 다녀왔다는 말을 전해 달라고 하더군요."

"좋아, 좋아…." 하며 메네스트렐은 전혀 예기치 않았던 아주 날카로운 목소리로 말했다. "이것 봐 미퇴르크, 자노트에 대해서 우리는 서로 아무래도 괜찮으니까… 안 그래, 알프레다?…" 이렇게 말하면서 그는 알프레다의 도톰한 어깨에 팔을 얹었다. 그리고 손으로 젊은 여인의 머리를 쓰다듬고 있었다.

"그분을 아세요?" 하고 알프레다는 놀리듯이 자크 쪽을 슬며시 바라보면서 물었다.

자크는 듣고 있지 않았다. 그는 무엇인가 자기를 안심시켜줄 수 있는 정확한 사실을 기억해내려고 했으나 헛일이었다. 냄비를 바닥에 내려놓은 것은 확실했다. 그렇다면 분명히 불꽃을 입김으로 불어서 끄고 뚜껑을 덮은 것이 틀림없지 않을까? 그러나….

"그는 백발의 늙은 사자와 같은 머리털을 하고 있어요." 하고 알프레다는 웃으면서 말했다. "반교권주의의 기수라는 사람이 성당의 오르간 연주자와 같은 머리를 하고 있다니!"

"쯧쯧, 알프레다…." 하고 메네스트렐이 부드럽게 꾸짖었다.

당황한 미퇴르크는 좀 멋쩍은 듯한 미소를 지었다. 곤두선 머리카락 때문에 그는 금방 성이라도 낼 것 같은 사람으로 보이기 쉬웠다. 하기는 그는 성을 자주 내곤 했다.

그는 오스트리아 태생이었다. 오 년 전에 잘츠부르크에서 약학 공부를 시작했으나 병역을 피하려고 그곳을 떠났다. 그리고 스위스로 와서 처음에는 로잔에 자리 잡았다가 다음에는 제네바에 와서 전공 공부를 끝마쳤다. 그리고 지금은 일주일에 나흘씩 어느 연구소에서 규칙적으로 일하고 있었다. 그러나 그는 화학보다는 사회학 쪽에 오히려 마음이 쏠렸다. 놀랄 만한 기억력을 가지고 있는 그는 읽는 것마다 놓치지 않고 그의 네모진 머릿속에다 정리하고 있었다. 그래서 교과서를 찾아보듯이 그에게 무엇인가를 물어볼 수 있었다. 메네스트렐을 비롯한 그의 동지들은 이 점을 이용해왔다. 그는 폭력주의 이론가였다. 그러면서도 감수성이 예민하고 감정적이며 숫기가 없고 불우한 사내였다.

"자노트는 벌써 여러 곳에서 강연을 했어요." 미티르크는 침착하게 말을 계속했다. "그는 유럽에 관한 일에 아주 정통해요. 밀라노에서 왔지요. 오스트리아에서는 트로츠키 곁에서 이틀이나 함께 지냈어요. 그가 하는 이야기는 참 재미있어요. 우리는 강연이 끝나면 그를 랑도 카페에 데리고 가서 그의 이야기를 들을 계획이에요. 와주시겠지요?" 하고 그는 메네스트렐과 알프레다 쪽을 보면서 말했다. 또 자크 쪽으로 시선을 돌리고는 이렇게 덧붙였다. "자네는 어때?"

"랑도라면 가보지." 하고 자크가 말했다. "그러나 강연은 싫어!" 머리에서 떠나지 않는 알코올램프 일 때문에 그는 신경이 날카로워졌다. 더구나 오래전부터 모든 종교적 신앙에서 해방되었다고는 하나 막상 다른 사람들의 반교권주의를 대할 때는 그는 거의 언제나 화를 내곤 했다. "제목부터가 유치할 정도로 도전적이야. **신이 존재하지 않는다는 것에 대한 증명!**" 이렇게 말하면서 그는 호주머니에서 팸플릿 비슷한 초록색 종이를 꺼냈다. "그리고 그 선언문이라는 것이 말이야!" 하고 큰 소리로 말하면서 어깨를 으쓱해 보이더니 과장된 말투로 읽기 시작했다.

“나는 정신적 원리의 가정을 뒷받침하고 있는 모든 것을 송두리째 불필요한 것으로 만드는 우주의 법칙에 대해 이야기하려고 한다….”

“문체를 비웃는 것은 쉬운 일이지.” 하고 미퇴르크는 동그란 눈망울을 굴리면서 그의 말을 가로막았다. (그는 흥분하면 침이 많이 나와서 말할 때 침 튀기는 소리가 섞여 나왔다.) “이것들을 더 훌륭한 이론 체계로 말할 수 있다는 것은 인정해. 그러나 이것들을 여러 번 되풀이해 말한다고 해서 무익하다고는 생각하지 않아. 몇 세기 동안 성직자들이 인간들을 지배해온 것은 사실 미신을 통해서야. 종교만 없었다면 인간은 이토록 오랫동안 그 처참한 상태를 감수하지 않아도 되었을지 모르지. 아마 더 일찍 반항을 시도했을 거야. 그리고 자유로웠을 테고!”

“그럴지도 모르지.” 하고 자크가 그의 말을 인정했다. 그리고 프로그램을 구겨서 개구쟁이가 하듯이 빠끔히 열려 있는 덧문 밖으로 내던졌다. “그리고 마찬가지로 그런 식의 설교는 오늘 밤에도 빈이나 밀라노에서처럼 박수갈채를 받을지도 몰라…. 말하자면 밤하늘을 보거나 별을 쳐다보면서 호숫가에 앉아 있으면 훨씬 더 행복할 몇백 명의 남자가 찌는 듯한 더위에도 불구하고 연기가 자욱하고 숨 막히는 분위기 속에 모여 앉아 그래도 무엇인가 알고 싶어 하고 해방되고 싶어 하는 그 욕망을 두고 볼 때 거기에는 감동적인 그 무엇이 있다는 것을 모르지는 않아…. 그러나 나로서는 그런 것을 듣기 위해 하룻밤을 바치는 것은 정말 질색이야. 나는 도저히 참을 수 없어!”

말이 끝날 무렵 그의 목소리에 갑자기 힘이 빠졌다. 지금 그의 눈앞에는 책상 위에 흩어져 있는 서류들을 태우면서 창문에 쳐놓은 커튼으로 번지는 불길이 생생하게 떠올랐다. 그러자 숨이 막히는 듯했다. 메네스트렐, 알프레다, 그리고 평소에는 별로 남의 일에 신경을 쓰지 않는 미퇴르크까지 놀라서 그를 바라보았다.

"그럼, 다시 봐요." 하고 자크가 짧게 말했다.

"같이 **본부**에 안 갈 거야?" 하고 메네스트렐이 물었다.

자크는 벌써 문손잡이를 잡고 있었다.

"그 전에 집에 잠깐 다녀오겠어요." 그는 내뱉듯이 말했다.

카루주가街로 나오자 그는 뛰기 시작했다. 플랑팔레 네거리에 이르렀을 때 막 떠나려는 전차를 보고 그는 재빨리 뛰어올랐다. 그러나 강변 정류장까지 오자 아무래도 참을 수가 없어서 전차에서 뛰어내려 다리까지 달려갔다.

에튀브가街를 지나 그르뉘 광장의 낯익은 풍경, 공중변소, 아무 변화 없는 글로브 호텔 건물을 바라다보았을 때야 비로소 그 터무니없는 공포가 거짓말처럼 사라졌다.

'바보.' 하고 그는 생각했다.

그제야 램프 위에 놋쇠뚜껑을 올려놓은 일이며 그러다가 손가락 끝을 데인 일까지 생각이 났다. 그는 엄지손가락 안쪽에 아직도 통증을 느끼고 있었다. 데인 자국을 찾아내려고 손가락을 들여다보았다. 이제 기억이 뚜렷해지면서 조금도 의심할 나위가 없어졌다. 확인하기 위해서 일부러 사층까지 올라갈 필요가 없었다. 그는 도망치다시피 론강 쪽으로 다시 내려갔다.

다리 위에 서자 그의 앞에, 물에 씻기고 있는 녹색 제방에서 생 피에르 성당의 탑들에 이르기까지 계단식으로 조화를 이룬 오래된 도시가 파란 알프스산맥을 배경으로 뚜렷이 드러났다.

그는 다시 '참 바보였어!…' 하고 되뇌었다. 별로 대수롭지도 않은 사건에 비해 자신이 겪은 고통을 생각할 때 자크로서는 이상하기 짝이 없었다. 그는 다른 경우들을 생각해보았다. 이런 상상에 놀림을 당한 일은 이번이 처음은 아니었다. '그럴 때 어쩌면 그렇게도 완전히 자제력을 잃을 수 있을까?' 하고 그는 의아하게 생각했다. '얼마나 이상하고 병적인 쾌감으로 불안에 몸을 맡겨버리는 것인가! 더구나 불안뿐만이 아니라 소심증에도….'

그는 늘 숨을 헐떡이며 땀투성이가 되어 다니던 이 골목길들을 별 관심 없이 종종걸음으로 올라갔다. 어두컴컴하고 썰렁한 낯익은 골목길들은 군데군데 평평한 곳과 집 앞의 돌계단들 때문에 끊어지면서 길 양쪽으로 나무로 만든 구멍가게들이 있는 옛날 집들을 죽 따라 거리 중심지로 길게 뻗어 있었다.

그는 지금 자신도 모르는 사이에 칼뱅가街*에 와 있었다. 그 거리는 능선을 따라 있었다. 엄숙하고 어딘지 모르게 휑한 분위기를 자아내는 칼뱅가는 참으로 그 이름과 잘 어울렸다. 가게라고는 전혀 없는 데다가 정면이 회색 돌로 되어 엄숙하고 장중한 인상을 주는 건물들이 줄지어 서 있어서 그 높은 창문 안에서 이루어지고 있을 생활들을 상상할 때 유복한 청교도주의를 생각하지 않을 수 없었다. 이렇게 쓸쓸한 풍경 속에서 박공과 주랑과 오래된 보리수와 함께 빛나는 생 피에르 광장이 보이는 것이 그나마 어떤 보상을 해주고 있었다.

* 프랑스의 종교 개혁자 '장 칼뱅'의 이름을 딴 거리.

4

'일요일이구나.' 하고 자크는 성당 앞뜰에 모인 부인들과 아이들을 보면서 생각했다. '일요일, 벌써 유월 이십팔일이구나…. 오스트리아에서 조사하는 일이 열흘이나 두 주일 동안 계속되는 날에는…. 게다가 대회 전까지 해두어야 할 일은 산더미같이 쌓여 있고!'

1914년 여름, 그는 다른 동지들과 마찬가지로 팔월 이십삼일에 빈에서 열리기로 되어 있는 사회주의자대회가 인터내셔널의 여러 가지 중대한 문제에 관해 어떤 결의를 할 것인지 몹시 궁금해하고 있었다.

조종사가 맡긴 임무를 그는 기쁘게 생각하고 있었다. 그는 활동하는 것을 좋아했다. 그것은 한껏 자신을 사랑할 수 있는 한 가지 방법이었다. 그리고 며칠 동안 여기를 떠나 끝없이 계속되는 회합과 동지들의 토론회에서 빠질 수 있다는 것도 나쁘지는 않았다.

제네바에서는 그는 거의 날마다 **본부**에 가서 하루 온종일을 보내지 않을 수 없었다. 어느 날 저녁에는 그곳에 가서 몇 사람의 손만 잡아보고 돌아오는 때도 있었다. 또 어떤 때는 이 그룹에서 저 그룹으로 돌아다니다가 메네스트렐과 방구석에 틀어박혀 있을 때도 있었다. 그때야말로 더할 나위 없이 즐거운 날이었다. (참으로 귀중한 친교의 한때였다. 그러나 그것은 그를 질투하는 사람을 많이 만들었다. 왜냐하면 과거 몇 년 동안의 투쟁 경력을 가진 사람들, 몸으로 '혁명적 행동을 수행해온' 사람들이 볼 때는 조종사가 자기들보다 자크와 같이 있는 것을 더 좋아한다는 것이 아무래도 이해되지 않았기 때문이다.) 그렇기는 해도 대부분의 경우에 그는 그의 동지들과 오래도록 함께 있었다. 묵묵히, 약간의 거리를 유지하면서 그는 논쟁에 끼어드는 경우가 드물었다. 그러나 일단 가담하면 폭넓은 견해, 이해와 조정에 대한 욕망, 뛰어난 기지를 보여주어서 논쟁은 이내 평소와는 다른 방향으로 진행되곤 했다.

비슷한 여러 집회에서처럼 이 국제적인 작은 모임에서도 **사도**使徒형과 **기술자**형의 두 가지 혁명가형을 찾아볼 수 있었다.

그가 본디 공감을 느끼고 있는 것은 **사도**형 쪽이었다. 그는 그들이 사회주의자이건 공산주의자이건 무정부주의자이건 그런 것에는 개의치 않았다. 그는 이런 고결한 신비주의자들과 함께 있을 때 마음이 편했다. 그들의 반항도 따지고 보면 자기의 반항과 같은 것이었다. 그것은 불의에 대한 타고난 감각이었다. 그들 모두는 그와 똑같이 현 세계의 폐허 위에 올바른 사회를 세우는 것을 꿈꾸고 있었다. 그들의 미래관은 세부적인 것에서는 차이가 있을 수 있으나 희망하는 것은 같았다. 평화와 우애의 새로운 질서, 모두가 자크와 똑같이. 바로 이러한 이유 때문에 자크는 그들에게 매우 친근감을 느끼고 있었다. 그런 고귀한 마음가짐을 매우 소중하게 여기고 있었다. 위대한 것에 대한 감각과 숨은 본능에 의해 그들은 스스로를 향상시키고 자신을 뛰어넘으려 했다. 사실 그들이 혁명 이념에 집착하게 된 것은 자크가 그러하듯이 삶에서 어떤 생동감 있는 동기를 찾아보겠다는 뜻에서였다. 이 점에서는 이 사도형들도 어쩔 수 없이 개인주의자일 수밖에 없었다. 공동 대의의 승리를 위해서 몸을 바치고는 있으나 투쟁과 희망이라는 심취된 분위기 속에서 그들은 무의식중에 자기들의 개인적인 힘과 능력이 엄청나다는 것, 자기 자신을 능가하는 큰일에 몸을 바침으로써 자기들의 자질을 드러내 보인다는 그런 기쁨을 누리고 있었다.

그러나, 자크는 이런 이상주의자들을 좋아하고는 있으나 그들이 자기들의 열정에만 몸을 맡기면서 한없이 허망하게 동요되고 있다는 것을 알고 있었다. 혁명 이념의 반죽을 부풀리는 진정한 효모는 소수의 **기술자**형에 의하여 퍼져나갔다. 이들은 명확한 요구를 내세웠고 구체적인 실행을 준비했다. 이들의 혁명적 교양은 넓어졌으며 끊임없이 새로운 요소로 보충되어갔다. 이들의 광신적인 열정에는 일정한 목적이 있었고, 그러한 목적은 중요도에 따라 분류되었다. 그런데 이런 목적은 공상적인 것은 아니었다. 사도들이 불어넣은 고양된 이데올로기의 분위기 속에서 이들 기술자들은 실천적 신념을 대표하고 있었다.

자크는 정확히 말해서 이런 부류 가운데서 어디에도 속해 있지 않았다. 그래도 그가 거리감을 덜 느끼는 것은 **사도**형이었다. 그의 정신의 명석함이라든가 적어도 명확한 것을 좋아하는 그의 기질, 분명한 목표를 지향하는 그의 자세, 여러 상황과 개개인의 문제와 여러 가지 관계에 대해 그가 가지고 있는 올바른 판단력, 이런 것들로 미루어 보아 조금만 노력했더라면 그도 훌륭한 **기술자**가 될 수 있었을 것이다. 누가 아는가? 상황이 허락했다면 아마 **지도자**형이 될 수도 있었을 것이다. **지도자**들이 다른 사람들과 구별되는 것은 기술자들의 정치적 자질에다가 사도들의 신비스러운 열정을 결합시키기 때문이 아닐까? 지금까지 그가 만난 몇 사람의 혁명적 지도자들은 한결같이 두 가지 특징을 지니고 있었다. 하나는 지도력(더 적절하게 말하면 현실을 보는 안목이다. 여기에는 아주 일반적이면서도 예리한 데가 있어서 어떤 사태에 처해도 사건을 어떻게 판단하고 행동의 방향을 어디로 바꿀 것인지를 곧 지적할 수 있다.)이고, 다른 하나는 영향력(이것은 끌어당기는 힘이 있어서 사람들을 일시에 사로잡을 수 있는 것은 물론이고 사물 그 자체와 여러 가지 현상도 파악하게 만들어주는 것처럼 보인다.)이다. 그런데 자크는 통찰력과 권위를 모두 갖추고 있었다. 게다가 그는 예외적으로 남의 마음을 사로잡는 자질을 타고난 데다가 남을 이끌어가는 힘까지 가지고 있었다. 그런데 그가 이러한 기질을 지금까지 발전시키려 하지 않은 것은, 매우 드문 예를 제외하고는, 남의 발전이나 행동 방식에 영향을 주는 것을 본능적으로 싫어했기 때문이다.

그는 가끔 이런 제네바의 패거리들 속에서 자신의 미묘한 입장을 생각해보곤 했다. 집단을 대할 경우와 개인을 대할 경우 자신의 태도에 큰 차이가 있는 것같이 생각되었다.

집단을 대할 경우 그의 태도는 대체로 수동적이었다. 그것은 그의 영향력이 전혀 없다는 것을 의미하는 것일까? 절대로 그런 것은 아니었다. 바로 그 점이 그를 가장 놀라게 만드는 것이었다. 그는 어쩔 수 없는 형세에 의해 하나의 역할, 그것도 보람 없는 역할을 맡아왔었다. 곧 그의 역할은 주위 사람들 모두가 '부르주아적'이라고 부르면서 한데 묶어 한마디로 묵살해버리는 어떤 종류의 가치, 교양, 예술 형식이나 생활 방식 같은 것을 설명하고 이것을 해명해주는 것이 고작이었다. 그는 그의 동료들과 마찬가지로 문명의 영역에서 부르주아 계급은 역사적 사명의 종말에 이르렀다고 확신하고는 있었으나, 부르주아 문화에 대한 조직적이고 근본적인 말살을 인정하는 데는 이르지 못했다. 그 문화가 아직까지 몸에 배어 있다는 것을 자기 스스로도 느끼고 있었다. 그는 그런 부르주아적 문화에서 우수하고 영원한 부분을 옹호하기 위해 지극히 프랑스적인 일종의 지적 귀족주의를 내세웠는데, 이것이 그의 상대들을 매우 화나게 만들곤 했다. 그러나 그들은 자기들의 판단을 수정하지는 않았으나 적어도 단정적인 태도만은 이따금 완화하였다. 그리고 그들은 다소 의식적으로 이러한 이단자가 자기들의 대열 속에 끼어 있다는 것에 대해 은근히 만족감을 느끼고 있는 것 같았다. 그것은 그가 근본적으로 자기들과 똑같이 사회적 이상에 불타고 있으며, 자기들과 함께 있음으로 해서 필수 불가결한 혁명 이념에 대해 자기들이 타도하려고 마음먹고 있는 사회의 승인을 얻을 것같이 생각되었기 때문이다.

개인적인 관계의 경우에 — 사적인 대화의 경우 — 그의 개인적 영향력은 전혀 다른 힘을 발휘했다. 처음에는 약간 경계심을 불러일으키다가도 그는 — 물론 아주 유력한 사람들에게 — 뚜렷한 정신적 영향력을 행사했던 것이다. 조심성 있는 그의 몸가짐, 흠잡을 데 없는 그의 감각, 품위 있는 그의 태도를 대할 때 그들은 무언가 인간적인 따사로움의 원천을 발견하는 듯했다. 그리고 그 따사로움이야말로 경직되어 있는 그들의 마음을 녹여주고 그들의 신뢰감을 다시 북돋아주었다. 그들은 자크를 대할 때는 자기네끼리 있을 때 서로를 대하는 식으로 행동하지 않았다. 곧 조직의 동지로서만 대한 것은 아니었다. 자크와의 관계에서 그들은 일종의 미묘한 친근감과 애정을 느끼고 있었다. 그들은 자크에게 속내 이야기나 그들의 걱정거리를 털어놓기도 했다. 어떤 날 밤에는 아무도 모르고 있는 자신들의 이기심이라든가 결함이라든가 자신들의 인간적인 약점까지도 고백하곤 했다. 그의 곁에 있을 때 그들은 확실히 자기 자신을 더 잘 인식할 수 있었고, 다시 힘을 얻을 수 있었다. 자크 자신도 내적인 삶을 설계하기 위해 어디에서나 항상 구하고 있던 진리를 마치 그가 터득하고 있기나 한 것처럼 그들은 자크에게 충고의 말을 구했다. 그 결과 자신들은 그 사실을 모르지만 자크에게는 견디기 힘든 일종의 압박감을 주고 있었다. 곧 그들은 그의 사람 됨됨이나 하는 말에 그가 생각하지도 않았던 중요성을 부여했기 때문에 그는 끊임없이 자기 자신에게 신경을 써야 했고, 입을 다물어야 했고, 자신의 실망이나 불안이나 낙담을 감추어야 했다. 이렇게 그에게 주어진 책임감은 그의 주위에 일종의 절연 지대를 만들어 그를 냉혹하리만큼 고독 속에 빠뜨렸다. 이런 고독을 괴로워하던 나머지 그는 가끔 절망까지 느끼곤 했다. '분에 넘치는 이런 권위는 도대체 어디에서 오는 것일까?' 하고 그는 자신에게 묻곤 했다. 그럴 때면 앙투안이 입버릇처럼 하던 말이 생각났다. "우리는 티보가家 사람이다…. 우리 속에는 무언가 사람들에게서 인정받는 것이 있다…." 그러나 이내 그는 이런 오만의 함정에서 벗어났다. 그 같은 일종의 신비스런 힘이 그에게서 솟구쳐 나온다고 인정하기에는 불행히도 자신의 연약함을 너무나 잘 알고 있었기 때문이다.

5

본부—메네스트렐의 친한 동지들은 이곳을 보통 **대화실**이라고 불렀다—는 오래된 바리에르가街의 고지대 중심부에 성당을 따라 남의 눈에 띄지 않는 곳에 자리 잡고 있었다.

밖에서 보기에 이 건물은 폐쇄된 것처럼 보였다. 이것은 아담한 이 동네에 몇 채 남지 않은 헐어 빠진 건물 가운데 하나였다. 사층짜리 건물 전면은 바랜 분홍빛으로 초벽이 칠해져 있었고, 금이 가 있었으며, 초산으로 부식되어 있었다. 그리고 덧문도 없이 내리닫이창이 열려 있었는데, 유리창이 먼지투성이여서 마치 사람이 살지 않는 집 같았다. 집과 길 사이에는 좁은 뜰이 있었는데, 토벽으로 둘러싸인 이 뜰에는 여러 가지 폐물, 고철, 체질하고 난 석고 부스러기가 가득했고, 그 사이에 큰 딱총나무 한 그루가 서 있었다. 입구의 철책은 이미 없어졌다. 두 개의 돌기둥에는 간판 대신 아연으로 된 띠가 매여 있었는데, 거기에는 아직도 **주조공장**이라는 글씨가 보였다. 주조공장은 벌써 오래전에 이사 갔으나 이 집만은 제품을 보관하기 위해 그대로 두었던 것이다.

본부는 이렇게 사람이 살지 않는 건물 뒤에 숨어 있었다. 이층 독립 가옥으로서 두 번째 뜰 안에 있었으며, 길에서는 보이지 않았다. 거기로 가려면 옛 주조공장을 가로지르는 궁륭형 천장의 통로를 지나야만 했다. 건물 아래층은 전에 차고로 쓰던 곳이었는데, 그곳에는 못하는 게 없는 모니에가 살고 있었다. 이층에는 어두운 복도로 연결되어 있는 네 개의 방이 나란히 있었다. 제일 좁고 작은 구석진 방은 알프레다의 의견에 따라 조종사의 개인 사무실 같은 것으로 쓰이고 있었다. 꽤 넓은 세 개의 방은 집회 장소로 쓰였다. 각 방에는 여남은 개 정도의 의자와 벤치와 몇 개의 테이블이 있었고, 사람들은 그곳에서 신문과 잡지를 볼 수 있었다. 왜냐하면 **본부**에는 유럽의 모든 사회주의 신문뿐만 아니라 대부분의 혁명적 부정기 간행물들이 있었기 때문이다. 부정기적이라고 말하는 것은 선전용으로 이따금 여러 호가 잇달아 나왔다가는 자금 부족이나 편집자의 투옥으로 여섯달 또는 이년씩이나 공백 기간이 있곤 했기 때문이다.

궁륭형의 통로를 지나 뒤뜰에 들어서자마자 열린 이층 창에서 토론하는 것 같은 시끄러운 소리가 들려와 자크는 오늘 **대화실**에 사람이 많은 것을 알 수 있었다.

계단 아래쪽에서 세 남자가 스페인어도 아니고 이탈리아어도 아닌 말로 무엇인가 열을 올리며 이야기하고 있었다. 그들 셋은 열렬한 에스페란토주의*자였다. 그 가운데 한 사람인 샤르팡티에는 로잔에서 교수직을 맡고 있는데, 이날 자노트의 강연을 들으러 왔다. 그는 혁명가들 사이에서 많이 읽히고 있는 『에스페란티스트 뒤 레망』지의 주간으로 있다. 그는 기회 있을 때마다 국제사회에서 가장 필요한 것은 하나의 세계 공통 언어이며, 모든 국어의 공통적인 보조 언어로 에스페란토를 채택하는 것이야말로 사람들 사이에 정신적, 물질적 교류를 쉽게 하는 것이라고 역설하곤 했다. 그리고 그는 대단한 권위를 지니

* 같은 민족끼리는 모국어를, 다른 민족과는 중립적인 '에스페란토' 언어의 사용을 주창하는 '세계 언어 평등권 운동'.

고 있는 데카르트의 문구를 즐겨 인용했다. 데카르트는 어떤 사적인 편지를 통해, **이해하기 쉽고 발음하기 쉬우며 쓰기 쉬운 보편적인 언어, 그리고 무엇보다도 판단을 쉽게 해줄 수 있는 언어를 희구한다**…는 뜻을 명백히 밝혔던 것이다.

자크는 세 사람과 악수를 한 뒤에 계단을 올라갔다.

층계참에 올라가니까 모니에가 『포르베르츠』*지의 큰 뭉치를 정리하고 있었다. 그의 본업은 카페 급사였다. 사실 그는 언제나 셀룰로이드로 된 가슴받이가 깊이 파인 조끼를 입고 있었으나 그의 본업인 일을 하는 경우는 아주 드물었다. 그는 어떤 맥주홀에서 한 달에 일주일씩만 임시 고용원으로 일했다. 그렇게 하고 남는 시간에는 오로지 '혁명을 위해' 봉사하고 있었다. 살림살이, 심부름, 복사, 잡지류 분류 등 그는 모든 일에 한결같은 열성을 보였다.

계단 쪽으로 문이 활짝 열린 문간방 창가에 서서 알프레다와 패터슨은 단둘이 이야기하고 있었다. 패터슨과 같이 있을 때—자크는 이미 그런 사실을 눈치채고 있었다—알프레다는 말 없는 보조원으로서의 역할에서 기꺼이 빠져나오는 것이었다. 패터슨 곁에 있을 때 그녀는 아마 다른 곳에서는 수줍어서 숨겨놓았던 개성을 되찾는 것 같았다. 알프레다는 메네스트렐의 서류가방을 팔에 끼고 있었으며 손에는 팸플릿 한 권을 들고 있었는데, 그녀는 그 팸플릿의 한 구절을 패터슨에게 낮은 목소리로 읽어주고 있었다. 패터슨은 파이프를 문 채 건성으로 듣고 있었다. 그는 고개를 기울이고 있는 그녀의 얼굴, 이마 위

* 독일 사회민주당 기관지로 '포르베르츠'는 '앞으로'를 뜻하는 독일어.

로 늘어진 검은 머리카락, 뺨 위에 진 속눈썹의 그늘, 윤기 없는 얼굴 위에 보이는 이상한 빛을 관찰하고 있었다. 그런 태도로 미루어 보아 그는 '이 여자를 그려본다면…' 하고 생각하고 있는 듯했다. 두 사람 모두 자크가 그들 앞을 지나간 것을 눈치채지 못했다.

두 번째 방은 들락날락하는 사람들로 붐볐다. 문 가까이에는 보아소니가 무릎을 껴안고 앉아 있었다. 그를 둘러싸고 미퇴르크, 게렝, 고서적상 샤르쇼우스키가 서 있었다.

보아소니는 자크와 악수를 하면서 이야기를 계속했다.

"그러나… 그러나 말이야! …도대체 그것이 무엇을 의미하는지 알아? 답은 언제나 똑같아. 혁명적 열의가 불충분하단 말이야…. 왜냐고? 사상의 결핍 때문이지!" 이렇게 말하고 나서 그는 윗몸을 뒤로 젖히고 무릎 위에 손을 얹으면서 미소를 지었다.

그는 날마다 일찍 오는 사람들 가운데 하나였다. 그는 토론을 매우 좋아했다. 프랑스인으로, 보르도 대학의 자연과학 교수를 지냈는데 인류학을 연구하다가 인류사회학 쪽으로 발을 들여놓았다. 너무나 대담한 강의 태도 때문에 그는 대학 당국의 눈 밖에 나게 되었고, 그래서 마침내 여기 제네바에 와서 정착하게 된 것이다. 그는 괴상하게도 머리는 큰데 얼굴은 작았다. 벗겨진 넓은 이마, 통통하고 처진 볼, 몇 겹으로 겹쳐진 턱이 얼굴 주위에 군살 부위를 만들고 있어서 그 중앙의 한정된 부분에 얼굴 모양이 만들어져 있었다. 장난기와 선의가 어린 반짝이는 두 눈, 작은 코와 냄새를 맡고 먹이를 쫓기 위해서 벌어진 듯한 콧구멍, 언제나 미소를 머금고 있는 두꺼운 두 입술,

몸집이 큰 이 사람의 전 생애는 살아 있는 이 작은 가면 속에 집약되어 있는 것처럼 보였으며, 그 얼굴은 핏기 없는 지방질의 모습을 띠고 있어서 마치 사막의 잊혀진 오아시스 같았다.

"전에도 말한 적이 있지. 다시 한번 되풀이하는데!" 하고 그는 탄식하듯이 입술을 핥으면서 말했다. "투쟁이라는 것은 우선 철학적인 방면으로 이끌어가야만 해!"

미티르크는 안경 너머로 승복할 수 없다는 듯이 눈망울을 굴렸다. 그는 머리카락이 곤두서 있는 머리를 흔들었다.

"행동과 사상은 언제나 일치해야 해!"

"십구세기에 독일에서 일어난 일을 보라고…." 하고 샤르쇼우스키가 말을 꺼냈다.

보아소니 영감은 가볍게 무릎을 쳤다.

"바로… 그거야!" 하고 그는 벌써 의기양양해서 웃으면서 말했다. "독일 사람들의 예를 봐…."

자크는 그들이 무엇을 말하려는지 미리 알고 있었다. 장기판 위에 졸들의 위치처럼 반론과 논증의 입장만이 달라졌을 뿐이다.

방 가운데는 젤라우스키, 페리네, 사프리오, 스카다가 서 있어서 호흡이 맞는 사중창 같기도 했다. 자크는 그들 곁으로 갔다.

"자본주의 체제 속에서는 모든 것이 서로 묶여 있고, 서로 돕고 있어!" 밤색의 긴 수염을 한 러시아인 젤라우스키가 말을 던졌다.

"그러니까 기다리면 되는 거야, 세르게이 파블로비치." 유태계인 스카다가 온건하면서도 집요하게 또박또박 끊어서 말했다. “부르주아 세계는 결국 저절로 붕괴될 거야….”

스카다는 쉰 살가량의 소아시아 출신 이스라엘인이었다. 그는 심한 근시여서 올리브색 매부리코 위에 망원경 알만큼이나 두꺼운 렌즈의 안경을 쓰고 있었다. 얼굴은 못생긴 편이었다. 계란 모양의 머리 위에 착 달라붙은 곱슬머리, 아주 큰 두 귀, 그러나 열정적이면서도 사려 깊고 한없이 상냥해 보이는 시선. 그는 금욕적인 생활을 하고 있었다. 메네스트렐은 스카다를 ‘명상가 아시아인’이라고 불렀다.

“어때?” 아주 저음의 목소리가 물었다. 그와 동시에 짐꾼의 손처럼 투박한 손 하나가 자크의 어깨를 툭 쳤다. “이봐, 따뜻하지?”

키예프가 막 들어오는 참이었다. 그는 거기에 모여 있는 사람들에게 가서 “어때?” 하고 인사말을 던지며 일일이 악수했다. 그는 이렇게 인사하면서 “자네는 어때?”라는 상대편의 전통적인 인사말을 절대로 기대하지 않았다. 겨울이고 여름이고 자기 쪽에서 “따뜻하지?”라고 미리 대답하는 것이었다. (거리에 눈이나 왔으면 모를까 그는 이같이 틀에 박힌 말투를 바꾸려고 하지 않았다.)

“붕괴는 아마 먼 장래의 일이겠지. 그러나 분명히 불-가-피-한 일이야.” 스카다가 되풀이했다. “시간은 우리에게 유리하게 작용하고 있어. 그렇기 때문에 우리는 후회 없이 죽을 수 있는 거야….” 그의 무른 눈꺼풀이 내려앉았다. 그리고 누구를 향한 것도 아닌, 자기 확신의 반영에 지나지 않는 미소가 마치 두 마리의 뱀이 꿈틀거리듯이 길게 째진 두 입술을 천천히 실룩거리게 했다.

장 페리네는 단호하게 머리를 몇 번 끄덕이면서 동의를 표했다.

"그래, 시간이 말해주는 거야! …곳곳에서! 프랑스에서까지도 그래."

그는 낭랑한 목소리로 소리 높여 빠르게 말했다. 그는 머리에 떠오르는 모든 것을 솔직히 말했다. 그의 파리식 말투는 국제적인 이 모임에서 하나의 재미있는 분위기를 자아내곤 했다. 그의 나이는 스물여덟 살에서 서른 살쯤 되어 보였다. 일 드 프랑스*의 젊은 노동자형이었다. 날카로운 시선, 얼마 안 되는 콧수염, 곧은 코, 단정하고 건장한 몸집, 그는 생 앙투안 교외의 어떤 가구상의 아들이었다. 젊었을 때 여자 문제로 집을 뛰쳐나온 이래로 그는 고생이 무엇인지도 알게 되었고, 무정부주의자들 패거리와 어울리다가 감옥 신세도 졌다. 싸움판을 벌인 뒤로 리옹 경찰의 수배 대상자가 되었기 때문에 결국은 국경을 넘어온 것이다. 자크는 이 남자를 좋아했다. 외국에서 온 패거리들은 얼마쯤 거리를 두고 그를 대하고 있었다. 그것은 그의 가벼운 웃음과 재치에 거북함을 느낀 탓도 있으나 무엇보다도 떨떠름했던 것은 그가 자기들에 관해 말할 때 "잉글리시 씨…",** "마카로니 씨…",*** "슈크루트 씨…"****라고 부르는 나쁜 습성을 가지고 있었기 때문이다. 그러나 당사자는 그것을 조금도 실례라고 생각하지 않았다. 그러는 자신도 스스로를

* 파리를 중심으로 한 프랑스의 옛 주(州) 이름.

** 영국인을 가리킨다.

*** 이탈리아인을 가리킨다.

**** 독일인을 가리킨다.

"파리고"*라고 부르고 있지 않은가?

그는 증인이라도 되어달라는 것처럼 자크 쪽을 돌아보았다.

"프랑스에서는 심지어 산업계나 기업주 계층의 젊은 세대들도 바람이 어디로 불고 있는지를 알아차렸단 말이야. 결국 이제는 끝장났으며 무한정하게 버터 접시를 붙들고 있을 수는 없다는 것을 알고 있어. 그리고 얼마 안 가서 토지, 광산, 공장, 대기업, 운송 기관 등 모든 것이 싫건 좋건 결국 일반 대중한테로, 노동조합으로 돌아가야만 한다는 것도 알고 있어…. 젊은층은 그것을 알고 있지. 안 그래, 티보?"

젤라우스키와 스카다는 홱 돌아서더니 눈으로 자크의 의사를 타진하는 듯했다. 그것은 문제가 각별히 절박하기 때문에 최종적인 결정을 내리기 위해서는 자크의 의견을 기다려야 한다는 태도였다. 자크는 여기에 미소로 답했다. 물론 그것은 이러한 사회적 변혁의 조짐을 그들보다 가볍게 생각했기 때문이 아니었다. 다만 이런 대화의 유용성을 그들만큼 인정하지 않았기 때문이다.

"그건 그래." 하고 그는 수긍했다. "프랑스의 젊은 부르주아들한테서는 자본주의의 미래에 대한 신념이 조금씩 흔들리고 있는 것 같아. 그들은 여전히 그 체제를 이용하고 있지. 그들은 자기들이 살아 있는 동안은 그 체제가 지속되기를 바라고 있어. 그러나 더 이상 '양심에 거리낄 것이 없다'는 생각은 못 갖게 됐어…. 다만 그것뿐이지. 그들이 언제든지 손을 들 준비가 되어 있다고 생각하는 것은 너무 성급한 결론이야. 내 생각은

* 파리 토박이를 말한다.

반대야. 그들은 무슨 짓을 해서라도 자기들의 특권을 지킬 거야. 그들은 아직도 아주 탄탄하니까! 무엇보다도 그들은 어처구니없는 사실을 이용하고 있어. 곧 그들이 착취하고 있는 일반 대중으로부터 묵인받고 있다는 것 말이야!"

"게다가 아직도" 하고 페리네가 말했다. "지도적 위치의 자리는 모두 그들 손아귀에 들어가 있어."

"사실 손아귀에 쥐고 있을 뿐만 아니라" 하고 자크가 되받아 말했다. "지금으로서는 그들은 그것을 손아귀에 넣을 일종의 권리마저 가지고 있는 거야…. 그렇다면 도대체 어디에…."

"어느 프롤레타리아의 추억!" 하고 갑자기 키예프가 부르짖었다. 그는 방구석에 있는 책상 앞에 멈추어 서 있었다. 그곳은 도서계를 맡은 고서적상인 샤르쇼우스키가 신문, 잡지, 신간 서적 등을 밤마다 펼쳐놓곤 하는 곳이었다. 이쪽에서는 다만 숙이고 있는 그의 목덜미와 히죽히죽 웃으면서 쳐든 커다란 어깨만이 보였다.

자크는 하던 말을 마무리 지었다.

"…도대체 어디에 가야 그들 자리를 대신할 수 있는 교양 있고 전문적인 지식을 갖춘 인간들을 하룻밤 사이에 충분히 찾을 수 있겠어? 세르게이, 왜 웃지?"

젤라우스키는 아까부터 흥미와 애정이 어린 눈으로 자크를 바라보고 있었다.

"프랑스인은 누구나 할 것 없이" 하고 그는 고개를 가볍게 흔들면서 말했다. "언제나 한쪽 눈만 감고 잠자는 회의주의자의 요소를 지니고…."

키예프는 허리를 돌리며 돌아섰다. 그는 여러 그룹을 돌아본 뒤에 새로 나온 가제본 책을 흔들며 곧장 자크를 향해 걸어왔다.

"에밀 푸샤르, 『어느 프롤레타리아의 어린 시절의 추억』… 이게 도대체 뭐라고 생각해, 응?"

그는 눈을 크게 뜨고 낙관론자 같은 쾌활한 얼굴을 내밀면서 장난삼아, 약간 과장되어 우스꽝스럽게 보이는 태도로 다른 사람들의 얼굴을 번갈아 보면서 웃고 있었다.

"또 하나 형편없는 동지가 생긴 거 아니야, 응? …'문제'만 일으키는 건달이야? …아니면 프롤레타리아 간판으로 문학을 한답시는 엉터리 문인이야?"

주위에서는 그를 '선동가' 또는 '구두 수선공'이라고 불렀다. 프로방스 태생인 그는 여러 해 동안 상선을 타고 지중해 연안의 항구라는 항구는 빼놓지 않고 떠돌아다니며 별의별 일을 다 하다가 마침내 이곳 제네바에 와서 정착하게 되었다. 그의 구둣방은 언제나 하는 일 없는 투사들로 가득했다. **본부**는 닫혀 있어도 거기에만 가면 겨울에는 난로가 있고 여름에는 차가운 코코*가 있었다. 그리고 계절과 상관없이 언제나 담배와 연설이 있었다.

남프랑스 태생인 그의 노래하는 듯한 목소리는 사람의 마음을 사로잡는 어떤 특별한 매력이 있어서 그는 본능적으로 거기에서 놀랄 만한 이점을 끄집어내곤 했다. 공적인 회의 석상에서 그는 두 시간 동안이나 자기 자리에서 몸을 뒤틀고 있다가 회의가 끝나갈 무렵에 갑자기 연단에 뛰어올라가서는 그다지

* 싸구려 음료의 일종이다.

새로운 것도 없이 다만 다른 사람의 사상에다 자신의 원색적인 언변의 마법을 더해서 잠깐 사이에 전체의 찬동을 얻어내는 것이었다. 그리고 말솜씨가 좋은 웅변가도 다수의 동의를 얻어낼 수 없었던 것을 가결시키는 것이었다. 그럴 경우에 입심 좋은 그의 연설을 중단시키기는 어려운 일이었다. 서정적인 감정의 폭발, 낭랑한 목소리, 그의 내부로부터 흘러나와 방 안 전체에 울려 퍼지는 듯한 소리의 흐름을 들으면서 그는 강렬한 육체적인 희열을 느꼈다. 그러나 그가 그 정도로 만족해하는 법은 결코 없었다.

책장을 뒤적이면서 그는 각 장의 차례를 훑어보았다. 그리고 글자를 배우기 시작하는 어린아이처럼 굵은 집게손가락으로 행을 따라갔다.

"가정의 즐거움…. 우리 집의 따스함…. 흥, 제기랄!"

그는 책을 덮었다. 그리고 공을 던지는 사람처럼 정확한 자세를 취하고는 한쪽 무릎을 꿇고 팔을 내뻗으면서 책상 위까지 책을 던졌다.

"이봐." 하고 그는 다시 자크 쪽을 보면서 말했다. "나도 회고록을 썼으면 해. 나라고 왜 못 쓰겠나? 그래, 나도 가정의 즐거움쯤은 알고 있어! 어린 시절의 추억도 있고! 그런 추억을 가지고 있지 않은 사람들에게 나누어줄 만큼은 가지고 있단 말이야!"

다른 그룹의 사람들까지 그 큰소리에 귀가 솔깃해서 그의 곁으로 모여들었다. 이 '웅변가'의 허풍은 돌파구를 찾지 못하고 있는 이런 토론 분위기에 이따금 새로운 바람을 불어넣는 구실을 하곤 했다.

그는 눈살을 찌푸리고는 주위 사람들의 얼굴을 뚫어지게 바라보았다. 그리고 아주 능란하게 낮고 은근한 목소리로 이야기를 시작했다.

"마르세유의 에스타크구區를 모두가 알고 있겠지? 그래, 우리는 그 에스타크구의 어느 뒷골목에서 여섯 식구가 살고 있었어. 방이 두 칸이라고는 하나 모두 합쳐도 이 방 절반쯤이나 되었을까. 더구나 방 하나에는 창문도 없었어…. 아버지는 추운 새벽녘에 일어나서 촛불을 밝혀놓았지. 그리고 동생들과 같이 덮고 자는 내 이불을 벗겨버려. 왜냐하면 자기는 일어났는데 우리가 자고 있는 것이 싫었던 거야. 밤에는 아주 늦게 거나하게 취해서 들어오곤 했지. 부둣가에서 나무통을 굴리기 때문에 피곤했던 거야. 언제나 몸이 골골했던 어머니는 고작 하는 짓이 몇 푼 안 되는 돈을 세는 일이었어. 아버지 앞에서는 우리와 똑같이 언제나 벌벌 떨었지. 어머니도 아침부터 저녁까지 무엇인지는 모르지만 동네에서 남의 집 일을 해주러 다녔어…. 나로 말하면 장남으로 태어난 덕분에 동생 셋을 맡았지. 나는 그들을 자주 때렸어. 잘 울지, 콧물 흘리지, 싸움질하지, 왜 그렇게 나를 성가시게 하는지…. 하루에 한 번 스튜 한 접시도 못 얻어먹었으니까…. 빵 한 조각, 양파 하나, 올리브 여남은 개, 어쩌다가 돼지비계 한 덩이. 먹을 만한 것은 하나도 없었어. 부드러운 말 한마디 없었고, 재미나는 장난도 해본 적이 없었어. 아침부터 저녁까지 동네를 서성거리고 다니다가 진흙탕 속에서 썩은 오렌지 하나만 찾아내도 곧 싸움질이야…. 길가 포장마차에서 백포도주에 성게 알을 먹고 있는 행복한 놈의 껍질 냄새를 맡으러 간 적도 있었어…. 열세 살 때는 공터 울타리 뒤에 가서 계집애를 뒤쫓아 갔었고…. 아, 빌어먹을! 가정의 즐거움이라고는! …추위, 굶주림, 부정, 선망, 반항…. 일 배우라고 나를 대장간에 보냈는데, 나는 언제나 궁둥이를 차이기만 했지. 빨간 쇠에 두 손은 언제나 데고 화덕불에 얼굴은 그을리곤 했어. 그리고 풀무질을 해서 팔은 언제나 끊어질 것 같았고!…” 그는 목소리를 좀 높였다. 목소리는 쾌감과 반항으로 떨리고 있었다. 그는 주위 사람들을 힐끗 둘러보았다. “나도 얼마든지 어린 시절의 추억담은 있단 말이야!”

자크는 호기심에 찬 젤라우스키의 눈과 마주쳤다. 젤라우스키는 손을 천천히 키예프 쪽으로 들면서 물었다.

“어떻게 당에 들어오게 되었어?”

“옛날이야기야.” 하며 키예프가 말했다. “군 복무는 해군에서 하게 되었는데, 운 좋게도 같은 방에 **뭘 좀 알고** 선전 활동을 하던 두 녀석이 있었어. 나는 책을 읽기 시작했지. 여러 가지를 배우기도 하고. 다른 녀석들도 그렇게 했어. 서로 책을 빌려보면서 토론도 하고…. 말하자면 뭔가 해보려고 했던 거야…. 여섯 달이 지나자 우리는 모두 훌륭한 동지가 되었어…. 그리고 군에서 나올 때 나는 확실히 깨달았지. 내가 훌륭한 사나이가 되었다는 것을….”

그는 입을 다물었다. 그리고 앞을 멍하게 보고 있다가 말했다.

“모두 훌륭한 동지였어…. **지독한** 패거리였지…. 모두들 어떻게 되었을까? 그런 작자들은 **회고록** 따위는 쓰지 않을 거야! …귀여운 아가씨들, 잘 있었어?” 하고 그는 저쪽에서 걸어오는 두 젊은 여자를 정중하게 돌아보며 말했다. “따뜻해?”

둘러앉아 있던 사람들은 신입 당원인 스위스 태생의 두 동지 아나이스 줄리앙과 에밀리 카르트에에게 자리를 내주려고 원을 넓혔다. 한 사람은 교사이고 다른 한 사람은 적십자 간호사였다. 둘은 함께 살고 있었고 대개는 함께 모임에 나오곤 했다. 여교사인 아나이스는 몇 가지 언어를 구사하며 신문에 외국의 혁명 관련 글을 번역하여 발표하고 있었다.

두 사람의 생김새는 서로 아주 달랐다. 손아래인 에밀리는 자그마하고 머리는 갈색이며 살이 쪄 있었다. 아주 잘 어울리는, 벗는 적이 거의 없는 푸른 베일에 싸여 있는 그녀의 얼굴에는 영국 아기처럼 우윳빛 도는 분홍빛이 감돌고 있었다. 언제나 명랑하며 애교도 있었다. 그녀는 발랄한 제스처를 썼고 재치 있게 대답했다. 그러나 말투에는 사람의 신경을 건드리는 것이 조금도 없었다. 환자들은 모두 그녀를 좋아했다. 키예프도 마찬가지로 그녀를 좋아했다. 그는 아버지 같은 농담을 하면서 그녀를 쫓아다녔다. 그는 어느 누구도 흉내 낼 수 없이 진지하게 이렇게 늘어놓곤 했다. "뭐, 미인이라고 해서 그러는 게 아니야. **그냥 어쩐지 좋아서야!**"

한편 아나이스는 똑같이 갈색 머리를 하고 있으나 얼굴색은 붉고 광대뼈가 나왔고 머리가 말상인 좀 고집스런 얼굴이었다. 그러나 이 두 여인은 똑같이 균형이 잡혀 있고 내적인 힘을 가지고 있다는 인상을 주었다. 말하자면 자신의 존재와 행위가 자신이 생각하는 것과 완전히 일치하는 사람들에게서 찾아볼 수 있는 그런 품위 있는 느낌을 주었다.

이야기는 다시 계속되었다.

명상가인 스카다가 정의에 대해서 말하고 있었다.

"…자신의 주변에 항상 더 많은 정의를 확립시킬 것." 하고 그는 설득력 있으면서도 온건한 말투로 설명했다. "사람들이 서로 화목하기 위해서는 가장 중요한 것이 바로 이거야."

"천만에!" 하며 키예프가 외쳤다. "자네가 말하는 정의, 거기에는 나도 동감이야! 거기에는 이론의 여지가 없어! …그러나 세계 평화를 이루기 위해서는 정의를 너무 믿으면 안 돼. 정의를 부르짖는 녀석치고 트집쟁이이고 싸움을 좋아하지 않는 녀석은 없으니까!"

"사랑 없이 지속될 수 있는 건 아무것도 없어." 하고 방금 자그 곁에 와 멈추어 선 반네드가 중얼거리듯 말했다. "평화란 신념의 산물이야…. 신념과 자비의…." 그는 얼마 동안 꼼짝않고 있다가 입가에 야릇한 미소를 짓고는 사라졌다.

낮은 목소리로 이야기하면서 방을 지나가는 패터슨과 알프레다의 모습이 자크의 눈에 띄었다. 두 사람은 메네스트렐이 으레 있을 옆방으로 아무 생각 없이 가고 있었다. 패터슨 곁에 있으면 그녀는 아주 작아 보였다. 훤칠하게 생긴 패터슨은 파이프를 물고 걸어가면서 그녀 쪽으로 몸을 기울이고 있었다. 세련된 용모, 면도 자국이 선명한 밝은 얼굴, 낡은 옷이기는 하나 단정한 옷차림, 이런 것들은 언제나 그로 하여금 그의 동료들보다 깔끔한 사람이라는 인상을 풍기게 했다. 알프레다는 지나가면서 자크의 그룹 쪽으로 깊은 눈길을 던졌다. 그럴 때면 그 눈에서는 가끔 지금같이 뜻밖의 불꽃, 남모르는 불길이 엿보이곤 했고, 그것이 그녀로 하여금 어떤 영웅적인 숙명에 몸을 바친 사람처럼 보이게 했다.

패터슨은 자크를 향해 미소를 지었다. 즐거운 듯 활기찬 그의 몸가짐은 그를 한층 더 젊어 보이게 했다.

"리차들레가 나한테 이걸 통째로 넘겼어." 어리광 부리는 어린아이처럼 말하면서 그는 담배 반 갑을 자크에게 내밀었다. "한 개비 피워봐, 티보! …싫어? …바보 같으니…." 그는 담배를 한 모금 빨고는 그것을 콧구멍을 통해 관능적으로 내뿜었다. "분명히 말할게. 담배란 정말 맛있는 거야!"

자크는 미소를 지으며 그들이 멀어져가는 것을 바라보았다. 그러고 나서 이번에는 그도 기계적으로 그들이 떠나가버린 문으로 걸어갔다. 그러나 문지방에 이르자 그는 발걸음을 멈추었다. 그리고 문틀에 팔꿈치를 괴었다.

메네스트렐의 목소리가 그에게까지 들려왔다. 그 목소리는 퉁명스럽고 날카로웠으며 말끝에는 빈정대는 투가 담겨 있었다.

"물론이지! 나는 '개혁'에 원칙적으로 반대하지 않아! 나라에 따라서 개혁을 위한 싸움은 투쟁을 위한 디딤돌이 될 수 있는 거야. 프롤레타리아에 의해 획득된 생활 조건의 개선은 그 수준을 향상시키면 그들의 혁명적 교양을 증대시키는 데 어느 정도 도움이 될 수 있어. 그러나 당신들이 말하는 '개량주의자'들은 개혁이야말로 목적 달성의 **유일한 수단**이라고 생각하거든. 그것은 다른 모든 것 가운데서 오직 **하나의** 수단에 지나지 않아! 개량주의자들은 사회 법칙이나 경제적 정복이 프롤레타리아의 생활 개선은 물론이고 그들의 역동성도 필연적으로 증대시키는 것으로 생각하고 있어…. 이건 생각해볼 문제야! 프롤레타리아가 손짓만 해도 정치 권력이 저절로 손에 굴러 들어오는 시기가 오게 하려면 충분한 개혁이 이루어져야 한다고 그들은 생각하고 있어. 이것도 생각해볼 문제야!… 큰 고통 없이는 아무것도 만들어낼 수 없는 거야!"

"격렬한 고통 없이는, Wirbelsturm* 없이는 혁명은 없어!"라고 말하는 한 사람의 목소리가 들렸다. (자크는 그것이 미퇴르크의 독일어투의 목소리인 것을 알아차렸다.)

"개량주의자들은 크게 잘못 생각하고 있어." 하며 메네스트렐이 말을 계속했다. "그들은 이중으로 잘못 생각하고 있는 거야. 왜냐하면 primo, 프롤레타리아를 과소평가하고 secundo, 자본가 계급을 과대평가하기 때문이야. 프롤레타리아는 아직 그들이 주장하고 있는 것처럼 그렇게 성숙되어 있지 않아. 공격으로 전환하기 위해서나 권력을 쟁취하기 위해서나 그들은 충분한 단결력도, 충분한 계급의식도, 충분한… 그 밖의 것들도 갖추고 있지 못해! 한편 자본가 계급에 대해서는 그들이 후퇴하고 있다는 사실 하나만 보고는 개량주의자들은 개혁을 거듭함에 따라 자본가 계급이 밑바닥까지 무너져 없어지는 것으로 생각하고 있어. 터무니없이! 자본가 계급이 가지고 있는 반혁명적 의지나 저항력은 끄덕도 안 해. 그들의 권모술수는 언제나 반격을 준비하고 있어. 당 간부들을 자본가 계급과 타협하게 하고 노동자들 사이에 차별을 두어 노동자 계급을 분열시키는 여러 가지 개혁을 자본가들이 아무런 생각도 없이 승인하고 있다고 생각하나? 그것 말고도 모든 것이 이런 식이야…. 물론 나는 자본가 계급이 내부적으로 심각한 분열을 보이고 있는 것을 알고 있어. 내 말은 겉보기와는 달리 자본가 계급의 대

* '회오리바람'이라는 뜻의 독일어.

향이 강해진다는 뜻이야! 그러니까 빼앗기기 전에 자본가 계급이 온갖 수단을 다 써볼 거야. **온갖** 수단을! 그런데 그 옳고 그름은 제쳐두고 자본가 계급이 가장 의지하는 것 중의 하나가 바로 전쟁이야! 전쟁이야말로 여러 가지 사회적 정복으로 말미암아 잃어버린 활동 분야 전체를 한꺼번에 되찾을 수 있게 하거든! 전쟁, 그것은 프롤레타리아를 분열시키고 파멸로 이끌 수 있어! …Primo, 그것은 프롤레타리아를 분열시켜. 왜냐하면 프롤레타리아는 너나없이 아직 애국적 감정에서 벗어나지 못하고 있기 때문이야. 전쟁은 민족주의적인 프롤레타리아 다수파를 인터내셔널에 충실한 소수파와 대립시키지…. Secundo, 프롤레타리아를 파멸시킬 거야. 왜냐하면 쌍방의 전선에서 전쟁의 이슬로 사라지는 것은 대다수의 노동자들이기 때문이야. 그리고 살아남는 자들의 경우에, 패전국에서는 퇴폐에 빠질 것이고 승전국에서는 쉽사리 마비되고 잠재워지게 될 테니까….”

6

“저 키예프 녀석!” 하고 세르게이 젤라우스키는 자크 곁에 와서 말했다.

자크가 그룹에서 떠나는 것을 보고 뒤에서 쫓아온 것이다.

“이상하지, 어렸을 적 일은 정말 언제나 잊지 못해…. 안 그래?” 그는 여느 때보다도 더 마음이 허전한 것 같았다. “그런데, 티보” 하며 그는 물었다. “자네는 어떻게 해서… (그는 ‘혁명가가 되었나'라고 말하려다가 순간 망설였다.) 우리하고 같이 있게 된 거지?"

"어, 나 말이지!" 하고 자크가 말했다. 그리고 그는 가벼운 미소를 짓고 상체를 조금 뒤로 젖히면서 질문을 피했다.

"나는" 하고 젤라우스키가 곧 말을 이었다. 거기에는 소심한 남자가 처음으로 자기에 관해 말하고 싶은 유혹에 빠질 때 느끼는 무언가 즐거운 흥분 같은 것이 엿보였다. "나는 내가 중학교를 도망쳐 나온 뒤에 어떤 경로를 밟아 차츰 이렇게 되었는지 알고 있어…. 나는 그때부터 이미 이렇게 될 소지가 있었던 것 같아…. 최초의 충격은 그것보다 훨씬 선에 있었어…. 내가 아주 어렸을 때…."

그는 고개를 수그리고는 자신의 손을 내려다보았다. 이야기하는 동안 그는 두 손을 잡았다 놓았다 했다. 두 손은 희고 약간 통통했고, 짧은 손가락은 끝에 가서 네모져 있었다. 자세히 보면 얼굴 피부는 눈언저리의 관자놀이가 옴폭 파진 데 가서 주름이 져 있었다. 콧구멍이 납작한 긴 코는 매부리코인데, 그 끝의 움직임은 눈썹의 비스듬한 선과 벗겨진 이마 때문에 더 두드러져 보였다. 보기 드물게 멋진 그의 금빛 콧수염은 보풀이 인 푼사실 뭉치나 실유리 같다고나 할까, 뭔지 이름을 알 수 없는, 무게가 없는 어떤 물질로 만들어진 것처럼 보였다. 그것은 솜처럼 가볍게, 극동에서 볼 수 있는 어떤 물고기의 가는 수염처럼 유연하게 바람에 너울거렸다.

그는 자크를 잡지들이 쌓여 있는 테이블 뒤의 방구석으로 슬그머니 데려갔다. 그들은 단둘이 되었다.

"나로 말할 것 같으면" 하고 자크 쪽을 보지 않고 그는 말했다. “아버지는 호로드니아*에서 육 베르스타**쯤 되는 가족 소유지에 지은 큰 공장을 경영하고 있었어. 모든 것을 정말 확실히 기억하고 있지…. 그런데도 지금까지 그것을 생각해본 적이 없단 말이야.” 하며 그는 머리를 치켜들었다. 그리고 다정한 눈빛을 자크에게 보내면서 말했다. “그런데 왜 오늘 밤에?…”

자크가 남의 말을 참을성 있고 신중하며 진지한 태도로 듣기 때문에 사람들은 늘 속내 이야기를 해오곤 했다. 젤라우스키는 계속 미소를 지었다.

“모두가 재미있어. 안 그래? 나는 그 큰 집과 정원사 포마와 숲 어귀에 있는 일꾼들의 작은 마을을 기억하고 있어…. 또 아주 어렸을 때 어머니와 함께 겪은 일도 기억나는데, 그것은 지금 생각해보니까 해마다 거행되던 의식이었어. 아버지의 생일잔치였던가? 공장 안뜰에서였어. 아버지는 혼자 테이블 앞에서 계셨지. 쟁반에는 루블 동전이 산더미처럼 쌓여 있었어. 그리고 일꾼들은 모두 한 사람씩 아무 말 없이 허리를 굽히고 아버지 앞을 지나갔어. 그러면 아버지는 일꾼들 모두에게 동전을 한 닢씩 주셨어. 그러면 일꾼들은 저마다 아버지 손을 잡고는 입을 맞추었지…. 그래, 그때 러시아에서는 그랬어. 그리고 어떤 지방에서는, 그렇지, 지금 1914년에도 아직 그렇게 하고 있을 게 틀림없어…. 아버지는 키가 큰 데다가 어깨가 아주 넓었어. 언제나 똑바로 서 계셨지. 나는 아버지가 무서웠어. 일꾼들도 아마 무서워했을 거야…. 지금 기억나는데, 아버지는 열시

* 우크라이나의 도시.

** 미터법 시행 전 러시아의 길이 단위. 1베르스타는 약 1킬로미터.

에 하는 식사가 끝난 뒤에 공장에 가기 위해 우리 곁을 떠나면서 현관에서 털을 댄 외투를 입고 모자를 쓰고 나서는 언제나 서랍 속에 있는 권총을 꺼내곤 했어. 그리고 그것을 이렇게 호주머니 속에 단번에 쑤셔넣곤 했지! 그리고 외출할 때는 언제나 묵직한 납으로 된 지팡이를 갖고 나갔어. 그것이 얼마나 무거웠는지 나는 들 수도 없었어. 그런데 말이야, 아버지는 휘파람을 불면서 두 손가락으로 그것을 빙빙 돌리는 거야…." 이런 자질구레한 것들을 생각해내는 것이 재미있었던지 그는 미소를 지었다. "아버지는 매우 강한 사람이었어." 그는 잠깐 사이를 두었다가 말을 계속했다. "나는 그것이 무서웠어. 그러니 그것 때문에 아버지가 좋기도 했어. 그리고 직공들도 나하고 같은 생각이었어. 모두 아버지를 무서워했지. 그것은 아버지가 매우 엄격하고 독단적이며 필요한 때는 잔인하기도 했기 때문이야. 그러나 그들은 아버지를 좋아했어. 그는 강했기 때문이지. 그리고 아버지는 옳고 그름을 가릴 줄 아는 사람이었어. 그리고 정의파였어. 인정은 없었지만 그래도 꽤 정의파였지!"

뒤늦게 무언가 마음에 걸리는 것이 있었던지 그는 다시 말을 중단했다. 그러나 자크가 주의를 기울여 듣고 있는 것에 마음이 놓였던지 다시 이야기를 계속했다.

"그런데 어느 날 집안이 발칵 뒤집혔어. 제복을 입은 사람이 왔다간 거야. 아버지는 식사 때가 되어도 돌아오지 않았어. 어머니는 식탁에 앉으려고도 하지 않았어. 문을 두드리는 소리가 들렸지. 하인들이 복도를 뛰어다니고 있었어. 어머니는 이층 창가를 떠나지 않고 있었고… 파업, 난투, 경찰의 난입, 이런 말들이 들렸어…. 그때 갑자기 아래에서 떠들어대는 소리가 들렸어. 나는 두 개의 계단 난간 사이로 고개를 내밀었어. 그랬더니 진흙과 눈으로 온통 뒤범벅이 된 들것 하나가 보이더군. 거기에 무엇이 있었는 줄 알아? 외투는 찢기고 머리에는 아무것도 쓰지 않은 아버지가 누워 있었던 거야…. 아버지가 아주 작아지고, 움츠러지고, 한쪽 팔을 늘어뜨리고 있었던 거야…. 나는 와락 울어버렸어. 누군가가 내 머리에 보자기를 씌웠어. 그러고 나서 집 건너, 일하는 여자들이 있는 곳으로 데리고 갔어. 여자들은 성모상 앞에서 기도를 하면서 무엇인가 왁자지껄하게 떠들고 있더군…. 마침내 나는 영문을 알게 되었어…. 그 일꾼들, 아버지 손에 입 맞추던 그 일꾼들이 그랬던 거야. 그날 그들은 손에 입을 맞추고 돈을 받는 일이 지긋지긋하게 여겨졌던 거야…. 그리고 그들은 기계를 때려 부숴버렸어. 말하자면 그들이 강자가 된 거지! 그래, 그 일꾼들이 말이야! 그들이 아버지보다 더 강해져버린 거야!"

그는 이제 미소를 짓고 있지 않았다. 그는 손끝으로 긴 수염 끝을 잡아당기며 엄숙한 모습으로 자크를 내려다보았다.

"이봐, 그날부터 나에게는 모든 것이 바뀌었어. 나는 이미 아버지 편이 아니었어. 나는 일꾼들 편이었어…. 그래, 그날부터… 나는 처음으로 그때까지 허리를 굽혔던 민중이 그 허리를 폈을 때 그것이 얼마나 훌륭한 것이고 얼마나 멋진 것인가를 이해하게 된 거야!"

"아버지는 살해되었나?" 자크가 물었다.

젤라우스키는 개구쟁이처럼 깔깔대며 웃었다.

"아니야, 아니야…. 푸르스름한 타박상을 입었을 뿐 별일은 없었어…. 그러나 그 사건 뒤로 아버지는 이미 지배자가 아니었어. 한 번도 공장에 발을 들여놓지 않았어. 집에서 보드카나 마시며 우리와 함께 지냈지. 그리고 늘 어머니와 하인들과 소작인들을 괴롭혔어…. 나는 도시에 있는 중학교로 보내졌어. 나는 집에 통 들르지 않았어…. 그리고 이삼 년이 지난 어느 날 어머니한테서 편지가 왔어. 슬픈 일이 생겼으니까 기도를 하라고 하시더군. 아버지가 돌아가신 거야." 그는 다시 엄숙해졌다. 그는 자기 자신에게 말하듯이 몹시 빠른 말로 덧붙였다. "그러나 기도 같은 것은 이미 나하고는 무관한 것이었어…. 그리고 얼마 안 되어서 나는 도망쳐버린 거야…."

둘은 한동안 말이 없었다.

자크는 시선을 떨구고 문득 자신의 어린 시절을 생각했다. 위니베르시테가[街]의 집이 생각났다. 저녁에 학교에서 돌아왔을 때 카펫과 벽지에서 나던 냄새, 아버지 서재에서 나던 그 특유의 따뜻한 냄새…. 종종걸음으로 복도를 걷던 늙은 베즈 유모, 지젤, 동그란 얼굴에 얌전하고 귀여운 두 눈을 하고 있던 어린 지젤이 생각났다…. 교실이며 공부며 노는 시간이 생각났다…. 다니엘의 우정, 선생님들의 의심, 마르세유에로의 무모한 도망, 앙투안과 함께 집에 돌아오던 일, 응접실의 불빛 아래에서 프록코트를 입고 그들을 기다리며 서 있던 아버지가 생각났다…. 그리고 뒤이어 그 저주받은 나날들, 소년원, 감방, 감시인의 감시를 받으며 날마다 산책했던 일 등… 자기도 모르는 사이에 전율이 등골을 스쳐갔다. 그는 눈을 뜨고 크게 숨을 내쉬었다. 그리고 자기 주위를 둘러보았다.

"어이구," 하고 그는 지금까지 둘이 있던 방구석에서 불쑥 나오면서 말했다. 그는 마치 물에서 나온 개처럼 몸을 부르르 떨었다. "프레젤이 왔어!"

루드비히 프레젤과 그의 여동생 세실리아가 지금 막 방에 들어온 것이다. 둘은 그곳에 익숙하지 않은 새로 온 손님처럼 어떤 그룹에 들어갈까 생각하고 있던 참이었다. 자크의 모습을 보자 둘은 동시에 손을 들었다. 그리고 조용히 다가왔다.

둘은 키도 같고 똑같이 갈색 머리에다 모습도 이상하리만큼 닮았다. 둘 다 통통하고, 목덜미는 좀 무거워 보였고, 표정은 굳어 있으면서도 윤곽이 뚜렷해서 마치 고대인 같은 얼굴을 하고 있었다. 양식화된 얼굴, 그것은 자연스럽게 만들어졌다기보다 무언가 규격에 따라 틀이 만들어졌다는 편이 나을 것 같았다. 콧날은 이마의 수직선을 그대로 받아 콧허리에서도 아무런 굴곡을 보이지 않았다. 이런 조각상 같은 얼굴은 시선에 생기를 띠기가 어려웠다. 그래도 루드비히의 눈이 지금까지 인간적인 감정을 드러내 보인 적이 없는 여동생의 눈보다는 조금 생기가 있어 보였다.

"우린 어제 돌아왔어요." 하고 세실리아가 설명했다.

"뮌헨에서?" 자크는 앞으로 내민 두 사람의 손을 잡으면서 물었다.

"뮌헨이랑 함부르크랑 베를린에서."

"그리고 지난달에는 이탈리아 밀라노에 있었지." 프레젤이 덧붙였다.

그때에 마침 한쪽 어깨가 축 처진 갈색 머리의 작은 남자가 그 옆을 지나가다가 희색이 만면해서 멈추어 섰다.

"밀라노라고?" 하고 말하면서 그는 말 이빨처럼 아름다운 이를 드러내 보이며 싱글벙글 웃었다. "그럼 **아반티***의 동지들도 만났겠군?"

"만났지…."

세실리아는 머리를 돌렸다.

"댁은 밀라노 분이세요?"

이탈리아인은 그렇다는 몸짓을 하더니 웃으면서 여러 번 같은 말을 되풀이했다.

자크가 그를 소개했다.

"사프리오 동지야."

사프리오는 적어도 마흔 살쯤은 되는 것 같았다. 그는 작고 똥똥하며 좀 기형으로 생겼다. 부드럽고 초롱초롱한 검고 멋진 두 눈은 그의 얼굴을 환하게 했다.

"나는 1910년 이전의 당신들 이탈리아당을 알고 있어요." 하며 프레젤이 말했다. "말하자면 가장 보잘것없는 당의 하나였지. 그런데 지금은 우리가 적색 주간**의 파업을 보고 왔을 정도니! 정말 대단한 발전이지 뭐야!"

"그래! 얼마나 기막힌 힘이요! 또 얼마나 훌륭한 용기이고!" 하고 사프리오가 외쳤다.

"이탈리아는" 하고 프레젤이 거드름을 피우며 말을 받았다. "확실히 독일 사회민주당의 조직 방법에서 많은 것을 배우고 있다고 생각해. 이탈리아의 노동자 계급도 지금은 제대로 집결되고 훌륭히 조직되기까지 했거든. 정말 언제라도 돌격할 수 있는 태세를 갖추고 있어. 특별히 말하고 싶은 것은 농민 프롤

* '전진'이라는 뜻의 이탈리아어.

** La Semaine Rouge. 대중의 봉기.

레타리아가 다른 어떤 나라보다 강력하다는 것이야."

사프리오는 유쾌하게 웃었다.

"의회에서는 쉰아홉 명의 의원이 우리 당 소속이야! 거기에다 우리 당의 신문으로 말하면! 그 **아반티**는! 한 호에 사만오천 부 이상 찍고 있소! 언제쯤 거기에 있었소?"

"사월과 오월에. 앙콘 대회 때문이었어요."

"세라티를 아오? 벨라는?"

"세라티, 벨라, 바치, 모스칼레그로, 말라테스타…"

"위대한 튜라티는 어땠소?"

"Ach!* 그 사람은 개량주의자야!"

"무솔리니는? 그는 개량주의자가 아니야! 그 사람은 진실하지! 그 사람을 알고 있소?"

"네." 프레젤은 간단히 대답했다. 그는 슬며시 입을 삐죽거렸으나 사프리오는 눈치채지 못했다.

사프리오는 말을 계속했다.

"베니토**와 나는 로잔에서 같은 집에서 산 적이 있어요. 그는 이탈리아로 돌아갈 수 있기 위해 사면을 기다리고 있었어…. 그리고 스위스에 올 때마다 나를 만나러 왔지. 이번 겨울에도…."

"Ein Abenteurer!"*** 세실리아가 중얼거렸다.

"그도 나처럼 로마냐 태생이지." 하고 사프리오는 약간 자만

* '아'라는 뜻의 독일어.

** 무솔리니의 다른 이름.

*** '모험가'라는 뜻의 독일어.

심이 감도는 웃음을 짓고는 모두를 살펴보며 말을 계속했다. "로마냐 태생인 데다가 어릴 때는 친구이자 형제 같은 사이였어…. 그의 아버지는 선술집 주인으로 우리 집에서 육 킬로미터 떨어진 곳에서 살고 있었어…. 잘 아는 사이였지…. 로마냐 최초의 인터내셔널 당원의 한 사람이야! 술집 안에서 그가 이른바 성직자들이나 애국자들을 형편없이 몰아세우는 것을 당신들이 들었더라면! 그리고 그는 아들 자랑이 대단했어요! 이렇게 말하곤 했지. '나는 일단 마음만 먹으면 왕당파 놈들을 모조리 때려눕힐 거야!'" 이런 말을 하는 그의 두 눈은 정말 베니토의 눈과 똑같이 빛나고 있었다.

"Ja, aber er gibt ein wenig an"* 하고 세실리아는 미소를 짓고 있는 자크를 바라보며 중얼거렸다.

사프리오의 표정은 침울해졌다.

"베니토가 어떻다는 거야?"

"그녀 말로는 Er gibt an… 좀 으스대고 허풍스럽다는 거야…." 하고 자크가 설명했다.

"무솔리니가?" 하고 사프리오가 외쳤다. 그는 그녀에게 화가 난 것 같은 눈길을 보냈다. "그럴 리 없어! 무솔리니는 진실하며 순수해! 오래전부터 반왕정주의적이고 비애국주의적이며 반교권주의적이야. 더구나 위대한 콘도티에레**야!…. 진정한 혁명 지도자지! …그리고 언제나 실증적이며 현실적이고…. 행동이 먼저고 신조는 그다음이야! …포를리에서 파업이 일

* '그래, 그러나 그는 좀 으스대는 데가 있어'라는 뜻의 독일어.

** 이탈리아의 용병 대장의 이름.

어났을 때 가두에서, 모임에서, 곳곳에서 그는 미친 사람처럼 행동했어! 더구나 그의 말솜씨란! 쓸데없는 말은 전혀 안 해! '이렇게 하는 거야, 저렇게 하는 거야!' 아, 기차를 멈추게 하려고 레일을 들어냈을 때 그는 얼마나 기뻐했는지! 트리폴리 원정에 반대하며 격렬한 운동을 벌인 것은 정말 그의 신문과 그 자신이 해낸 거야! 이탈리아에서 그는 우리의 투쟁의 혼이야! 『아반티』 지면을 통해 대중에게 날마다 혁명적 **분노**를 불어넣은 것도 바로 그야! 왕당파 정부의 입장에서는 적대자로서 그 사람만큼 큰 적수도 없을 거야! 사회주의가 이탈리아에서 대번에 그렇게 강대해진 것도 주로 베니토의 활동 때문일 거야! 그럼! 이달 들어 그것이 더 확실히 입증되었어…. 적색 주간! …그는 참 기회를 잘 잡았어! …아, per Bacco,* 사람들이 그의 신문에 귀를 기울였다면! 며칠 뒤면 이탈리아 전체가 화염에 휩싸일 뻔했는데! 노동자 **동맹**이 겁을 먹고 파업을 도중에 그만두지만 않았다면 내란이 일어나 왕정 붕괴를 볼 수도 있었을 텐데! 그것은 이탈리아 혁명까지도 될 수 있었을 거야…. 티보, 우리 로마냐에서는 어느 날 저녁에 동지들이 공화국을 선포하기까지 했어! **그럼, 그럼!**" 그는 의식적으로 세실리아와 프레젤에 등을 돌리고 있었다. 그는 자크만을 상대로 이야기하고 있었다. 그는 다시 미소를 지었다. 그리고 상냥하면서도 일종의 엄격성을 띤 목소리로 말했다. "티보, 자네가 듣는 것을 무조건 다 믿어서는 안 돼!"

그러고 나서 그는 슬며시 어깨를 으쓱해 보였다. 그리고 두

* '물론'이라는 뜻의 이탈리아어.

독일인에게는 아무런 인사도 없이 물러갔다.

한순간 침묵이 흘렀다.

알프레다와 패터슨은 메네스트렐이 있는 방문을 열어놓고 있었다. 메네스트렐의 모습은 보이지 않았다. 그러나 언제나 어조를 높이는 법이 없는 메네스트렐이었지만 이따금 그의 목소리가 들려왔다.

“그래, 자네 쪽에서는” 하며 젤라우스키가 프레젤에게 물었다. “모든 일이 잘되어가나?”

“독일에서 말이야? 여전히 잘되어가고 있어!”

“독일에서는” 하며 세실리아가 말했다. “이십오 년 전까지만 해도 사회주의자는 겨우 백만 명뿐이었어요. 그리고 십 년 전에는 이백만 명. 그런데 오늘날에는 사백만 명!”

그녀는 침착하게 거의 입술도 움직이지 않고 도전적인 말투로 말하고 있었다. 그리고 무거운 눈길로 자크와 젤라우스키를 번갈아 보았다. 그녀를 보면서 자크는 호메로스의 시에 나오는 주농의 모습, **큰 눈을 한** 헤라를 계속 생각하고 있었다.

“그것은 의심할 여지가 없어.” 하며 그는 타협적인 말투로 말했다. “사회민주당은 이십오 년 전부터 훌륭하고 건설적인 노력을 실행해왔어. 지도자들이 보여준 조직적인 수완은 확실히 놀랄 만한 것이었지…. 다만 좀 생각해봐야 할 점은, 뭐라고 할까? 혁명 정신이 독일 당 내부에서 점점 희미해져가고 있지 않나 하는 생각이 들어…. 그 노력이 오로지 **조직** 쪽에만 쏠리고 있으니까 말이야….”

프레젤이 끼어들었다.

“혁명 정신이? …아니야, 그렇지 않아. 그 점은 안심해도 돼!

하나의 세력을 갖기 위해서는 우선 조직이 있어야 해! …독일에서는 이데올로기만 있는 것이 아니라 리얼리즘도 있어. 그리고 그것이 가장 바람직한 거야! …지난 여러 해 동안, 특히 1911년과 1912년에 걸쳐 유럽에서 큰 전쟁을 오랫동안 피할 수 있으리라고 기대할 수 있게 된 것은 누구 덕분이야? 그것은 독일의 프롤레타리아 덕분이야! 이것은 모두가 아는 사실이야. 자네는 사회민주당의 건설적인 노력이라고 말했지만 그것은 자네가 생각하고 있는 선을 훨씬 넘어. 그거야말로 거대한 구조야. 그것은 정말로 국가 안의 국가로까지 되어 있지. 그럼 어떤 방법으로냐고? 그것은 오로지 의회 안에서 우리의 영향력이 강했기 때문이야. 연방의회에서 우리의 영향력은 아직도 계속 커지고 있어. 만일 내일이라도 범게르만주의자들이 저 아가디르 사건* 때와 같이 기습 공격을 가하려고 한다면 그에 대한 항의는 트레프틀로브 공원에서 이십만 민중이 시위하던 것과는 양상이 다를 거야. 연방의회의 사회주의자 의원 전원이 일어날 테고! 그리고 그와 동시에 독일의 전 좌익이 일어날 거야!"

세르게이 젤라우스키는 주의 깊게 듣고 있었다.

"그렇지만 그러한 당신네 의원들은 새로운 군비 법안이 마련되었을 때 **찬성표**를 던졌어!"

"그렇지 않아요." 집게손가락을 치켜들면서 세실리아가 말했다.

그녀의 오빠가 그녀의 말을 가로막았다.

* 1911년 독일이 모로코의 아가디르에 순양함을 파견한 것이 원인이 되어 일어난 사건. 독일과 프랑스 사이에 미묘한 긴장을 야기시켰다.

"Ach! 젤라우스키, 자네는 전술이라는 것을 알아야 해!" 하고 그는 의기양양해서 미소를 지으며 말했다. "거기에는 전혀 다른 두 가지가 있어. 하나는 die Militärvorlage, 곧 군비 법안이고 다른 하나는 die Wehrsteuer, 곧 그런 군비법을 실현하기 위해 재원을 마련해주는 법이야. 사회민주당은 우선 군비 법안에 **반대표**를 던졌어. 그다음에 군비 법안이 그들의 의사와는 상관없이 연방의회에서 가결되었을 때 그들은 예산 법안에 **찬성표**를 던졌어. 이게 바로 교묘한 전술이었어…. 왜? 이 법안에는 Reich*에서 아주 새로운 것, 우리에게는 대단히 중대한 것, 곧 대자본에 대한 국가의 직접세가 걸려 있기 때문이야! 아무튼 기회를 놓치지 않는 것이 중요했으니까! 왜냐하면 이것이야말로 프롤레타리아에게는 진실로 새로운 사회적 정복이었기 때문이야! …이제 알겠어? 그리고 우리 당의 의원들이 Militarismus**에 대항하는 입장을 꿋꿋하게 고수하고 있다는 증거는 그들이 수상의 제국주의적 대외 정책을 공격할 때마다 전원이 한 덩어리가 되어 싸우는 것을 보아도 알 수 있어!"

"그건 그래요." 하고 자크가 인정했다. "그렇지만…"

그는 좀 망설였다.

"그렇지만?" 하고 젤라우스키가 흥미 있다는 듯이 반문했다.

"그렇지만?" 하고 이번에는 세실리아가 물었다.

"그래… 그러니까… 베를린에 있을 때 나는 연방의회의 사회주의자 의원들을 가까이할 기회가 있었어요. 그런데 그때 받

* '독일제국'이라는 뜻의 독일어.

** '군국주의'라는 뜻의 독일어.

은 인상은 군국주의에 대한 그들의 투쟁이 대체로 형식적인 것에 지나지 않는다는 것이었어요…. 물론 이건 리프크네히트*를 두고 하는 말은 아니에요. 다른 사람들을 두고 하는 말이지요. 대부분의 사람들은 악을 뿌리째 뽑아버리는 것을 몹시 꺼리며, 군과 관계된 일 앞에서는 독일의 일반 대중이 복종 정신을 버리지 못하고 있는데, 그런 상황에 맞서 결연히 싸우는 것을 눈에 띄게 기피하더군요…. 내가 받은 인상으로는, 글쎄 뭐라고 말해야 좋을지? 뭐니 뭐니 해도 그들은 끔찍할 정도로 **독일인**답다는 것이었어요…. 물론 프롤레타리아의 역사적 사명을 잊지 않았지요. 특히 그들이 잊지 않고 있는 것은 **독일** 프롤레타리아의 역사적 사명이라는 것이에요! 그런데 그들의 인터내셔널리즘이나 반군국주의는 지금 프랑스에서 볼 수 있는 정도까지 도달하려면 아직 멀었어요."

"물론이에요." 세실리아가 말했다. 그리고 그녀는 잠깐 시선을 내리깔았다.

"물론이지." 프레젤이 되풀이했다. 그의 말투에는 공격적이면서도 뽐내는 기세가 역력했다.

젤라우스키가 급히 끼어들었다.

"당신네 나라의 부르주아 민주주의자는" 하고 그는 야릇한 미소를 지으면서 말했다. "의회에 사회주의자를 받아들이고 있어. 그 이유는 정부의 요직을 맡고 있는 사회주의자란 이미 진정으로 경계해야 할 사회주의자는 아니라는 것을 그들이 잘 알고 있기 때문이야…."

* 독일의 혁명가, 정치가.

방 저쪽 끝에서 미퇴르크, 샤르쇼우스키, 보아소니 영감이 자리에서 일어나 이쪽으로 오고 있었다.

프레젤과 세실리아는 그들과 악수를 나누었다.

젤라우스키는 여전히 미소를 머금고 고개를 조용히 흔들었다.

"내 생각은 어떤지 알겠나?" 하고 젤라우스키가 이번에는 자크를 돌아보면서 말했다. "대중을 노예화한다는 점에서는, 그래, 자네들의 민주주의 제도, 공화제, 의회군주제 역시 겉으로는 그런 것 같지 않으면서도 실은 우리의 부끄러운 차리즘*과 마찬가지로 잔혹한 것이고, 더욱 음험한 것이라고 생각해…."

"그러니까 역시" 하고 그 말을 들은 미퇴르크가 불쑥 말했다. "지난번에 조종사가 말한 것이 옳았어. 말하자면 민주주의에 대항하는 철저한 투쟁, 이것이야말로 혁명 활동의 첫 과업이야!"

"가만," 하고 자크가 반기를 들었다. "우선 조종사는 러시아만을, 러시아에서의 혁명만을 생각하고 있었던 거야. 그리고 그가 말한 것은 러시아 혁명은 부르주아 민주주의 혁명에 의해서 시작되어서는 안 되고 단번에 프롤레타리아 혁명이어야 된다는 거야…. 다음으로, 과장해서는 안 돼. 민주주의 국가 안에서도 유익한 일을 할 수 있는 거야…. 조레스** 같은 인물을 예로 들 수 있겠지…. 프랑스에서는 사회주의자들이 이미 얻어낼 것은 모조리 얻어냈는데, 독일에서는 오히려 더…."

"그렇지 않아." 하며 미퇴르크가 말했다. "혁명과 민주주의 국가 안에서의 해방은 별개의 것이야! 프랑스에서는 지도자들이

* 제정 러시아의 전제 군주주의를 일컫는다.

** 장 조레스(1859-1914)는 프랑스 사회당 당수로 『위마니테』지의 창설자이자 편집장을 역임했다. 제1차 세계대전 발발 직전에 암살당했다.

반쯤 부르주아화했어. 그들은 벌써 진정한 혁명적 감각을 잃어버렸어!"

"저쪽에서 하는 이야기를 들으러 가지." 하고 보아소니가 말을 막으면서 열려 있는 문을 향해 짓궂게 두 눈을 찡긋해 보였다.

"메네스트렐이 거기에 있나?" 프레젤이 물었다.

"들리지 않아?" 미퇴르크가 말했다.

모두들 입을 다물고 귀를 기울였다. 메네스트렐의 목소리가 단조롭고 분명하게 들려왔다.

젤라우스키는 자크의 팔 밑으로 자기 손을 슬며시 넣었다.

"우리도 들으러 가자구…."

7

자크는 반네드 곁으로 왔다. 반네드는 두 손을 모으고 눈을 반쯤 감은 채 모니에가 전에 팸플릿을 쌓아놓은 먼지투성이의 선반에 등을 기대고 서 있었다.

"그리고 나로서는" 하고 트라우텐바하가 말했다—그는 짙은 금발의 곱슬머리를 한 유태계 독일인으로, 주로 베를린에 살고 있으나 제네바에도 자주 오곤 했다—"합법적 수단으로는 절대로 훌륭한 일을 할 수 없다고 생각해! 그것은 주지주의자들의 소심한 방법이야!"

그는 동의를 구하듯 메네스트렐 쪽을 돌아보았다. 그러나 조종사는 알프레다 옆에 있는 패거리에 둘러싸여 의자에 앉은 채 가만히 먼 곳을 바라보면서 몸을 흔들고 있었다.

"그것은 구별할 필요가 있어!" 하고 검은 머리카락을 짧게 깎은 몸집이 큰 청년 리차들레가 말했다.(이 국제적 집단은 지금으로부터 삼 년 전 그를 중심으로 구성된 것이다. 그리고 메네스트렐이 나타날 때까지 그는 이 집단의 실질적인 지도자였다. 그런데 메네스트렐의 탁월함을 접하면서부터 그는 자진해서 지도자의 위치를 양보했다. 그 뒤로 그는 메네스트렐 곁에서 지혜롭고 헌신적으로 2인자의 역할을 다하고 있었다.) "나라마다 보내야 할 회답이 다 달라…. 프랑스나 영국 같은 민주주의 국가에서는 혁명 운동이 합법적으로 진행되는 것을 인정할 수 있어…. 잠정적으로!" 그의 턱은 뾰족하고 의지에 차 보였는데, 말할 때는 언제나 턱을 내미는 버릇이 있었다. 면도를 한 그의 얼굴은 검은 머리카락이 드리워진 하얀 이마가 드러나 있어서 언뜻 보기에 꽤 유쾌한 첫인상을 주었다. 그러나 흑옥 같은 두 눈동자는 온화함이 없어 보였고, 얇은 입술은 양 끝이 칼로 자른 것 같은 날카로운 선으로 끝나 있었으며, 목소리는 불쾌할 정도로 퉁명스러웠다.

"문제는" 하며 샤르쇼우스키가 말했다. "언제 합법적인 행동에서 폭력적인, 혁명적인 행동으로 옮기느냐 하는 점이야."

스카다는 매부리코를 치켜들었다.

"속의 증기가 너무 강해지면 사모바르* 뚜껑은 저절로 튀어 오르는 법이에요!"

웃음소리가, 거친 웃음소리가 터져 나왔다. 반네드가 말한

* 러시아식 주전자.

'식인종의 웃음'이었다.

"브라보, 아시아인!" 키예프가 외쳤다.

"자본주의 경제가 권력을 쥐고 있는 한" 하며 보아소니가 장밋빛 입술을 작은 혀로 한번 핥으면서 말에 끼어들었다. "민주적 자유에 대한 민중의 요구가 진정한 혁명을 발전시킬 수는 없어…."

"물론이지!" 하고 메네스트렐이 늙은 교수 쪽은 거들떠보지도 않고 내뱉었다.

잠시 침묵이 흘렀다.

보아소니가 다시 말을 계속했다.

"역사가 말해줘…. 그때 일어난 것만 보더라도…."

이번에는 리차들레가 보아소니의 말을 가로막았다.

"흠, 그래, 역사! 역사가 혁명의 발발을 **예견**하게 하고 미리 결정하게 한다는 것을 믿을 수 있단 말이야? 천만에! 때가 되면 사모바르의 뚜껑이 튀어 오르지…. 민중 세력의 역동성은 예측을 할 수 없는 거야."

"생각해볼 문제야." 하고 메네스트렐이 반론의 여지가 없다는 투로 말했다.

그는 입을 다물었다. 그러나 그의 버릇을 익히 알고 있는 주위 사람들은 모두 그가 지금부터 무엇인가를 이야기하려 한다는 것을 알고 있었다.

모임 석상에서 그는 언제나 묵묵히 자신의 생각을 정리하면서 오랫동안 가만히 있다가 불쑥 토론에 끼어들곤 했다. 때때로 그는 '생각해볼 문제야!'라는 아리송한 말이나 '물론이지!' 식으로 얼버무리면서 상대방의 기를 꺾는 듯한 말로써 떠버리들의 수다를 중단시키곤 했다. 그런 말이 만일 그가 아닌 다른 사람들 입에서 나왔다면 아마 그것은 우스꽝스런 효과만을 자아냈을 것이 틀림없다. 그러나 그의 날카로운 시선, 단호한 어조, 그의 내부에서 찾아볼 수 있는 의지와 긴장된 성찰력은 상대방으로 하여금 미소를 짓는 것을 허용하지 않았을 뿐만 아니라 그의 날카로운 태도에 거부감을 느끼는 사람들마저도 이런 것들 때문에 꼼짝 못 하고 주의를 하도록 만들었던 것이다.

"혼동하면 안 돼…." 그는 갑자기 분명하게 말했다. "**예견**! 혁명을 예견할 수 있을까? 그게 무엇을 의미하나?"

모두가 귀를 기울이고 있었다. 그는 불편한 다리를 앞으로 쭉 펴고는 잔기침을 했다. 맹수의 발톱을 연상시키는 그의 손, 마치 눈에 안 보이는 공을 쥐고 있는 것처럼 손가락이 반쯤 펴져 있는 그의 손이 올라가 턱수염을 가볍게 스치고는 가슴에가 얹혔다.

"**혁명**과 **반란**을 혼동해서는 안 돼. **혁명**과 **혁명적 상황**을 혼동해서도 안 되고…. 모든 **혁명적 상황**이 다 **혁명**을 유발시키는 것은 아니야. **반란**을 유발시킬 수는 있더라도…. 예를 들어 1905년의 러시아의 경우를 보자고. 처음에 혁명적 상황이 전개되었어. 이어서 반란. 그러나 혁명은 일어나지 않았어." 이렇게 말하면서 그는 잠시 생각에 잠겼다. "리차들레는 '예측'이라고 말했지. 그것은 무엇을 의미하는 것일까? 하나의 상황이 **혁명화**하는 시기를 예견하는 것. 그것은 어려워. 그렇긴 하지만 프롤레타리아의 행동이 혁명 **직전**의 상황에 작용하여 혁명적 상황의 진전을 조장하고 촉진시킬 수는 있어. 하지만 실제로 그 상태를 폭발시키는 것은 거의 언제나 그것과는 상관없는 외부적인 사건, 돌발적이며 얼마쯤 예측하기 어려운 사건이야. 곧 그 시기에 대해서는 미리 언제라고 잘라 말할 수 없는 것이지."

그는 한쪽 팔꿈치를 알프레다가 앉아 있는 의자의 등에 괴고 주먹으로 자기 얼굴을 받쳤다. 한순간 명민하고 환상적인 것 같은 그의 눈이 먼 곳의 한 지점을 뚫어지게 쏘아보았다.

"중요한 것은 여러 가지 상황을 그대로 보는 거야. 현실 면에서도 실천 면에서도." (그는 이 '실천 면'이라는 말을 할 때 심벌즈 소리처럼 울리는 독특한 말투를 쓰곤 했다.) "예를 들면 러시아… 언제든지 실제 예로 되돌아가야 해! 사실로! 그것만이 우리에게 무엇인가를 가르쳐줄 수 있어. 우리는 수학을 하고 있는 것이 아니야. 혁명이란 의학과 같은 거야. 거기에는 이론이 있고 임상이 있어. 그 밖에 기술도 있어야 해…. 그건 그렇고…." (그는 이야기를 계속하기에 앞서 마치 알프레다만이 여담을 음미할 수 있기라도 한 것처럼 그녀 쪽으로 슬쩍 미소를 보냈다.) "러일 전쟁이 일어나기 전 1904년의 러시아는 혁명 직전의 상황이었어. 그것은 확실히 혁명적 상황을 유발시킬 수 있었고 또 유발시켜야 했었어. 그러나 어떻게 혁명이 일어날 수 있었겠느냐고? 어떻게 예견할 수 있었겠느냐고? 있었지. 하도 곪은 데가 많아서 터질 수밖에 없었지. 토지 문제가 있었고, 유태인 문제가 있었고, 핀란드 및 폴란드 문제가 있었고, 동양에서의 러시아와 일본의 갈등이 있었어. 그 가운데서 어떤 것이 혁명 직전의 상황을 혁명적 상황으로 돌변시킬 수 있는 뜻밖의 요소가 될는지 점칠 수 없었거든…. 그런데 갑자기 뜻하지 않은 일이 생긴 거야. 모험적인 투기꾼 패거리가 차르를 교묘히 충동질해서 외무부도 모르는 사이에 외상의 정책에 반해서 극동전쟁을 일으킨 거야. 도대체 누가 그것을 예견할 수 있었겠어?"

"그러나 만주에서의 러시아와 일본의 세력 다툼이 필연적으로 분쟁을 일으킬 것이라는 것은 예측할 수 있었어." 하고 젤라우스키가 조용히 말했다.

"그러나 그 분쟁이 1905년에 발발한다고 누가 말할 수 있었겠어? 더구나 그것이 만주 문제가 아니라 한국 문제 때문에? …혁명 직전의 상황을 혁명적 상황으로 돌변시킨 **새로운 요소**의 한 보기가 바로 이것이야…. 러시아에서는 전쟁과 패전이라는 것이 필요했어…. 그때 비로소 상황이 혁명적으로 되면서 **반란**으로까지 발전된 거야…. 반란이었어, 하지만 **혁명**은 아니었어! 프롤레타리아 혁명은 아니었어! 왜? 혁명적 상황에서 **반란**으로 옮겨가는 것이 한 단계이고, 반란에서 혁명으로 옮겨 가는 것은 또 다른 단계이기 때문이야…. 그렇잖아, 알프레다?" 하고 그는 낮은 목소리로 덧붙였다.

이야기를 하면서 그는 여러 차례 알프레다의 얼굴을 살피려고 얼른 얼굴을 기울이곤 했다. 그는 아무도 쳐다보지 않고 침묵을 지켰다. 지금까지 이야기한 것을 되새긴다기보다는 이론과 현실, 혁명 이념과 구체적 상황과의 관계를 살피기를 잊지 않으면서 자기가 그 속에서 행동하기를 즐기는 일련의 이론체계를 절대적인 것으로 여기고 있는 것 같아 보였다. 그는 똑바로 앞을 보고 있었다. 그럴 때마다 그의 생명력은 그야말로 어둠 속에서 타오르는 듯한 그 눈길에 온통 집중되어 있는 것 같았다. 그리고 인간미가 거의 없어 보이는 그 눈길은 끊임없이 그의 내부에서 타올라 온몸을 불태우면서 그것으로 생명을 이어가는 일종의 보이지 않는 불꽃 같은 것을 연상시켰다.

혁명보다는 혁명적 이론에 흥미를 느꼈던 보아소니 영감이 침묵을 깨뜨렸다.

"암! 그렇지! 동감이야! 혁명 직전의 상황에서 혁명적 상황으로 옮겨 가는 것은 확실히 예견하기 어려워…. 그러나, 그러나… 그러한 혁명적 상황이 조성되었을 때 혁명을 예견하는 일은 가능하지 않을까?"

"예견!" 하며 메네스트렐이 짜증스럽다는 듯이 말을 가로막았다. "예견…, 예견한다는 것은 그다지 중요한 문제가 못 돼요…. 중요한 것은 혁명적 상황에서 혁명으로 이행하는 것을 준비하는 것, 촉진하는 거지! 그럴 경우에는 모든 것이 **주관적** 요소에 달려 있어. 곧 혁명적인 행동을 할 혁명 계급과 그 지도자들의 능력 말이야. 그리고 그 능력, 바로 그것이야말로 우리 전위대 모두가 온갖 수단을 다 써서 최대한으로 발휘해야 하는 거야. 이 능력이 충분할 때 비로소 혁명으로 이행할 수 있어! 그때는 사태를 이끌어갈 수 있어! 그래, 말하자면 **예견**할 수 있지!"

그는 마지막 몇 마디를 목소리를 낮추어 단숨에 끝냈다. 너무나 빨리 말해버렸기 때문에 그 자리에 있던 외국인들은 무슨 말인지 잘 이해하지 못했다. 그는 입을 다물고 고개를 가볍게 뒤로 젖히더니 잠깐 미소를 지어 보이고 나서 두 눈을 감았다.

서 있던 자크는 창가에 빈 의자 하나가 눈에 뜨이자 그리로 가서 앉았다. (그는 이렇게 접촉을 유지하면서 조금 떨어진 자리에서 자기를 꽉 붙들고 있을 때 공동생활에 더 잘 참여할 수 있었다. 이럴 때 그는 동지애뿐만 아니라 형제애 같은 것도 느꼈다.) 의자에 단정히 앉아 팔짱을 끼고 머리를 벽에 기댄 채 그는 주위 사람들을 잠깐 둘러보았다. 그들은 한순간 긴장을 풀었다가 다시 메네스트렐 쪽으로 몸을 돌렸다. 그들의 태도는 갖가지였으나 모두가 열정적으로 주의를 기울이고 있었다…. 혁명적 이념에 자신의 모든 것을 바친 사람들, 자크가 속속들이 알고 있듯이 투쟁적인 생활과 쫓기는 생활을 해가고 있는 그들을 자크는 얼마나 사랑했던가! 그들의 몇몇과는 이념적으로 반대 입장일 수도 있었다. 또 다소의 몰이해라든가 거친 태도 때문에 괴로워할 수도 있었다. 그러나 자크는 그들 모두를 좋아하고 있있다. 그것은 그들이 '순수'했기 때분이다. 그런가 하면 자신도 그들에게서 사랑받고 있는 것이 흐뭇했다. 그들도 자크의 주장이 자기들과 다른 점이 있기는 해도 그 역시 '순수'하다는 것을 잘 알고 있었기 때문에 그를 좋아했다…. 갑작스러운 어떤 감격이 그의 눈앞을 흐리게 했다. 그는 그들이 보이지 않았다. 그들 한 사람 한 사람의 모습도 구별되지 않았다. 그러면서 순간 그에게 비친 이 모임은 법의 보호를 박탈당한 자들이 유럽 각 지역에서 모여들어 구성된 모임으로 자신들의 노예 상태를 의식한 나머지 마침내 분연히 일어나 새로운 세계를 재건하고자 온 정력을 한데 모으고 있는 학대받은 인간들의 모습을 연상시켰던 것이다.

조종사의 목소리가 침묵 속에서 들려왔다.

"러시아의 예로 되돌아가지. 그 위대한 경험으로, 언제나 그렇지 않으면 안 돼…. 1904년 동양에서 패전을 하고 난 뒤 혁명 직전의 상황이 그 이듬해에 혁명적 상황이 될 것이라고 누가 예견할 수 있었겠나? 예견할 수 없었지! …그리고 1905년에 주위의 상황에 의해 일단 혁명적 상황이 조성되고 나서 혁명이, 프롤레타리아 혁명이 탄생할 줄이야 누가 알았겠나? 몰랐어! 그것이 성공할 줄은…. 객관적 요소는 꽤 좋았고 그 특징도 나타났었지. 그러나 주관적 요소는 불충분했어…. 그런 사실을 생각해봐. 객관적 조건은 더할 나위 없었어! 군사적 패배, 정치적 위기. 경제적 위기, 곧 식량 보급의 위기, 생필품의 부족… 기타 등등…. 그리고 열기는 급속도로 달아올랐지. 곧 총파업, 농민폭동, 군의 반란, **포템킨** 사건,* 모스크바의 십이월 폭동…. 그런데 왜 이런 **혁명적 상황**에서 **혁명**이 탄생될 수 없었나? 거기에는 **주관적** 요소가 불충분했기 때문이야, 보아소니! 무엇 하나 제대로 된 게 없었거든! 참된 혁명적 의지가 없었어! 지도자들 머릿속에 명확한 지침이 없었어! 그들 사이에 협조가 없었어! 지휘 체계가 없었고, 규율이 없었어! 지도자와 대중 사이에 충분한 연락이 없었어! 특히 말해둘 것은 근로대중과 농민대중 사이에 협력이 없었던 점이야. 농민들에게 아무런 강력한 혁명 준비가 없었던 거야!"

"그러나 농민들은…" 하고 젤라우스키가 용기를 내어 말했다.

"농민들? 딴은 농민들은 그들의 마을에서 약간 술렁거렸지. 영주의 장원에 쳐들어가 여기저기에서 **영주**의 저택을 불 질렀어. 물론이지! 그러나 노동자들한테 대항한 것은 누구라고 생각하나? 농민들이었어! 모스크바 시가지에서 혁명적 프롤레

* 1905년에 러시아의 흑해 함대 소속의 전투함 포템킨 해병들이 일으킨 반란 사건을 말한다.

타리아를 기관총 사격으로 무참하게 살해한 군대가 어떤 사람들로 구성되었다고 생각하나? 농민들이었어. 그것은 농민들 외에 아무도 아니었어! …주관적 요소의 결핍이야!" 하고 그는 냉담하게 되풀이했다. "1905년 십이월에 무슨 일이 일어났던가를 생각해보는 게 좋을 것 같아. 사회민주당 안에서 이론 투쟁으로 얼마나 많은 시간을 허비했나를 생각해봐. 지도자들은 성취해야 할 목표에 대해서 합의조차 하지 못하고 있었으며, 전술 계획에 대해서도 의견의 일치를 보지 못했었다는 것을 생각해봐. 그 결과로 페테르부르크의 파업은 때마침 모스크바에서 반란이 시작되려 할 때 어리석게도 끝나고 만 거야. 우체국과 철도의 파업은 십이월에 끝났어. 모든 통신망이 두절됨으로써 정부를 마비시키고 반란 진압의 임무를 띤 군대의 모스크바 투입을 막을 수 있었던 그때 말이야. 그래서, 다 알다시피, 1905년 당시에 러시아 혁명은…" 그는 잠시 망설이다가 알프레다 쪽을 돌아보면서 빠른 말투로 중얼거렸다. "…혁명은 사전에 **저-지-당-해**버린 거야!"

의자에 앉아 팔꿈치를 무릎 위에 올려놓고 윗몸을 숙인 자세로 계속 손장난을 하고 있던 리차들레가 이때 놀란 듯이 눈을 들었다.

"사전에 저지당했다고?"

"물론이지!" 메네스트렐이 말했다.

침묵이 흘렀다.

자크가 자기 자리에서 입을 열었다.

"그건 그렇고, 그래도 사태를 극단으로 밀고 가기보다는 오히려…."

메네스트렐은 알프레다를 바라보고 있었다. 그는 자크 쪽을 보지 않고 미소를 지었다. 스카다, 보아소니, 트라우텐바하, 젤라우스키, 프레젤도 고개를 끄덕이며 동의했다.

자크는 말을 계속했다.

"차르가 헌법을 인정한 이상 오히려…."

"…일단 부르주아 정당과 보조를 맞추는 편이 나았을 거라고 생각하는데" 하고 보아소니가 분명히 말했다.

"…러시아 사회민주당을 체계적으로 더 잘 조직하기 위해서는 오히려 그들을 이용하는 편이." 하고 프레젤도 말을 거들었다.

"아니야, 나는 그렇게 생각하지 않아." 젤라우스키가 조용히 말했다. "러시아는 독일과는 달라. 그리고 나는 레닌이 옳았다고 생각해!"

"그렇지 않아!" 자크가 외쳤다. "옳았던 것은 플레하노프야! 시월헌법이 나온 이상 **무기를 들** 것까지는 없었어…. 운동을 중지해야만 했어! 그리고 이미 얻은 것을 공고히해야만 했어!"

"그들은 대중을 실망시켰지." 스카다가 말했다. "그들은 무익한 살상을 했을 뿐이야."

"그래요." 자크는 열을 올리며 말을 계속했다. "수많은 참상을 피할 수 있었을 텐데…. 부질없는 피만 흘렸어…."

"잘 생각해볼 문제야!" 하고 메네스트렐이 퉁명스럽게 말했다.

그의 얼굴에서 미소가 걷혔다.

모두가 입을 다물고 주의를 기울였다.

"저지당한 계획?" 하며 메네스트렐은 잠시 침묵을 지키다가 말을 계속했다. "그래! 그리고 그것은 이미 시월부터의 일이었어! …그러나 부질없이 피만 흘렸다고? 그것은 절대로 그렇지 않아!…"

메네스트렐은 일어났다. 그가 말을 시작하면서 일어나는 것은 지금까지 거의 없었던 일이다. 그는 창가로 가서 무심히 밖을 내다보다가 이내 알프레다 곁으로 돌아왔다.

"십이월의 반란은 권력을 탈취하는 데까지는 못 갔어. 그것은 그래! 그러나 아무리 그렇다손 치더라도 **마치** 탈취가 가능한 것**처럼** 행동해서는 안 될 이유라도 있나? 결코 그렇지는 않아! 우선 혁명을 할 때 혁명적인 힘의 중요성은 그것을 시험해볼 때야 비로소 알게 되는 법이야. 그러니까 플레하노프가 잘못 생각한 거야. 시월 이래로 **무기를 들었**어야 했어. 피를 흘려야만 했던 거야! …1905년은 하나의 단계야. 역사적으로 필연적인 단계야. 그것은 코뮌* 이래로 그보다 더 큰 규모로 제국주의 전쟁을 사회혁명으로 바꾸려고 한 두 번째 시도였어. 피를 흘린 것은 헛되지 않았어! 1905년에 이르기까지 러시아의 민중—민중, 그리고 프롤레타리아마저도—은 차르를 믿고 있었어. 그의 이름을 부르면서 가슴에 십자가를 그었던 거야. 그러나 차르가 민중에게 발포를 명령한 뒤로 프롤레타리아는, 그리고 수많은 농민들까지 이미 차르에게서는 지배계급들한테서와 마찬가지로 아무것도 기대할 수 없다는 것을 깨닫기 시작했어. 그러한 신비의 나라, 그러한 뒤진 나라에서 계급의식을 발전시켜나가기 위해서는 피를 흘리는 일이 불가피했던 거야….

* 프로이센-프랑스 전쟁 뒤에 1871년에 파리에서 일어난 봉기를 말한다.

더구나 사태는 그것으로 그치지 않았어. 다른 관점에서 볼 때, 기술적인 관점, 곧 혁명의 기술적인 관점에서 볼 때 그 경험은 매우 중요한 것이었어. 그 경험에서 지도자들은 지금까지 없었던 것을 배운 거야. 내일이면 아마 모두 알게 될 거야!"

메네스트렐은 줄곧 서 있었다. 그리고 두 눈을 반짝이며 말끝마다 손짓을 하곤 했다. 그의 손목은 여자의 손목처럼 유연했다. 그리고 손가락을 만지작거리는 그의 섬세하고 뱀 같은 손짓은 동양을, 캄보디아의 무희를, 그리고 뱀을 다루는 인도인을 연상시켰다.

그는 알프레다의 어깨를 쓰다듬으며 다시 앉았다.

"내일이면 아마 모두 알게 될 거야." 그는 되풀이했다. "오늘날의 유럽은 1905년의 러시아와 똑같이 확실히 혁명 직전의 상황에 놓여 있어. 자본주의 사회의 대립이 유럽 전역을 휩쓸고 있어. 번영이라고 하나 그것은 환상에 불과해…. 그러나 언제, 어떻게 새로운 사실이 생겨나겠나? 그것은 과연 어떤 것이겠나? 경제적 위기겠나? 정치적 위기겠나? 전쟁이겠나? 한 국가 안에서의 혁명이겠나? 언제, 어떻게 혁명적 상황이 조성되겠나? …그것을 **예견**할 수 있는 사람은 꽤나 똑똑한 거야! … 그러나 그런 것은 아무래도 좋아. 아무튼 거기에는 새로운 요소가 생겨나는 거야! 중요한 것은 그때는 **준비가 되어 있는** 것이야! 1905년의 러시아에서는 프롤레타리아가 준비되어 있지 않았어! 그렇기 때문에 모든 것이 실패한 거야. 유럽의 프롤레타리아는 과연 준비가 되어 있나? 지도자들은 준비가 되어 있나? …그렇지 않아! 인터내셔널의 각 분파 사이의 연대는 충분히 이루어져 있나? 아니야! 프롤레타리아 지도자들 사이의 단결은 충분한 효력을 발휘할 만큼 강한 힘이 있나? 그렇지 못해!… 각 나라의 혁명 세력을 강력하게 집결시키지 않고도 혁명의 승리가 가능하리라고 생각해? …딴은 그들은 **인터내셔널 사무국**을 세워놓기는 했어. 그러나 그것이 무엇인가? 그것은 단순한 정보기구에 지나지 않아. **프롤레타리아 중앙집행위원회**는 아직 싹도 보이지 않아. 이런 기구가 없이는 동시적이고 결정적인 어떤 행동을 한다는 것은 있을 수 없는 일이야! …인터내셔널? 그것은 프롤레타리아의 정신적인 단결을 나타내는 것에 지나지 않아. 물론 그것도 없는 것보다는 낫겠지…. 그러나 그것의 실제적인 조직은 아직 창설되지 않았어. 모든 것은 만들어야 해! 그 활동은 무엇으로 나타나고 있나? 대회! …내가 대회를 욕하는 것이 아니야. 팔월 이십삼일에 나도 빈에 갈 예정이니까…. 그러나 사실 대회에서는 아무것도 기대할 수 없어! …예를 들면 1912년의 바젤 대회를 생각해봐. 그것은 발칸 전쟁에 대한 대단한 시위였어, 물론이야! 그러나 결과를 봐. 감격 속에서 훌륭한 결의를 했었지. 더욱 대단했던 것은 문제를 회피했던 그들 자신의 솜씨였어! 결의문 속의 '총파업'이란 단어도 그렇다고 말할 수 있겠지! 그때의 토의를 생각해봐. 파업 문제만 하더라도 이것은 경우에 따라 달리 제기되고 있는데, 이것을 **실천적인** 문제로 삼아 **철저히** 검토한 적이 있나? 이런저런 전쟁이 발발했을 때 프롤레타리아가 취할 구체적 태도는 어떤 것이겠나? …전쟁? 그것은 하나의 실체야. 프롤레타리아? 이것은 또 다른 하나의 실체이고. 이 두 실체를 앞에 놓고 우리 지도자들은 선과 악에 관해 설교하는 설교단상의 목사처럼 언변상의 변화를 만들어보인 거지. 이것이 지금의 현실이야! 인터내셔널은 나들이 가는 기분에 젖어 있는 정도야! 한편으로는 이론, 다른 한편으로는 대중의 의식과 힘과 혁명적 정열, 이 두 가지를 융합하는 일은 시작조차 되지 않고 있는 실정이야!"

그는 잠시 입을 다물었다.

"모든 것이 지금부터야!" 하고 그는 생각에 잠긴 채 중얼거렸다. "모든 것이. 프롤레타리아의 준비는 막강하면서도 질서 있는 힘을 전제로 해야 해. 그런데 지금까지는 가까스로 보이는 정도였지. 이런 사실을 나는 빈에서 말할 생각이야. 모든 것이 지금부터야." 그는 여전히 낮은 목소리로 되풀이했다. "알프레다, 그렇잖아?"

그는 짧게 미소를 지었다. 그러고서 듣고 있던 주위 사람들의 얼굴을 한번 둘러보았다. 그의 이마에는 주름이 잡혔다.

"예를 들면 인터내셔널이 아직 월간지나 주간지 하나 못 내고 있다는 것이 있을 수 있는 일이야? 여러 나라 말로 된, 모든 나라의 모든 노동기관에 공통된 『유럽회보』 같은 것 말이야? 이것도 대회에서 말하려고 해…. 이것이야말로 지도자들로서는 모든 나라에서 거의 같은 질문을 하고 있는 몇백만 명의 프롤레타리아에게 동시에 공통된 회답을 줄 수 있는 최선의 방법이지. 이것은 투사든 아니든 간에 모든 노동자에게 전 세계의 정치 및 경제 상황에 대해서 정확한 정보를 줄 수 있는 최선의 방법이야. 이것은 현재의 상황에서는 노동자들에게 국제적 반응을 더욱 상세히 알릴 수 있는 최선의 방법의 하나이기도 하고, 모탈라의 야금공이나 리버풀의 부두 노동자가 함부르크나 샌프란시스코나 티플리스*에서 일어난 파업을 아무런 차별 없이 자신의 개인적인 사건인 것처럼 느껴야 해! 한 사람 한 사람의 노동자와 농민이 토요일 저녁에 일터에서 돌아와 테이블 위에 놓여 있는 신문을 보고 손에 들면서 그것이 같은 시간에 전 세계의 모든 프롤레타리아의 손에 들려 있으리라고 생각하는 사실, 또한 거기에서 여러 가지 뉴스, 통계, 지령, 일정을 읽으면서 그것이 같은 시간에 자기처럼 대중의 권리를 의식하고 있는 전 세계의 모든 사람들에게 읽힐 것이라고 생각하는 사실, 그러한 사실만이 정말 헤-아-릴-수-없-는 설득력을 갖게 되는 거야! 그것만이 아니라 그것이 각국 정부에 끼치는 효과는…."

마지막 몇 마디는 너무 빨리 말했기 때문에 확실히 알아들을 수 없었다. 마침 친구들에게 둘러싸여 방에 들어온 강연자 자노트의 모습을 보자 그는 하던 말을 즉시 중단했다.

본부의 패거리들도 오늘 밤에는 조종사가 더 이상 말을 하지 않을 것이라는 사실을 알아차렸다.

8

자크는 자노트를 알지 못했다. 자노트는 알프레다가 말한 대로였다. 땅딸막한 데다가 구식의 검은 양복을 입고 있어서 어색해 보였다. 자노트는 발끝으로 방을 가로질러갔다. 그리고 허리를 반쯤 구부리고 굽실거리면서 인사하는 모습이라든가 성당지기 같은 그의 몸짓은, 문장紋章 속 어떤 동물의 갈기처럼

* 조지아의 수도로 오늘날의 이름은 트빌리시.

기괴한 흰빛이 감도는 엄숙한 얼굴과는 어쩐지 어울리지 않아 보였다.

자크는 의자에서 일어나 있었다. 그는 다른 사람들이 왁자지껄하게 서로 소개하는 틈을 타서 슬쩍 자리를 빠져나와 메네스트렐을 기다리기 위해 작은 구석방으로 들어갔다.

그러자 곧 메네스트렐이 나타났다. 언제나처럼 알프레다를 동반하고 있었다.

대화는 짧았다. 메네스트렐은 기트베르와 토블러에 관한 서류 가운데에서 비난의 글이 있는 대여섯 통의 서류를 꺼내 자크에게 주었다. 그리고 오스메르에 관해 한마디 덧붙였다. 그러고 나서 조사를 시작하기 위한 실제적인 방법에 대해 전반적인 주의를 주었다.

"자, 알프레다, 저녁 먹으러 가지!"

알프레다는 흐트러진 서류를 재빨리 거두어 서류 가방 속에 넣었다.

메네스트렐은 자크 쪽으로 걸어와 잠시 자크의 얼굴을 뚫어지게 바라보았다. 그리고 조금 전의 대화 때와는 아주 다르게 친근감이 도는 낮은 목소리로 이렇게 물었다.

"오늘 밤에 뭐 기분 나쁜 일이라도 있나?"

좀 어색해진 자크는 놀란 듯한 미소를 지었다.

"아니, 아주 좋아요!"

"빈에 가는 것이 싫은 게 아니야?"

"천만에요. 왜요?"

"아까 걱정스런 얼굴을 하고 있던 것 같아서…."

"아니에요…."

"무언가 좀… 쓸쓸한…."

자크는 계속 미소를 지었다.

"쓸쓸한" 하고 자크는 그 말을 되풀이했다. 그의 두 어깨는 의기소침한 듯이 가볍게 움직였다. 그리고 얼굴에서 미소가 걷혔다. "어떤 날은 까닭 없이 유달리… 쓸쓸한 마음이 들 때가 있어요…. 잘 아는 사실이잖아요, 조종사?"

메네스트렐은 아무런 대답도 않고 두어 발자국 걸어 문 가까이 가 섰다. 그리고 알프레다가 준비를 다 했는지 확인하려고 뒤를 돌아보았다. 그리고 그는 문을 열고 알프레다를 내보냈다.

"물론이지." 하고 빨리 말하면서 그는 자크를 향해 짧은 미소를 던졌다. "알고 있어…, 알고 있어…."

이제 **본부**는 텅 비었다. 모니에는 의자를 제자리에 놓고 그 주변을 대충 정돈하고 있었다. (토요일과 일요일의 모임은 흔히 밤이 깊을 때까지 계속되곤 했다. 그러나 오늘은 대부분의 사람들이 자노트의 강연을 듣기 위해 저녁 식사 뒤에 페레 회관에서 만나기로 되어 있었다.)

메네스트렐은 알프레다를 좀 앞장서서 걸어가게 했다. 그는 자크의 팔짱을 끼고는 한쪽 다리를 약간 끌면서 계단을 내려왔다.

"이봐, 누구나 혼자야…. 그것만은 인정해야 돼." 그는 빨리 그리고 나지막하게 말했다. 잠시 이야기를 멈추었다가 그는 알프레다 쪽을 슬쩍 보면서 더 낮은 목소리로 되풀이했다. "언제나 혼자야." 그가 객관적으로 확증된 것처럼 말했기 때문에 거기에는 어떤 우수라든가 후회의 빛은 조금도 엿보이지 않았다. 그러나 자크는 오늘 밤에 조종사가 무엇인가 개인적인 일을 생각하고 있다는 확신이 들었다.

"예, 저도 잘 알아요." 말하면서 자크는 한숨을 지었다. 그는 혼란스러운 사상이라든가 무거운 짐을 끌고 가기 때문에 걷기 힘들어하는 사람처럼 걸음을 늦추더니 마침내 우뚝 섰다. "그것은 바벨의 저주*예요. 나이가 같고, 생활이 같고, 신념이 같은 사람들이 하루 종일 함께 이야기하며 지극히 자유롭고 지극히 성실하게 이야기하고 지내면서도, 단 일 분도 서로 이해할 수 없고 단 일 초도 서로 **맞닿을** 수 없으니 말이에요! …우리는 서로 곁에서 살고 있어요. 그러면서도 서로 알지 못하고 있어요…. 호숫가의 돌처럼 그저 쌓여 있을 뿐이지요…. 그리고 가끔 생각해보지만, 말이라는 것도 우리를 서로 일치시키는 것 같은 환상만 줄 뿐이고 사실은 서로를 갈라놓고 오히려 멀어지게 하는 것이 아닌가 싶어요!"

그는 눈을 치켜떴다. 메네스트렐은 계단 아래에 서서 돌로 만들어진 현관에 울려 퍼지는 침울한 이 목소리를 듣고 있었다.

"아! 가끔 말하기 싫어질 때가 있다는 걸 아신다면!" 하고 자크는 갑자기 기운차게 말했다. "장광설은 이제 질색이에요! 그런… 이데올로기 이야기는 정말 싫어요!…"

메네스트렐은 이 마지막 말을 듣자 거세게 손을 내저었다.

"물론이야. 말하는 것은 행동의 한 수단에 지나지 않겠지…. 그러나 행동할 수 없는 동안에는 말하는 것만으로도 무엇인가

* 『구약 성서』에 나오는 바벨탑 이야기로, 노아의 자손이 하늘에 오르려 바벨탑을 만들었기 때문에 신의 노여움을 샀다고 한다.

를 하는 거야….”

그는 안뜰을 힐끗 쳐다보았다. 거기에는 패터슨과 미퇴르크가 조금 전에 **본부**에서 하던 ‘장광설’을 계속하고 있는 듯 제스처를 써가며 왔다 갔다 하고 있었다. 그러고 나서 그는 자크에게 그 날카로운 시선을 돌렸다.

“참아! 이데올로기 시대야…. 그것은 한 시기에 지나지 않아…. 그러나 꼭 있어야 할 준비 단계의 시기야! 이론의 엄정성은 논쟁을 통해서 확고해지는 법이야. 혁명이론 없이는 혁명운동이 있을 수 없어. 혁명이론 없이는 전위가 있을 수 없어. 지도자들이 있을 수 없어…. 우리의 ‘이데올로기’가 자네 마음에 들지 않는다는 말이지…. 그렇겠지. 우리의 후계자들이 볼 때는 우스꽝스러운 힘의 낭비로 보일 거야…. 그러나 그것이 과연 우리의 잘못일까?” 그는 아주 빠른 말투로 중얼거렸다. “행동의 시기는 아직 오지 않았어.”

주의를 기울이고 있는 자크의 태도는 ‘설명 좀 해보시오’라고 말하는 것 같았다.

메네스트렐이 말을 계속했다.

“자본주의 경제는 엄연히 존재하고 있어. 그 장치는 쇠퇴의 기미를 보이고 있지만 그래도 아직 그럭저럭 움직이고 있어. 프롤레타리아는 고통을 받으면서도 동요하고 있어. 그러나 뭐니 뭐니 해도 아직 굶어 죽을 정도는 아니야. 이렇게 절름발이의, 숨을 헐떡이는 기존의 힘에 의해 살아가는 세계에서 행동의 시기를 기다리는 선구자들이 무엇을 하길 바라나, 자네는? 그러니 그들은 말을 하는 거야! 그들은 이데올로기에 열중하는 거야! 그들이 자유롭게 활동할 수 있는 곳은 사상의 영역밖에 없어. 우리는 아직 여러 가지 일에 대한 영향력을 가지고 있지 못해….”

“아!” 하며 자크가 말했다. “여러 가지 일에 대한 영향력!”

“참아, 이 사람아. 모든 것은 잠깐이야! 체제의 모순은 점점 더 뚜렷이 노출되고 있어. 국가들 사이의 경쟁은 치열해지고 있어. 시장 확보를 위한 각축전이 격화되고 있어. 죽느냐 사느냐의 문제야. 그들의 모든 제도는 끊임없이 확장되는 시장을 예상해서 만들어진 거야! 마치 시장이 한없이 확대되기라도 하는 것처럼! …마침내 벼랑 끝까지 가면 굴러떨어지고 말아! 지금 세계는 위기를 향해 치닫고 있어. 피할 수 없는 파국을 향해서. 그리고 그것은 언젠가는 전 세계적인 것이 될 거야…. 조금만 기다려! 세계의 경제 생활이 깡그리 파국에 이르기까지 기다리는 거야…. 기계가 샐러리맨의 수를 더욱 감축시키기를…. 파산과 몰락이 들이닥치고, 도처에서 일자리가 줄어들고, 자본주의 경제가 마치 보험 가입자 모두가 같은 날에 재해를 당한 보험회사 같은 상황에 처해지는 날을…. 그때는!…”

“그때는?…”

“그때는 우리는 이데올로기에서 빠져나오는 거야! 그때는 장광설의 시대가 끝나는 거지! 그리고 소맷자락을 걷어붙이고 일을 시작하는 거야. 왜냐하면 행동의 때가 되었고 마침내 우리가 **여러 가지 일에 대한 영향력**을 갖는 때가 되었으니까!” 한 줄기 빛이 그의 얼굴을 비치다가 사라졌다. 그는 되풀이했다. “참아… 참아!” 그리고 고개를 돌려 눈으로 알프레다를 찾았다. 알프레다가 너무 멀리 떨어져 있어서 그의 목소리를 들을 수 없었는데도 그는 기계적으로 이렇게 중얼거렸다. “그렇잖아, 알프레다….”

알프레다는 패터슨과 미퇴르크 가까이 가 있었다.

“같이 르 카보에 가서 무엇 좀 드세요.” 하고 그녀는 패터슨은 쳐다보지도 않고 미퇴르크에게 권했다. “그렇잖아요, 조종사?” 그녀는 메네스트렐에게 명랑한 목소리로 외쳤다. (그것은 패터슨과 미퇴르크가 듣기에 분명히 “조종사가 모두의 것을 지불해줄 테니까…”라는 것을 뜻하고 있었다.)

메네스트렐은 아래를 내려다보며 승낙의 뜻을 나타냈다. 이어 그녀는 덧붙였다.

“그리고 나서 모두 같이 페레 회관에 가요.”

“나는 그만두겠어요.” 자크가 말했다. “나는 그만두겠어요!”

르 카보는 대학가 중심부의 바스티용 공원 뒤쪽에 있는 생 우르스가街의 어느 지하실에 있는 채식주의자들의 작은 술집이었다. 그곳은 특히 사회주의 학생들이 많이 드나드는 곳이었다. 조종사와 알프레다는 카루주가街에 일하러 돌아가지 않는 날 저녁에는 그곳에 가서 자주 저녁 식사를 하곤 했다.

메네스트렐과 자크는 앞에서 걸어가고 있었다. 알프레다와 두 청년은 몇 미터 떨어져서 따라가고 있었다.

조종사는 그 특유의 거친 태도로 말을 계속했다.

“앞으로 그런 이데올로기 시대를 체험하는 기회가 많이 있을 거야…. 우리는 무엇인가가 시작되기 직전에 태어났어…. 자네는 동지들에게 너무 엄격해! 나는 그들의 모든 것을 용서해주고 있어. 그들의 장광설조차도, 그것은 그들의 생명력… 그들의 젊음 때문이야!”

지금까지 자크가 느끼지 못했던 한 줄기 우울한 빛이 그의 얼굴을 스쳐갔다. 그는 알프레다가 확실히 따라오는지 확인하려고 뒤를 돌아보았다.

자크는 완강하게 머리를 저었다. 사실 그는 실망한 나머지 주위 청년들에게 엄격한 비판을 가할 때가 더러 있었다. 그에게는 대부분 사람들의 생각이 너무 피상적이고 편협하며, 자기 멋대로 남을 비판하고 미워하는 것 같아 보였다. 그들의 지성은 자신들의 식견을 넓히고 새롭게 하는 쪽보다는 그것을 체계적으로 굳히는 쪽에 쏠리고 있는 것 같았다. 그리고 그들의 대다수가 혁명가라기보다는 반항자이고, 인류를 사랑하기보다는 반항을 사랑하는 것 같았다.

그러나 자크는 조종사 앞에서 동지들을 비판하는 말을 삼갔다. 그는 다만 이렇게 말했다.

"그들의 젊음이라고요? 그러나 나는 그들이… 충분히 젊지 않은 것이 오히려 원망스러워요!"

"충분히 젊지 않다고?"

"그래요! 그들의 증오는 늙은이의 반발이에요. 이 점은 반네드가 옳게 본 겁니다. 진정한 젊음은 남을 증오해서는 안 되고 사랑할 줄 알아야 해요."

"꿈같은 이야기야!" 하고 뒤따라온 미퇴르크가 엄숙하게 말했다. 그는 안경 너머로 메네스트렐을 슬쩍 곁눈질했다. "진정으로 무엇인가를 하려면 증오해야 하는 거야." 그는 좀 사이를 두었다가 이번에는 자기 앞의 먼 곳을 바라보면서 말했다. 그리고 곧 공격적인 말투로 덧붙였다. "역시 이기기 위해서는 언제나 살육이 필요했어. 그런 거야!"

"아니야." 하며 자크가 침착하게 말했다. "증오는 금물이야.

폭력도 금물이고. 안 돼! 그 점에 대해 나는 당신들과 절대로 의견을 같이할 수 없어!"

미퇴르크는 신랄한 눈초리로 자크를 바라보았다.

자크는 메네스트렐 쪽으로 약간 몸을 기울였다. 그리고 이야기를 계속하기 전에 잠시 기다렸다. 메네스트렐이 아무 말도 꺼내지 않자 그는 결심한 듯이 거칠게 말했다.

"증오해야 한다! 살육해야 한다! 이렇게 저렇게 해야 한다! …자네가 그런 것을 어떻게 알아, 미퇴르크? 어떤 위대한 혁명가가 살육 없이—정신력으로—훌륭히 승리를 거둘 때 폭력혁명에 대한 자네의 생각도 완전히 바뀌겠지!"

오스트리아인은 조금 떨어져서 무거운 발걸음을 옮기고 있었다. 그의 얼굴은 굳어 있었다. 그는 아무 대답도 하지 않았다.

"역사를 통해서 볼 때 모든 혁명이 많은 피를 흘린 것은" 하고 자크는 다시 메네스트렐을 쳐다보며 말을 계속했다. "그것은 아마 혁명에 참가했던 사람들이 충분한 준비와 생각을 하지 못했기 때문이었을 거야. 혁명은 모두 우리처럼 폭력을 신조로 하는 과격파에 의해서, 어느 정도는 즉흥적으로, 그때그때 공포 속에서 수행되었던 거야. 그들은 혁명을 하는 것으로 생각했지만 실은 그것은 내란에 지나지 않았어…. 폭력은 그 당장의 필요에서 사용한다는 것을 나는 인정해. 그러나 나는 지금과 같은 문명사회에서는 다른 유형의 혁명, 곧 조레스와 같은 인물들이 인내심을 가지고 이끄는 그런 점진적인 혁명을 생각해보는 것이 무의미한 일이라고는 보지 않아. 휴머니즘의 관념에 투철한 사람들, 이들은 그들의 주의를 숙성시키고, 점진적인 행동 계획을 세울 만큼 시간적 여유를 가졌던 사람들이야. 다음으로 좋은 의미의 기회주의자들, 이들은 의회, 시의회, 조합, 노동운동, 파업의 모든 분야에 동시에 영향력을 행사하면서 일련의 조직적인 방법을 통해 권력을 장악하려 했어. 그리고 혁명가이자 정치가인 사람들, 이들은 경륜과 권위를 가지고, 명석한 사고에서 우러나는 침착한 정력을 가지고, 협력할 수 있는 충분한 시간을 가지고 계획을 수행했어. 결국 이들은 질서를 지키면서 언제나 사태를 장악할 줄 아는 사람들이었어!"

"사태를 장악한다고!" 하고 미퇴르크가 거친 몸짓을 하며 고함쳤다. "Dummkopf!* 새로운 체제의 건설, 그것은 어떤 격변의 압력 아래에서 모든 열정이 미친 듯이 날뛰는 전체적, 경련적 Krampf** 시기에나 비로소 생각해볼 수 있는 거야…." (그는 프랑스어를 꽤 유창하게 했으나 강하고 거친 독일어 악센트가 섞여 있었다.) "참으로 새로운 것은 증오에 의해서 주어지는 그런 충동 없이는 얻을 수 없어. 그리고 건설을 위해서는 먼저 어떤 회오리바람이, 어떤 Wirbelsturm이 모든 것을 넘어뜨리고 마지막 잔해까지 모두 고르게 만드는 것이 필요해!" 그는 이 말을 머리를 숙인 채 초탈한 듯한 태도로 했기 때문에 그것은 끔찍스럽게 들렸다. 그는 고개를 들었다. "Tabula rasa! Tabula rasa!"*** 그리고 거친 손짓으로 방해물을 부수고 그것을 자기 앞에서 없애버리는 시늉을 했다.

* '멍청한 녀석'이라는 뜻의 독일어.
** '발작'이라는 뜻의 독일어.
*** '백지의 상태'라는 뜻의 라틴어.

자크는 몇 걸음 걷다가 대답했다.

"그래." 그는 되도록 침착해지려고 노력하면서 숨을 길게 쉬었다. "자네는, 우리 모두가 그렇지만, 혁명의 개념은 질서의 개념과 양립될 수 없다는 그런 공리에 따라 살고 있어. 우리는 모두가 영웅적이고 피비린내 나는 로맨티시즘에 중독되어 있는 거야…. 내 말 알겠어, 미퇴르크? 나는 이렇게 모두가 폭력 이론에 찬성하고 있는 진정한 이유가 어디에 있을까 하고 생각할 때가 있어…. 단지 효과적으로 행동하기 위해서는 폭력이 불가피하기 때문일까? 아니야…. 그것은 또한 그러한 이론이 우리의 가장 저급한, 가장 오래된, 인간이 깊숙한 곳에 숨겨진 본능을 만족시켜주기 때문일 거야! …우리의 모습을 거울에 비추어봐…. 얼마나 험악한 눈길, 얼마나 미개인 같은 비웃음, 얼마나 잔인하고 야만스런 기쁨을 가지고 우리 모두가 그러한 폭력을 필요한 것인 양 받아들이고 있는지! 사실은 더 부끄러운 동기, 더 개인적인 동기에서 우리는 그것에 집착하는 거야. 말하자면 우리 모두가 마음속 깊은 곳에 복수심과 원한을 품고 있기 때문이지…. 그런데 아무런 가책도 없이 그 복수심을 만끽하기 위해서는 그것을 숙명적인 법칙에 순응하는 것으로 정당화시키는 것보다 더 멋진 이야기가 있을 수 있을까?"

모욕을 당한 미퇴르크는 갑자기 고개를 돌렸다.

"나는" 하며 그는 항의했다. "내 생각으로는…."

자크는 그의 항의에 아랑곳하지 않고 말을 계속했다.

"기다려…. 나는 누구도 비난하지 않아. 나는 '우리'라고 했어. 나는 사실을 말하고 있는 거야. 파괴하고자 하는 욕구는 건설하고자 하는 희망보다 훨씬 더 강력한 거야…. 우리 가운데서 얼마나 많은 사람들이 혁명을 사회변혁의 작업 이전에 우선 복수의 기회로 여기면서, 소란과 폭동과 내란과 권력의 노골적인 탈취에 도취되어 있는지 알아? 피를 흘린 승리에 의해 이번에 우리 쪽에서 압제를 강요하는 날이 온다면, 그것은 얼마나 미치광이 같은 복수심이겠나, 그것도 우리의 **정의**의 압제일 경우! …**난동을 선동하는 자**, 그래, 미퇴르크, 다른 어떤 것보다도 바로 이것이 모든 혁명가의 마음속 깊은 곳에 있는 거야! 부정하지 마…. 우리 가운데 몇 사람이나 이렇게 끓어오른 파괴열에 사로잡히지 않았다고 감히 장담할 수 있을까? 매우 훌륭한 사람들, 매우 관대한 사람들, 매우 희생정신이 강한 사람들 가운데서 나는 취한 악마의 광기가 발호하는 것을 가끔 보거든…."

"물론이지!" 하며 메네스트렐이 말을 가로막았다. "그러나 문제가 과연 거기에 있을까?"

자크는 그의 시선을 붙들려고 돌아섰다. 그러나 헛일이었다. 그가 보기에 메네스트렐은 미소를 지은 것 같았으나 확실하지는 않았다. 자크도 미소를 지었다. 그러나 그것은 자신의 개인적인 이유에서였다. 조금 전에 "장광설은 이제 질색이에요!" 하고 자기가 말한 것이 생각났던 것이다.

미퇴르크는 안경 위로 눈썹을 치켜올렸다. 그리고 더 이상 대답할 생각이 없는 것 같아 보였다.

그들은 부르 뒤 푸르 광장에 이르러서는 조용히 광장을 건넜다. 저녁놀이 낡은 지붕 위의 기와를 붉게 물들이고 있었다. 생레제의 좁은 길은 마치 어두운 복도처럼 나 있었다. 그들 뒤에서 패터슨과 알프레다가 큰 소리로 이야기하고 있었다. 웃음소리만 들릴 뿐 무슨 말을 하는지 확실히 알 수 없었다. 메네스트렐은 어깨너머로 자꾸 그쪽을 힐끔거렸다.

자크는 자신의 사고의 맥락을 설명하지 않은 채 중얼거리듯 이렇게 말했다.

"…그것은 마치 개인은 우선 자신의 가치를 포기하지 않으면 단체나 집단적인 세력에 참여할 수 없다는 것 같군…."

"어떤 가치 말인가?" 오스트리아인이 물었다. 이때의 그의 무언의 몸짓은 자크가 지금 한 말과 조금 전에 한 말 사이에서 아무런 연관을 찾아볼 수 없다고 말하는 것 같았다.

자크는 망설였다.

"인간으로서의 가치." 그는 낮은 소리로 얼버무리듯 말했다. 그의 태도는 마치 그 새로운 문제에 대해 논란을 시작하는 것을 두려워하는 듯했다.

짧은 순간의 침묵이 있었다. 그때 갑자기 메네스트렐의 목소리가 날카롭게 울렸다.

"인간으로서의 가치?"

빈정거리는 듯한 이 질문에는 무엇인가 신비스러운 데가 있었다. 자크는 그 질문에서 어떤 감동의 흔적을 보는 듯한 느낌이었다. 그는 메네스트렐의 그러한 냉담함에서 받은 어떤 느낌, 곧 그의 냉담함이 후천적이라는 것, 그리고 자신은 인간의 본성에 대해서 알 것은 다 알고 있었지만 자신의 환멸을 조용히 체념하지 못하는 다감한 마음의 소유자로서 고뇌하고 있다는 것을 숨기기 위해 얼버무리고 있다는 느낌을 받은 적이 한두 번이 아니었다.

미티르크에게는 조종사의 쾌활함만이 안중에 들어왔다. 그는 소리 내어 웃으면서 엄지손톱으로 치아를 긁었다.

"티보, 자네는 정치적 감각이 없어!" 하고 말하는 그의 말투는 논쟁의 결론을 내리려는 것 같아 보였다.

자크는 버럭 화가 나는 것을 참을 수 없었다.

"그런데 그 정치적 감각이라는 것은…."

이번에는 메네스트렐이 말을 가로막았다.

"미퇴르크, 정치적 감각이라는 것이 도대체 뭐야? …사생활에서 우리가 저마다 무례한 행동, 또는 죄라고 생각하며 배척하고 있는 것을 사회적 투쟁에서는 용인한다… 그런 거야?"

그는 처음에는 말을 아무렇게나 하는 것 같더니 끝에 가서는 좀 격렬하면서도 진지하고 신중한 어조로 마무리 지었다. 그러고는 입을 다문 채 코로 가늘게 숨을 내쉬면서 조용히 웃고 있었다.

자크는 메네스트렐의 말에 대답하려고 했다. 그러나 조종사는 그에게 언제나 위압감을 주었다.

그는 미퇴르크를 향해 말했다.

"진정한 혁명은…."

"참으로 진정한 혁명은" 하고 미퇴르크가 외쳤다. "민중 해방을 위한 혁명은 그것이 아무리 광포한 것일지라도 구태여 사람들로부터 용인받을 필요가 없는 거야!"

"그래? 방법이야 어찌 되었든 상관없다는 말이야?"

"물론이지!" 하며 미퇴르크는 자크의 말이 끝나기도 전에 한술 더 떠 말했다. "행동, 그것은 자네의 공상적인 사변과는 같은 차원이 아니야! 행동이란, **동지**, 그것은 인간을 꼼짝 못 하게 하는 거야. 그래, 행동에서 중요한 것은 한 가지뿐이야. 승리하는 것! …내 경우에는 자네가 어떻게 생각하든 목적은 복수하는 데 있지 않아! 그래, 목적은 인간 해방이야. 경우에 따라서는 당사자의 의사와는 상관없더라도 말이야! 또 필요하다면 총부리에 의존해서라도! 단두대라도 괜찮아! 강에 빠진 사람을 구하려고 할 때 그 구조 작업에 안전을 꾀하기 위해서 자네는 우선 그 사람의 머리를 아주 세게 때려야 해…. 진정으로 기다렸던 그날이 올 때 나의 목적은 단 한 가지, 자본주의의 압제를 몰아내고 쓸어버리는 일이야. 그렇게 거대한 골리앗, 백성을 예속시키려고 했을 때 온갖 수단을 가리지 않았던 그를 쓰러뜨리기 위한 방법을 선택하는 데는 나는 이것저것 가릴 만큼 그렇게 어리석지는 않아. 우매함과 악을 쳐부수는 데 도움이 되는 것이라면 무엇이라도 좋아. 그것이 비록 우매함이나 악일지라도! 불의와 광포가 필요하다면 물론 나는 불의와 광포 편에 설 수도 있어! 나를 더 강자로 만들어 승리를 얻게 해주는 일이라면 어떤 무기라도 들겠어. 굳이 말한다면, 이 싸움에서는 모든 것이 다 허용되어 있어! 어떤 것이라도, 정말 어떤 것이라도. 패배는 말고!"

"아니야." 자크가 격하게 말했다. "그렇지 않아!"

그는 메네스트렐의 시선을 찾았다. 그러나 조종사는 뒷짐을 지고 두 어깨를 축 늘어뜨린 채 그들로부터 조금 떨어져서 집 처마를 따라 앞만 보며 걷고 있었다.

"아니야." 자크는 말을 계속했다. (그는 하마터면 이런 말을 할 뻔했다. '나는 이제 그런 혁명에는 흥미가 없어. 그런 피비린내 나는 광포한 행위를 할 수 있고 또 그것을 정의의 이름으로 호도할 수 있는 그런 인간은 승리하더라도 결코 그의 순수성,

존엄성, 인간에 대한 존경, 공평에 대한 열정, 그의 정신의 자유를 되찾지 못할 거야. 내가 혁명을 열망하는 것은 그런 미치광이를 권좌에 앉히기 위해서가 아니야….') 그는 단지 이렇게 말하는 것으로 그쳤다.

"아니야! 왜냐하면 자네가 역설하는 그 폭력은 대번에 정신적인 면을 위협할 것이기 때문이야. 나는 그것을 직감할 수 있어."

"그렇더라도 할 수 없지! 우리는 소심한 지식 때문에 마비되어서는 안 돼. 자네가 말하는 이른바 정신적인 면이 말살당하고 정신적인 활력이 반세기에 걸쳐 억압당하더라도 할 수 없어! 그거야 나도 자네와 마찬가지로 유감스러워. 굳이 말하자면 다른 도리가 없는 거야! 그리고 진정한 투사가 되기 위해 맹인이 되어야 한다면, 그래, 나는 아마 '눈을 뽑아줘!'라고 말할 거야!"

자크는 반항적인 몸짓을 해 보였다.

"그래, 그게 아니야! 할 수 없다고 해서는 안 돼…. 미퇴르크, 내 말을 이해해줘…." (그는 오스트리아인에게 말하고 있었지만 사실은 메네스트렐을 향해 자기의 생각을 밝히려 했던 것이다.) "최종 목표에 대해 자네만큼 중요성을 인정하지 않는 것은 아니야. 내가 항의하는 것도 실은 그 목표 자체를 위해서야! 불의와 기만과 광포 속에서 이루어진 혁명, 그것은 인류에게는 단지 헛된 성공에 지나지 않아. 그런 혁명이야말로 출발부터 부패의 싹을 지니고 있다고 말할 수 있겠지. 그러한 방법으로 획득한 혁명은 영속성이 없을 거야. 머지않아 그 혁명이 이번에는 비난을 받게 될 거야…. 폭력, 그것은 압제자의 무기야!

그것은 절대로 민중에게 진정한 해방을 가져다주지 못해. 그것은 단지 새로운 압제를 승리하게 할 뿐이야…. 좀 들어봐!" 하며 그는 미티르크가 말을 가로막으려는 것을 보고 갑자기 역정이 나서 외쳤다. "자네들이 그러한 이론적 냉소주의 속에서 끌어내는 힘을 나는 알고 있어. 그리고 만일 내가 그것이 유효하다는 것을 믿는다면 개인적인 혐오 같은 것을 접어두고 나도 그러한 냉소주의에 참여할 거야. 그런데 나는 바로 그것을 믿지 않아! 진정한 진보라면 그 어느 것도 비열한 방법에 의해 이루어지는 일이 없다는 것을 나는 확신하고 있어. 정의와 박애를 지배하기 위해 폭력과 증오를 예찬하는 것은 정말 난센스야. 그것은 진정 우리가 세상에 존속시키려고 하는 그 정의와 박애를 출발점에서부터 배신하는 거야! …안 돼! 이 점에 관해서는 자네 마음대로 생각하라고. 그러나 내가 보기에 진정한 혁명, 온 힘을 다 바칠 만한 가치가 있는 혁명이란 도덕적 가치의 부정 속에서는 절대로 이루어질 수 없을 것 같아!"

미티르크는 반격할 태세를 취했다.

"굉장한 고집이군, 자크!" 메네스트렐이 끼어들었다. 그 목소리는 그가 그렇게 할 때마다 늘 듣는 사람으로 하여금 어리둥절하게 하는 가성이었다.

그는 이 논쟁을 방관자로서 지켜보고 있었다. 그는 두 기질의 충돌을 항상 흥미롭게 생각하고 있었다. 본질적인 면에서 정신과 물질, 폭력과 비폭력을 구별하는 것은 그에게는 터무니없고 부질없는 일같이 보였다. 그것은 잘못된 문제, 잘못 제기된 질문의 전형 같았다. 그것을 말한다고 해서 무슨 소용이 있을까?

자크와 미티르크는 당황해서 입을 다물었다.

오스트리아인은 조종사를 돌아보았다. 그리고 잠시 수수께끼 같은 그 얼굴을 유심히 살펴보았다. 공모자의 미소가 입술 위에 굳어 있었고, 얼굴은 침울해 보였다. 그는 이 논쟁에서 자크가 취한 태도가 불만스러웠고, 자크에 대해, 조종사에 대해, 자기 자신에 대해 화가 났던 것이다.

얼마 동안 말없이 걷다가 그는 일부러 걸음을 늦추어 두 사람과 간격을 두고 패터슨과 알프레다와 합류했다.

메네스트렐은 미티르크가 없는 틈을 이용하여 자크 곁으로 다가갔다.

"자네가 바라는 것은" 하며 그는 말을 꺼냈다. "혁명이 이루어지기 전에 먼저 그것을 정화한다는 것인데, 그것은 너무 일러! 그것은 혁명이 일어나는 것을 방해할지도 몰라."

그는 잠시 말을 중단했다. 그리고 자기가 금방 한 말이 얼마만큼 자크의 마음을 상하게 했는지를 알아차리기라도 한 것처럼 날카로운 눈초리로 자크를 힐끗 쳐다보다가 재빨리 덧붙였다.

"하지만… 나는 자네를 잘 이해해."

두 사람은 아무 말 없이 거리를 계속 내려오고 있었다.

자크는 침착하게 자기 자신을 한번 되돌아보려고 애썼다. 그는 자기가 받은 교육을 생각해보았다. '학교 교육… 부르주아적 교육… 그것이 지울 수 없는 습관을 지성에 가져다준 것이다…. 나는 오랫동안 작가가 되기 위해 태어났다고 믿고 있었다. 그런 생각을 버린 것도 그리 오래전의 일이 아니다. 그만큼 나는 사물을 판단하고 결론을 내리기보다는 사물을 보고 그것을 기록하는 성향 쪽이 더 강했다…. 혁명가로서는 확실히 하나의 약점이지!' 하고 그는 걱정스럽게 생각했다. 그는 자신을 속이는 법이 거의 없었다. 적어도 의식적으로는 그러했다. 자신이 동지들과 견주어 열등하다고도 뛰어나다고도 생각하지 않았다. 다만 그들과는 다르다고 생각했다. 그리고 모든 것을 따져볼 때 그들보다 '혁명의 좋은 도구'는 못 된다는 것을 스스로 느끼고 있었다. 그런 자신이 그들처럼 개인적인 의식을 버리고 자기의 사상이나 의사를 한 당파의 추상적인 주의나 공동행동 속에 용해시킬 수 있을까?

그는 갑자기 낮은 목소리로 말했다.

"정신의 자주성을 유지하고 지키는 것, 그것이 공동의 행동에 절대적으로 부적절할까요? 조종사 생각은 어때요?"

메네스트렐은 듣고 있는 것 같지 않았다. 그러나 조금 뒤에 그는 중얼거렸다.

"개인적 가치… 인간적 가치… 자네는 이 두 말의 뜻이 같다고 생각하나?"

자크는 메네스트렐을 빤히 쳐다보았다. 의문에 찬 그의 침묵은 조종사에게 더 설명해줄 것을 요구하는 것 같았다.

그는 마음에 내키지 않으면서도 말을 계속했다.

"우리와 함께 봉기하려는 인류는 놀랄 정도로 향상되기 시작했어. 그러한 사실은 지금부터 몇 세기에 걸쳐 인간 대 인간의 조건뿐만 아니라 그와 동시에, 어떤 식일지는 아직 확실히 알 수는 없지만, 인간 자신도, 스스로 본능이라고 생각하는 것까지도 바꾸어놓을 거야!"

이렇게 말하고 그는 잠시 입을 다물었다. 그리고 명상에 잠기는 것 같았다.

9

몇 미터 뒤로 처진 미퇴르크는 패터슨과 알프레다 옆에서 걷고 있었다. 그러나 두 사람의 이야기에는 끼어들지 않았다.

알프레다는 종종걸음으로 영국인 곁에서 걷고 있었다. 다리가 긴 그가 한 걸음 내디딜 때마다 그녀는 두 걸음을 걸어야만 했다. 그녀는 스스럼없이 수다를 떨고 있었다. 그리고 상대 곁에 너무 바싹 붙어 있었기 때문에 패터슨의 팔이 줄곧 어깨를 스쳤다.

"내가 처음으로 그이를 만난 것은" 하며 그녀는 말을 꺼냈다. "파업이 있을 때였어요. 나는 취리히의 친구들한테 이끌려 어느 모임에 갔지요. 그때 그이가 연설을 하더군요. 우리는 앞자리에 있었어요. 나는 그이가 연설하는 모습을 지켜보았지요. 그이의 눈, 그이의 손…. 모임이 끝날 무렵에 난투극이 벌어졌답니다. 나는 친구들을 남겨둔 채 그이 곁으로 뛰어가서 숨었지 뭐예요…." (그녀는 그런 추억을 더듬으면서 스스로 놀라는 것 같았다.) "그 일이 있은 뒤부터 나는 그이에게서 떠나지 않았어요. 단 하루도. 심지어는 단 두 시간도…."

패터슨은 미퇴르크를 힐끗 쳐다보고는 머뭇거리다가 목소리를 낮추어 이상한 어조로 말했다.

"당신은 그의 마스코트군…."

그녀는 웃었다.

"조종사는 당신보다 부드러워요, 패트… 그이는 '마스코트'라는 말은 안 해요. '수호천사'라고 말해요."

미티르크는 건성으로 듣고 있었다. 그는 마음속으로 자크와의 논쟁을 생각하고 있었다. 그는 자신이 옳았다고 확신하고 있었다. 자크를 **동지**로 인정하고 있었고, 그의 친구가 되려고도 노력했다. 그러나 조직원으로서의 그에 대한 비판은 엄격했다. 지금 그는 자크에 대해 은근히 증오심 같은 것을 품고 있었다. '이번만은 녀석의 논리를 제 얼굴에 도로 끼얹어버렸어야 했는데! …그것도 조종사가 보는 앞에서!' 미티르크는 자크와 메네스트렐이 친한 것을 가장 못마땅하게 생각하는 부리에 속해 있었다. 그러나 그것은 비열한 질투심 때문이 아니었다. 그는 자신의 주장이 부당한 것으로 여겨졌기 때문에 싫었던 것이다. 그는 조금 전에 조종사로부터 암묵의 동의를 얻을 줄로 생각하고 있었다. 메네스트렐의 애매한 침묵은 그로 하여금 몹시 분한 생각이 들게 했다. 그는 기회를 보아서 그 일을 분명히 해두고 싶었다. 그런 그의 마음은 격렬한 복수심으로 불타고 있었다.

앞에서 걸어가던 메네스트렐과 자크는 바스티용 공원 입구에서 걸음을 멈추었다. (공원을 가로질러 가면 생 우르스가街에 곧장 이르게 되어 있었다.)

날이 저물어가고 있었다. 철책 너머 잔디밭 위에는 아직 황금빛 아지랑이가 아른거리고 있었다. 오늘은 일요일 저녁이므로 이곳 제네바 대학의 **뤽상부르**라고 할 수 있는 공원은 많은 사람들로 붐비고 있었다. 자리가 비어 있는 벤치는 하나도 없었으며, 활기에 찬 학생들은 높고 우거진 나뭇가지가 만들어주는 그늘을 따라 좁은 직선 길을 떼를 지어 거닐고 있었다.

알프레다와 영국인을 뒤로하고 미퇴르크는 걸음을 재촉하여 다시 두 사람과 합류했다.

"…아무튼 인생에 대해 생각하는 방식이 좀 거칠군요." 하고 자크가 말했다. "물질적인 번영에 대한 맹목적인 숭배군요!"

미퇴르크는 못마땅하다는 듯이 자크를 훑어보았다. 그리고 말의 뜻도 잘 모르면서 불쑥 옆에서 끼어들었다.

"이번에는 뭐야? 응, 알겠어, 분명히 혁명가들의 '물질적인 욕망'에 대한 비난이겠지!" 하고 약간 기분 나쁜 냉소를 띠며 투덜댔다.

놀란 자크는 다정한 눈길로 그를 바라보았다. 자크는 변덕스러운 이 오스트리아인을 언제나 너그럽게 대했다. 그는 미퇴르크가 고생을 많이 한 탓으로 자기감정을 그다지 겉으로 드러내지 않지만 그래도 남달리 성실한 우정을 보여주는 동지라고 생각했다. 자크는 또 그의 거친 태도가 고독감, 불행했던 어린 시절, 자신의 어떤 내면적인 갈등이나 약점을 감추려는 강한 자부심에서 나오는 것임을 알고 있었다. (자크의 생각은 틀리지 않았다. 이 감상적인 게르만인은 마음속에 한 가지 괴로운 일을 품고 있었다. 그것은 그가 자신의 추한 모습을 알고 있다는 것과 그 사실을 병적으로 확대해서 생각하고 있다는 것이었다. 어떤 때는 모든 것에 절망할 정도였다.)

자크는 친절히 설명해주었다.

"사실은 우리 가운데서 아직도 자본주의적인 행복을 생각하고, 느끼고, 바라는 사람이 많다고 조종사에게 말하던 중이야…. 그렇게 생각하지 않나? 무엇보다도 먼저 개인으로서의 태도, 내적인 태도가 되어 있지 않다면 어찌 혁명가라고 하겠나? 무엇보다도 먼저 자기 내부의 혁명을 하지 않고, 케케묵은 질서에 의한 타성을 제거하지 않는다면 말이야!"

메네스트렐은 자크를 힐끗 쳐다보았다. '제거하다니'라고 생각하며 그는 재미있어 했다. '자크 녀석 희한해…. 아주 부르주아를 탈피한 것처럼 말하는군…. **타성**이 제거된 정신, 그래! 그러나 근본적으로 가장 부르주아적인 것은 제외되었어! 정신 자체를 모든 것의 근본으로 삼는 타성 말이야!'

자크는 이야기를 계속했다.

"그런데 나는 대다수의 사람들이 여전히 물질적인 재산에 비중을 두고 있고 자신들도 모르게 그것을 존중하고 있다는 사실에 가끔 놀라곤 해…."

미퇴르크는 단호히 그의 말을 가로막았다.

"배고파 죽게 된 사람, 그래서 우선 먹기 위해 반항하는 불쌍한 사람을 물질주의자라고 비난하는 것은 사실 쉬운 일이야!"

"물론이지." 메네스트렐이 대화에 끼어들었다.

자크도 곧 인정했다.

"미퇴르크, 그런 반항이야말로 그 어느 것보다도 정당한 것이야…. 다만 혁명은 자본주의가 다 몰락하고 프롤레타리아가 대신 그 자리를 차지할 때 이루어지는 것처럼 생각하는 사람이 우리 가운데 많다는 것뿐이지…. 쫓겨난 사람들 자리에 대신 다른 착취자를 앉힌다고 해서 그것이 자본주의를 타도하는 것은 아니야. 단지 계급을 바꿀 뿐이지. 그리고 혁명이란, 비록 그것이 가장 많은 수를 차지하며 가장 많이 수탈당한 계급이라 하더라도, 한 계급의 승리와는 다른 것이어야 해. 나는 보편적인 계급의 승리를 바라고 있어…. 폭넓은 인간계급의 승리를 말이야. 거기에서는 모두가 차별이 없는…."

"물론이지." 메네스트렐이 말했다.

미티르크는 투덜대며 말했다.

"악惡, 그것은 이윤이야! …오늘날 이윤은 모든 인간 활동의 유일한 원동력이야! 이 세상에서 그것을 뿌리 뽑지 않는 한!…"

"나도 그 말을 하고 싶었던 거야." 하고 자크가 말했다. "뿌리 뽑는다는 것…. 그것이 쉬운 일이라고 생각하나? 우리 자신도 그런 관념을 스스로 뿌리 뽑지 못하고 있다는 것을 알지 않나? 우리 혁명가들도 말이야!…"

미티르크의 생각도 어쩌면 마찬가지였을지 모른다. 그러나 그에게는 거기에 동조할 만한 마음의 여유가 없었다. 그는 친구를 쥐어박아주고 싶은 생각이 굴뚝같았다. 그는 히죽히죽 웃으면서 화제를 바꾸었다.

"**우리 혁명가들**? 그러나 자네는 혁명가였던 적이 없지 않나!"

이러한 개인적인 공격에 당황한 자크는 자기도 모르게 메네스트렐 쪽을 돌아보았다. 그러나 조종사는 그저 미소만 짓고 있을 뿐이었다. 그리고 그 미소는 위로의 말이라도 해주리라고 생각했던 자크의 기대와는 거리가 먼 것이었다.

"왜 갑자기 화를 내나?" 그는 떠듬거리며 말했다.

"혁명가란," 하고 미티르크는 신랄하게 말했다. 그는 이제 자기감정을 감추려 하지 않았다. "그것은 신념이 있는 자라야 돼! 바로 그거야! 그러나 자네는 그 누구처럼 오늘은 이렇게, 내일은 저렇게 그저 생각만 하고 있어…. 자네는 이런저런 의견을 가진 인간이지 신념을 가진 인간은 아니야! …신념, 그것은 하나의 은총이지! 그것은 자네를 위한 것이 아니야, **동지**! 자네는 지금 그것을 갖고 있지 못할 뿐만 아니라 앞으로도 결코 갖지 못할 거야…. 정말이야, 그럼! 나는 자네를 잘 알아! 자네가 좋아하는 것은 오늘은 이쪽, 내일은 저쪽, 이렇게 왔다 갔다 하는 거야…. 소파에 앉아 파이프를 입에 물고 **반대**도 하고 **찬성**도 하는 느긋한 부르주아처럼 말이야! 자신의 능란한 솜씨에 흐뭇해하면서 소파에 앉아 몸을 흔들고 있는 거야! 자네가 꼭 그래, **동지**! 무엇인가 궁리도 하고 의심도 하고 이유를 따지고 아침부터 저녁까지 온갖 이의를 제기하면서 좌충우돌하고 있어! 자네는 자신의 능란한 솜씨를 흐뭇해하는 거야! …신념 같은 것은 조금도 없어!…" 그는 이렇게 외치면서 메네스트렐 쪽으로 다가갔다. "그렇지 않아요, 조종사? 그러니까 '우리 혁명가들'이라고 그가 말해서는 안 되지요!"

메네스트렐은 다시 야릇한 미소를 잠깐 지었다.

"뭐라고? 내가 어디가 나쁘다는 거야, 미티르크?" 하고 점점 더 궁지에 몰린 자크가 용기를 내어 말했다. "과격파가 아닌 게 나쁘단 말이야? 아니야." (그의 당혹감은 차츰 노여움으로 변해갔다. 그리고 이러한 심경의 변화는 그로 하여금 일종의 쾌감을 느끼게 했다.) 그는 퉁명스럽게 덧붙였다. "안됐지만 말이야, 나는 그 점에 관해서는 지금 막 조종사와 이야기하던 참이야. 솔직히 말해서 다시 시작할 생각은 조금도 없어."

"딜레탕트, 그것이 자네의 정체야, **동지**!" 하고 미티르크가 강한 말투로 말했다. (격정에 사로잡힐 때면 언제나 그렇듯이 그는 때아닌 침이 넘쳐흘러 말이 빨라졌다.) "합리주의적인 딜레탕트! 나는 자네가 프로테스탄트라고 생각해! 영락없는 프로테스탄트! 자유로운 탐구 정신, 자유로운 의사 판단 등등…. 그래, 자네는 오직 공감으로 우리와 함께 있어. 그러나 우리처럼 유일한 목표를 향해 가는 것은 아니야! 그리고 나는 이렇게 생각해. 당은 자네 같은 인간들로 해독을 입고 있다고! 언제나 뒷걸음치며 이념의 심판자나 되려는 인간들 말이야! 자네를 우리와 함께 있도록 내버려두다니. 그것은 잘못이었어! 모든 일을 합리적으로 따지려는 자네의 괴벽, 그것은 병처럼 전염돼. 그래서 마침내는 모두가 회의를 품게 되고 혁명을 향해 똑바로 가지 못하고 좌우로 흔들리게 되는 거야! …어쩌면 자네 같은 인간들은 한 번쯤은 개인적으로 영웅적인 행동을 할 수 있겠지. 그러나 개인적인 행위란 게 뭐야? 아무것도 아니야! 진정한 혁명가는 자신이 영웅이 아니라는 것을 인정해야 해. 공동체 속에 몰입되어 있는 존재라는 것을 인정해야 해. 자신은 아무것도 아니라는 것을 인정해야 해! 인내를 가지고 모든 사람에게 보내지는 신호를 기다릴 줄 알아야 하는 거야. 그때야 비로소 그는 일어나서 모두와 함께 전진할 수 있어…. Ach, 이봐 철학자, 자네처럼 머리 좋은 인간은 그런 복종 따위는 경멸해야 한다고 생각하겠지. 하지만 내가 말하는 것은 그런 복종을 하기 위해서는 합리주의적인 딜레탕트가 되는 데 필요한 것보다 훨씬 강인하고, 훨씬 성실하고, 훨씬 고매한 정신이 필요하다는 거야! 그리고 이러한 힘을 가져다주는 것은 오로지 신념밖에 없어! 진정한 혁명가에게는 이 힘이 있어. 왜냐하면 말할 것도 없이 그에게는 신념이 있고, 그 사람 전체가 신념의 덩어리이기 때문이야! …그래, **동지!** 조종사를 보면 알아. 아무 말 없어도 나는 그가 나와 똑같은 생각을 갖고 있다는 것을 알 수 있어….”

그때 패터슨이 미퇴르크와 자크 사이로 쏜살같이 뛰어왔다.

“들어봐! 저 외치는 소리가 뭐지?”

“무슨 일이지?” 메네스트렐이 알프레다 쪽을 돌아보며 말했다.

그들 모두가 공원을 지나 칸돌가街로 빠져나오고 있을 때였다. 신문팔이 소년 셋이 보도 이편에서 저편으로 지그재그로 날려오면서 목청을 돋우어 외치고 있었다.

“최종판이오! **오스트리아에서 정치적인 암살 사건!**”

미퇴르크가 놀라서 펄쩍 뛰었다.

“오스트리아에서?”

패터슨은 가장 가까이에 있는 신문팔이 소년에게 허겁지겁 달려갔다. 그러나 그는 발길을 돌린 다음, 주머니에 손을 아무렇게나 찌르고 되돌아왔다.

“돈이 좀 모자라서….” 하고 그는 처량하게 말했다. 그러고는 ‘좀 모자라서’라는 완곡어법이 쑥스러웠던지 빙그레 미소를 지었다.

그러는 사이 미퇴르크는 신문을 사서 급히 훑어보았다. 모두들 그의 둘레에 모였다.

“Unglaublich!”* 하고 그는 넋 나간 사람처럼 중얼거렸다.

그는 신문을 조종사에게 내밀었다.

* ‘믿어지지 않아’라는 뜻의 독일어.

메네스트렐은 그것을 손에 들고 아무런 감정도 들어 있지 않은 빠른 어조로 우선 표제부터 읽었다.

"최근에 오스트리아에 합병된 보스니아의 수도 사라예보에서 오늘 아침에 오스트리아-헝가리의 차기 왕위 계승자인 프란츠 페르디난트 황태자 부부가 공식 식전 중에 보스니아의 한 청년 혁명가의 권총 저격을 받고 절명⋯."

"Unglaublich!⋯" 하고 미퇴르크가 되풀이했다.

10

두 주일이 지난 뒤 자크는 뵘이라는 오스트리아인과 함께 주간 급행열차로 빈에서 돌아오고 있었다.

그 전날에 오스메르가 비밀리에 전해준 중대하고도 위험스런 뉴스 때문에 그는 조사를 중단하고 메네스트렐에게 보고하기 위해 급히 스위스로 돌아오게 된 것이다.

칠월 십이일 일요일 미퇴르크는 동지들로부터 질문받을 것을 두려워한 자크의 부탁으로 저녁 여섯시쯤 **본부**로 나갔다. 그는 기운차게 계단을 올라가 친구들의 인사에 간단한 미소로 답했다. 그러고 나서 두 방을 가득 메운 패거리들 사이를 뚫고 지나가 조종사가 으레 있으리라고 여겨지는 세 번째 방으로 들어갔다.

그의 짐작은 틀림없었다. 메네스트렐은 알프레다 맞은편 언제나 그가 앉는 자리에 앉아서, 열심히 귀를 기울이고 있는 열두 명가량의 사람들을 앞에 두고 이야기를 하고 있었다. 그는 특히 가장 앞줄에 서 있는 프레젤을 염두에 두고 말하는 것 같았다.

"반교권주의?" 하고 그가 말했다. "어리석은 전술이지! 비스마르크의 저 유명한 Kulturkampf*를 봐. 그의 탄압은 독일의 교권주의를 더 강화시키는 일밖에 하지 못했어…."

미티르크는 근심에 찬 얼굴로 알프레다의 시선을 끈질기게 찾고 있었다. 마침내 그는 그녀에게 눈짓을 한 다음, 패거리에서 물러나 창가까지 갔다.

프레젤은 무엇인가 항의를 하고 있었다. 그러나 미티르크는 그것을 듣지 못했다. 여기저기에서 그만두라는 소리가 빗발쳤다. 끼리끼리 격론을 벌이자 모임은 흐트러지기 시작했다. 알프레다는 그 틈을 타 일어나서 미티르크 곁으로 갔다.

메네스트렐의 싸늘한 목소리가 다시 들리기 시작했다.

"나는 대중을 종교의 멍에에서 해방시키는 것이 십구세기의 자유사상 부르주아들이 즐겨 부르짖던 그런 어리석은 반교권주의는 아니라고 생각해. 이 경우에도 문제는 사회적인 것이라고 생각해. 종교의 기초는 사회적인 것이니까. 모든 시대를 통해서 종교는 언제나 그 주된 힘을 억압된 인간의 고뇌 속에서 끌어내왔어. 종교는 언제나 고통을 이용했지. 종교가 이러한 지주를 잃을 때 모든 종교는 그 생명을 잃게 되는 거야. 지금보다 더 행복한 인류를 상대하게 된다면 종교는 더 이상 영향력을 갖지 못하게 될 거야…."

* '문화투쟁'이라는 뜻의 독일어.

"무슨 일이 있어요, 미퇴르크?" 알프레다가 낮은 소리로 말했다.

"티보가 돌아왔는데… 조종사를 만나고 싶어 해."

"그럼 왜 여기에 안 왔어요?"

"저쪽에서 무엇인가 심상치 않은 일이 일어나고 있는 모양이야." 미퇴르크는 묻는 말에는 대답하지 않고 말했다.

"심상치 않은 일이라고요?"

그녀는 미퇴르크의 얼굴을 유심히 바라보았다. 그녀는 빈에 간 자크의 임무를 생각하고 있었다.

미퇴르크는 자기는 정확한 것은 아무것도 모른다는 표시로 팔을 벌렸다. 그리고 얼마 동안 안경 너머로 눈썹을 치켜올리고 눈을 크게 뜬 채 마치 어린 곰처럼 윗몸을 좌우로 흔들고 있었다.

"티보는 뵘이라는 우리 오스트리아 사람하고 같이 왔어. 뵘은 내일 또 파리로 출발한대. 무슨 일이 있어도 오늘 밤에 조종사가 그들을 만나주어야 해."

"오늘 밤이라고요?…" 알프레다는 곰곰이 생각해보았다. "그럼 집으로 와요. 그 방법이 가장 좋겠어요."

"좋아…. 그럼 리차들레를 부르도록 해."

"그리고 패트도요" 하고 그녀는 재빨리 말했다.

그 영국인을 좋아하지 않는 미퇴르크는 '패트는 왜?'라고 말하려 했다. 그러나 그는 눈을 꿈벅이며 동의를 표시했다.

"아홉시에?"

"그래요, 아홉시에."

알프레다는 조용히 자기 자리로 돌아갔다.

메네스트렐은 항변을 용납하지 않는 그 특유의 "물론이지!" 라는 말로 프레젤의 말을 막았다. 그리고 덧붙였다.

"변화가 단 하루만에 이루어질 수는 없을 거야. 한 세대 만에도. 그러나 새로운 인간의 종교적 욕구는 어떤 전환점을 찾을 거야. 사회적 전환점 말이야. 직업적인 종교의 신비 대신에 사회적인 신비가 대치될 거야. 문제는 사회질서야."

미티르크는 다시 한번 알프레다의 시선과 마주치자 슬쩍 빠져나갔다.

세 시간 뒤 자크는 빔과 미되르크와 함께 카루주행 전차에서 내려 메네스트렐의 집으로 갔다.

벌써 땅거미가 지고 있었다. 작은 계단은 어두컴컴했다.

알프레다가 나와서 문을 열어주었다.

메네스트렐의 옆모습이 불 켜진 방문에 마치 중국인의 그림자처럼 비쳤다. 그는 힘차게 자크 쪽으로 걸어와서 낮은 목소리로 물었다.

"무슨 새로운 것?"

"예."

"소문은 결국 정말이었나?"

"정말이었어요." 하고 자크가 낮은 소리로 말했다. "특히 토블러와 관계되는 것은… 그 설명은 나중에 하지요…. 그러나 당장은 다른 것이 문제예요…. 아주 중대한 일이 일어날 것 같습니다…." 그는 함께 온 오스트리아인 쪽을 돌아보면서 그를 소개했다. "빔 동지입니다."

메네스트렐은 손을 내밀었다.

"그러면 동지" 하고 그는 일말의 회의적인 말투로 말했다. "그래 무슨 새로운 소식이라도 갖고 왔습니까?"

뵘은 침착하게 그를 바라보았다.

"예."

그는 티롤 태생으로 작달막한 키에 정열적인 얼굴을 한 산악 지방 사람이었다. 나이는 서른 살. 머리에 챙 달린 모자를 쓰고 있었으며 더운데도 낡아 빠진 누런 레인코트를 딱 바라진 어깨 위에 걸치고 있었다.

"들어와요." 메네스트렐은 손님들을 들어오게 하면서 말했다. 방 안에는 패터슨과 리차들레가 기다리고 있었다.

메네스트렐은 이들 두 사람을 뵘에게 소개했다. 뵘은 자기가 아직 모자를 쓰고 있다는 것을 깨닫자 좀 겸연쩍어하면서 벗었다. 그는 못이 박힌 큰 장화를 신고 있었는데, 왁스를 칠한 마루에서 미끄러지곤 했다.

알프레다는 패트의 도움을 받아 부엌에서 의자를 가지고 왔다. 그녀는 의자를 침대 주변에 빙 둘러놓았다. 그리고 자기는 침대에 가서 앉고는 메모지철과 연필을 스커트의 오목한 부분에 얌전히 올려놓았다.

패터슨은 그녀 곁에 자리 잡았다. 베개에 팔꿈치를 괴고 반쯤 누운 그는 알프레다 쪽으로 몸을 굽히고 물었다.

"무슨 이야기인지 알고 있어요?"

알프레다는 애매한 몸짓을 했다. 그녀는 경험에 의해 그런 음모자 같은 태도는 경계하고 있었다. 비활동적이라는 비난을 받아온 활동가들에게서 볼 수 있는 그러한 태도는 특히 수없이 실패하면서도 언젠가는 역량을 보일 날이 올 것이라는 집요한 욕망을 나타내는 것이나 다름없었다.

"조금 비켜줘." 하고 리차들레가 알프레다 곁에 와 앉으면서 허물없는 말투로 말했다. 그의 눈길 속에는 언제나 즐거운 듯한, 거의 용맹스럽기까지 한 빛이 반짝이고 있었다. 그러나 그런 자신감 속에는 무엇인가 인위적인 것, 원칙에 따라, 건강에 따라 무슨 일이 있더라도 굳세게, 만족스럽게 살아가겠다는 계획적인 의지 같은 것이 엿보였다.

자크는 호주머니에서 봉인된 크고 작은 두 통의 봉투를 꺼내어 메네스트렐에게 건네주었다.

"이것이 문서의 복사본입니다. 그리고 이것은 오스메르의 편지입니다."

조종사는 책상 위에 놓여 방 안을 희미하게 비추고 있는 단 하나뿐인 램프 쪽으로 다가갔다. 편지를 뜯고 읽어 내려가면서 그의 눈길은 기계적으로 알프레다를 찾았다. 그러고 나서 그는 날카롭고 의아하다는 듯한 눈초리로 자크를 쏘아보면서 편지 봉투 두 장을 테이블 위에 놓았다. 그리고 의자에 앉으면서 모두에게 앉기를 권했다.

일곱 사람이 모두 자리에 앉자 메네스트렐은 자크 쪽으로 몸을 돌렸다.

"그래서?"

자크는 뵘을 바라보면서 흐트러진 머리카락을 거칠게 쓸어올렸다. 그러고 나서 조종사에게 이야기하기 시작했다.

"오스메르의 편지를 읽으셨겠지요…. 사라예보, 황태자의 암살부터 유럽, 특히 오스트리아에서는 은밀한 일들이 계속 일어나고 있습니다…. 그것은 매우 중대한 일이기 때문에 오스메르는 급히 이것을 전 유럽의 사회주의 본부에 알려야 한다고 생각했습니다. 그는 동지들을 페테르스부르크와 로마에 급히 보냈습니다. …빌만은 베를린으로 떠났고… 모렐리는 플레하노프한테로…, 그리고 레닌도 만나러 떠났어요….”

“레닌은 다른 파야.” 하고 리차들레가 중얼거렸다.

“뵘은 내일 파리로 가게 되어 있어요.” 하며 자크는 리차들레의 말은 아랑곳하지 않고 말을 계속했다. “수요일에는 브뤼셀, 금요일에는 런던으로 가게 되어 있어요. 그리고 저는 당신에게 알리라는 임무를 맡았지요…. 사태가 급속도로 발전할 것 같기 때문이에요…. 오스메르는 저와 헤어질 때 분명히 이렇게 말했습니다. ‘모두에게 설명해주어야 해. 이대로 내버려둔다면 아마 두세 달도 못 가서 전 유럽이 전면전에 휘말릴 거야….”

“황태자 한 사람의 암살로?” 하고 또 리차들레가 말했다.

“그 황태자가 **세르비아인… 슬라브인에게 살해당했기** 때문이야….” 하고 자크가 그쪽을 돌아보면서 말했다. “나도 자네처럼 생각했어. 조금도 의심의 여지가 없었거든…. 그러나 거기에서 나는 이해했어…. 적어도 문제를 어렴풋이 짐작했어…. 그것은 굉장히 복잡한 거야….”

그는 입을 다물고 주위 사람들을 한번 둘러보더니 메네스트렐에게로 시선을 돌렸다. 그러고 나서는 좀 머뭇거리면서 물었다.

“오스메르가 해준 이야기를 처음부터 할까요?”

“물론이지.”

자크는 곧 이야기를 시작했다.

“새로운 발칸동맹을 만들기 위한 오스트리아의 노력은 알고 계시겠지요? …왜 그래?" 그는 의자에서 몸을 움직이는 뵘을 보면서 말했다.

"내 생각으로는" 하며 뵘이 말했다. "사실을 원인부터 잘 설명하기 위해서는 더 이전의 일로 거슬러 올라가는 것이 좋은 방법일 것 같은데…."

'방법'이라는 말을 듣고 자크는 빙그레 웃었다. 그는 눈짓으로 조종사의 의견을 물었다.

"밤새도록이라도 좋아." 메네스트렐이 말했다. 그는 잠깐 미소를 지어 보였다. 그러고 나서 마비된 쪽의 다리를 앞으로 쭉 뻗었다.

"그러면" 하고 자크는 뵘에게 말했다. "자네가 해…. 역사적인 설명은 확실히 자네가 나보다 더 잘할 테니까."

"좋아." 뵘은 진지하게 말했다. (그것을 들은 알프레다의 두 눈에는 장난기가 어린 듯한 빛이 스쳐갔다.)

그는 어깨에 걸치고 있던 레인코트를 벗고 나서 모자 옆 바닥에 조심스럽게 놓았다. 그리고 윗몸을 꼿꼿이 하고 두 다리를 꼬면서 의자 끝에까지 몸을 내밀어 앉았다. 그는 짧게 깎은 머리카락 때문에 머리 전체가 둥글게 보였다.

"실례합니다." 하고 그는 말했다. "먼저 제국주의 이데올로기의 관점을 말씀드려야겠습니다. 그것은 우리 오스트리아 정치 이면에 숨어 있는 것을 잘 설명하기 위해서입니다…. 첫째로" 하며 그는 잠시 마음을 가다듬고 난 다음 말을 계속했다. "남방 슬라브족이 도대체 무엇을 원하는지 알아야 합니다…."

"남방 슬라브족" 하며 미퇴르크가 말을 중단시켰다. "곧 세르비아, 몬테니그로, 보스니아-헤르체고비나를 말하지. 그리고 헝가리의 슬라브족도 포함되고.”

매우 주의 깊게 듣고 있던 메네스트렐은 동의한다는 표시를 해 보였다.

뵘이 말을 계속했다.

“그 남방 슬라브족들은 반세기 전부터 한 덩어리가 되어 우리를 적으로 여기고 있습니다. 그들의 중심이 되는 것이 세르비아입니다. 그들은 세르비아를 중심으로 해서 하나의 자치국가, 곧 유고슬라브라는 국가를 만들려고 합니다. 그 때문에 그들은 러시아의 원조를 받고 있습니다. 1878년 이래로, 곧 베를린 대회 이래로 러시아의 범슬라브주의와 오스트리아-헝가리는 서로 원한을 품고 치열하게 싸워왔습니다. 그리고 이 범슬라브주의는 러시아 지도자들로부터 절대적인 지지를 받았습니다. 그러나 곧 일어날지도 모르는 분쟁에서의 러시아의 저의, 러시아의 책임 같은 것에 대해서는 그다지 알지 못하기 때문에 말씀드릴 수 없습니다. 저는 다만 우리 나라에 대해서만 말하고 있습니다. 그래서 오스트리아로서는—여기에서 저는 제국주의 정부의 관점에서 이야기하겠습니다—남방 슬라브족의 연합은 실제로 커다란 사활의 문제가 아닐 수 없습니다. 만일 유고슬라브 민족 국가가 우리 나라 국경 근처에 세워진다면 오스트리아는 오늘날 그 제국의 일부를 이루고 있는 아주 많은 수의 슬라브족에 대한 통치권을 잃게 됩니다.”

“물론이지.” 메네스트렐은 기계적으로 중얼거렸다.

그는 마음에도 없는 말참견을 후회하는 듯한 기색을 보이더니 잔기침을 했다.

“1903년까지” 하며 뵘은 계속했다. “세르비아는 오스트리아

지배 아래에 있었지요. 그러나 1903년 세르비아는 민족주의 혁명을 일으켜서 카라조르제비치가家 사람을 왕위에 앉히고 독립을 했습니다. 오스트리아는 보복의 기회를 노리고 있었지요. 그러다가 1908년 오스트리아는 러시아가 일본에 당한 것을 좋은 기회로 삼아 전에 우리 나라의 행정구역에 들어 있던 보스니아-헤르체고비나 지방을 갑자기 합병해버린 겁니다. 독일과 이탈리아는 승인하는 태도로 나왔습니다. 세르비아는 분격했지요. 그러나 당시의 유럽은 감히 분쟁에 말려드는 것을 원하지 않았습니다. 말하자면 오스트리아는 그 대담성 때문에 성공을 거둔 셈이지요….

그런데 오스트리아는 1912년의 제1차 발칸전쟁 때도 그런 대담한 짓을 되풀이했습니다. 그때도 그 대담성 때문에 성공했지요. 오스트리아는 세르비아가 아드리아 해안에 항구를 보유하려는 것을 방해한 것이지요. 곧 세르비아와 아드리아 해안 사이에 알바니아라는 자치령을 두고는 세르비아에서 아드리아해에 이르는 통로를 막아버린 겁니다. 세르비아는 전보다 더 분격했습니다…. 그래서 일어난 것이 제2차 발칸전쟁입니다. 작년 일이지요. 기억나십니까? 세르비아는 마케도니아에서 새로운 영토를 확보했습니다. 오스트리아는 이에 반대하려고 했습니다. 그 대담성으로 두 번은 성공했었지요. 그러나 이번에는 이탈리아와 독일이 동조를 보이지 않았습니다. 그래서 세르비아는 과감히 대항하여 이미 확보해놓은 것을 지켰습니다…. 그러나 오스트리아는 이것으로 말미암아 대단한 굴욕감을 느꼈습니다. 그리고 보복의 기회를 노리고 있었습니다. 우리는 국가적 자부심이 아주 강합니다. 국가 수뇌부는 복수를 위한 계획을 하고 있습니다. 우리의 외교 역시 그 방향으로 작용하고 있습니다…. 아까 티보가 이번에 만들어진 발칸동맹에 대해 이야기했습니다. 이것이 우리 나라로서는 올해의 큰 정책적 과제입니다. 그것은 오스트리아와 불가리아와 루마니아 사이에 새로운 발칸동맹을 만들자는 동맹 계획입니다. 이 동맹으로 하여금 **슬라브 민족과 맞서게** 하자는 것입니다. 우리 나라의 남방 슬라브족뿐만 아니라 모든 슬라브족과…. 아시겠습니까? 말하자면 그것은 또한 러시아에 대항한다는 뜻도 됩니다!"

그는 이렇게 말하고는 무엇인가 중요한 것을 빠뜨리지나 않았나 하고 잠깐 생각에 잠겼다. 그러고 나서 그는 질문하듯이 자크 쪽으로 몸을 구부렸다.

패터슨의 어깨에 등을 기대고 있던 알프레다는 하품을 참으려고 고개를 숙였다. 그 오스트리아인이 아주 건실한 사람인데 그 역사 강의는 따분하다고 생각했다.

"당연히" 하며 자크가 말을 거들었다. "오스트리아 일을 생각할 때마다 오스트리아-독일 블럭을 잊어서는 안 돼…. 독일과 그 '독일의 해상에서의 장래'는 독일을 영국과 맞서게 하는 거야…. 상업적으로 포위되어서 새로운 돌파구를 찾고 있는 독일… Drang nach Osten*의 독일… 독일과 그리고 터키에 대한 독일의 대책… 러시아에 대한 해협로 차단… 바그다드의 철도, 페르시아만, 영국 석유, 인도 교통로 등등… 이 모든 것은 서로 관련되어 있어서… 그 배후에서 모든 것을 지배하고자 하면서 서로 대치하고 있는 양대 자본주의 국가 그룹을 인정하지 않으

* '동방 진출'이라는 뜻의 독일어.

면 안 돼!…"

"물론이지." 메네스트렐이 말했다.

뵘도 머리를 끄덕이며 동조를 나타냈다.

침묵이 흘렀다.

오스트리아인은 조종사 쪽을 보면서 진지하게 물었다.

"아시겠습니까?"

"아주 명확해!" 메네스트렐은 또렷한 목소리로 말했다.

조종사가 칭찬한다는 것은 드문 일이었다. 그래서 뵘 말고는 모두들 놀랐다. 알프레다는 갑자기 태도를 바꾸었다. 그리고 더 주의 깊게 오스트리아인을 살펴보았다.

"그럼 지금부터" 하고 메네스트렐은 자크를 보면서, 그리고 몸을 약간 뒤로 젖히면서 말을 계속했다. "오스메르가 무슨 말을 했으며 새로운 사태란 어떤 것인지 들어보기로 하지."

"새로운 사태요?" 하고 자크가 말을 시작했다. "사실을 말하면, 그것은 틀린 겁니다…. 그것은 아직 멀었습니다…. 조짐이라고나 할지…."

그는 갑자기 윗몸을 다시 꼿꼿이 했다. 그러자 그의 이마는 그림자가 졌다. 램프의 어렴풋한 불빛이 얼굴 아랫부분, 튀어나온 턱, 근심에 찬 듯한 주름진 큰 입 언저리를 비추고 있었다.

"중대한 조짐입니다. 그것은 아마 단기적인 새로운 사태를 예고하는 것이 되겠지요…. 간단히 말씀드리겠습니다. 세르비아 쪽에서는 민족적인 열망을 무시한 채 계속되는 압제에 대해서 민중이 심각하게 분개하고 있습니다…. 러시아 쪽에서는 슬라브족의 권리 회복을 지지하려는 명백한 경향이 나타나고 있습니다. 사실은, 황태자 암살 사건이 일어나자마자 참모본부와 민족주의 일당의 세력에 완전히 억눌려 있는 러시아 정부는 대사들을 통해 러시아 정부가 단연코 세르비아를 옹호할 것이라고 말했다고 해요. 오스메르는 그것을 런던에서 온 정보로 알았습니다…. 오스트리아 쪽에서는 지난번의 실패 이래로 정부 쪽이 매우 분개하고 있어서 장래에 대한 불안이 심각해지고 있습니다. 오스메르가 말한 것처럼 이런 증오, 원한, 욕망의 폭탄을 지닌 채 우리는 지금 미지의 세계 속에 안주하고 있는 겁니다…. 미지의 세계, 그것은 유월 이십팔일의 돌발 사태로 시작되었습니다. 사라예보의 암살… 보스니아의 도시 사라예보… 사라예보, 그곳은 육 년에 걸친 오스트리아의 합병에도 불구하고 주민은 지금도 세르비아에 충성을 맹세하고 있는 곳입니다…. 오스메르도 세르비아의 지도급 인사들이 많든 적든 직접적으로 암살 준비를 도왔다고 생각하고 있는 것 같습니다. 그러나 그것을 입증하기는 어렵습니다…. 오스트리아 정부는 유럽 여론의 분노를 자아낸 이 암살 사건을 뜻밖의 좋은 기회로 여기고 있습니다. 세르비아의 실책을 꽉 붙드는 겁니다! 이번에야말로 톡톡히 대가를 치르게 하자는 거지요! 오스트리아의 체면을 회복하는 동시에 때를 놓치지 않고 중유럽에서 오스트리아의 주도권을 확보할 수 있는 새로운 발칸동맹을 확고부동하게 하자는 겁니다! 이것이야말로 요직에 있는 정치가들에게는 상당한 매력이라는 것을 인정해야겠지요! 따라서 빈에서는 지도자들이 조금도 주저하지 않았습니다. 곧 행동 계획이 세워졌습니다.

첫째로, 암살 사건에 세르비아가 관련되었다는 사실을 입증한 것입니다. 빈 정부는 이내 베오그라드*와 세르비아 전역에 공식 수사를 명령했습니다. 어떤 희생을 치르더라도 증거를 찾아야 하니까요. 그런데 지금까지 이 첫 번째 계획은 완전히 실패인 것 같습니다. 보스니아의 반오스트리아 운동에 관련되었던 몇 명의 세르비아 장교의 이름이 발표된 것에 지나지 않았으니까요. 강압적인 명령에도 불구하고 수사관들은 세르비아 정부의 유죄를 단정하는 데까지는 가지 못했습니다. 물론 그들의 보고는 비밀로 되어 있습니다. 신문 기자들에게도 알려지지 않게 조심했습니다. 그러나 오스메르는 그 결론을 손에 넣는 데 성공했습니다. 이겁니다." 하고 그는 책상 위에 놓여 있는 큼직한 봉투에 손을 얹으면서 말했다. 봉투의 붉은 소인이 책상 위의 램프 불빛을 받아 뚜렷이 보였다.

메네스트렐의 꿈꾸는 듯한 시선이 순간 봉투 위에 머물렀다가 다시 자크에게로 돌아왔다. 자크는 말을 계속했다.

"그렇다면 오스트리아 정부는 무엇을 했을까요? 그들은 지나치리만큼 그 사건에 열심이었습니다. 그것은 오스트리아가 어떤 은밀한 목적을 추구하고 있다는 것을 충분히 증명했습니다. 오스트리아 정부는 세르비아의 공모가 기정사실이라는 것을 믿게 하고, 인쇄물을 만들도록 했습니다. 관영 신문은 끊임없이 여론을 조작하고 있었습니다. 게다가 암살 사건은 이용하기가 쉬웠습니다. 미퇴르크와 뵘이 말해주겠지만, 거기에서 황태자는 민중에게 신성시되고 있었습니다. 이 시점에서 오스트리아 사람들이나 헝가리 사람들이나 사라예보의 암살이 세르비아 정부가, 또 어쩌면 보스니아 합병을 반대하는 러시아 정

* 세르비아의 수도.

부가 사주한 음모의 결과라고 믿지 않는 사람은 하나도 없습니다. 모두가 굴욕을 느끼면서 복수를 원하고 있습니다. 고위층에서 바랐던 것은 바로 그런 것입니다. 암살 사건이 일어난 다음 날부터 이런 민족적인 자부심을 자극하기 위해 온갖 수단을 다 쓴 사람들이 있습니다!"

"누구야, 그 사람들이?" 하고 메네스트렐이 물었다.

"집권자들 말입니다. 특히 외상 베르히톨트."

뵘이 끼어들었다.

"베르히톨트!" 하고 그는 찌푸린 얼굴로 의미심장하게 말했다. "그것을 이해하려면 우리와 마찬가지로 이 야심가를 알 필요가 있습니다! 생각해보세요. 그는 세르비아를 분쇄함으로써 Österreich*의 비스마르크가 될 수 있는 겁니다! 그는 이미 두 번 성공했다고 믿었습니다. 그러나 두 번 다 기회가 그의 손에서 빠져나갔습니다. 이번에야말로 그는 절호의 기회가 왔다고 생각하고 있습니다. 그의 입장에서는 이 기회를 놓치지 말아야 할 테지요!"

"그러나 베르히톨트, 그가 곧 오스트리아는 아니지요." 리차들레가 반박했다.

그는 뵘 쪽으로 그 뾰족한 코를 내밀고 미소를 지었다. 그의 하찮은 말투도 일관성 있는 주장과 확신을 가지고 있는 젊은이들에게나 찾아볼 수 있는 완전한 마음의 안정감을 사람들로 하여금 느낄 수 있게 했다.

"Ach!" 하며 뵘이 말을 되받았다. "그는 전 오스트리아를 자

* '오스트리아제국'이라는 뜻의 독일어.

기 주머니 안에 넣고 있답니다! 첫째로 참모본부를, 그리고 황제도….”

리차들레도 머리를 저었다.

“프란츠 요제프? 그건 믿기 힘든데요…. 황제는 몇 살입니까?”

“여든네 살이나 되는 노인입니다.” 하고 뵘이 말했다.

“여든 살이 넘은 노인! 그는 이미 두 번이나 불행한 전쟁에 시달렸지요? 그리고 그는 치세治世의 막바지에 가서 자진해서 받아들인다….”

“그러나” 하고 미톼르그가 외쳤다. “그는 제국이 극도로 위협받고 있다는 것을 잘 알고 있어! 황제는 그 나이에도 불구하고 관 속에 들어갈 때까지 왕관을 쓰고 있을 수 있을지 어떨지조차도 사실은 확신이 없어!”

자크가 일어났다.

“리차들레, 오스트리아는 내부적으로 엄청난 어려움 속에서 몸부림치고 있어…. 이 점을 잊어서는 안 돼…. 오스트리아는 여덟에서 아홉의 잡다한 서로 경쟁적인 민족들로 구성되어 있는 나라야. 그리고 중앙 권력은 날이 갈수록 약해지고 있어. 붕괴는 거의 숙명적이야. 죽 늘어선 모든 짐덩어리들, 곧 강제로 제국에 합병된 세르비아인, 루마니아인, 이탈리아인들은 흥분하고 있고, 언제나 속박에서 벗어날 기회만을 노리고 있어!… 나는 거기에서 돌아왔어. 정계에서는 우익이나 좌익이나 할 것 없이 모두들 공공연하게 말하고 있어. 나라의 분할을 피하는 해결책은 전쟁밖에 없다고! 이것이 베르히톨트와 그 패거리들의 의견이야. 물론 이것은 장군들의 의견이기도 하지!”

"팔 년 전부터" 하며 뵘이 말했다. "참모총장 자리에는 콘라트 폰 회첸도르프가 앉아 있어요…. 군부의 악귀입니다…. 슬라브 민족의 가장 못된 적이지요…. 팔 년 전부터 공공연히 전쟁을 부추기고 있는 자입니다!"

리차들레는 납득하지 못하는 것 같았다. 그는 팔짱을 끼고 두 눈을 반짝이며—그것은 너무나 빛났다—충분히 이해는 가지만 뭔가 심히 믿기지 않는다는 태도로 이야기하는 사람들을 번갈아 보았다.

자크는 그에게 하던 말을 멈추었다. 그리고 메네스트렐 쪽으로 돌아앉았다.

"그러므로" 하며 그는 말을 이었다. "그 나라의 지도자들에게는 일종의 예방 전쟁이 제국을 구하는 셈이 되겠지요. 각 당의 분열도 없어질 테고! 저마다 날뛰는 민족의 싸움도 끝나겠지요! 전쟁은 오스트리아에 경제적 번영을 가져다주고, 슬라브족들이 독점하려고 하는 발칸반도의 모든 시장도 확보할 수 있게 해주겠지요…. 더구나 겨우 두세 주일 안에 군사적으로 세르비아를 항복시킬 자신이 있는 이상 무슨 위험이 있겠어요?"

"생각해볼 문제야!" 하고 메네스트렐이 말을 중단시켰다.

모든 사람의 시선이 메네스트렐 쪽으로 향했다. 그는 엄숙한 태도를 취하면서도 넋이 나간 사람처럼 알프레다 쪽의 어느 한 곳을 멍하게 바라보고 있었다.

"잠깐만!" 하고 자크가 말했다.

"러시아가 있지!" 리차들레가 말을 가로막았다. "게다가 독일이 있어! 가령 오스트리아가 세르비아를 공격한다고 생각해봅시다. 그리고 또 가령, 이 일은 확실하지는 않지만 있을 수 있는 일이라고 생각합니다. 러시아가 개입한다고 생각해봅시다. 러시아의 동원, 그것은 곧 독일의 동원입니다. 그러면 자동적으로 프랑스도 동원하겠지요. 그들의 훌륭한 동맹 관계가 자동적으로 작용하게 되는 거지요…. 다시 말하면 이렇게 해서 오스트리아와 세르비아 사이의 전쟁은 전면전을 불러일으킬 수 있는 것입니다." 그는 자크를 보고 미소를 지으면서 말했다. "그러나 이 일은 독일이 우리보다 더 잘 알고 있어요. 그렇다면 독일은 오스트리아 정부가 하는 대로 내버려두고 유럽 전쟁의 위험을 무릅쓸까요? 천만에요! 생각해보세요…. 위험이 그처럼 크기 때문에 독일은 오스트리아의 행동을 막을 겁니다."

자크의 표정은 긴장되었다.

"잠깐!" 하며 자크가 되풀이했다. "바로 그래서 오스메르의 경고가 옳은 겁니다. 독일이 이미 오스트리아를 지원하고 있다고 믿을 수 있는 확고한 추정들이 있습니다."

메네스트렐은 몸을 떨었다. 그는 계속 자크를 주시하고 있었다.

"곧" 하며 자크는 말을 계속했다. "오스메르의 말에 따르면 일이 이렇게 된 겁니다…. 우선 빈에서 베르히톨트는 암살 사건에 뒤이은 처음 몇 번의 회의에서 두 가지 반대에 부딪쳤던 것 같습니다. 하나는 헝가리 수상 티서의 반대였습니다. 그래요, 프란츠 요제프는 승낙을 망설였던 것 같아요. 그는 우선 빌헬름 2세가 어떻게 생각하는지 알고 싶어 했어요. 그런데 때마침 카이저*는 순양함을 타고 떠나려 했지요. 카이저를 붙잡을 시간적 여유가 없었던 것입니다. 그래서 베르히톨트는 칠월 사일부터 칠일 사이에 카이저 및 독일 수상과 의논한 끝에 **독일의 승낙을 받아낼 수 있었던** 것 같아요."

"추측에 지나지 않아…." 리차들레가 단호히 말했다.

"물론" 하며 자크가 대답했다. "그러나 이런 추측을 뒷받침해주는 것이 최근 닷새 동안 빈에서 벌어진 일이야. 깊이 생각들 해봐요. 지난주에는 베르히톨트의 주위에서도 아직 결심하지 못한 것 같았어요. 황제도, 또 베르히톨트 자신까지도, 독일의 명확한 반대를 두려워하고 있다는 것을 숨기지 않았지요. 그러나 사태는 칠일에 와서 돌변했어요. 그날(지난주 화요일이었어요) 중대한 각의, 사실은 군사회의가 급히 소집되었지요. 마치 갑자기 행동의 자유가 허락된 것처럼 말이에요…. 회의 석상에서 토론된 내용에 대해서도 사십팔 시간 동안 침묵이 지켜졌지요. 그러나 벌써 그저께부터 공공연하게 떠돌아다니는 소문이 있어요. 회의가 끝날 무렵에 하달된 여러 가지 지령 때문에 결국 너무 많은 사람들이 그 비밀 내용을 알게 되었지요. 오스메르는 빈에 참으로 훌륭한 자신의 정보망을 설치해놓았어요. 그는 무슨 일이건 결국 다 알게 돼요! …이 회의 석상에서 베르히톨트는 아주 새로운 태도로 나왔어요. 마치 독일이 세르비아에 대한 응징을 철저하게 지원한다는 약속을 얻은 것 같은 태도였어요. 그리고 각료에게 단연히 실제의 **전쟁 계획**을 제시했어요. 티서만은 반대했지요. 베르히톨트의 계획이 군사계획이었다는 증거는 티서가 각료들에게 세르비아의 사과로 만족하자고 설득했다는 점이에요. 티서는 그런 빛나는 외교상

* '황제'라는 뜻의 독일어로 여기서는 독일 황제 빌헬름 2세를 말한다.

의 승리만으로도 이미 훌륭한 것이라고 생각했던 거지요. 그런데 모든 각료가 반대했어요. 마침내 그도 양보하지 않을 수 없었어요. 전체의 의견에 따르게 된 거지요…. 더구나 이런 일도 있었어요. 오스메르의 말로는 그날 아침에 모든 각료는 뻔뻔스럽게도 즉각적인 동원령을 내리는 것이 당연하다는 식의 검토를 했다는 거예요. 그들이 그렇게 하지 않은 것은 다만 다른 열강에 대해서 끝까지 호도하는 편이 더 낫다는 이유 때문이었어요…. 확실한 것은 베르히톨트와 참모본부의 계획이 채택되었다는 사실이에요…. 그 계획의 상세한 내용은 물론 자세히 알 수 없어요…. 그러나 벌써 몇 가지는 알고 있어요. 예를 들면 그다지 사람 눈에 뜨이지 않게 모든 군사적인 준비를 하도록 명령이 내려져 있어요. 그리고 오스트리아와 세르비아 사이의 국경에는 비상시를 위한 국경수비대가 대기하고 있어서 무슨 구실이라도 생기면 몇 시간 안에 베오그라드를 점령할 수 있어요!" 그는 이렇게 말하면서 재빨리 머리카락을 쓸어 올렸다. "그리고 마지막으로 한마디 하겠는데, 그 유명한 참모총장 회첸도르프의 부하 한 사람이 이런 말을 한 것 같아요. 물론 그것은 낡은 가죽바지 특유의 허풍이지만. 그러나 그것은 오스트리아 지도자들의 정신 상태를 잘 나타내주는 거지요. 가까운 사람들이 모인 자리에서 그가 이런 말을 했다고 들었어요. '유럽은 머지않아 기정사실 앞에서 눈을 뜰 것이다.'"

11

자크는 입을 다물었다. 모두의 시선은 조종사에게로 향했다.

그는 팔짱을 끼고 반짝이는 눈으로 무엇인가를 물끄러미 바라보면서 꼼짝하지 않았다.

오랫동안 모두들 말이 없었다. 같은 불안감, 특히 같은 혼란스러운 느낌이 그들의 표정을 일그러뜨렸다.

마침내 미퇴르크가 갑자기 침묵을 깼다.

"Unglaublich!"

또다시 침묵이 흘렀다.

이번에는 리차들레가 중얼거렸다.

"독일이 배후에 있다는 것이 정말이라면…."

조종사는 그가 있는 쪽으로 날카로운 시선을 던졌다. 그러나 그 눈이 무엇을 보고 있는 것 같지는 않았다. 그의 두 입술이 일그러지더니 그 사이로 무엇인가 알아듣기 힘든 말이 새어 나왔다. 다만 그에게서 눈을 떼지 않고 있던 알프레다만이 그것이 무슨 말인지 알아차렸다.

"시기상조!"

그녀는 몸을 떨었다. 그리고 본능적으로 패터슨의 어깨에 기대었다.

영국인은 알프레다를 힐끗 바라보았다. 그러나 그녀는 머리를 숙였다. 그리고 모든 질문에 대한 대답을 피했다.

그런데 패터슨이 그녀에게 몸을 떠는 이유를 물었다면 그녀는 틀림없이 매우 당황했을 것이다. 오늘 밤 처음으로 그녀는 전쟁이란 막연한 것이 아니라 피비린내 나는 현실임을 피부로 절실히 느끼는 듯했다. 그러나 그녀가 몸을 떤 것은 자크가 알려준 여러 가지 사실 때문은 아니었다. 그것은 오히려 메네스트렐의 '시기상조'라는 그 말 한마디 때문이었다. 왜? 공연히 이제 와서 그런 생각에 놀랄 이유는 없었다. 그녀는 조종사의 확신을 잘 알고 있었다. '혁명은 오직 격렬한 위기에서만 탄생하는 것이다. 현재의 유럽의 상황에 비추어 보아 전쟁이야말로 이러한 위기 의식을 가장 절박하게 느끼도록 하는 기회이다. 그러나 만일의 경우에 프롤레타리아가 충분히 준비되어 있지 않다면 제국주의 전쟁을 혁명으로 전환시키기에는 적당하지 않아.' 이러한 생각, 곧 사실 사회주의가 전쟁을 치를 태세를 갖추고 있지 않은 경우에 전쟁은 한갓 무익한 대량 학살에 지나지 않을 것이라는 생각이 그녀의 마음을 뒤흔들어놓은 것일까? 아니면 '시기상조'라고 한 말투 때문이었을까? 그러나 그런 말투에서 그녀는 도대체 무엇을 감지했단 말인가? 오래전부터 조종사의 무감각한 말투에 익숙해져 있는 자신이 아니었는가? (언젠가 그녀는 놀란 나머지 자기도 모르게 이런 말을 한 적이 있었다. "전쟁을 대하는 당신의 태도는 마치 임종을 눈앞에 둔 그리스도인 같군요. 그 사람들은 내세를 바라보고 있기 때문에 임종의 두려움을 잊고 있는 거예요…." 그러자 그는 웃으며 말했다. "이봐, 의사에게 분만의 고통은 당연한 이치야.") 그녀는—자신도 그 때문에 가끔 괴로워하지만—어느 누구보다도 지극히 인간적인 그의 약점들을 잘 알고 있었기 때문에 그가 고되고 꾸준한 노력에 의해서 그토록 초연한 태도를 보일 수 있다는 점에 대해 감탄해 마지않았던 것이다. 그것은 또한 하나의 탁월성이라고 할 수 있었다. 그리고 그녀는 이러한 기괴한 '비인간화'의 태도가 결국은 지극히 인간적인 동기에서 나온다는 것을 생각하면서 언제나 감탄해 마지않았다. 곧 그것은 좀 더 인류에게 봉사하기 위한 것이었으며, 더 좋은 세계의 도래를 위해 현 사회를 파괴하는 데 보다 더 유효하게 대처하기 위한 것이라고…. 그러면 그녀는 왜 몸을 떨었을까? 그녀 자신도 뭐라고 꼬집어 말할 수는 없었으리라…. 그녀는 긴 속눈썹을 치켜올렸다. 그녀의 시선은 패터슨의 머리 너머로, 신뢰의 표정을 띠고 메네스트렐에게 쏠렸다. '참는 거야.' 하고 그녀는 생각했다. '저 사람은 아직 아무 말도 안 했어. 이제부터 이야기하겠지. 그러면 다시 모든 것이 명확해지고 모든 것이 올바르고 틀림없는 것이 될 거야!'

"오스트리아와 독일의 Militarismus*는 전쟁을 바라고 있다고 나도 생각해." 하고 미퇴르크가 숱이 많은 머리를 흔들면서 말을 계속했다. "그리고 그 Militarismus를 게르만족의 많은 지도자들, 대기업, 크루프사,** Drang nach Osten의 동조자들이 지지하고 있다는 것도 알 수 있어. 그러나 유산계급 전체는 절대로 아니야! 그들은 겁내고 있어! 그리고 그들의 세력은 커. 아마 그냥 내버려두지는 않을 거야. 그들은 정부에다 말할 거야. '그만둬! 미친 짓이야! 폭약에 불을 붙이면 당신들도 함께 날아가버리는 거야!'"

"그러나 미퇴르크" 하며 자크가 말했다. "만일 지도자들과 군부가 정말 공모하고 있다면 자네가 말하는 유산계급의 반대

* '군국주의'라는 뜻의 독일어.

** 독일의 병기 공장으로 세계적인 제철 공업가인 크루프의 이름을 따서 세워졌다.

가 무슨 소용이 있어? 그런데 그 공모에 대해서는 오스메르의 정보가….”

“어느 누구도 그 정보를 의심하지는 않아.” 하고 리차들레가 말을 가로챘다. “그러나 지금 말할 수 있는 것은 다만 전쟁의 **위협**이 있다는 것이야. 결국 그것뿐이지…. 그런데 이 위협 뒤에는 현실적으로 무엇이 있겠나? 전쟁을 하겠다는 명백한 의지? 아니면 게르만 사절들의 무엇인가 새로운 흥정?”

“나는 전쟁이 있을 거라고는 생각하지 않아.” 하며 패터슨이 침착하게 말했다. “당신들은 우리 늙은 영국을 잊고 있어! 영국은 삼국동맹*이 유럽의 헤게모니를 잡는 것을 절대로 바라지 않아….” 그는 이렇게 말하면서 미소를 지었다. “우리 늙은 영국은 침묵을 지키고 있어. 그래서 모든 사람은 영국을 잊고 있단 말이야. 그러나 영국은 주시하고 있어. 귀를 기울이고 있어. 감시하고 있어. 만일에 형세가 불리하다고 생각되면 영국은 곧 일어날 거야! …아직 힘이 남아 있단 말이야! 늙은 영국은 매일 아침 목욕하는 것을 잊지 않고 있어….”

자크는 초조해 어쩔 줄 몰랐다.

“문제는 여기에 있어! 전쟁을 할 의사가 있는지, 아니면 위협 정도로 그칠 것인지, 그 어느 쪽이든 유럽은 내일이라도 엄청난 위협에 직면하게 될 거야! 그러면 우리는 무엇을 해야 하겠나? 나는 오스메르와 같은 의견이야. 이 공세를 맞이해서 우리는 태도를 분명히 해야 해. 그리고 우리는 되도록 빨리 반격

* 1882년 독일-오스트리아-이탈리아가 프랑스에 대항하기 위해 맺은 동맹이다.

준비를 해야 해!"

"그래, 그래. 그 말에는 찬성이야!" 하고 미퇴르크가 외쳤다.

자크는 메네스트렐 쪽으로 몸을 돌렸다. 그러나 그의 시선을 붙들 수 없었다. 그는 이번에는 그 눈으로 리차들레에게 물었다. 그는 찬성의 표시를 했다.

"찬성이야!"

리차들레는 전쟁의 위험이 있다는 것을 믿지 않았다. 그러나 이 갑작스런 위협에 유럽이 심히 동요되고 있다는 것에는 이의가 없었다. 그리고 이 혼란에 편승해서 반대 세력을 통합하고 혁명 사상을 발전시키기 위해 인터내셔널이 어떤 수단을 써야 할 것인지를 즉시 깨달았다.

자크는 말을 계속했다.

"나는 오스메르의 말을 다시 하겠어. 유럽 분쟁의 위협은 우리 앞에 또 하나의 새롭고도 명확한 목표를 제시하고 있어. 그러므로 우리의 임무는 이 년 전의 발칸전쟁 때 세운 그 계획을 더욱 강화해서 채택하는 것이야…. 우선 빈 대회 시기를 앞당기는 방법이 없을까 생각해보고… 이어서, 그리고 곳곳에서 동시에, 공개적이고 공식적이고 효과적인 캠페인을 벌이는 거야! …라이히슈타크*에, 샹브르**에, 두마***에 작용하고! …신문 활동을 하고! …전 민중들에게 호소하고! …집단 시위를 하는 거야!…"

* 독일 의회를 말한다.

** 프랑스 의회를 말한다.

*** 러시아 의회를 말한다.

"그리고 각국 정부에 대해 파업의 공포를 일깨우는 거지!" 하고 리차들레가 말했다.

"…군수공장의 태업도!" 하며 미퇴르크가 외쳤다. "기관차를 때려 부수고 이탈리아에서처럼 철로를 절단하는 거야!"

감전된 듯한 눈길을 서로 주고받았다. 마침내 **행동**할 때가 왔는가?

자크는 다시 조종사 쪽을 돌아보았다. 그의 얼굴에 밝으면서도 싸늘한 미소가 탐조등 불빛처럼 스쳐갔다. 자크는 그 미소를 찬성의 뜻으로 받아들였다. 갑자기 고무된 자크는 불을 내뿜는 듯이 말을 계속했다.

"파업, 그래! **전면적으로**, 그리고 **동시에** 하는 거야! 우리의 최상의 무기야! …오스메르는 빈 대회에서 문제가 여전히 원칙적인 계획에 머물지 않을까 걱정하고 있어. 완전히 새롭게 다시 다루어야 하는 거야! 이론에서 탈피하는 거야! 이런저런 사태가 일어날 경우에 각국에서 취할 태도를 확실히 해두어야 해! 바젤 대회의 전철을 밟아서는 안 돼! 구체적이고 실천적인 결정에 도달하는 거야. 조종사, 그렇지 않아요? …오스메르는 될 수 있으면 대회 전에 지도자들이 예비 회담을 갖도록 하자는 의견입니다. 먼저 장애물을 제거해놓자는 생각이지요. 그리고 지금부터 각국 정부에 대해 이번에야말로 프롤레타리아가 그들의 억압 정책에 대항하기 위해 한 덩어리가 되어 일어난다는 것을 보여주자는 겁니다!"

미퇴르크는 비웃었다.

"Ach! 지도자들이라! 지도자들이 무슨 소용 있어? 몇년 전부터 그들은 파업에 대해 말해왔어? 그런데 이번에는 그것을 겨우 며칠 동안의 빈 대회에서 결정할 수 있다고 생각하나?"

"새로운 사건이 발생한 거야!" 하고 자크가 말했다. "유럽 전체가 전쟁의 위협 속에 놓여 있어!"

"안 돼, 지도자들은 안 돼! 자네 연설은 아직이야! 대중의 행동, 그래! 대중의 행동, **동지**!"

"물론 대중의 행동이지!" 하며 자크가 외쳤다. "그러나 그 행동을 위해서는 지도자들이 우선 확실히, 명확히 자신들의 태도를 밝혀두는 것이 가장 급박한 문제라고 생각하지 않아? 미퇴르크, 생각해봐. 대중한테 그것이 얼마나 고무적인 일인지를! …아! 조종사, 이런 때 하나의 국제적인 신문이 있다면 얼마나 좋을까요!"

"Träumerei!"* 하며 미퇴르크가 외쳤다. "나는 이렇게 말하고 싶어. 지도자들 같은 것은 내버려두고 대중을 향해 외치는 거야! 예를 들면 독일의 지도자들이 파업을 용납할 거라고 생각하나? 결코 그렇지 않아! 녀석들은 바젤 대회 때와 똑같은 말을 되풀이할 거야. '러시아 때문에 불가능하다.'"

"그것은 매우 중대해." 하고 리차들레가 말했다. "매우 중대해…. 결국 모든 것은 독일에, 사회민주당에 달려 있어…."

"아무튼" 하고 자크가 말했다. "그들은 이 년 전에 필요한 경우에는 전쟁 반대의 태도를 취한다는 것을 분명히 증명했어! 그들이 없었더라면 발칸 사건은 유럽에 불을 질렀을 거야!"

"'그들이 없었더라면'이 아니라" 하고 미퇴르크가 투덜댔다. "'대중이 없었더라면'이야! …그들이 도대체 무엇을 했어? 단

* '꿈'이라는 뜻의 독일어.

순히 대중의 뒤를 따라갔을 뿐이지!"

"그러나 대중의 시위는 도대체 누가 조작한 거야? 지도자들이야!" 자크가 대들었다.

뵘은 머리를 저었다.

"러시아에 이백만의 프롤레타리아뿐만 아니라 몇백만, 몇천만의 농민이 있는 한에는 러시아의 프롤레타리아는 정부에 반대할 만큼 강력하지 못해. 그리고 제정 러시아의 Militarismus는 독일로서는 실제로 하나의 위험이야. 그리고 사회민주당은 파업을 약속할 수 없어! …그리고 미퇴르크의 말이 옳아. 빈 대회에서도 바젤 대회 때와 마찬가지로 단순한 이론상의 승인이 고작일 거야!"

"Ach! 대회 이야기는 그만해 둬!" 하고 미퇴르크가 신경질적으로 외쳤다. "난 말해두겠어, 이번에도 대중의 행동이 모든 것을 할 수 있을 거야! 지도자들은 뒤를 따라다닐 테고…. 오스트리아에서, 독일에서, 프랑스에서, 곳곳에서 지도자들의 명령을 기다리지 않고 프롤레타리아들을 봉기하게 하는 거야. 우수한 머리들을 구석구석에서 끌어모아야 해. 그래서 철도에서, 군수공장에서, 병기창에서, 곳곳에서 사건들을 일으키게 하는 거야! 곳곳에서! 그리고 지도자들과 조합원들을 억지로 끌고 나가는 거야! 그리고 유럽의 모든 혁명 조직에 동시에 불을 붙여야 해! 조종사도 나와 같은 생각일 거야! …곳곳에서 충돌을 일으키는 거야! 오스트리아에서 하는 것이 제일 쉬워! Nicht wahr, Boehm?* 모든 민족의 음모가들을 충동질하는 거야. 폴

* '그렇지 않아, 뵘?'이란 뜻의 독일어.

란드인, 체코인! 거기에다 헝가리인! 그리고 루마니아인!… 그리고 곳곳에서 똑같이 하는 거야! …이탈리아의 파업을 재연시킬 수 있을 거야! 러시아도 그렇고… 그리고 곳곳에서 대중이 반란을 일으키면 그제야 지도자들은 움직이지 않겠어?" 그는 메네스트렐 쪽으로 몸을 돌렸다. "조종사, 내 말이 틀려요?"

질문을 받자 메네스트렐은 고개를 들었다. 그의 날카로운 시선이 처음에는 미퇴르크 쪽으로 향했다가 다음에는 자크 쪽으로 쏠렸고, 마침내 리차들레와 패터슨 사이에 알프레다가 앉아 있는 침대 쪽으로 옮겨갔다.

"아, 조종사" 하고 자크가 외쳤다. "이번에 잘되면 인터내셔널은 얼마나 훌륭한 세력이 될까요!"

"물론이지!" 메네스트렐이 말했다.

가벼운 냉소가 그의 입술 끝을 스쳤으나 너무 순간적이어서 알프레다의 형안炯眼만이 그것을 포착할 수 있었다.

오스메르의 정보를 접했을 때, 그리고 독일이 오스트리아의 목적을 지지하고 있는 것 같다는 짐작을 충분히 뒷받침하는 강력한 추정들을 접했을 때 그는 당장 이렇게 생각했다. '드디어 **그들의** 전쟁이 왔다! 칠십 퍼센트 정도는 틀림없다…. 그런데 우리는 아직 준비가 되어 있지 않아…. 유럽의 어떤 나라에서도 권력을 잡기를 바라기는 불가능해. 그렇다면?…' 이내 그의 생각은 정해졌다. '취해야 할 전술에 대해 조금도 주저해서는 안 된다. 대중의 평화 사상에 전적으로 호소하는 것이다. 지금의 경우에 그것이야말로 우리가 대중을 휘어잡을 수 있는 최선의 방법이다. 전쟁에 대한 전쟁! 전쟁이 발발하면 될 수 있는 대로 많은 병사들이 그 전쟁이 프롤레타리아의 의사에 반하고,

이해에 반해서 자본가에 의해 일어났으며, 그들의 의사와는 상관없이 범죄적 목적을 위해 그들을 동족 살해 속으로 몰아넣었다는 확고한 신념을 가져야만 할 것이다. 이러한 씨앗이야말로 어떤 일이 일어나도 결코 헛되지 않을 것이다…. 이것은 제국주의를 타도하기 위한 싹을 심는 데 훌륭한 전술이다! 그뿐만 아니라 우리의 지도자들을 억지로 깊이 참여시킴으로써 그들이 관련되어 있다는 것을 정부 당국자들이 알 수 있게 하는 절호의 기회이다…. 좋아, 해봐! 모두 다 평화주의의 나팔을 불어! …자네들은 오직 그것만을 기다렸던 것이야. 이제는 자네들 마음대로야….' 그는 마음속으로 미소를 지었다. 그는 평화주의자와 온갖 종류의 사회주의자들 사이의 너그러운 포옹을 미리 상상했다. 그의 귀에는 공식적인 연단에서 외치는 떨리는 목소리가 들리는 듯했다…. '그러면 우리는…' 하고 그는 생각했다. '그러면 나는…' 그는 자신의 생각을 마무리 짓지 못했다. 그렇다고 그 생각을 다시 할 마음도 없었다.

그는 낮은 목소리로 중얼거렸다.

"생각해볼 문제야."

그는 자기를 지켜보고 있는 알프레다의 시선과 마주쳤다. 그리고 모두가 자기 쪽을 향해 침묵을 지키면서 자기 말을 기다리고 있다는 것을 깨달았다. 그는 기계적으로 조금 전보다 더 높은 목소리로 되풀이했다.

"생각해볼 문제야."

그는 신경질적으로 다리를 의자 밑으로 끌어들이면서 기침을 했다.

"더 이상 할 말이 없어…. 나는 오스메르와 같은 의견이야….

티보와 미퇴르크와 자네들 모두와 같은 의견이야….”

그는 손을 축축한 이마 위에 얹었다. 그러더니 느닷없이 일어섰다.

방의 천장이 낮은 데다가 의자까지 꽉 차 있어 그는 더 커 보였다. 그는 테이블, 침대, 동지들의 다리 사이로 나 있는 좁은 공간을 아무런 목적도 없이 원을 그리며 몇 발자국 걸었다. 동지들의 눈과 마주치는 그의 눈은 아무에게도 개인적으로 무엇인가 이야기하고 싶어 하는 것 같지 않았다.

얼마 동안 말없이 걷다가 그는 갑자기 걸음을 멈추었다. 그의 생각이 아주 먼 곳에서 되돌아오는 것처럼 보였다. 모두들 그가 다시 의자에 가서 앉아 어떤 행동 계획을 설명하고 귀에 익은 명령적이고 좀 신비스러운 듯한 즉석 연설을 하리라고 믿었다. 그러나 그는 같은 말을 되풀이하는 데 그쳤다.

“생각해볼 문제야….” 그리고 아래를 보면서 미소를 짓더니 아주 빠른 말투로 덧붙였다. “하기야 모든 것은 **목적**에 이르는 거니까.”

그러고 나서 그는 테이블 뒤로 교묘히 빠져나가 창가에 이르렀다. 그리고 갑자기 어둠을 향해 두 개의 덧문을 밀어제쳤다. 그는 머리를 약간 숙이더니 말투를 바꾸어 어깨너머로 이렇게 말했다.

“알프레다, 우리에게 시원한 것을 좀 주었으면 하는데?”

알프레다는 아무 말 없이 부엌 쪽으로 사라졌다.

잠시 어색한 분위기가 감돌았다.

패터슨과 리차들레는 침대에 앉은 채 낮은 소리로 수근거리고 있었다.

방 한가운데 천장등 밑에서 두 오스트리아인은 선 채로 자기 나라말로 무엇인가 의견을 나누고 있었다. 뵘은 호주머니에서 반쯤 남은 시가를 꺼내 불을 붙였다. 불쑥 튀어나온 데다가 불그스레하고 축축해 보이는 그의 아랫입술은 평평한 그의 얼굴에 호인 같은 인상을 풍기게 했다. 그러나 또한 좀 저속한 육감을 느끼게 했기 때문에 그것이 다른 사람과는 아주 다른 인상을 주었다.

메네스트렐은 선 채로 테이블 위에 두 손을 얹어놓고 램프 밑에서 자기 앞에 오스메르의 편지를 놓고 다시 읽었다. 전등갓을 통해서 퍼지는 불빛이 그를 훤히 비추고 있었다. 그의 짧은 턱수염은 더 검어 보였고 그의 얼굴빛은 더 희어 보였다. 이마에는 주름이 져 있었다. 눈꺼풀은 거의 눈동자를 덮고 있었다.

자크가 그의 팔꿈치를 건드렸다.

"드디어 때가 온 모양이군요, 조종사. 사태를 장악할 때가 당신이 생각한 것보다 훨씬 빨리!"

메네스트렐은 고개를 끄덕였다. 그는 자크를 보지 않고 냉정을 잃지 않은 채 무뚝뚝하고 아무런 뉘앙스도 없는 투로 말했다.

"물론이지."

그러고 나서 그는 말없이 편지를 계속 읽어 내려갔다.

한 가지 고통스러운 생각이 자크의 머릿속을 스쳐갔다. 그에게는 오늘 밤에 조종사의 표정에서뿐만 아니라 그를 대하는 자신의 태도에서도 무엇인가 달라진 것 같았다.

마침내 뵘은—그는 내일 새벽에 기차를 타야만 했다—물러가겠다는 표시를 했다.

모두가 무엇인가 알 수 없는 홀가분한 마음으로 그의 뒤를 따랐다.

메네스트렐도 현관문을 열어주기 위해 그들과 함께 아래까지 내려갔다.

12

알프레다는 계단 난간 위로 몸을 숙인 채 사람들의 목소리가 분명히 들리지 않을 때까지 기다렸다. 문득 방으로 돌아가 좀 정리를 해두어야겠다는 생각이 들었다. 그러나 그녀의 마음은 무거웠다…. 도망치다시피 어두운 부엌으로 가서 창가에 팔꿈치를 괴었다. 그리고 어둠 속에서 눈을 크게 뜨고 꼼짝도 않고 있었다.

"무슨 생각에 잠겨 있나, 알프레다?"

뜨겁고 꺼칠꺼칠한 메네스트렐의 손이 그녀의 어깨를 쓰다듬고 있었다. 그녀는 몸을 떨었다. 그리고 어린애 같은 목소리로 단숨에 갑자기 물었다.

"당신은 정말 전쟁이 일어날 거라고 생각하세요?"

그는 웃었다. 그녀는 자신의 희망이 흔들리는 것을 느꼈다.

"그러면 우리는…"

"우리? 우리는 아직 준비되어 있지 않아!"

"준비되어 있지 않다고요?" 그녀의 착각이었다. 왜냐하면 오늘 밤에 그녀는 전쟁을 반대하는 일만 생각하고 있었기 때문이다. "당신은 정말 전쟁을 막을 길이 없다고 생각하는군요…"

메네스트렐이 그 말을 가로막았다.

"없어! 물론이지!" 그가 보기에 현재의 프롤레타리아가 전쟁이라는 힘에 항거한다는 것은 터무니없는 일 같았다.

어둠 속에서 그녀는 그의 미소와 두 눈의 번득임을 알아볼 수 있었다. 그러자 그녀는 다시 몸을 떨었다. 두 사람은 얼마 동안 아무 말 없이 서로 몸을 기대고 있었다.

"그래도" 하며 그녀가 말했다. "패터슨의 말이 옳은가요? 만일 우리가 아무것도 못 한다면 영국이…"

"영국이 할 수 있는 것은 시간을 늦추는 일 정도야. 아직은!"

조종사는 그녀에게서 평소와는 다른 저항을 느꼈을까? 그의 퉁명스러운 태도가 더욱 두드러졌다.

"더구나 문제는 거기에 있지 않아! 중요한 것은 전쟁을 막는 일이 아니야!"

그녀는 반쯤 몸을 일으켰다.

"그렇다면 왜 모두에게 그렇게 말해주지 않았어요?"

"왜냐하면 당분간 그런 일은 누구와도 상관이 없거든! 그리고 현재로서는 사실 **그런 것처럼** 하는 것이 좋아!"

알프레다는 잠자코 있었다. 오늘 밤에 그녀는 조종사로 인해 지금까지 이토록 심하게 마음의 상처를 받아본 적이 없는 것 같았다. 그리고 왠지 모르게 그녀는 그에 대해 반항심 같은 것을 느꼈다. 그들이 처음으로 교제를 시작할 때 그가 어깨를 흔들면서 재빨리 이렇게 말한 것이 생각났다. "사랑? 우리에게 그런 건 조금도 중요하지 않아!"

'이 사람에게는 무엇이 중요할까?' 그녀는 마음속으로 생각해보았다. '아무것도! 그렇다. 아무것도. 오직 혁명만이 있을 뿐이다!' 그리고 그녀는 처음으로 이렇게 생각해보았다. '…혁명, 그것은 그의 **고정관념**이야…. 다른 모든 것은 문제시하지도 않는다! …나까지도! 나라는 한 여자의 목숨까지도! …그에게 소중한 것이라고는 아무것도 없어! 지금 존재하는 자신까지도. 인간 이외의 다른 그 무엇!…' 그녀는 처음으로 '인간보다 **더 위에 있고 더 귀한 것**' 대신에 '인간 이외의 **다른 그 무엇**'을 생각했다….

메네스트렐은 빈정거리는 투로 말을 계속했다.

"알프레다, 전쟁이 나면 말이야! 내버려두는 거야! 시위, 폭동, 파업, 무엇이든지 그들이 하고자 하는 대로 말이야! 팡파르를 울리며 전진하는 거야! 나팔을 불며 전진하는 거야! 할 수만 있다면 여리고성*을 뒤흔들어놓는 거야!"

그는 갑자기 그녀 곁을 물러나서 발뒤꿈치로 돌아서서는 내뱉듯이 말했다.

"그러나 알프레다, 성벽은 그들의 나팔 소리로는 무너지지 않아. 우리의 폭탄이 필요한 거야!"

그리고 다리를 약간 절면서 방으로 되돌아가는 그에게서 알프레다는 언제나 간담을 서늘하게 하는, 숨이 찬 듯한 짧은 웃음소리를 들을 수 있었다.

알프레다는 오랫동안 팔꿈치를 괸 채 꼼짝도 하지 않고 어둠 속을 바라보았다.

* 「여호수아」 제6장에 나오는 성을 말하는 것으로 큰 어려움이 갑자기 해결되었을 때의 비유로 쓰인다.

인기척이 없는 강가를 따라 아르브강의 물줄기가 바위에 부딪쳐 힘없이 찰랑거리고 있었다. 강변 집들의 마지막 불빛이 하나씩 자취를 감추었다.

그녀는 꼼짝도 않고 있었다. 무엇을 생각하고 있는 것일까? '아무것도'라고 그녀는 대답했을 것이다. 눈가에 아롱졌던 눈물 두 방울이 그녀의 속눈썹 사이에 맺혔다.

13

운전기사는 앵발리드 광장을 가로질러 위니베르시테가街로 나왔다. 자동차는 소리 없이 달리고 있었다. 찌는 듯한 더위가 기승을 부리는 일요일 오후, 거리는 무척이나 한산하고 무겁게 잠들어 있는 듯하며, 메마른 아스팔트 위의 부드러운 차바퀴 소리나 네거리에서 울려대는 무력한 클랙슨 소리도 조심성이 없어 보였고 그 분위기에 어울리지 않는 것 같았다.

차가 바크가街를 벗어나자마자 안 드 바탱쿠르는 의자 위에서 웅크리고 자고 있는 황금빛 발바리를 끌어당겼다. 그리고 몸을 수그리면서 먼지막이 외투를 입고 무표정하게 운전대에 앉아 있는 유색인 운전사의 등을 양산 끝으로 쿡쿡 찔렀다.

"저기에서 멈춰줘, 조…. 걸어갈 테니까."

차가 보도 옆에 서자 조가 문을 열었다. 에나멜 칠을 한 가죽보다도 더 반짝이는 그녀는 두 눈동자가 모자챙 밑에서 마치 인형의 눈처럼 좌우로 움직였다.

안은 차에서 내리기 전에 잠시 머뭇거렸다. 나중에 인적 없는 이런 곳에서 어떻게 택시를 잡을 수 있을까? 앙투안은 아버지가 돌아가신 뒤에 자신의 충고를 마다하면서 불로뉴 숲 근처에 집을 구하지 않은 것이 얼마나 잘못한 일인가! …발바리를 팔 밑에 껴안으며 그녀는 차에서 깡총 뛰어내렸다. 홀가분해지고 싶다는 생각이 그녀를 사로잡았다.

"오늘은 이것으로 되었어. 조… 가보도록 해…."

그늘에 있는데도 구두 밑의 지면은 뜨겁게 느껴졌다. 하늘에는 바람 한 점 없었다. 지붕 위마다 움직이지 않는 아지랑이 때문에 하늘이 안 보일 정도였다. 눈이 부셔 눈을 가늘게 뜨고 안은 죽은 듯한 건물의 정면과 교도소 문 앞을 따라 걸어가고 있었다. 강아지 펠로우는 늘어진 모습으로 그 뒤를 따라가고 있었다. 사람의 그림자조차 눈에 띄지 않았다. 화창한 일요일이면 머리를 땋아 늘이고 장딴지가 너무나 가냘픈 어린 소녀들이 그들의 집 앞 보도에서 쓸쓸히 뛰놀곤 했었는데, 오늘은 아무도 눈에 띄지 않았다. 안은 그 소녀들을 볼 때마다 삼 주쯤 양녀로 삼아 도빌*로 데리고 가서 브리오슈도 먹이고 바닷바람도 쏘이게 해주고 싶은 생각이 문득 들곤 했었다. 그런데 오늘은 아무도 없다. 개집에 잠들어 있는 집 지키는 개처럼 수위들조차도 문 앞에 의자를 내놓고 걸터앉아 좀 시원한 바람이라도 쐬기 위해 해가 지기를 기다리고 있었다. 오늘은 칠월 십구일 일요일. 일주일에 걸친 민주적 축제에 지친 파리 사람들은 모두가 도시를 빠져나간 듯한 느낌이었다.

티보가家의 건물은 아주 멀리서부터 보였다. 지붕에는 아직

* 프랑스의 유명한 해수욕장 이름.

비계가 쳐져 있었다. 백연으로 이어진 곳이 얼룩진 낡은 건물 정면은 한번 칠을 해주어 새 단장을 하는 수밖에 없어 보였다. 여러 가지 색깔의 광고가 붙은 판자 울타리가 아래층을 완전히 가리고 있었으며, 그 부분에서는 보도가 좁았다.

안은 얇은 비단 드레스의 밑자락을 치켜올려 자기 몸 쪽으로 끌어 붙였다. 그리고 개를 뒤에 따르게 하고는 입구를 막고 있는 시멘트 부대라든가 두꺼운 나무 판때기 건물을 헐어낸 잔해가 수북이 쌓인 무더기 사이를 누비며 들어갔다. 둥근 천장 밑에 들어서자 지하실에서 나는 냄새와 막 칠한 석회의 축축한 냄새가 가득 차 있어서 마치 차디찬 스폰지를 만질 때처럼 복이 움츠러들었다. 펠로우는 작고 검은 주먹코를 들어 올렸다. 그리고 이 고약한 냄새를 맡으려고 멈추어 섰다. 안은 미소를 지으면서 한쪽 손으로 이 작고 따스한 비단 뭉치 같은 개를 들어 올려 가슴에 껴안았다.

유리를 끼운 현관문을 들어서자 내부 공사는 끝난 것 같아 보였다. 안이 지난번에 왔을 때는 아직 깔려 있지 않던 붉은 카펫이 승강기까지 깔려 있었다.

안은 삼층으로 올라가는 층계참에서 멈추었다. 앙투안이 없다는 것을 알면서도 그녀는 초인종을 누르기 전에 언제나처럼 잠깐 분첩으로 얼굴을 다독거렸다.

문이 천천히 열렸다. 줄무늬가 있는 조끼만 걸친 평복 차림의 레옹은 나오기를 망설였다. 길죽한 데다가 수염은 없고 병아리 솜털로 덮인 얼굴은 특성이 없었고, 바보스러워 보이면서도 간교해 보였다. 활 모양의 눈썹, 처지고 앞으로 나온 두터운 아랫입술, 눌려 덮인 것 같은 눈꺼풀, 아래로 처진 코. 그것이 그에게는 일종의 반사적 방어 태세가 되었다. 그는 안과 꽃으로 장식한 모자와 연보랏빛 옷 위에 그물을 던지듯이 힐끗 곁눈질을 했다. 그리고 몸을 비켜 그녀를 들여보냈다.

"선생님은 아직 돌아오지 않았습니다만…."

"알고 있어요" 개를 바닥에 내려놓으면서 그녀가 말했다.

"손님들과 아직 아래에 계시는 줄로 압니다만…."

안은 입술을 깨물었다. 화요일에 베르크로 출발하는 자기를 역까지 바래다주면서 앙투안은 매주 일요일 오후에는 파리 시외로 왕진을 가기 때문에 집을 비우게 될 것이라고 말했었다. 두 사람의 교제가 시작된 지 여섯 달이 되는 지금 그녀는 앙투안의 주위에 무엇인가 넘기 어려운 보호구역이 은밀히 설정되고 있음을 이따금 발견하곤 했다.

"그냥 놓아두세요." 하고 안이 양산을 건네주면서 말했다. "몇 자 적어놓을 테니까 선생님께 전해 드려요."

이렇게 말하고 난 다음 그녀는 하인 앞을 지나 지난날에 티보 씨가 살던 집 마루에 지금 깔려 있는 푹신하고 단조로운 베이지색 카펫 위를 잰걸음으로 지나갔다. 발바리는 망설이지도 않고 벌써 앙투안의 서재 앞에 가서 기다리고 있었다. 안은 서재에 들어선 다음 개를 들여보냈다. 그리고 문을 닫았다.

블라인드는 쳐져 있었고 창문은 닫힌 채였다. 옛날부터 배어 있는 페인트 냄새와 함께 새 카펫 냄새, 막 칠한 니스 냄새가 방 안에 꽉 차 있었다. 재빨리 책상 앞으로 다가간 그녀는 선 채로 안락의자 등에 두 손을 얹고 두 눈을 두리번거리며 무엇인가 냄새라도 맡으려는 듯 코를 벌름거리고 있었다. 그러다가 돌연 추한 얼굴을 한 그녀는 수상쩍은 것이라도 찾아내겠다는 시선으로 방 안을 휘둘러보았다. 그 시선은 자기와 떨어져 있을 때의 앙투안의 생활에 대해 무엇인가 증거라도 될 수 있는 것이 있으면 하나도 놓치지 않겠다는 그런 것이었다.

그러나 호화롭지만 장식이 없는 이 방은 아무 개성이 없어 보였다. 앙투안은 이 방에서는 전혀 일을 하지 않았다. 이 방은 손님을 받을 때에만 사용되었던 것이다. 사방 벽에는 중간 높이까지 책장이 있었으며 중국 비단으로 가린 유리창 뒤로 빈 선반이 보였다. 방 한가운데는 장식용 책상이 눈에 뜨이게 자리 잡고 있었는데, 투명 유리를 깐 그 투박한 책상 위에는 모로코 가죽으로 된 문방구 한 세트가, 이름 첫 글자를 새긴 서류함, 책받침, 압지들이 놓여 있었다. 서류나 편지 같은 것은 하나도 없고 책이라고는 전화번호부밖에 없었다. 잉크가 들어 있지 않은 크리스털 잉크병 옆에는 골동품 같은 에보나이트 청진기가 놓여 있는데, 이것이 이 집주인의 직업을 말해주는 유일한 것이었다. 그러나 이러한 액세서리는 앙투안 자신이 진찰을 위해 놓아두었다기보다는 오히려 어떤 실내장식가가 방을 아름답게 꾸밀 생각으로 그렇게 했다는 쪽이 옳을 것 같았다.

펠로우는 방에 들어오자마자 다리를 쭉 뻗고 엎드렸다. 개의 황금빛 털과 마루에 깔린 양탄자 빛깔이 구분되지 않을 정도로 똑같았다. 안은 망연한 눈빛을 하고 개를 쓰다듬었다. 그리고 회전의자 팔걸이 위에 말을 타는 자세로 걸터앉았다. 바로 그 의자에서 앙투안은 일주일에 세 번씩 환자를 보았다. 그녀는 순간 자기가 앙투안이라도 된 것 같은 느낌이 들었다. 그것이 안으로 하여금 미묘한 즐거움을 느끼게 해주었다. 그것은 앙투안이 그의 생활에서 그녀에게 지극히 한정된 자리밖에 내주지 않는 것에 대한 일종의 앙갚음이었다.

안은 서류함 속에서 언제나 앙투안이 처방을 내릴 때 쓰는, 위쪽에 글자가 인쇄된 용지철을 꺼냈다. 그리고 핸드백에서 만년필을 꺼냈다.

사랑하는 토니, 닷새를 당신 없이 지내다 보니까 더 이상 참을 수 없었어요. 오늘 아침에 첫차를 탔어요. 지금 네시에요. 나는 우리의 집에 가서 당신이 하루 일을 끝내시기를 기다릴게요. 와주세요. 사랑하는 토니, 빨리 오세요.

A.

우리가 밖에 나가지 않아도 되게 가벼운 저녁 식사를 준비해 두겠어요.

그녀는 봉투를 손에 들고 벨을 눌렀다.

레옹이 나타났다. 정복 차림이었다. 개를 쓰다듬어준 다음 그는 안에게로 다가왔다.

의자 팔걸이에 앉은 채 안은 한쪽 다리를 흔들면서 봉투 뚜껑에 침을 바르고 있었다. 그녀의 입은 길게 찢겨 있었고, 혀는 두툼했지만 재빨랐다. 그녀가 옷에 잔뜩 뿌린 향수 냄새가 방 안에 떠돌고 있었다. 안은 하인의 눈이 빛나는 것을 알아차리고는 조용히 미소를 지었다.

"자" 하고 안은 책상 위에 편지를 던졌다. 그녀가 몸을 움직이자 손목에서 팔찌 소리가 났다. "돌아오시면 이걸 드려."

앙투안이 없을 때 안은 가끔 레옹에게 말을 놓곤 했다. 그것이 아주 자연스러워서 레옹도 놀라지 않았다. 그들의 마음은 이심전심으로 통하고 있었다. 함께 저녁 식사를 하려고 앙투안을 데리러 왔다가 하는 수 없이 그를 기다려야 할 때면 그녀는 흔히 레옹을 상대로 수다를 떨곤 했다. 레옹 곁에 있으면 그녀는 고향의 분위기 같은 것을 느꼈다. 더구나 레옹은 이런 친밀감을 나쁘게 이용하지 않았다. 두 사람만 있을 경우에 그는 격식을 차린 말투를 쓰지 않아도 되었다. 그리고 그녀가 팁을 줄라치면 그는 간단한 눈짓으로, 전혀 계급의 증오를 느끼지 않고 감사의 뜻을 나타내곤 했다.

안은 종아리를 쭉 뻗고 스커트 밑으로 손을 넣어 스타킹을 치켜올린 다음 안락의자에서 깡총 뛰어내렸다.

"나 갈게요, 레옹. 양산은 어디에 두었어요?"

택시를 잡으려면 생 페르가街를 지나 큰길까지 올라가는 것이 가장 확실했다. 거리에는 사람들의 모습이 거의 눈에 띄지 않았다. 한 청년이 그녀를 스쳐갔다. 그들은 무심코 시선을 주고받았다. 둘 다 잊을 수 없는 어느 날에 이미 만난 적이 있다는 것을 생각하지도 못했다. 어떻게 그들이 서로를 알아볼 수 있었겠는가? 사 년의 세월이 흐르는 동안에 자크는 끔찍이 변해 있었다. 퉁퉁하고 수심에 찬 얼굴을 한 지금의 자크에게서는 그 옛날 안과 시몽 드 바탱쿠르의 결혼식에 참석하기 위해 투렌에 갔을 때의 청년다운 거동이나 풍모는 보이지 않았던 것이다. 한편 자크 역시 그 묘한 결혼식이 진행되는 동안에 호기심을 가지고 신부를 관찰했지만 지금 화장을 한 파리 부인의 얼굴—더구나 그녀는 양산에 반쯤 가려 있었다—에서 친구 시몽과 결혼할 당시의 불안해하던 그 과부의 모습을 어떻게 알아볼 수 있었겠는가?

"바그람가街" 하고 안은 운전기사에게 말했다.

바그람가, 그곳이 '우리의 집'이었다. 그곳은 두 사람의 교제가 시작될 때 앙투안이 빌린, 일층의 가구 딸린 독신용 아파트로서 그 집은 큰길과 막다른 골목과의 모퉁이에 위치해 있었다. 그리고 막다른 골목으로 특별한 출입구가 나 있어서 수위의 눈에 띄지 않고 자유롭게 드나들 수 있었다.

앙투안은 불로뉴 숲 근처 스폰티니가街에 있는 안의 작은 호텔에는 발을 들여놓으려고 하지 않았다. 그러나 안은 몇 달 전부터 그곳에서 혼자 자유롭게 살고 있었다. (앙투안의 권유로 딸 위게트에게 깁스를 하게 해서 바닷가로 데려가게 되었을 때 안은 베르크의 집을 빌려 딸이 완쾌될 때까지 남편과 함께 그곳에서 살기로 했었다. 그러나 안은 이런 용감한 결심에 언제까지나 순응할 수는 없었다. 사실 파리를 결코 좋아하지 않던 시몽만이 의붓딸과 영국인 가정교사와 함께 주저앉게 된 것이다. 그는 사진에 열중하기도 하고 그림도 조금 그려보고 음악도 해보고 긴긴 밤에는 전에 했던 신학 공부를 회상하며 프로테스탄티즘에 관한 책들을 읽기도 했다. 한편 안은 언제나 무슨 구실을 만들어 애써 파리에 있으려고 했다. 그녀가 베르크에 가는 것은 한 달에 겨우 대엿새 정도밖에 되지 않았다. 안은 지금까지 한 번도 딸에 대해 모성애를 느껴본 적이 없었다. 얼마 전까지는 열세 살이나 된 이 큰 딸을 날마다 보고 있어야 한다는 것이 무슨 속박처럼 여겨져 짜증이 나기도 했다. 그런데 그런 막연한 미운 감정에 지금 미스 메리가 모래언덕에서 일광욕을 시키고 있는 불구아의 휠체어를 보자 일종의 굴욕감이 겹쳐졌다. 안은 가끔 빈혈증에 걸린 소녀들을 입양시킬까 하는 공상을 해보았다. 그러면서도 자기 딸을 돌보지 않는 것은 아주 당연하게 여겼다. 적어도 파리에서 그녀는 위게트를 잊고 지냈다. 그리고 시몽도.)

자동차가 바그람가街에 이르렀을 때 안은 '가벼운 저녁 식사'가 생각났다. 가게는 모두 닫혀 있었다. 그녀는 테른가街에 일요일에도 문을 여는 식료품 가게가 하나 있는 것을 알고 있었다. 그녀는 차로 거기까지 간 다음 택시를 돌려보냈다.

무엇을 산다는 것은 즐거운 일이야! 그녀는 강아지를 팔 밑에 끼고는 먹음직스러운 것들이 널려 있는 진열대 앞을 왔다 갔다 했다. 먼저 앙투안이 좋아하는 것들을 샀다. 보리빵, 짭짤한 버터, 훈제한 거위 가슴살, 딸기 한 바구니, 앙투안을 위해서는 물론 펠로우를 위해서도 그녀는 두블 크림*을 한 통 샀다.

"그리고 그것도 한 조각 주세요!" 하면서 그녀는 먹음직스럽다는 듯이 장갑을 낀 집게손가락으로 별것도 아닌 파테 드 푸아** 항아리를 가리켰다. '그것은' 그녀를 위한 것이었다. 파테 드 푸아는 그녀가 끔찍이 좋아하는 것이었기 때문이다. 그것은 여행할 때 어쩌다가 역 구내식당이라든가 시골 여관에 들르지 않으면 그녀로서는 먹어볼 기회가 전혀 없는 것이었다. 분홍색이 돌고 지방질이 많으며 돼지기름으로 싸인, 정향과 육두구 향료가 약간 든 파테, 그것을 갓 구운 둥근 빵 위에 얹어 먹을 때면 그녀는 전에 점원으로 일했을 때의 입맛이 되살아나곤 했다…. 오페라가街에서 점원 노릇을 하고 있었을 때 주위에 비둘

* 물기를 뺀 다음 크림을 가한 치즈를 말한다.

** 동물의 간으로 만든 요리를 말한다.

기나 참새 떼들이 노는 튀일리 공원 벤치에서 혼자 찬 점심을 먹던 일. 음료수라고는 전혀 없었다. 향료 때문에 입안이 타는 것을 가라앉히기 위해 길거리에서 산 한 줌의 비가로*를 먹곤 했다. 그리고 마지막으로 가게에 돌아갈 시간이 가까워오면 양철과 구두약 냄새가 나는, 달고 혀가 타는 듯한 에스프레소 커피를 생 로크가街에 있는 카페—바의 카운터에 기대어 서서 혼자 마시곤 했다.

안은 점원이 물건을 싸고 계산하는 것을 멍하게 바라보고 있었다.

완전히 홀로…. 그 무렵에도 이미 그녀는 어떤 확실한 본능에 따라 앞으로 다가올 기회를 놓치지 않으려면 사람들과 거리를 두어야 하고, 자기를 다른 사람에게 알려서는 안 되고, 친구를 사귀어서도 안 되고, 관습에 얽매이지 말아야 하고, 즉각적인 변신을 할 수 있도록 언제나 얽매여 있지 않아야 한다는 것을 알고 있었다. 아! 그 무렵 채롱綵籠과 나무 딱딱이 장난감을 들고 프레지르**와 코코아를 팔면서 튀일리 공원 안을 서성거리던 그 점쟁이 노파가 자기가 훗날 대기업가의 아내인 구피요 부인이 될 것이라고 어떻게 점칠 수 있었을까! …그런데 그 일이 마침내 실현되었던 것이다. 더구나 오랜 세월이 지난 오늘에 와서 보니까 그것은 별것도 아니었다는 생각이 들었다….

"여기 있습니다, 부인." 점원이 끈으로 묶은 꾸러미를 내밀었다.

* 버찌의 일종.

** 과자의 일종.

안은 가슴 언저리로 점원의 시선이 스쳐가는 것을 느꼈다. 그녀는 남자들의 욕정이 자신을 스쳐가는 것이 점점 더 좋아졌다. 지금 그녀 앞에 있는 점원은 아직 애송이에 지나지 않았다. 뺨에는 솜털이 났고, 한쪽 입술은 터 있었으며, 큰 입은 못생기기는 했지만 건강한 느낌을 주었다. 안은 손끝을 끈 사이로 넣고 얼굴을 들어 목덜미를 약간 뒤로 젖히고는 고맙다는 표시로 그녀의 회색빛 눈동자를 굴리면서 점원에게 희롱하는 듯한 시선을 보냈다.

꾸러미는 그다지 무겁지 않았다. 아직 시간은 있었다. 이제 겨우 다섯시가 되었을 뿐이었다. 안은 개를 바닥에 내려놓고 바그람가街를 향해 걷기 시작했다.

"힘내, 펠로우, 조금만 참아…."

그녀는 윗몸을 유연하게 흔들면서 고개를 꼿꼿이 세우고는 좀 오만하게 성큼성큼 걸어갔다. 지금까지의 자신의 삶을 돌아볼 때마다 그녀는 좀 으스대고 싶은 욕망을 억누를 수 없었다. 안은 자기의 운명은 항상 자기의 의지에 의해 지배되는 것이며, 지금의 성공도 바로 자기 자신이 이루어낸 것이 틀림없다고 생각했다.

시간이 흐르다 보니 놀랍기도 하고, 또 그녀가 감탄해 마지않는 것은 어린 시절부터 사회의 밑바닥에서 벗어나려고 그토록 발버둥 치던 일이 지금에 와서는 마치 남의 일처럼 여겨지는 것이었다. 그것은 헤엄치는 사람이 물속으로 자맥질해 들어가면서 모든 반사적인 행위로 다시 물 위로 떠오르려는 본능과도 같은 것이었다. 또한 순결한 처녀 시절을 보내는 동안 아내를 잃은 아버지와 오빠 사이에서 꿋꿋이 자기 자신을 지켜온 것은 더욱 높이 부상하기 위한 것이었다. 일요일이면 연관공이었던 아버지는 성터로 공놀이를 하러 가고, 안과 그녀의 오빠는 친구들과 함께 뱅센 숲에 가서 돌아다니곤 했다. 어느 날 밤 산책에서 돌아오는 길에 오빠 친구인 젊은 전기공이 안을 껴안으려고 했다. 그녀는 이미 열일곱 살이었는데, 그 청년이 전부터 싫지는 않았었다. 그러나 그녀는 그의 뺨을 후려갈겼다. 그러고는 혼자서 집에까지 도망쳐왔다. 그 뒤부터 그녀는 두 번 다시 오빠와 외출하지 않았다. 그녀는 일요일에는 집에서 재봉일을 했다. 안은 옷감이나 천조각을 만지기를 좋아했다. 그녀의 어머니와 알고 지냈다는 이웃의 잡화상 여주인이 그녀를 점원으로 채용한 적이 있었다. 그러나 가난한 손님만 드나드는 동네의 그 상점은 쓸쓸하기 짝이 없었다…. 다행히 그녀는 뱅센의 제글리즈 광장에 이십세기 백화점이 새로 낸 지점에 여자 점원 자리를 구할 수 있었다. 비로드나 호박단 옷을 다루는 일. 오가는 사람들로부터 유혹을 느끼는 일. 남자 점원들과 매장 주임들의 끊임없는 유혹 속에서 살면서도 동료로서의 미소만 보내곤 했다. 그리고 저녁이 되면 얌전히 집으로 돌아가 가족들의 저녁 식사를 준비하는 것이 두 해에 걸친 그녀의 생활의 전부였다. 결국 그녀에게는 그때의 생활이 즐거운 추억이 되었다. 그러나 아버지가 세상을 떠나자마자 안은 변두리를 뛰쳐나왔다. 그리고 파리 한복판의 오페라가街에 있는, 늙은 구피요 자신이 직접 경영하고 있는 본점에 굉장한 일자리를 하나 얻었다. 그리고 결혼할 때까지 빈틈없이 처신해야겠다고 마음먹은 것은 바로 그때였다…. '빈틈없이 처신할 것!'. 그것은 그녀의 좌우명이라 할 수 있었다…. 그것은 지금도…. 처음으로 앙투안을 만났을 때 그녀는 당장 그를 점찍어 그의 저항을 물리치고 끝내 그를 정복하지 않았던가? 그런데 앙투안은 전혀 그것을 눈치채지 못했었다. 왜냐하면 그녀는 남자의 자존심을 이용할 수 있을 만큼 매우 교활했으며, 그리하여 남자 쪽에서 먼저 프러포즈를 한 것 같은 환상을 일으키게 했기 때문이다. 지나칠 정도로 능란했던 그녀는 자신의 힘을 과시하는 외형적인 즐거움보다는 겉으로 약한 체하는 것을 무기로 해서 감쪽같이 상대를 휘어잡는 데서 참으로 완벽한 만족감을 느꼈던 것이다….

이런저런 생각을 하는 사이에 그녀는 어느덧 집에까지 왔다. 걸었기 때문에 그녀는 땀에 젖어 있었다. 잠가두었던 방의 정적과 신선함이 상쾌하게 느껴졌다. 방 한가운데에 서서 그녀는 몸에 걸친 것을 훌훌 벗어 던졌다. 그리고 화장실로 뛰어들어가 욕조에 물을 받았다.

그녀는 거울과 자신의 육체를 밝게 보이게 하는 희미한 빛이 새어 들어오는 간유리에 둘러싸여 자신의 벗은 모습을 바라보면서 흐뭇해했다. 물이 나오는 수도꼭지 위로 몸을 구부려 그녀는 호리호리한 갈색의 허리와 무겁게 매달린 젖가슴 언저리를 아무 생각 없이 손바닥으로 쓰다듬었다. 그러고 나서 욕조에 물이 가득 차기를 기다리지도 않고 탕 속으로 성큼 들어갔다. 물은 아직 미지근했다. 그녀는 쾌감으로 몸을 떨면서 미끄러지듯 탕 속으로 몸을 담갔다.

그녀는 자기 앞쪽 벽에 걸려 있는 푸른 줄무늬의 하얀 목욕옷을 보고 미소를 지었다. 어느 날 저녁에 앙투안이 이 목욕 옷을 입은 우스꽝스러운 모습으로 저녁 식사를 했던 적이 있었다. 그녀는 갑자기 그날 밤에 두 사람 사이에 있었던 승강이를 떠올렸다. 바로 그날 저녁 그녀가 앙투안에게 그의 청년 시절의 생활과 라셀과의 관계에 대해 물었을 때 그는 이렇게 얼버무리고 말았던 것이다. "모두 이야기한 대로야. 나는 내 과거에 대해서 어느 것 하나 숨기고 있지 않아!"

사실은 그녀도 자신의 이야기를 들려준 적이 거의 없었다. 두 사람의 관계가 시작될 무렵의 어느 날 밤에 앙투안은 그녀의 눈을 들여다보면서 "…운명적인 여자의 눈이군!"이라고 말한 적이 있었다. 안에게는 그것보다 더 즐거움을 불러일으키는 말이 없었다. 그녀는 그 말을 결코 잊지 않았다. 그러한 매력을 더 잘 지키기 위해 그녀는 되도록 자신의 과거는 비밀에 부쳐두려고 했다. 어쩌면 그것은 졸렬한 생각이었을까? 그 운명적인 여자 속에서 앙투안이 점원이었던 자신의 과거를 발견하고 재미있어 했는지 어떻게 알아? 안은 이 점을 곰곰이 생각해보기로 결심했다. 처방은 어렵지 않았다. 과거 생활이 다채로웠던 그녀는 무슨 일을 꾸미거나 거짓말을 할 필요도 없이 손쉽게 그것을 찾아낼 수 있었다. 말하자면 젊은 시절 한때 감상적인 여점원이었다는 식의 추억담이라든가….

앙투안…. 그를 생각할 때면 언제나 그녀는 욕정이 함께 일곤 했다. 안은 있는 그대로의 그를 사랑하고 있었다. 그의 자신감과 힘. 그 자신도 그 힘을 의식하고 있었지만…. 게다가 좀 거칠고, 애정 표현이 좀 결여되어 있기는 하지만 그의 사랑의 열정 때문에 그녀는 그를 사랑했다…. 한 시간 뒤면 아마 그가 여기에 나타나겠지….

안은 두 다리를 뻗고 머리를 뒤로 젖히면서 눈을 감았다. 그녀의 피로가 마치 먼지처럼 물속으로 녹아 들어갔다. 그녀의 몸은 동물적인 행복감으로 나른해졌다. 위층의 큰 아파트는 인기척 없이 조용했다. 귀에 들려오는 것은 산뜻한 타일 바닥에 강아지가 엎드려 자면서 내는 코 고는 소리, 이웃 운동장의 아스팔트를 굴러가는 롤러스케이트의 먼 소리, 수도꼭지에서 맑은 소리를 내며 규칙적으로 똑똑 떨어지는 수돗물 소리뿐이었다.

14

자크는 위니베르시테가街의 모퉁이에 서서 자기가 태어난 집을 바라보고 있었다. 그 집은 온통 철근 골조로 둘러싸여 있어서 알아볼 수 없었다. '옳아' 하고 그는 생각했다. '형은 전면적인 개축 공사를 계획하고 있었지….'

아버지가 세상을 떠난 뒤로 자크는 파리에 온 적이 두 번 있었다. 그러나 그는 전에 살던 이 동네에는 들르지 않았을뿐더러, 자신이 파리에 온 사실을 형에게 알리지도 않았다. 앙투안은 지난겨울 동안 애정 어린 편지를 여러 번 써 보냈다. 그러나 자크는 다정함을 표시한 간단한 엽서를 보냈을 뿐이었다. 상속 문제에 관한 긴 편지를 받았을 때도 답장은 언제나 같았다. 다섯 줄의 글로 단호한 거절의 뜻을 보냈다. 그것은 뚜렷한 이유 없는 거절로서 자기는 재산 분배에는 관심이 없으므로 '이런 문제'를 더 이상 형이 자기한테 거론하지 말았으면 좋겠다는 내용이었다.

자크는 지난 화요일부터 프랑스에 와 있었다. (뵘과의 회합이 있은 다음 날에 메네스트렐은 자크에게 말했다. '파리에 급히 가보도록 해. 자네가 파리에서 할 일이 머지않아 생길 것 같아. 현재로서는 이렇다 할 만한 것이 전혀 잡히지 않지만, 이때를 이용해서 풍향을 살펴주었으면 해. 어떤 일이 일어날 것인지 가까이에 있으면서 지켜보고. 프랑스의 좌익들이 어떤 반응을 보이는지. 특히 조레스 일파인 『위마니테』 패거리들이…. 일요일이나 월요일까지 내가 아무 연락을 하지 않으면 그냥 돌아와도 좋아. 그곳에 있을 필요가 없다고 여겨지면 말이야.') 그 며칠 동안 자크는 형을 만나러 올 만한 여유가, 또 용기도 없었다. 그러나 사태가 하루하루 심각성을 더해가는 것 같았기 때문에 자크는 파리를 떠나기에 앞서 형을 만나보기로 마음먹었다.

새 차양을 가지런히 달아놓은 삼층 쪽을 쳐다보면서 그는 **자기**의 창문, 어린 시절의 자기 방 창문을 눈여겨 찾았다…. 그는 지금이라도 발길을 돌리려면 돌릴 수 있었다. 그는 망설였다. 마침내 길을 건너 둥근 천장 밑으로 들어섰다.

지난날의 모습은 찾아볼 수 없었다. 계단 쪽에는 백합이 그려진 어두운 색깔의 벽지와 나선형 받침대로 된 난간과 중세풍의 스테인드글라스가 회반죽 벽과 두들겨 만든 쇠 난간과 대형 색유리창으로 바뀌어 있었다. 달라지지 않은 것은 승강기뿐이었다. 언제나처럼 짤막하게 찰카닥하는 제동기 소리가 난 다음 쇠사슬이 서로 부딪치는 소리가 나고 이어 기름 낀 것 같은 소리가 났다. 자크는 여기에 와서 그 소리를 들을 때마다 가슴이 죄어드는 듯했다. 굴욕적인 어린 시절의 가장 견디기 힘들었던 한순간이 갑자기 되살아나곤 했기 때문이다. 곧 집을 뛰쳐나갔다가 다시 아버지 집으로 돌아왔던 일… 그래, 바로 여기야, 이 좁은 승강기였어. 형이 나를 밀어넣었지. 그때 그 도망자는 다시 잡혀 꼼짝 못 하게 되고 정말 무력감을 느꼈었지…. 아버지, 소년원… 그리고 지금은 제네바, 인터내셔널… 전쟁, 어쩌면….

"여, 레옹, 잘 있었어. 집 안이 많이 변했군! …형님은 계셔?"

레옹은 대답 대신에 놀란 표정으로 이 유령의 얼굴을 뚫어지게 바라보았다. 마침내 그는 눈을 깜빡거리면서 말했다.

"선생님이요? 아니오… 저, 계십니다…. 물론 도련님이 오셨다고 하면! …그러나 아래에 계십니다. 실험실 쪽에… 한층을 내려가셔야… 문은 열려 있으니까 들어가시기만 하면 됩니다."

이층 층계참의 동판에 **오스카르 티보 실험실 A.**라고 씌어 있는 글이 자크의 눈길을 끌었다.

'그럼 이 집 전체를 쓰고 있나?…' 하고 자크는 생각했다. '게다가 **오스카르**라는 이름까지!…'

니켈로 된 손잡이를 돌리면 문을 밖에서 열 수 있게 되어 있었다. 현관에 들어서자 똑같은 문이 세 개나 나란히 있었다. 그 한쪽 문 뒤에서 인기척이 났다. 일요일 오후인데도 형은 환자를 보고 있나? 자크는 당황하면서 몇 걸음 앞으로 다가갔다.

"…생물 측정에 의한 실험 보고 …학군에 따른 앙케트…"

말하고 있는 사람은 앙투안이 아니었다. 그러나 곧 형의 목소리가 들려왔다.

"먼저 테스트의 수집… 테스트의 정리… 몇 달 안에 어떤 신경학자, 어떤 아동병리학 전문의, 어떤 교육자도 여기 우리 실험실에서, 우리의 통계 속에서 반드시…"

그렇다. 단호하면서도 좀 으스대는 듯하고 말끝마다 좀 빈정거리는 듯한 말투, 그것은 앙투안이 틀림없었다…. '얼마 안 가서 분명히 그의 목소리는 **자기** 아버지의 목소리와 똑같아질 거야' 하고 자크는 생각했다.

그는 한순간 꼼짝하지 않고 멀거니 마루에 깔린 새 리놀륨을 내려다보았다. 그냥 돌아갈까 하는 유혹이 다시 그의 머리를 스쳐갔다. 그러나 이미 레옹을 만났으니…. 하기는 모처럼 여기까지 왔는데…. 그는 어깨를 추슬렀다. 그리고 아이들이 노는 것을 거리낌 없이 훼방 놓는 어른처럼 문까지 걸어가서 노크했다.

앙투안은 이야기를 멈추고 자리에서 일어났다. 그리고 화난 얼굴로 문을 반쯤 열었다.

"뭐야…? 어이구? 네가!" 하고 외치는 그의 얼굴은 순식간에 반가운 빛으로 환해졌다.

자크 역시 형제애 같은 감정이 솟구침을 문득 느꼈다. 형을 직접 대할 때마다, 정력적인 그의 얼굴, 그의 이마, 그의 입을 볼 때마다 마음이 뭉클해지는 것은 어쩔 수 없는 일이 아니었을까….

"들어와." 하고 앙투안이 말했다. 그는 동생 얼굴에서 눈을 떼지 않았다. 자크가 온 것이다! 짙은 밤색 머리를 하고 눈동자를 이리저리 굴리면서 어린아이 같은 얼굴을 되살리는 가벼운 미소를 머금은 자크가 거기에 서 있었다….

얼굴에는 땀이 흐르고 칼라가 없는 흰 가운의 단추를 끄른 남자 셋이 큰 테이블 앞에 앉아 있었다. 테이블 위에는 컵, 레몬, 얼음통이 서류와 펼쳐놓은 도표 가까이에 놓여 있었다.

"내 동생이야." 앙투안은 반갑다는 듯 웃으면서 말했다. 그리고 일어선 세 사람을 일일이 자크에게 소개했다. "이자크 스튀들레… 르네 주슬렝… 마뉘엘 르와…."

"방해한 것 아니야?" 자크가 우물우물하며 말했다.

"물론이지!" 하고 앙투안이 말했다. 그는 즐거운 듯이 동료들을 둘러보면서 말했다. "안 그래? 방해한 것이 틀림없지…. 그러나 괜찮아! 어쩔 수 없는 경우야…. 자, 앉아라."

자크는 그 말에는 아무런 대꾸도 하지 않고 넓은 방을 둘러보았다. 방 안은 온통 선반으로 가득 차 있었으며 선반 위에는 번호가 붙은 새 서류꽂이가 가지런히 꽂혀 있었다.

"여기가 어딘가 하고 생각하는 거야?" 어리둥절해하는 동생을 보고 재미있어하면서 앙투안이 말했다. "여기는 말하자면 **자료실**이야. 그런데 찬 것 좀 마실래? 위스키? 싫어? …르와가 레몬수를 만들어줄 거야." 앙투안은 셋 가운데서 가장 젊은 사람을 향해 말했다. 그의 선량한 학생 같은 눈빛, 반짝거리는 눈빛이 파리 학생다운 영리한 얼굴을 밝게 해주고 있었다.

르와가 깬 얼음 위에 레몬즙을 내고 있는 사이 앙투안은 스튀들레 쪽으로 돌아앉았다.

"다음 주 일요일에 다시 하자고…."

스튀들레는 다른 사람들보다 나이가 더 들어 보였으며, 앙투안보다도 나이가 더 많은 것 같았다. 이자크라는 이름은 그의 옆모습, 이슬람교단의 수장 같은 턱수염, 고대 페르시아의 승려처럼 이글거리는 두 눈과 잘 어울렸다. 자크는 형과 함께 살

때 그를 언젠가 한 번 만난 적이 있었던 것 같았다.

"주슬렝은 필요 없는 서류를 좀 치워줬으면 좋겠어…." 하면서 앙투안은 말을 계속했다. "아무튼 내 병원의 여름휴가인 팔월 일일 전까지는 무엇 하나 계통을 세워 일하지는 못하겠군…."

자크는 귀를 기울였다. 팔월… 여름휴가…. 자크의 표정에서 분명히 약간 놀라는 기색이 엿보였다. 그를 바라보고 있던 앙투안은 무엇인가 설명해야 할 것 같은 생각이 들었다.

"그래, 우리 넷은 올해 여름휴가는 가지 않기로 합의했어…. 상황이 상황이니만큼…."

"알겠어." 자크는 심각한 태도로 그 말에 동의했다.

"집 공사가 끝난 지 아직 삼 주일도 안 되었어. 새로운 진료 사업에는 손도 못 대고 있고. 게다가 병원 일을 하고 환자들을 보았다면 도저히 그 모든 일들을 진행시킬 수 없었을 거야. 그러나 다행히 새 학기가 시작될 때까지 두 달쯤 여유가 있어…."

자크는 어처구니없다는 듯이 형을 바라보고 있었다. 그렇게 말하고 있는 형은 안정성이라든가 장래에 대한 그의 확신을 송두리째 흔들어버릴지도 모를 세상의 격동 따위는 까맣게 모르고 있는 것이 틀림없었다.

"놀랐어?" 하며 앙투안이 말을 계속했다. "그것은 우리 계획을 네가 아직 몰라서 그러는 거야. 우리는 야심을 가지고 있어…. 굉장한! 안 그래, 스튀들레? …이야기해줄게. …물론 함께 저녁을 먹는 거지? …아무 말 말고 레몬수나 마셔. 그러고 나서 집 안을 둘러보도록 하자. 집 안이 완전히 새롭게 고쳐진 걸 알게 될 게다…. 그다음에는 위에 올라가서 이야기하자."

'형은 여전하군' 하고 자크는 생각했다. '언제나 무엇인가를 조직해서 그것을 이끌어가야 하니까….' 그는 시키는 대로 레몬수를 마시고 자리에서 일어났다. 앙투안은 이미 일어나 있었다.

"우선 실험실로 내려가자." 앙투안이 말했다.

티보 씨가 세상을 떠날 때까지 앙투안은 장래가 촉망되는 젊은 의사로서의 평범한 삶을 살아왔다. 그는 여러 가지 시험에 차례로 합격한 뒤에 중앙의료국에 들어가 병원 쪽에 전임 자리가 나기를 기다리면서 줄곧 환자 치료에 힘써왔다.

아버지의 유산 때문에 갑자기 그에게는 돈이라는 뜻밖의 힘이 생긴 것이다. 물론 그는 이런 절호의 기회를 놓칠 사람이 아니었다.

그에게는 짐이 될 만한 일은 아무것도 없었다. 그렇다고 돈이 드는 취미가 있는 것도 아니었다. 있다면 그것은 오로지 일에만 정력을 쏟는 것이었다. 그의 유일한 야망은 대가가 되는 것이었다. 병원도 환자도 그의 눈에는 하나의 수련 대상에 지나지 않았다. 중요한 것은 아동병리학에 관한 자기 자신의 연구였다. 또 자기가 부자라는 생각이 들자 전부터 넘쳐흐르던 그의 활력은 열 배나 더 부풀어 올랐다. 이제 그에게는 단 한 가지 생각뿐, 즉 전 재산을 자신의 직업적인 향상을 촉진시키는 데 털어넣는 일이었다.

그의 계획은 곧 실행에 옮겨졌다. 우선 완비된 조직에 의해서 물질적인 편의를 확보해야 했다. 실험실, 서고, 조수 그룹을 선발해서 확보하는 일이 그것이었다. 돈이 있으니까 모든 것이

가능했고 또 쉬웠다. 재력이 없는 몇몇 젊은 의사들에게 생활 보장을 해주기도 하고, 그들의 지혜를 빌리기도 하며, 헌신적인 봉사를 받기도 했다. 그는 자신의 연구를 밀고 나가고 더 새로운 연구를 시도하기 위해 그들의 능력을 이용하기도 했다…. 앙투안은 에케 박사의 친구로서 칼리프라는 별명을 가지고 있는 옛 동료인 스튀들레를 즉시 생각하지 않을 수 없었다. 그의 체계적인 정신이며 지적인 성실성이며 일의 능력을 앙투안은 잘 알고 있었다. 그리하여 그는 두 청년을 택한 것이다. 한 사람은 마뉘엘 르와, 그는 몇 년째 앙투안 밑에서 일해온 외근 조수였다. 다른 한 사람은 르네 주슬렝, 그는 화학자로서 혈청에 관한 중요한 연구로 이미 주목을 받고 있었다.

아버지의 집은, 대담한 건축기사의 감독으로 몇 달 안 되어 몰라볼 만큼 개축되었다. 예전의 아래층은 방 가운데 계단으로 이층의 거실과 연결되고 온갖 근대적 설비를 갖춘 실험실로 개조되어 있었다. 모든 것이 완전무결했다. 공사상의 곤란한 문제가 생기면 앙투안의 손은 기계적으로 수표장이 있는 호주머니로 갔다. "어디 견적을 내어봐주게." 지출 따위는 그다지 문제되지 않았다. 앙투안으로서는 돈이 드는 것이 문제가 아니라 자신의 계획이 뜻대로 되어가는지 여부가 중요했다. 그의 공증인과 주식 중개인은 부르주아 두 세대에 걸쳐 조금씩 축적되고 또 신중하게 관리되어온 큰 재산을 그가 지금 이렇게 겁 없이 써대는 것을 보고 아연실색했다. 그러나 당사자는 조금도 개의치 않고 유가증권을 보따리로 처분했고, 대리인들의 소심한 경고에는 콧방귀만 뀌었다. 그뿐만 아니라 그는 나름대로 재정 계획을 가지고 있었다. 엄청난 지출을 하고도 남는 재산은 외국 주식, 특히 러시아 광산 주식에 투자할 생각을 하고 있었다. 그것은 외교관인 그의 친구 뤼멜의 충고에 따른 것이었다. 자산은 크게 줄었으나 그의 계산에 따르면 전에 티보 씨가 '안전'을 고집하면서 별로 이익을 얻지 못하는 주식을 그대로 붙들고 기존의 재산에 손을 대지 않은 채 얻은 이익에 비해 그다지 못하지 않다고 생각했다.

아래층을 자세히 살펴보는 데는 무려 반 시간이나 걸렸다. 앙투안은 하나도 빠짐없이 모두 자크에게 보여주고 싶었다…. 그는 예전의 지하창고를 지금의 석회를 칠해 커다란 지하실로 만든 곳으로도 그를 데려갔다. 그곳에는 최근에 주슬렝이 괴상한 냄새가 나는 사육장을 만들었는데, 거기에서는 여러 마리의 쥐, 새앙쥐, 모르모트 등이 개구리를 넣어둔 물통 옆에서 사육되고 있었다. 앙투안은 아주 만족스런 모습이었다. 그는 젊은이다운, 파도가 일렁이는 듯한, 목 깊은 곳에서 나는 웃음소리를 냈다. 그것은 오랫동안 억제되었던 웃음, 라셸에 의해 비로소 해방된 웃음이었다. '마치 장난감을 자랑하는 부잣집 아이 같군.' 하고 자크는 생각했다.

이층에는 작은 수술실, 세 협력자의 연구실, 자료와 참고문헌을 보관하는 방, 서고가 있었다.

"이제 드디어 일을 시작할 수 있단 말이야." 하고 앙투안은 삼층으로 올라가면서 엄숙하고 만족스런 말투로 설명했다. "서른세 살…. 후세에 남을 만한 일을 하려면 이제부터 열심히 해야지! …물론이야." 하며 그는 걸음을 멈춘 다음 자크 쪽을 돌아보면서 다시 말을 계속했다. 그 말투는 일부러 그러는 것처럼 좀 힘이 들어 있었는데, 앙투안은 동생 앞에서 특히 그러한 말투로 이야기하기를 좋아했다. "사람은 자기가 생각하고 있는 것 이상의 것을 할 수 있어! 무엇이든지 **마음만 먹으면**—물론 실현 가능성이 있는 것이라야 한다는 것은 말할 나위도 없지만…. 게다가 나는 실현 가능성이 있는 것 말고는 결코 하려고 하지 않아…—그럼, 정말 **마음**만 먹으면!…" 그는 말끝을 흐리더니 스스로 만족하여 미소를 지으면서 다시 걷기 시작했다.

"시험은 어떻게 되었어?" 자크는 잠자코 있을 수 없어서 물었다.

"병원의 시험은 지난겨울에 합격했어. 다음은 아그레가시옹*이야. 언젠가는 교수도 될 수 있도록 해두어야 하니까! …그런데 다만" 하며 앙투안은 말을 계속했다. "하기는 필립 선생처럼 훌륭한 소아과 의사가 되는 것도 좋아. 그러나 그것만으로는 만족할 것 같지 않아. 내 역량을 보이려면 아무래도 그것만으로는 불충분해…. 현대 의학은 정신의학 분야에서도 결정적으로 한 걸음 더 나가야 한다고 생각해…. 그래서 나는 그 가운데 한 사람이 되려고 생각하고 있어, 알겠니? 나는 그 한 걸음이 나 없이 이루어져서는 안 된다고 생각해! 시험 준비를 하는 동안에 내가 그토록 **언어 발달이 늦은** 사람들을 다룬 것도 결코 우연한 일은 아니었어…. 내 생각으로는 아동심리 분야도 아직은 시작에 지나지 않아. 지금이야말로 더할 나위 없이 좋은 시기야…. 그래서 내년에는 어린아이의 호흡 기관과 지적 생활의 관계에 관한 나의 자료들을 확실하게 정리해보려고 해…." 그

* 대학 교수 자격시험을 말한다.

는 몸을 돌렸다. 그의 얼굴에는 지식에 의해서 범속한 사람들의 무지와는 구별되는 뛰어난 사람의 풍모가 엿보였다. 그는 자물쇠에 열쇠를 집어넣기 전에 그윽한 눈길로 동생을 바라보았다. "이 방면에는 할 일이 산더미 같아…." 하며 그는 천천히 말했다. "해결해야 할 일도 산더미 같고…."

자크는 잠자코 있었다. 그는 이러한 생활에 언제나 흥미를 가지고 있는 앙투안의 태도에 대해 이렇게까지 분격한 적은 거의 없었다. 너무나 좋은 조건을 갖추고 있고, 성공의 길이 확실히 보장되어 있는 것 같은 삼십대의 이 남자 앞에서 자크는 일종의 번민과 함께 자기 균형이 흔들리는 것을 느끼고 있었다. 나아가서 지금 이 세상을 짓누르고 있는 폭풍우의 위협을 느끼고 있었다.

이렇게 적개심에 불타는 마음으로 집 안을 돌아보러 다니는 것이 자크로서는 퍽이나 괴로운 일이었다. 앙투안은 호화로운 이 집 안을 마치 닭장 속의 수탉처럼 꼿꼿한 자세로 거닐고 있었다. 그는 칸막이를 대부분 부순 다음 배치를 전면적으로 바꾸어놓았다. 단아한 높은 칸막이들이 두 개의 대기실을 여러 개의 작은 공간으로 나누어놓았기 때문에 환자들을 따로따로 대기시킬 수 있었다. 앙투안이 자랑하는 건축기사의 창의력은 집 안 전체를 어떤 장식 전람회장 같은 느낌을 갖게 만들어놓았다. 그런데 앙투안 자신은 이런 외형적인 과시는 별로 중요하지 않다고 분명히 말했다. "그러나" 하며 그는 설명했다. "이렇게 하면 환자를 선별해서 볼 수 있어. 알겠지? 되도록 환자 수를 줄이고 공부할 시간을 가질 수 있거든."

화장실은 썩 잘 꾸며져 있었고, 편안하기 이를 데 없었다. 앙투안은 신이 나서 입고 있던 가운을 벗으면서 반들반들한 옷장 문을 열었다 닫았다 해 보였다.

"모든 것이 손 닿는 곳에 있도록 되어 있어. 시간 절약이 되거든." 그는 되풀이했다.

앙투안은 실내용 웃옷을 걸쳤다. 자크는 형의 옷차림이 전보다 훨씬 더 세련되어 있다는 것을 알 수 있었다. 이렇다 하게 눈을 끄는 것은 없었다. 그러나 검은 웃옷은 비단이었고 셔츠는 아주 부드러운 바티스트 삼베였다. 이처럼 얼른 눈에 뜨이지 않는 우아함이 형에게는 아주 잘 어울렸다. 그는 젊어 보이고 더 유연해 보이면서 씩씩한 모습에는 조금도 변함이 없었다.

'사치를 만끽하고 있는 것 같군.' 하고 자크는 생각했다. '아버지 같은 허세… 부르주아의 귀족적인 허세! …한심한 족속! … 확실히 그들은 자기들의 재산뿐만 아니라 쾌적한 생활의 타성, 안일의 취미, 고급품의 취미가 마치 자신들이 우월하기 때문인 것으로 생각하고 있을 거야! 그들은 그것이 마치 개인적인 가치나 되는 것처럼 여기고 있어! 그들에게 사회적 권리를 가져다주는 그 가치! 더구나 그들은 자신들이 누리는 그 '우대'를 아주 정당하다고 생각하고 있어! 자기들의 권력, 다른 사람의 예속, 그들은 그것을 정당하다고 할 거야! 그래, 그들은 '소유한다'는 것을 아주 당연하게 여기고 있어! 그리고 자기들의 소유는 누구로부터도 침해당해서는 안 되고, 가지지 못한 사람들의 욕구로부터 법에 의해 보호를 받는 것이 지극히 당연하다고 생각하고 있어! 관대하다고, 흥! 그렇지! …그런데 관대하다는 것이 또 하나의 사치라는 뜻에서 그래. 낭비의 일종인 관대!' 자크는 낭비라고는 전혀 모르고, 필요한 것은 나누어 가지며,

서로 언제나 최소한의 것마저 없어질 위협을 무릅쓰면서 서로 돕고 사는 스위스 친구들의 불안정한 생활을 생각해보았다.

그렇지만 작은 풀장만 한 욕조, 반사되는 빛이 눈을 부시게 하는 그 욕조를 보았을 때 그는 얼마쯤은 부러운 생각을 뿌리칠 수 없었다. 그는 삼 프랑짜리 방에서 아주 불편하게 살고 있었다…. 오늘 같은 더위에 한바탕 목욕을 한다면 그 기분은 기가 막혔을 것이다.

"이곳이 내 서재야." 앙투안은 문을 열면서 말했다.

자크는 안으로 들어가면서 창가로 다가갔다.

"아니, 여기는 전에 응접실로 쓰던 데 아니야?"

사실 그곳은 예전의 응접실이었다. 지나간 삼십오 년 동안 장중하고 어슴푸레한 불빛 속에서 티보 씨가 단집이 달린 커튼과 두터운 휘장에 둘러싸여 가족회의를 열던 곳이었다. 건축기사는 그 방을 밝고 산뜻하고 단아한 현대식 방으로 개조하는 데 성공한 것이다. 그리고 고딕풍의 스테인드글라스를 없앤 세 개의 창문으로 들어오는 밝은 빛이 지금 방 안에 넘쳐흐르고 있었다.

앙투안은 아무런 대답을 하지 않았다. 그는 안의 편지 봉투가 책상 위에 있는 것을 보고 놀랐다. 왜냐하면 그는 안이 베르크에 있는 줄로만 알고 있었기 때문이다. 그는 급히 겉봉을 뜯었다. 쪽지를 훑어본 앙투안의 눈살이 찌푸려졌다. 앙투안에게는 그들의 단란한 아파트에서 흰 비단 실내복을 요염하게 입고 있는 안의 모습이 떠올랐던 것이다…. 그는 기계적으로 벽시계를 향해 눈길을 돌렸다. 그러고 나서 편지를 주머니 속에 넣었다. 때가 좋지 않군…. 하는 수 없지! 오랜만에 동생하고 하룻밤을 보내려고 생각하고 있는데….

"뭐라고?" 하고 동생의 말을 듣지 못한 앙투안이 물었다. "여기에서는 절대로 일을 안 해…. 여기는 진찰을 위한 곳이야. 난 늘 전에 쓰던 방에서 지내…. 날 따라와."

복도 저 끝에서부터 레옹이 이쪽으로 걸어왔다.

"편지를 보셨습니까?"

"봤어…. 마실 것 좀 갖다주게. 내 서재로."

이 집 안에서 그래도 좀 삶의 냄새가 풍기는 구석이라고는 이 서재가 유일한 곳이었다. 사실 거기에서는 일보다는 오히려 복잡하고 무질서한 생동감이 느껴졌다. 바로 그런 무질서가 자크에게는 친근감을 느끼게 했다. 산더미 같은 서류, 카드, 수첩, 신문기사 스크랩 등이 책상 위에 쌓여 있기 때문에 겨우 글을 쓸 수 있을 정도의 자리만이 남아 있었다. 선반 위에는 헌책, 갈피 쪽지가 끼워져 있는 잡지들, 아무렇게나 흐트러져 있는 사진들, 약병, 약품 견본 등이 가득했다.

"자, 앉자." 앙투안은 가죽으로 된 편안한 안락의자 쪽으로 자크를 밀면서 말했다. 그리고 자신은 여러 개의 쿠션이 놓여 있는 디방* 위에 몸을 쭉 펴고 누웠다. (그는 이야기할 때는 언제나 눕는 것을 좋아했다. '서거나 눕는 거야' 하고 말하곤 했다. '의자에 앉는 것은 관리나 하는 짓이야.') 그는 자크의 눈길이 방 안을 둘러보다가 벽난로 위를 장식하고 있는 불상 위에 잠깐 머무는 것을 보았다.

"아름답지? 십일세기 거야. 람시 컬렉션에서 나온 거야."

* 등받이와 팔걸이가 없이 벽에 붙여놓는, 쿠션 있는 긴 의자.

다정하게 동생의 얼굴을 바라보던 그의 눈길은 갑자기 무엇인가 탐색하는 듯한 눈초리로 변했다.

"네 이야기를 들어보자꾸나. 담배 한 대 피울래? 그런데 프랑스에는 무슨 일로 왔니? 틀림없이 카요 사건* 취재 때문이겠지?"

자크는 아무 대답도 하지 않았다. 그는 불상만을 응시하고 있었다. 조개껍질처럼 굽은 큰 금빛 연꽃잎 속에 있는 불상의 얼굴은 고독하고 평온한 모습으로 빛나고 있었다. 그러고 나서 그는 형을 뚫어지게 바라보았다. 동생의 눈에는 그림자 같은 것이 서려 있었다. 그 표정이 어찌나 침통했던지 앙투안은 불안한 느낌이 들었다. 그는 곧 무엇인가 새로운 사건이 동생의 생활을 파괴하고 있다는 것을 짐작할 수 있었다.

레옹이 쟁반을 들고 들어와 소파 옆에 놓았다.

"대답을 안 하는구나." 앙투안이 말을 계속했다. "파리에는 왜 왔지? 오랫동안 있을 거야? …뭐 좀 마실래? 나는 여전히 차가운 차를 좋아해…."

자크는 신경질적인 태도를 보이며 거절했다.

"그런데 형" 하고 자크는 한동안 가만히 있다가 낮은 목소리로 말했다. "형은 프랑스에서 무슨 일이 일어나려고 하는지 조금도 짐작이 안 가?"

앙투안은 디방 끝에 몸을 구부린 채 막 차를 따른 유리찻잔을 두 손으로 쥐고 있었다. 그리고 입을 대기 전에 레몬과 럼주

* 프랑스의 재무상을 지낸 카요를 비난한 『르 피가로』지의 주필 가스통 칼메트를 1914년 3월에 카요 부인이 직접 신문사로 찾아가 사살한 사건을 말한다.

의 냄새가 가볍게 풍기는 홍차의 향내를 황홀한 듯이 맡고 있었다. 자크에게는 형 얼굴의 윗부분과 건성으로 듣고 있는 무관심한 시선만이 보였다. (앙투안은 자기를 기다리고 있을 안을 생각하고 있었다. 아무튼 너무 늦기 전에 전화로 알려주어야지….)

자크는 아무런 설명도 없이 자리에서 일어나 나가려고 했다.

"도대체 무슨 일이 일어나려 한다는 거야?" 앙투안은 자세를 바꾸지 않고 중얼거렸다. 그러고는 심드렁하게 동생 쪽으로 시선을 돌렸다.

그들은 한순간 침묵 속에서 서로를 바라보았다.

"전쟁이야." 자크는 쉰 목소리로 힘을 주어 말했다.

전화벨 소리가 멀리 현관 쪽에서 들려왔다.

"그래?" 하고 담배 연기 때문에 두 눈을 찌푸리면서 앙투안이 말했다. "여전히 그 빌어먹을 발칸반도니?"

그는 아침마다 신문을 훑어보고 있었다. 그래서 그는 중부 유럽의 여러 나라 사절들로 하여금 주기적으로 골머리를 앓게 하는 알 수 없는 어떤 '외교적 긴장'이 지금 이 순간에 닥치고 있다는 것을 막연하게나마 알고 있었다.

앙투안은 미소를 지었다.

"발칸반도인들 주위에 격리선을 설치해버려. 그래서 이번엔 정말 그 안에서 모두 사라질 때까지 서로 죽이도록 내버려두는 거야!"

레옹이 문을 살며시 열었다.

"**그분**이 전화를 주셨는데요." 하고 그는 숨은 뜻이 있는 듯한 말투로 말했다.

'**그분**이란 안이구나.' 하고 앙투안은 생각했다. 그리고 방 안에 손 닿는 곳에 전화기가 있는데도 불구하고 일어나서 진찰실로 갔다.

순간 자크는 형이 나간 문을 뚫어지게 바라보았다. 그러다가 갑자기 마치 마지막 결단이라도 내리듯 "형과 나 사이에는" 하며 내뱉듯 말했다. "건널 수 없는 개울이 있어!"(그 개울을 '건널 수 없다'는 것을 확인할 때마다 그는 어떤 광포한 만족감을 느꼈다.)

진찰실에 들어간 앙투안은 급히 수화기를 들었다.

"여보세요… 당신이에요?" 부드럽고 정열적인 콘트랄토의 목소리였다. 수화기의 울림이 떨리는 소리를 더 강하게 했다.

수화기를 귀에서 좀 떼어 들고 앙투안은 미소를 지었다.

"마침 잘됐어… 전화를 하려던 참이었는데… 난처하게 되었어. 자크가 왔어… 내 동생 자크 말이야… 제네바에서 온 거야… 물론 예고도 없이… 오늘 저녁에, 지금 막… 그러니까 당연히… 도대체 어디에서 거는 거야?"

상대편의 목소리가 어리광을 부리듯이 대답했다.

"물론 우리의 집에서요, 토니… 기다리고 있었어요…."

"미안해, 이봐… 알겠지? …동생하고 같이 있어야 하거든…."

그녀가 아무런 대답도 하지 않자 앙투안은 그녀를 불렀다.

"안…"

그녀는 여전히 침묵을 지키고 있었다.

"안!" 하고 앙투안은 다시 불렀다.

그는 커다란 장식용 책상 앞에서 머리를 수화기 쪽으로 기울이고 넋 나간 듯한 불길한 눈길로 엷은 밤색 카펫, 서가 아랫부분, 가구의 다리를 바라보고 있었다.

"네" 하는 그녀의 목소리가 마침내 나지막이 들렸다. 다시 침묵이 흘렀다. "저… 그이가 늦게까지 머물 건가요?…"

그 목소리가 어찌나 애처로웠던지 앙투안은 마음이 흔들렸다.

"그렇지는 않을 것 같아." 하고 그가 말했다. "왜?"

"하지만 토니, 오늘 저녁에 내가 당신을 보지 않고 그냥 돌아갈 수 있을 거라고 생각하세요…. 잠깐만이라도 말이에요? …얼마나 기다렸는지 알아준다면! …모든 준비가 다 돼 있어요… 식사도…."

앙투안은 웃었다. 그녀도 억지로 웃었다.

"식사가 보여요? 창가에 작은 원탁을 놓고…. 큰 초록색 샐러드 그릇에 작은 딸기가 가득해요…. 당신을 위해서지요…." 잠깐 말을 끊었다가 그녀는 목구멍에서 나오는 듯한 빠른 말투로 말했다. "이봐요, 토니, 정말? 지금 곧 올 수 없어요? 곧 말이에요. 한 시간만이라도?…"

"안 돼, 안 되겠어…. 열한시나 자정 이전에는 안 돼…. 이해해줘…."

"잠깐만이라도?…"

"모르겠어?…"

"아니, 알겠어요." 하며 그녀는 섭섭한 듯 잽싸게 말을 막았다. "도리가 없군요…. 섭섭해요!…" 침묵이 흐르더니 가벼운 기침 소리가 들렸다. "그럼 좋아요…. 기다리겠어요." 그녀는 체념한 듯한 한숨을 내쉬었다. 앙투안은 애써 이해하려는 그녀의 마음가짐을 느낄 수 있었다.

"그럼 밤에 봐…."

"그래요… 그런데!"

"뭔데?"

"아니에요, 아무것도 아니에요…."

"그럼 이따 봐!"

"이따 봐요, 토니!"

앙투안은 얼마 동안 수화기를 들고 있었다. 안 역시 수화기에 귀를 댄 채 전화를 끊지 못하는 것 같았다. 앙투안은 주위를 슬쩍 살핀 다음 전화통에 입을 비짝 대고 키스 소리를 냈다. 그러고 나서 미소를 지으면서 수화기를 놓았다.

15

앙투안이 다시 모습을 나타내는 순간, 그때까지 안락의자에 앉아 있던 자크는 형의 얼굴에서 흥분한 듯한 뭔가 심상치 않은 기색이 감도는 것을 보고 마음이 섬뜩했다. 그는 그 얼굴에서 확실치는 않으나 사랑을 하고 있는 남자의 내면적인 특징을 간파했다. 확실히 앙투안은 변해 있었다.

"미안해… 전화란 사람을 조용히 놓아두는 법이 없어…."

그는 찻잔을 놓아두었던 낮은 테이블로 다가와서 몇 모금 마셨다. 그러고 나서 다시 디방에 가서 누웠다.

"무슨 이야기를 했더라? 맞았어! 그래, 전쟁 이야기…"

그는 지금까지 정치에 관심을 가질 만한 여유가 없었다. 또 가지려고도 하지 않았다. 과학적 훈련에 익숙해져 있는 그는 생물의 세계와 마찬가지로 인간 사회에서도 모든 것은 문제로 남아 있고, 더구나 그것은 해결하기 곤란한 문제라는 것, 그리고 모든 분야에서 진리를 탐구하는 데는 노력과 연구와 그에 합당한 재능이 필요하다고 생각해왔다. 그래서 그는 정치는 자신의 활동 분야와는 다른 영역에 속하는 것이라고 생각하고 있었다. 더구나 이런 합리적인 태도에 정치에 대한 자연스런 혐오감이 더해져 있었다. 모든 나라의 역사가 처음부터 끝까지 스캔들로 꽉 차 있다는 사실은 앙투안으로 하여금 권력의 행사에는 일종의 부도덕성이 필연적으로 따르게 마련이라는 확신을 가지게 했다. 또는 적어도 의사인 자기로서는 가장 기본적인 것으로 여기고 있는 엄격한 강직성 같은 것이 정치 마당에서는 통용되지 않으며 또 그다지 필요하지 않을 수도 있다고 믿고 있었다. 따라서 그는 공공사업에 관해서는 언제나 불신을 동반한 무관심으로 대하면서 체신遞信 사무나 토목 사업의 운영에 관한 것 이상의 흥미를 느끼지 못했다. 그리고 흡연실 같은 데서 — 예를 들면 뤼멜의 집 같은 곳에서 — 한담할 때 다른 사람과 마찬가지로 현직 장관의 행동에 대해서 자기로서도 어떤 의견을 말해야 할 경우가 생길 때면 그는 언제나 직접적이고 현실적이고 매우 단순한 생각을 피력하는 것이 상례였다. 곧 버스 승객이 운전사를 칭찬하거나 비판할 경우 오로지 운전사가 핸들을 조작하는 태도만 보는 것이나 마찬가지였다.

그러나 그는 자크가 그 문제에 집착하고 있는 것 같아서 우선 유럽 정국의 전반적인 것부터 이야기를 시작하려고 마음먹었다. 그리고 자크의 침묵을 깨뜨리기 위해 그는 아주 진지한 태도로 말했다.

"정말 발칸반도에 새로운 전운이 감돈다는 거야?"

자크는 형의 얼굴을 뚫어지게 바라보았다.

"그럼 파리에서는 삼 주일 전부터 일어나고 있는 일을 조금도 눈치채지 못하고들 있다는 거야? 온갖 조짐이 나타나고 있는데도! …이젠 발칸반도에서 소규모 전쟁이 일어나는 것이 문제가 아니야. 이번에야말로 유럽 전체가 전쟁을 향해 줄달음질 치고 있어! 그런데도 형 같은 사람들은 아무것도 모르고 여느 때처럼 살고 있다는 거야?"

"쯧… 쯧…" 하며 앙투안은 믿기지 않는다는 표정을 지었다.

지난겨울 어느 날 아침에 막 병원에 나가려고 할 때 의사 수첩의 동원령란을 바꾸어 적으려고 온 헌병이 갑자기 생각난 것은 웬일일까? 그는 그때 자기의 배속이 어디로 바뀌었는지조차 들여다보려고 하지 않았던 것을 떠올렸다. 헌병이 돌아가자 그는 그 수첩을 어느 서랍 속엔가에 던져버렸었다. 더구나 그것이 어느 서랍인지조차 기억나지 않았다….

"형은 아무래도 모르는 것 같군…. 만일에 모두가 형 같다면, 모든 사람들이 될 대로 되라는 식의 태도를 취한다면 파국을 면치 못할 거야…. 만약 지금은 오스트리아와 세르비아 국경에서 어리석은 총격 하나만 생겨도 전쟁은 기다렸다는 듯이 터지고 말 거야…."

앙투안은 한마디도 하지 않았다. 그는 가벼운 충격을 받았다. 갑자기 얼굴이 화끈 달아올랐다. 이 말이 그의 마음속에 숨겨져 있는 어느 한 곳을 찌른 것이다. 이런 일은 지금까지 어떤 특별한 감각을 동원해서도 느낄 수 없었던 것이다. 그 역시

1914년 이 여름에 다른 사람들과 마찬가지로 공중에 떠다니는 집단적 전염병에—우주의 섭리라고나 할까?—휩쓸리고 있는 것을 막연히 느끼고 있었다. 그리고 잠깐이기는 했지만 극도의 불안한 예감 같은 것이 엄습해옴을 억제할 수 없었다. 그러나 그는 즉시 이런 터무니없는 불안을 떨쳐버렸다. 그러고 나서 언제나처럼 극단적인 것에 반발하면서 동생과 반대 입장을 취하는 데 즐거움을 느꼈다. 그의 말투는 타협적인 것이었지만.

"물론 그 점에서 나는 너만큼 정보를 가지고 있지 못해…. 그러나 내가 보기에 서유럽과 같은 문명권 안에서 전면전의 가능성이란 거의 상상할 수 없어! 거기까지 가려면 아무튼 여론의 급선회 같은 것이 필요해!…그러기에는 시간이 걸려. 몇 달, 아마 몇 년이란 시간이… 그러노라면 다른 문제가 생겨나 오늘날의 문제에서 그 독성을 없애줄 거야…."

그는 자기 자신의 논리를 통해 완전히 평정을 되찾고 미소를 지어 보였다.

"그러한 위협은 뭐 새삼스러운 것이 아니야. 이미 십이 년 전에 루앙에서 내가 군 복무를 할 때… 전쟁이나 혁명을 예언하는 사람, 불행을 예언하는 사람은 언제나 있었어…. 그리고 무엇보다도 재미있는 것은 그러한 비관론자들이 그들의 예견의 근거로 삼고 있는 징후가 언제나 옳은 것이었고 확실히 걱정할 만한 것이었다는 점이야. 그런데 봐. 아무도 생각하지 못했거나 그 가치를 평가하지 못했던 이유 때문에 예견과는 달리 사태가 진전되고 문제는 저절로 해결되었어…. 그러면서 인생은 그럭저럭 계속되는 거지…. 평화도 마찬가지야!"

자크는 목을 움츠리고 이마에는 한 다발의 머리카락을 늘어뜨린 채 참을성 있게 듣고 있었다.

"그러나 형, 이번에야말로 일이 아주 중대해…."

"뭐가? 오스트리아-세르비아 분쟁 말이야?"

"그게 동기야. 그것은 예정되었던 일이라고 할까. 아마 고의로 일어난 사건일지 몰라…. 그러나 벌써 몇 년 전부터 지나친 군비 확장을 계속해온 유럽의 무대 뒤에서는 온갖 것이 무르익고 있는 거야. 형이 평화 속에 안주하고 있다고 굳게 믿고 있는 자본주의 사회는 지금 겉으로 나타나 있지 않은 무서운 적대관계 때문에 갈기갈기 찢겨져 정처 없이 방황하는 상태야…."

"그러나 그런 것이 지금 새삼스러운 일은 아니지 않니?"

"그래!… 아니 더 정확히 말하면 그랬을지도 모르지…. 그러나…"

"알고 있어" 하며 앙투안이 말을 가로막았다. "그놈의 프로이센 군국주의가 유럽 전체를 철저히 무장시키는 데까지 몰고 가고 있다는 것을 말이야…."

"그것은 프로이센뿐만이 아니야!" 하고 자크가 외쳤다. "모든 나라가 군국주의를 취하고 있어. 자국의 이익이 위험에 처해 있다고 정당화하면서…"

앙투안은 머리를 저었다.

"이익, 그래, 그것은 틀림없어," 하며 그가 말했다. "그러나 이해관계에서 오는 싸움이라면 그것이 아무리 심해도 전쟁까지 가지 않고 얼마든지 이해될 수 있는 일이 아니겠어! 나는 평화를 믿어. 그러나 투쟁도 생활의 조건이라고 생각해. 다행히 오늘날 여러 나라 국민들은 무기에 의한 살상 말고도 다른 투쟁 방법을 가지고 있지 않아! 그러한 방법은 발칸 족속들에게도 들어맞는 거야! …모든 정부는— 내가 말하는 것은 강대국 정부 말이야—가장 많은 군사비를 계상하고 있는 나라조차도 전쟁은 무슨 일이 있어도 피해야 한다는 점에서는 분명히 일치하고 있어. 하긴 나는 책임 있는 정치가들이 그들의 연설 속에서 말하고 있는 것을 되풀이하는 것에 지나지 않아."

"물론이지! 그들은 말로는 국민을 향해 한결같이 평화를 부르짖고 있어! 그러나 그들 대부분은 전쟁은 주기적으로 어쩔 수 없이 일어나는 정치적 필연이며, 경우에 따라서는 그것을 최대한으로 활용해서 최대한의 이윤을 얻어내야 한다고 확신하고 있어. 왜냐하면 그것은 때와 장소를 가리지 않고 모든 죄악의 변함없는 원인이 되기 때문이야, 그 이윤이라는 게 말이야!"

앙투안은 곰곰이 생각해보았다. 그가 막 이의를 제기하려 하는데 자크가 말을 계속했다.

"알다시피 현재의 유럽 지도자들 가운데는 여섯 명의 음흉한 애국주의자들이 있어. 그들은 참모본부의 고약한 영향을 받아 앞다투어 자기들의 나라를 전쟁으로 몰아넣고 있어. 이것은 알아두어야 할 일이야! 그 가운데서 가장 뻔뻔스러운 자들은 그들이 어디로 가고 있는지 잘 알고 있어. 그들은 전쟁을 바라고 있는 거야. 그리고 전쟁을 준비하고 있어. 마치 사람들이 악랄한 짓을 꾸미듯 말이야. 왜냐하면 그렇게 되는 날에는 사태가 자기들에게 유리하게 된다는 확신을 가지고 있기 때문이지. 이것은 확실히 오스트리아의 베르히톨트와 같은 패들의 경우야. 페테르부르크의 이즈볼스키나 사조노프 같은 자들의 경우도 다를 게 없어…. 다른 자들의 경우, 나는 그들이 전쟁을 원하고 있다고는 생각하지 않아. 거의 모두가 전쟁을 두려워하고 있기 때문이지. 그러나 그들은 체념하고 있어. 왜냐하면 그들은 전쟁을 운명적인 것으로 생각하기 때문이야. 그리고 전쟁을 피할 수 없는 것이라고 생각하는 것이야말로 정치가들의 머릿속에 박혀 있는 가장 위험한 확신이야! 그들은 전쟁을 피하기 위해 모든 수단을 강구하는 대신 오직 한 가지만 생각하고 있어. 곧 어찌 되든 간에 되도록 빨리 승리의 기회를 증대시키자는 거야. 그리고 그들은 평화를 지키기 위해 써야 하는 모든 힘을, 앞에 말한 사람들과 똑같이 전쟁 준비를 위해 쓰고 있어. 이것은 말할 것도 없이 '카이저'와 그 각료들의 경우야…. 어쩌면 영국 정부의 경우도 마찬가지일 거야…. 그리고 확실히 프랑스에서는 푸앵카레의 경우가 여기에 해당돼!"

앙투안은 갑자기 어깨를 으쓱했다.

"베르히톨트, 사조노프라고 말했지…. 거기에 대해서는 아무 대답도 못하겠다. 나는 거의 이름도 모르는 사람들이니까…. 그러나 푸앵카레가? …바보 같은 소리! …프랑스에서는 데룰레드*같은 미치광이 말고 도대체 누가 무력에 의한 영광이나 복수 같은 것을 꿈꾸고 있단 말이야? 프랑스는 모든 계열, 모든 사회 계층을 통틀어 모두가 본질적으로 평화적이야! 그리고 할 수 없이 유럽 분쟁에 말려 들어간다 하더라도 한 가지 사실만은 의심의 여지가 없어. 그 어느 누구도 프랑스가 전쟁을 일으키기 위해 그 무엇인가를 했다고 비난하거나 프랑스에 대해 최소한의 책임이라도 전가시키는 일은 있을 수 없다

* 프랑스의 시인으로 애국적인 작품으로 유명하다.

는 점이야!"

자크는 의자에서 벌떡 일어섰다.

"이럴 수가? …형, 그 정도로밖에 생각 안 해?… 이럴 수가?…"

앙투안은 환자를 대할 때 하듯이 확신에 찬 그런 눈으로 동생을 바라보았다. (그리고 그 눈은 환자들에게 언제나 큰 신뢰감을 안겨주었던 것이다. 활력이 넘치는 그 눈길은 마치 확실한 진단의 표시 같았다.)

자크는 선 채로 형을 아래위로 훑어보았다.

"형은 어처구니없을 정도로 순진해! …공화국의 역사를 처음부터 다시 읽어야겠어! …형은 과거 사십 년 동안의 프랑스의 정책을 평화 국가의 그것이었다고 자신 있게 말할 수 있겠어? 그리고 다른 나라의 힘의 남용에 대해서 항의할 권리가 프랑스에 있다고 생각하는 거야? …우리 나라의 식민지에 대한 야욕, 특히 아프리카 정책은 다른 나라의 야욕을 부채질하는 데 크게 기여했다고 생각하지 않아? 합병이라는 치욕적인 본보기를 다른 나라에 보여준 것이라고는 생각하지 않아?"

"좀 차분히 이야기해!" 하며 앙투안이 말했다. "내가 알기로는 우리 나라의 모로코 침입이 위법적인 성격의 것은 아니었어. 나는 저 알헤시라스 회담을 기억하고 있어. 그것은 확실히 스페인과 프랑스가 유럽 강대국의 위임을 받아 모로코를 평정한 거야."

"그 위임이라는 것도 힘으로 강탈한 거지. 그리고 우리한테 그것을 준 열강들이 이번에는 자기들이 그 선례를 이용하려고 생각한 거야. 그들이 한 짓이란. 예를 들면 우리 나라가 모로코 원정을 하지 않았더라면 감히 이탈리아가 트리폴리에, 오스트리아가 보스니아에 덤벼들었겠어?…”

앙투안은 믿지 못하겠다는 듯이 얼굴을 찡그렸다. 그러나 이런 문제를 잘 알지 못하는 그로서는 동생의 말을 반박할 수도 없었다.

한편 자크는 더욱 열을 올렸다.

“그러면 우리 나라의 동맹은 뭐야? 프랑스가 러시아와 군사 동맹을 맺은 것이 프랑스의 평화 의지를 증명하기 위해서란 말이야? 차르의 러시아가 대혁명을 치른 프랑스와 동맹을 맺은 것은 때가 오면 오스트리아에, 독일에, 대항하려는 도박에 우리를 끌어들이려는 속셈에서 나온 것이라는 것쯤은 누구나가 잘 알고 있어! 영국 대외 정책의 지지자인 델카세* 같은 자가 독일을 포위하려 했던 정책이 평화적 공작이었다고 형은 생각해? 그 결과로, 조금 전 형이 말했듯이, 프로이센 군국주의의 고양과 도약과 무력 증강을 가져왔어…. 그 결과로 유럽 전역에 걸쳐 경쟁적인 전쟁 준비, 요새, 함정 건조, 군사 철도 등이 놀랍도록 증가했지…. 프랑스에서는 최근 사 년 동안에 백억 프랑의 전쟁 공채! 독일에서는 팔십억 프랑! 러시아는 프랑스에서 육억 프랑의 차관을 얻어갔는데, 그것은 서부 독일 쪽으로 자국의 군대를 운송할 수 있도록 철도를 건설하기 위해서야!”

“…**할 수 있도록!**” 하고 앙투안이 중얼거렸다. “언젠가는 그렇게 되겠지…. 그것도 먼 장래의 일일 거야….”

* 프랑스 외상을 지냈다.

"대륙의 끝에서부터 끝까지 미친 듯한 군비 경쟁, 그것은 모든 나라를 멸망시키고, 사회 개혁에 사용되어야 할 몇십억의 돈을 군사비로 소모할 수밖에 없게 만들고 있어…. 미치광이 같은 경쟁, 파멸을 향해 내닫는 경쟁이야! 거기에는 우리, 우리 프랑스인도 얼마쯤 책임이 있어. 그리고 우리는 그것을 아무렇지도 않게 계속하고 있어! 프랑스가 모든 민족주의적 **선동분자**들이 맹목적 애국주의자의 상징처럼 치켜올리는 그 로렌 출신의 애국자*를 엘리제궁**에 앉힌 것이 과연 평화주의적인 의도에서 세계를 안정시키기 위한 것이었을까? 그가 대통령에 선출되자 프랑스에서는 복수전을 희구하는 해괴한 양상이 나타난 것이 기억나지 않아? 영국에서는 독일의 경쟁을 곧 타도하게 될 거라고 장사꾼들이 좋아하며 희망에 부풀고, 러시아에서는 항상 콘스탄티노플 합병을 꿈꾸는 제국주의자들이 군침을 흘리던 일이?"

흥분을 억누르지 못하고 있는 자크를 보면서 앙투안은 웃기 시작했다. 그는 이미 마음을 굳히고 있어서 자크에 말려들어가지 않고 느긋하게 있을 수 있었다. 그는 이 대화를 단지 일종의 사변적 유희, 정치적 가설을 패로 하는 체스의 한 게임 정도로 생각하고 싶었다.

앙투안은 비꼬는 듯한 태도로 동생이 일어선 의자를 가리켰다.

"앉으려무나…."

* 레몽 푸앵카레를 가리킨다.

** 대통령 관저를 말한다.

자크는 험상궂은 눈초리로 형을 노려보았다. 그러나 손을 주머니에 넣고 다시 의자에 앉았다.

"제네바에서 보면" 하고 잠깐 침묵을 지키던 그가 다시 말을 했다. "내가 살고 있는 국제사회에서 말이야, 각 국가 간의 미묘한 차이는 자취를 감추었어. 곧, 한 걸음 물러서서 볼 때 유럽 정치의 전반적인 노선을 파악할 수 있어. 그래서 그곳에서 보면 프랑스가 전쟁을 향해 나아가고 있다는 것을 분명하게 느낄 수 있어! 그리고 형이 어떻게 생각하든 간에 이 과정에서 푸앵카레를 공화국의 대통령으로 뽑은 것은 결정적인 시기임을 나타내는 거야!"

앙투안은 계속 미소를 짓고 있었다.

"언제나 푸앵카레구나!" 하고 앙투안은 빈정대며 말했다. "물론 나는 풍문으로만 알고 있다마는… 말 많은 엘리제궁에서 그는 모든 사람들로부터 존경을 받고 있어…. 케 도르세*에서도 마찬가지이고. 푸앵카레 내각에 있었던 뤼멜에게서 들은 이야기다만, 그는 너그러운 사람이고 각료로서도 빈틈없고 근면하다는 거야. 또 정직한 정치가, 질서를 사랑하는 사람, 어떠한 모험도 싫어하는 사람이라는 거야. 그런 사람을 두고 이러쿵저러쿵하는 것은 정말이지 바보 같은 짓이야…."

"잠깐, 잠깐!…" 하고 자크가 말을 가로막았다. 그는 호주머니에서 손을 빼고 흥분한 몸짓으로 몇 번이나 이마 위에 늘어진 머리카락을 쓸어 올렸다. 자제하려고 애를 쓰는 것이 역력했다. 그는 얼마 동안 아래를 내려다보다가 다시 눈을 들었다.

* 프랑스 외무부가 있는 센 강변의 부두. 외무부를 가리킨다.

"할 말이 많아서 어디서부터 시작해야 좋을지 모르겠어…." 하며 그는 계속했다. "푸앵카레… 인물과 그의 정책은 별개의 것이야. 그러나 그의 정책을 이해하려면 그 사람을 알아야 해…. 그의 전모를! 그 투쟁적인 궤변가 속에는 신경질적이면서 당찬 면이 있다는 것, 그리고 언제나 군사적인 것에 흥미를 나타내는 하급 보병장교가 들어앉아 있다는 것을 잊어서는 안 돼…. '질서를 사랑하는 사람… 너그러운 사람.' 그것은 맞는 말이야. 충성심. 성실함. 완고한 사람들의 성실함이지. 호인이라고들도 해. 그럴지도 모르지. 그는 대부분의 편지 끝에 **당신의 충실한**이라고 적고 있어. 이것은 단순한 형식만이 아니야. 그는 정말로 봉사하고 싶어 해. 항상 불의와 싸우고, 잘못된 일들을 바로잡을 준비가 되어 있어."

"허, 꽤 호의적인데 그래!" 앙투안이 말했다.

"잠깐!" 하며 자크가 신경질적으로 되풀이했다. "푸앵카레의 경우, 나는『르 파날』지에 실린 글을 꽤 자세히 분석해본 적 있어…. 무엇보다도 그는 자신의 주장을 굽힐 줄 모르고 양보하는 법이 없는 오만한 사람이더군…. 확실히 그는 총명해! …추론적이고 논리적인 총명함이지. 그러나 시야가 넓지 못하고 천재성이 없는 그런 총명함이야…. 믿기 어려울 만큼 고집이 세! …머리는 빨리 돌아가지만 좀 근시안적이야. 기억력이 대단하지만 그것은 자질구레한 것에 대한 기억력이지…. 이 모든 것이 그를 완벽한 변호사로 만들었어. 더구나 그에게 남아 있는 것은 사상보다 말을 더 능란하게 구사하는 점이야…."

앙투안은 반박했다.

"그뿐이었다면 그의 정치적인 성공을 어떻게 설명하겠어?"

"그것은 그의 놀랄 만한 노력의 결과야. 또 재정에 관한 능력 때문이기도 하지. 의회에는 그런 인물이 드물어."

"확실히 청렴하기 때문이기도 해. 그 사회에서 그런 것은 놀라운 일이야. 그래서 그것이 절실히 요구되고 있는 거야…."

"그러나 그의 성공은" 하며 자크가 말을 이었다. "그것은 그 자신에게 확실히 뜻밖의 일이었다는 거야. 그리고 그 성공이 그의 야심을 점점 더 북돋우었어. 그는 야심가가 되어버린 거지. 그리고 여러 가지 점으로 미루어 봐서 그는 오늘날 역사적인 역할을 해내는 것이 싫지는 않은 모양이야. 또 프랑스로 하여금 어떤 역사적 역할을 하게 하고 새로운 영향력을 행사하도록 하는 것에 자기 이름을 거는 것을 그다지 싫어하지 않는 것 같아…. 제일 걱정되는 것은 국가의 명예에 대한 그의 생각이야. 애국주의의 종교적 의미 말이야…. 그것은 그가 로렌에서 태어난 막 떨어져나간* 그 땅에서 젊은 시절을 보냈다는 것으로 설명이 돼…. 그는 여러 해에 걸쳐 복수심과 잃은 영토의 회복을 갈망해온 지역 출신이고 또 그 세대에 속하는 사람이야…."

"그건 그래." 하며 앙투안은 동생의 말을 인정했다. "하지만 그렇다고 해서 그가 전쟁을 하기 위해 권력을 잡으려 했다고 말할 수야 없겠지!…"

"잠깐" 하며 자크가 되풀이했다. "좀 더 이야기를 들어봐…. 이년 반 전에 그가 수상이 됐을 때, 또는 십팔 개월 전에 그가 엘리제궁에 들어갔을 때만 하더라도 누가 그에게 '당신은 프랑

* 프로이센-프랑스 전쟁의 결과로 로렌은 독일에 편입되었다.

스를 전쟁으로 몰아넣으려 하고 있다'라고 말했다면 솔직히 말해 그는 분개해서 펄쩍 뛰었을 거야. 그러나 1912년 일월에 그가 어떤 조건에서 수상이 되었는지를 생각해봐. 누구의 후임으로? 카요…. 그런데 카요, 그는 프랑스로 하여금 독일과의 전쟁을 피하도록 했어. 그리고 프랑스와 독일의 지속적인 우호의 기둥을 세우기도 했고. 그는 그런 평화적인 정책을 시행하기 때문에 민족주의자들에 의해 전복된 거야. 그리고 푸앵카레가 그의 자리를 차지할 수 있었던 것은 그가 전쟁을 원했기 때문이라고는 말할 수 없지만 아무튼 사람들이 그가 독일에 대해서 **민족주의적인** 태도, 다시 말해서 카요의 지나치게 화해적인 태도와 반대되는 태도를 취해주기를 바라고 있었기 때문이야. 그 증거로 그가 곧 '포위주의'자였던 늙은 델카세를 재기용하여 일 년 뒤에는 그를 러시아 대사에 임명한 것을 들 수 있지! …그리고 그가 대통령이 될 때 그를 당선시킨 다수당은 과연 어떤 당이었어? 자본주의의 부르주아들이었어. 아직도 조제프 드 메스트르*와 같이 전쟁은 하나의 생리적 욕구이며 아주 자연스런 것이고, 좋은 것은 아니더라도 주기적으로 필요한 것이라고 생각하는 사람들이지…. 물론 그들이 보복전을 일으키기 위해 한 것은 아무것도 없어. 그러나 그런 가설은 그들을 들뜨게 하는 거야. 그리고 때가 되면 그 위험마저도 감수하려 할지 몰라. 그러한 반동적 부르주아의 화석들, 우리는 옛날에 이 집에서 아버지의 만찬 때 그런 자들을 가까이에서 보았어! …공화국과는 얼마쯤 관계가 좋지 않던 이 모든 늙은 프랑

* 19세기 프랑스의 정치가, 철학자. 절대군주제를 주장했다.

스 우파 정당들에게 이런 저의가 숨겨져 있다는 것을 간과해서는 안 돼. 곧 전쟁에 이기면 그것은 승리자인 정부에 독재적인 권력을 주게 되고, 그렇게 되면 정부는 사회주의자의 대두를 저지할 수 있을 것이고, 공화주의적 선동을 뿌리 뽑을 수 있다는 거지. 그들은 병영화되고 규율화된 프랑스를 꿈꾸고 있는 거야. 승리한 프랑스, 최강의 군대를 가지고 거대한 식민지 제국 위에 군림하는 프랑스, 그런 프랑스 앞에서 전 세계가 고분고분히 따르는 것…. 그것은 애국주의자들에게 얼마나 멋진 꿈이겠어!"

"정권을 잡은 뒤로" 하며 앙투안은 자기 의견을 이야기했다. "푸앵카레는 끊임없이 평화적인 의도를 표방하고 있어…."

"흥" 하며 자크가 말했다. "나도 그것이 본심이라고 믿고 싶어. 그러나 평화적인 팽창 의도가 외교적으로 실현되지 못할 경우에는 곧 전쟁 의도로 되는 거야. 그러나 그 결과는 어떻게 될지 모르지만 다음의 사실을 생각해야 해. 곧 여러 해 전부터 누구나 알고 있는 일이지만 푸앵카레는 두 가지 확신으로 눈이 어두워져 있다는 사실이야. 그 하나는 독일과 영국 사이의 전쟁은 숙명적이라는 거야…."

"너 자신도 조금 전에 그런 말을 했어."

"아니야, 나는 숙명적이라는 말은 하지 않았어. 위협이 있다고 했지…. 다른 하나는 독일이 특히 아가디르 사건 이후 프랑스를 공격하려고 생각하며 그 준비를 게을리하지 않고 있다는 거야. 이 두 가지 고정관념, 이것을 그는 결코 단념하려고 하지 않아. 그리고 힘만이 상대를 두렵게 할 수 있고 평화를 유지할 수 있다고 그는 확신하고 있어. 그가 이 모든 것에서 끌어내는 결론을 형은 이해할 거야. 곧 프랑스가 독일의 공격을 피하려면 프랑스 자신이 더욱더 두려운 존재가 되어야 한다는 거야. 그러니까 철저하게 무장해야 한다는 거지. 말하자면 다루기 힘들고 공격적인 존재로 보여야 한다는 거야…. 이런 것을 알게 되면 모든 것은 자명해져. 1912년 이래로 나라 안팎에 걸친 푸앵카레의 모든 활동은 논리적으로 완벽한 것이 되는 거야!"

앙투안은 쿠션 위로 몸을 쭉 뻗고는 조용히 담배만 피우고 있었다. 그는 동생의 흥분을 보고 놀라워하면서도 그의 말을 주의 깊게 듣고 있었다. 한편 자크의 목소리는 다시 밀려오는 밀물처럼 점차 누그러졌다. 그에게는 익숙한 이 논쟁, 일시적이나마 형에 대해 어떤 우월감을 느끼게 하는 이 논쟁에서 그는 마음이 가라앉았다.

"무슨 강의라도 하고 있는 것 같아 쑥스럽군." 자크는 애써 미소를 지으면서 말했다.

앙투안은 동생에게 다정한 눈길을 보냈다.

"아니야, 아니야, 계속해…."

"나는 '나라 안팎에 걸쳐'라고 말했어. 우선 대외 정책부터 시작하지. 그 정책은 선수를 친다는 의미에서 고의적이고 공격적인 것이었어! 그 예로 러시아와의 관계를 들 수 있어. 독일이 프랑스-러시아 협정을 못마땅해하고 있지 않아? 그거야 할 수 없는 일이지. 푸앵카레가 두려워하고 있는 전쟁이 일어날 경우에 독일의 침입에 항거하려면 아무래도 러시아의 원조가 필요하거든. 그래서 독일이 민감한 반응을 보이는 것에는 아랑곳하지 않고 공공연하게 프랑스-러시아 동맹을 강화하려고 생각하고 있는 거야! 그것은 엄청난 위험을 무릅쓰는 거야. 왜냐하면 그것은 범슬라브주의의 함정에 빠지는 것이기 때문이야. 오스트리아와 독일에 대한 범슬라브주의의 적대적인 의도는 어느 누구에게도 비밀이 아니지. 그러나 푸앵카레는 그런 것에 아랑곳하지 않아! 위태로운 일에 말려 들어가는 위험보다는 프랑스와 하나밖에 없는 동맹국 사이의 유대가 약해지는 것을 두려워하고 있는 거야. 그리고 그 정책을 수행하기 위해 그는 안성맞춤의 협력자들을 찾았어. 곧 러시아의 외상 사조노프와 파리 주재 러시아 대사인 이즈볼스키가 그들이지. 그는 옛날부터 같은 생각을 하고 있는 친구인 델카세를 페테르부르크 주재 프랑스 대사로 보냈어. 지침은 러시아의 전생 순비를 부추키고 힘의 정책을 위해 러시아와 긴밀히 제휴하라는 것이었어. 그 지침은 한 치의 착오도 없이 이행되었어. 우리는 제네바에 아주 정확한 정보망을 가지고 있거든. 이 년 전에 수상으로서 처음으로 페테르부르크에 갈 때부터 푸앵카레는 정복에 대한 기대에서 러시아를 지지하는 태도를 보였어. 그리고 사태의 진전에 무서운 결과를 가져올지도 모를 이번 여행은 틀림없이 그가 그쪽의 지도급 인사들이 만반의 준비를 하고 있는지, 그리고 일단 신호를 보내면 협정의 효력이 쉽게 발휘될 것인지 현지에서 확인하려는 것일 거야!"

앙투안은 한쪽 팔꿈치를 짚고 몸을 일으켰다.

"그런 것들은 모두가, 이봐, 사실이 아니야. 추측에 지나지 않아!"

"아니야. 우리는 많은 정보를 가지고 있어…. 푸앵카레가 과연 러시아인들에게 속고 있는지, 아니면 그들과 한패가 되었는지, 그런 것은 그다지 중요하지 않아. 사실 푸앵카레의 러시아 정책에는 간담을 서늘하게 하는 게 있어. 어떻게 보면 논리적이야! 그것은 로렌에서 전쟁이 발발할 것을 철석같이 믿고 있고 러시아 군대가 동부 프로이센에 침입하는 것이 필요하다고 생각하고 있는 사람의 정책이야…. 이즈볼스키 같은 인물이 — 푸앵카레의 호의라든가 부추김까지는 아니더라도 적어도 묵인 아래 — 파리에서 어떤 역할을 하고 있는지를 알아야 해! 형은 러시아가 프랑스에서 전쟁 선전을 위해 우리 나라 신문에 쏟는 기밀비가 얼마나 되는지 알아? 형은 프랑스의 여론을 매수하기 위한 몇백만 루블이 프랑스 정부의 뻔뻔스러운 묵인뿐만 아니라 일간신문의 실질적인 공모를 위해 지출되고 있다는 사실을 알아?"

"설마?" 하고 앙투안은 회의적으로 물었다.

"들어봐. 형은 러시아의 기밀비가 누구 손에 의해 프랑스의 대신문들에 뿌려지고 있는지 알아? 우리 나라 재무상 자신에 의해서야! …거기에 대해서는 제네바에 있는 우리 동료들이 확실한 증거를 갖고 있어. 게다가 오스메르 같은 사람은 — 유럽 사정에 매우 정통한 오스트리아 사람이지 — 말끝마다 이런 말을 되풀이하고 있어. 지난 발칸전쟁 이래 서유럽 여러 나라의 신문이란 신문은 거의 모두가 전쟁에 이해관계가 있는 세력들한테서 월급을 받고 있다고 말이야! 그래서 서유럽 여러 나라의 여론은 이 년 전부터 중앙유럽과 발칸반도에서는 글을 읽을 줄 아는 사람이라면 누구나 전쟁이 임박했음을 알 수 있는 범죄적인 적대 관계를 전혀 모르고 있는 거야!… 그러나 신문 이야기는 그만두지…. 그것이 전부는 아니야…. 잠깐… 푸앵카레에 대해서는 수많은 자료가 있어! 생각나는 대로 다 형한테 설명할 수는 없어. 국내 정책을 볼까. 그것은 다른 것과 마찬가지야. 논리적이지. 우선 군비 증강의 재강조, 이것 때문에 철강 조합이 엄청난 이익을 보았지. 내막을 살펴보면 철강 조합의 힘이 어마어마해…. 삼 년 동안의 병역… 형은 의회의 토론을 죽 지켜봤어? 그 조레스의 연설을? …다음에는 사람들의 생각에 대한 조작이야. '프랑스에서는 이제 누구 하나 군사적인 영광을 꿈꾸는 사람은 없다…'고 형은 말했어. 형은 지난 몇달 전부터 프랑스 사회, 특히 청년층에서 타오르는 그 애국적이고 호전적인 흥분을 모르고 있어? 이 점에 대해 나는 전혀 과장을 하지 않아…. 그리고 이것 또한 푸앵카레 자신의 짓이야! 그는 계획을 갖고 있어. 동원령을 내릴 때 정부는 흥분한 여론, 정부의 시책을 인정하고 따를 뿐만 아니라 정부를 짊어지고 밀고 나가는 그런 여론에 기댈 필요가 있다는 것을 그는 알고 있어…. 1900년의 프랑스, 드레퓌스 사건* 이후의 프랑스는 너무나 평화주의로 기울어졌어. 군대는 신뢰를 잃었어. 사람들은 그런 군대에 관심이 없어졌어. 사람들은 무사안일의 습관에 젖어버렸지. 그래서 국민적인 불안감을 불러일으킬 필요가 있었던 거야. 청년층, 특히 부르주아 계급의 청년층은 맹목적 애국주의의 선전을 위해서는 더할 나위 없이 좋은 온상이야. 결과는 생각한 그대로 됐어!"

"그 말에 반대하지는 않아. 젊은 민족주의자들이 있기는 있어." 하고 앙투안은 자신의 협력자인 마뉘엘 르와를 생각하면

* 유대계 프랑스 장교 드레퓌스가 독일에 정보를 제공했다는 간첩 혐의로 처벌되었다가 무죄로 판정된 사건.

서 말을 막았다. "그러나 그런 사람은 극소수야."

"소수이지만 날마다 늘어나고 있어! 매우 소란스런 소수지. 그들은 군대에 들어가 무슨 기장을 붙이고 깃발을 휘두르며 군대의 행진을 뒤따라갈 것만 생각하고 있어! 그리고 오늘날 별것도 아닌 것을 구실로 잔다르크 동상이나 스트라스부르 동상* 앞에서 시위 행진을 하려고 해! 그런데 그 감염력은 대단해! 일반 사람들은, 말단 고용인, 장사꾼 할 것 없이 그러한 시위 행진과 광적인 흥분에 언제까지나 무관심할 수야 없지…. 게다가 정부에 의해 조종되고 있는 신문이란 신문이 모두 사람들의 머리를 같은 방향으로 끌어가려고 하고 있단 말이야…. 그들은 지금 프랑스 민중이 위협받고 있고, 안전하려면 주먹밖에는 길이 없고, 힘을 보일 때가 왔기 때문에 엄청난 군사비를 승인해야만 한다고 조금씩 민중들을 설득하고 있어. 사람들은 이 나라에서 형과 같은 의사들이 말하는 **정신병**, 전쟁의 정신병을 만들어내고 있어…. 그리고 일단 국민들에게 이러한 집단적 불안, 이러한 열광, 이러한 공포를 불러일으킨 다음에는 이것을 무서운 광란으로 몰고 가기는 아주 쉬운 일이야!…

요컨대 이것이 종합 평가야. 내 말은 푸앵카레가 언젠가는 독일에 선전포고를 할 거라는 게 아니야…. 그래. 푸앵카레는 베르히톨트와는 달라. 그러나 평화를 유지하기 위해서는 그럴 수 있다고 믿어야 돼…. 푸앵카레는 전쟁이 불가피한 것이라는 생각에서 출발해서 전쟁 기회를 피하기는커녕 오히려 그것

* 예로부터 독일과 프랑스의 분쟁 지역인 알자스 지방의 수도 스트라스부르를 나타낸 동상.

을 조장시키는 정책을 구상하고 또 펼쳐왔어! 러시아의 전쟁 준비와 병행된 우리 프랑스의 무장은 당연히 베를린을 당황하게 만들었어. 독일 군부는 이것을 기회로 자국의 군비를 증강했어. 프랑스-러시아 동맹의 긴밀화는 독일로 하여금 '포위'의 공포를 당연한 것으로 생각하게 한 거야. 그래서 독일의 장군들은 거기에서 빠져나오기 위해서는 전쟁을 할 수밖에 없다고 공공연하게 말하고 있어. 더구나 그 가운데서 몇몇 사람들은 예방적으로 자기들이 먼저 전쟁을 일으킬 필요가 있다고 말할 정도니까! …이 모든 것, 그것은 대부분 푸앵카레의 공작에 의한 거야. 이즈볼스키-푸앵카레 정책의 명백하고 놀랄 만한 결과로 독일은, 푸앵카레가 상상한 것과 같이, 공격적으로 되고 호전적인 국가가 되었어…. 우리는 지금 지옥권 안에서 맴돌고 있어. 그리고 석 달 안에 프랑스가 유럽 전쟁에 휘말려 들어가는 날이 온다면—그것은 러시아가 끈질기게 준비하고 독일이 좋은 기회로 이용하기 위해 **도래하기**를 학수고대하고 있는 전쟁이야—그때 푸앵카레는 의기양양하게 이렇게 외칠 거야. '그것 봐, 우리가 얼마나 위협을 받고 있었나! 더 강력한 군대, 더 신뢰할 수 있는 동맹국들을 내가 원했던 이유를 알겠지!' 그리고 자기 자신의 착각, 러시아와의 친교, 그 비관적 견해에 따른 정책에 의해 겉으로 드러나는 것과는 반대로 그 자신이 전쟁 책임자의 한 사람이라는 것은 꿈에도 생각하지 못할 거야!"

앙투안은 동생이 이야기하도록 내버려두기로 마음먹었다. 그러나 마음속으로는 동생의 그러한 혹평이 앞뒤가 안 맞는 것으로 생각했다. 그는 이야기 도중에 몇 가지 모순된 점을 지적

했었다. 논리적이며 현실적인 그의 두뇌는 전체적으로 빈약하며 정돈되지 않은 것 같은 동생의 논증에 반발을 느꼈다. 그는 예나 다름없이 피상적이고 순진한 동생의 견해가 판단력 부족이라는 결론을 내릴 수밖에 없었다. 너무 무르고 판단력이 부족하고…. 지금 지평선 위에 막연한 위협이 있는 것이 사실이라면 엘리제궁에 들어앉아서도 뛰어난 활동력을 보이고 있는 푸앵카레가 적당한 시기에 그러한 구름을 거두어들일 수 있을 것이다. 그 사람은 믿을 수 있는 인물이다. 그리고 그는 이미 대정치가로서의 수완을 보여주지 않았는가 말이다. 뤼멜도 그를 칭송했었다. 푸앵카레 같은 냉철한 사람이 그러한 복수전을 꿈꾸고 있다고 생각하는 것은 정말 바보 같은 이야기야. 전쟁을 원하지 않으면서, 다만 전쟁이 일어날 수 있다거나 또 숙명적이라고 생각한다고 해서 그가 마치 전쟁이 불가피한 것처럼 행동한다고 보는 것은 그야말로 바보 같은 생각이지. 어린애 장난이야! 가장 기본적인 상식으로 생각해도 푸앵카레가, 그리고 그와 더불어 프랑스의 정치가들 모두가 어떻게 해서든지 자기 나라가 모험에 말려드는 것을 피하도록 단호한 결심을 했으리라는 것쯤은 알고 있어야 할 것 같았다. 여러 가지 이유를 들 수 있다. 우선 푸앵카레가 오늘날의 러시아나 프랑스가 그러한 큰 도박을 성공적으로 해낼 만한 처지에 있지 못하다는 것은 누구보다도 더 잘 알고 있을 것이다. 얼마 전에 뤼멜도 그렇게 말했었다. 더구나 자크 자신도 암암리에 러시아의 수송기관과 전략적인 교통망의 부족을 인정하지 않았던가. 러시아가 육 억의 차관을 빌려 간 것도 이러한 부족을 메우기 위해서이다. 프랑스에서는 독일의 상비병력의 수준에 이르기 위해서 꼭 필요하다고 인정되는 삼 년 동안의 병역법안이 의회를 가까스로 통과하기는 했으나 아직 그 효력은 발휘되지 못하고 있고…. 어쨌든 앙투안으로서는 동생의 주장을 송두리째 부숴버리고 싶은 생각이 굴뚝같았지만 그러기에는 정확한 지식이 충분하지 못했다. 그래서 차라리 잠자코 있는 편이 나을 것 같다고 생각했다. 여러 가지 사태로 미루어 보아 자크의 생각이 옳지 않다는 것, 그리고 스위스에 있는 모든 외국인들, 자크가 영향을 받고 있는 모든 거짓 예언자들의 생각이 옳지 않다는 것이 분명히 밝혀질 것이다.

자크는 잠자고 있었다. 갑자기 맥이 풀린 듯한 모습이었다. 손수건을 꺼내어 얼굴과 목덜미를 문질렀다.

자크는 이 격렬한 즉흥적 논증이 형을 납득시킬 수 없다고 느꼈다. 그리고 그 이유를 알고 있었다. 그는 정치가들, 평화주의자들, 혁명가들의 여러 부류의 사람들에 관한 자신의 의견을 조잡스럽게, 체계 없이, 아무렇게나 내뱉었음을 깨닫고 있었다. 사실 그의 주장 대부분은 **대화실**에서의 장황한 토론에 대한 어렴풋한 기억을 더듬어서 말한 것에 지나지 않았다. 그는 지금 형이 말은 않지만 자신의 판단력 부족을 은근히 나무라고 있다는 것을 가슴 깊이 느끼고 있었다.

파리에서 일주일 동안 머물면서 그는 특히 프랑스 사회주의자들의 정신 상태를 알아보는 데 시간을 보냈다. 그리고 무엇보다도 유럽 여러 나라의 책임 문제보다는 오히려 전쟁의 위협에 직면한 프랑스 사회주의자들의 반응을 알아보는 데 힘을 기울였다.

불안한 그의 시선은 어느 한 곳에 집중하지 못하고 방 안을 두리번거리고 있었다. 마침내 그의 눈길은 두 손으로 턱을 괸 채 천장을 쳐다보며 꼼짝 않고 있는 형에게 머물렀다.

"하기는" 하며 자크는 격한 목소리로 말을 이었다. "왠지 모르겠지만… 이런 모든 것에는 분명히 덧붙여야 할 것들이 많고 또 내가 이야기하지 못하는 것이 틀림없이 있어…. 푸앵카레에 관해서는 내 생각이 옳지 않았다고 해두지…. 그리고 프랑스의 책임에 관한 부분도 내가 과장했다고 해두고…. 중요한 것은 그게 아니야! 중요한 것, 그것은 전쟁이 다가오고 있다는 사실이야! 어떤 대가를 치르더라도 그 위험을 피해야 해!"

앙투안은 믿기지 않는다는 듯한 미소를 지었다. 그것이 자크를 발끈하게 했다.

"아, 형 같은 사람들은" 하며 자크는 큰 소리로 외쳤다. "무사안일 속에서 정말 범죄적인 확신을 가지고 있어! 부르주아 계급이 곧 사태를 있는 그대로 보지 않을 수 없게 될 때, 그때는 어쩌면 너무 늦은 거야! …사태의 진전은 가속화하고 있어. 오늘 칠월 십구일 자 『르 마탱』*을 봐. 거기에는 카요 사건의 재판 기사가 나 있어. 여름 휴가, 해수욕, 여름철 물가에 관한 기사도 있지. 그러나 일면에 우연이 아닌 기사도 하나 실려 있는데, 그것은 '**전쟁이 일어난다면**…'이라는 폭탄적인 말로 시작되고 있어. 자, 우리가 처해 있는 상황이 이런 거야! 서유럽은 화약고나 다름없어. 어디에서 불똥이 하나 튀면! …그때야 비로소 형 같은 사람들은 '전쟁이?…' 하고 조금 전과 같은 투로 말하겠지…. 형 같은 사람들 생각으로는 전쟁이란 입 안에서 맴도는

* 프랑스에서 발간됐던 좌익계 신문으로 '아침'이라는 뜻.

하나의 구호에 지나지 않아! 형 같은 사람들은 '전쟁'이라고 말해. 아무도 '전례가 없는 살육'이라든가… '책임 없는 몇백만 명의 희생자들'은 생각하지 않고 있어…. 만일에 형 같은 사람들의 생각이 한순간이나마 그 마비 상태에서 빠져나올 수만 있다면 모두 일어날 거야, 우선 형부터가! 무엇인가 하기 위해서 말이야! 아직 때는 늦지 않았으니까 싸우기 위해서!"

"아니야" 하고 앙투안이 침착하게 말했다.

그는 얼마 동안 아무런 감정도 나타내지 않고 있었다.

"아니야!" 하며 그는 고개를 돌리지 않고 내뱉듯이 다시 말했다 "나는 아니야."

동생이 제기한 문제로 마음이 산란해지기는 했지만 그렇다고 마음속에 불안감이 자리한다든가, 지금까지 이룩한 자신의 안정된 삶, 그 위에 자신의 균형의 바탕을 두고 있는 삶이 일시에 무너지는 따위를 그는 받아들일 수 없었다.

그는 살며시 일어나서 팔짱을 끼었다.

"아니야! 아니야! 아니야!…" 하고 그는 고집불통다운 미소를 지으면서 말했다. "나는 세상일에 참견하기 위해 일어날 타입이 아니야! …나에게는 확실히 정해진 내 일이 있어. 나는 내일 아침 여덟시에는 병원에 있을 그런 타입이야. 나에게는 사호실의 플레그몬(급성 결체 조직염) 환자가 있고, 구 호실의 복막염 환자가 있어…. 날마다 위험한 처지에서 구해주어야 하는 불쌍한 아이들이 많아! 그러니까 나는 그 밖의 일은 '아니야'라고 말하는 거야! …직업을 갖고 있는 인간은 자기와 아무 관계없는 일에 부질없이 끼어들어서 이러쿵저러쿵해서는 안 돼…. 나에게는 직업이 있어. 내 영역에 속하며 또 내가 해결해야 하는 확실하고 한정된 문제들이 있어. 그리고 그것은 흔히 한 생명의 장래, 또 때로는 한 가족의 장래에까지 관계되는 거야. 그런 나를 알 만할 거야! …나는 유럽의 맥박을 짚어보는 일 말고도 할 일이 있어!"

사실 그는 공익을 담당하고 있는 사람들이란 본디 모든 국제적인 어려운 문제에 정통한 사람들이므로 자기와 같은 비전문가는 무조건 그런 사람들에게 맡겨두어야 한다는 생각을 가지고 있었다. 프랑스의 정치가들에 대해 신뢰를 갖고 있듯이 다른 나라의 통치자들에 대해서도 똑같은 신뢰를 갖고 있었다. 그는 전문가에 대해서는 타고난 존경심을 가지고 있었다.

자크는 새삼 주의 깊게 형을 바라보았다. 전에는 마치 이성의 정복, 세상의 모순에 대한 정신의 승리로 찬탄하고 언제나 초조와 선망이 뒤섞인 마음을 불러일으킨 앙투안의 이 균형이라는 것이 사실은 나태한 활동가의 자기 방어 수단에 불과하다는 생각이 문득 들었다. 요컨대 그들은 단순히 자기들의 가치를 확인하기 위해서, 이를테면 유희적으로 움직이는 것에 지나지 않는 것이다! 또 더 정확히 말하면 앙투안의 균형이라는 것은 사실은 자기의 활동에 설정한 한정된, 결국 충분히 제한된 범위에서 오는 편리한 결과가 아닌가 하는 생각이 들었다.

"전쟁의 **정신병**이라고 했지…" 하며 앙투안이 말했다. "바보 같은 소리! 나는 그런 심리적인 요인을 너처럼 중요하게 여기지 않아…. 정치라는 것은 본질적으로 구체적인 세계야. 그런 세계에서는 인간 감정의 고귀한 발로는 다른 세계에서만큼 중요하지 않아! …그러니까 네가 말하는 것 같은 위험이 실제로 존재한다고 하더라도 우리로서는 어떻게 할 수 없는 거야. 절대로 할 수 없어. 너도 나도 그 어느 누구도!"

자크는 발끈하여 일어섰다.

"그렇지 않아!" 하며 그는 이번에는 치밀어 오르는 분노를 이기지 못하고 외쳤다. "뭐라고! 이런 위험을 앞에 놓고도 속수무책으로 아무것도 못 한다고? 등을 구부린 채 하잘것없는 자기 일이나 계속하면서 파국이 들이닥치는 것을 그냥 보고만 있겠다니! 말도 안 돼! 그러나 다행히 민중을 위해, 그리고 형 같은 사람들을 위해 불침번을 서고 있는 사람들이 있어. 그들은 유럽을 지키기 위해 내일이라도 필요하다면 목숨을 바칠 것을 주저하지 않는…"

앙투안은 몸을 구부렸다.

"사람들?" 하고 당황해하며 그가 말했다. "어떤 사람들인데? 너 같은 사람 말이야?…"

자크는 디방 옆에 몸을 기댔다. 이제 그의 분노는 가라앉았다. 그는 형을 내려다보고 있었다. 그의 눈은 자부심과 확신으로 빛나고 있었다.

"형은 전 세계에 **조직된** 천이백만의 노동자가 있다는 사실을 알기나 해?" 하고 그는 천천히 말했다. 그의 이마에는 땀이 맺혀 있었다. "형은 국제사회주의 운동이 십오 년에 걸친 투쟁, 노력, 협력, 부단한 전진의 역사를 갖고 있다는 것을 알고 있어? 오늘날 유럽의 모든 의회 안에는 유력한 사회주의 그룹이 있다는 것을? 천이백만의 당원이 이십 개 국 이상에 분산되어 있다는 것을? 이십 개 이상의 사회주의 정당이 세계 곳곳에 하나의 거대한 고리, 한 형제와 같은 집단을 만들고 있다는 것을? …그리고 그들의 지배적인 생각과 규약의 핵심은 군국주의에 대한 증오이며, 그것이 어떠한 것이든, 어디에서 일어나는 것이든 전쟁이 일어나는 것을 막기 위한 단호한 결의라는 것을? 왜냐하면 전쟁이란 언제나 자본주의의 조작이며 민중은…"

"선생님, 식사 준비가 되었습니다." 하고 문을 열면서 레옹이 말했다.

자크는 하던 말을 중단하고 이마의 땀을 닦으면서 먼저 의자로 돌아왔다. 그리고 레옹의 모습이 사라지자 이내 결론적으로 중얼거렸다.

"형! 무슨 일로 내가 프랑스에 왔는지 알 만하겠지…."

앙투안은 얼마 동안 아무런 대답도 않고 동생을 물끄러미 바라보았다. 그의 굽은 눈썹이 움푹 들어간 눈 위에 한 가닥의 팽팽한 선을 만들어 그가 자신의 생각에 몰두하고 있음을 나타내고 있었다.

"잘 알았다." 마침내 앙투안은 이상야릇한 투로 얼버무렸다.

순간 둘 사이에 침묵이 흘렀다. 앙투안은 두 발의 위치를 바꾸었다. 그리고 두 손바닥으로 턱을 괴고 눈길을 바닥에 둔 채 디방에 앉아 있었다. 이윽고 그는 어깨를 가볍게 흔들면서 자리에서 일어났다.

"아무튼 저녁 먹으러 가자." 그는 미소를 지으면서 말했다.

자크는 아무 말 없이 형의 뒤를 따라갔다.

그는 땀에 흠뻑 젖어 있었다. 복도로 나오자 그 욕조 생각이 되살아났다. 망설임보다는 유혹이 더 강했다.

"형" 하고 그는 불쑥 앙투안을 불렀다. 그러고는 어린애같이 얼굴을 붉혔다. "바보 같지만 나 목욕 좀 하고 싶어…. 지금 당장, 저녁 먹기 전에… 그래도 돼?"

"아무렴!" 하고 앙투안은 즐겁다는 듯이 말했다. (터무니없게도 그것은 조금 보복을 한 것 같은 기분이었다.) "목욕이건 샤워건 하고 싶은 대로 해! …이리 와."

자크가 목욕을 하고 있는 동안 앙투안은 서재로 돌아와 호주머니에서 안의 편지를 꺼냈다. 그는 그것을 다시 읽은 다음 찢어버렸다. 그는 지금까지 여자에게서 온 편지는 한 통도 보관하지 않았다. 마음속으로 미소를 짓고 있었지만 얼굴에는 거의 나타내지 않았다. 다시 쭉 뻗고 누워 담배에 불을 붙였다. 그리고 쿠션에 몸을 파묻고 꼼짝도 않고 있었다.

그는 곰곰이 생각해보았다. 그것은 전쟁에 대해서도, 자크에 대해서도, 안에 대해서도 아닌 자기 자신에 대한 생각이었다.

'나는 무서우리만큼 내 직업의 노예가 되어 있다. 이건 사실이다.' 하고 그는 생각했다. '나에게는 요즈음 무엇을 생각할 시간이 전혀 없다…. 생각한다는 것, 그것은 환자를 생각하거나 의학을 생각하는 것과는 다르다. 생각한다는 것, 그것은 분명히 세상일을 깊이 생각해보는 것이어야 한다…. 그런데 나에게는 그럴 만한 여유가 없다…. 나는 그것을 나의 일에서 시간을 훔치는 것처럼 생각할 것이다…. 과연 나의 생각이 옳은 것일까? 나의 직업적인 생활, 그것이 인생의 전부라고 할 수 있을까? 그것이 **내** 인생의 전부라고 할 수 있을까? …무엇인가 석연치 않다…. 닥터 티보 뒤에 다른 어떤 사람이 있다는 것을 확실히 느낀다. 곧 **나 자신** 말이다…. 그런데 그 다른 어떤 사람은 질식해 있다…. 오래전부터… 어쩌면 내가 첫 시험에 합격한 뒤부터…. 그날 글쎄! 쥐덫에 걸린 것이다…. 지난날의 나라는 인간, 의사이기 이전에 존재했던 인간, 결국은 지금의 나라는 인간. 그것은 마치 오래전부터 발육되지 못한 채 땅에 파묻혀 있는 씨앗과도 같다…. 그렇다. 첫 시험 이후부터…. 그리고 나의 동료들도 모두 그런 나와 똑같다…. 일에 매인 모든 인간들은 나와 같을지 모른다…. 우수한 사람들 모두가 그럴 것이다…. 왜냐하면 스스로를 희생해가면서 직업적인 일의 그 엄청난 요구를 감수하는 것은 언제나 우수한 자들이기 때문이다…. 우리는 어쩌면 몸을 판 자유인 같은 것일지도 모른다….'

그는 호주머니 깊숙이 손을 넣어 언제나 지니고 다니는 작은 비망록을 만지작거렸다. 그는 기계적으로 그것을 꺼내어 이튿날인 칠월 이십일 자 페이지를 건성으로 훑어보았다. 거기에는 이름과 메모가 가득 적혀 있었다.

'농담이 아니야.' 하고 그는 갑자기 중얼거렸다. '그렇다. 내일은 테리비에에게 쏘에 있는 그의 딸 상태를 보러 갈 약속을 해두었지…. 그리고 두시에는 내 진찰이 있고….'

그는 담배를 재떨이에 짓누르고는 기지개를 켰다.

'자, 닥터 티보는 다시 출발한다.' 하고 그는 미소를 지으면서 생각했다. '그래! 사는 것, 그것은 무엇보다 일하는 것이다! 그것은 무익한 논쟁을 늘어놓는 것이 아니다…. 인생에 대해서 깊이 생각해본다? 그것이 무슨 소용이 있나? 인생. 그것이 어떤 것인지는 누구나 잘 알고 있다. 그것은 멋진 순간과 귀찮은 순간의 기묘한 혼합이다! 이것으로서 이유는 해결된 셈이다…. 사는 것은 모든 것을 문제로 남겨두는 것이 아니다….'

그는 허리에 힘껏 힘을 주어 몸을 일으켜 세웠다. 그리고 몇 걸음 걸어 창가로 다가갔다.

'사는 것은 곧 행동하는 것이다….' 하고 되뇌면서 그는 인적이 드문 거리, 죽은 듯한 건물의 전면, 석양을 받아 굴뚝 그림자가 드리워진 경사진 지붕을 멍하게 바라보았다. 호주머니 속에 있는 비망록을 여전히 만지작거렸다. '내일은 월요일, 십삼 호실의 어린애를 실험 대상으로 희생시킨다…. 접종은 잘 될 거야…. 아무튼 고약한 일이야, 열다섯 살에 신장을 하나 잃다니…. 그리고 테리비에의 그 딸애가 있지…. 올해에는 **연쇄상구균**을 가진 그놈의 늑막염 때문에 골치가 아파…. 이틀이 지나도 잘 안 되면 그때는 할 수 없이 늑골을 잘라내는 거야…. 요컨대!' 하고 그는 불쑥 말하면서 장 커튼을 다시 내렸다. '착실히 일을 해나가는 것, 그것만으로도 이미 충분하지 않은가? …그리고 인생은 흘러가는 대로 내버려두는 거야!…'

그는 방 한가운데로 돌아와 새 담배에 불을 붙였다. 그리고 말의 음조에 흥미를 느낀 듯 마치 후렴처럼, 작은 소리로 콧노래를 부르기 시작했다.

"인생은 흘러가는 대로 내버려두는 거야…. 그리고 자크는 떠벌리도록 내버려두고… 인생은 흘러가는 대로 내버려두는 거야…."

16

식사는 차가운 콩소메 한 잔으로 시작되었다. 형제가 아무런 말도 나누지 않고 그것을 마시고 있는 동안 바 종업원처럼 흰 윗도리를 걸친 레옹이 엄숙한 모습으로 식기대의 대리석판에서 멜론을 자르고 있었다.

"생선하고 얼린 고기 조금하고 샐러드가 있을 거야." 하고 앙투안이 말했다. "그걸로 되겠니?"

새 식당은 두 사람을 중심으로 나뭇결을 살린 장식판자, 거울, 창 반대쪽의 판벽을 차지하고 있는 긴 식기대로 꾸며져 있어 썰렁하고 음침하면서도 장중한 공간을 이루고 있었다.

앙투안은 이런 엄숙한 환경에 아주 잘 어울리는 것 같았다. 그의 얼굴에는 다정한 호의가 감돌았다. 동생을 다시 만나 기쁨으로 가득 차 있는 그는 차분하게 다시 이야기가 계속되기를 기다렸다.

그러나 자크는 아무 말도 하지 않았다. 그는 정이 들지 않는 이 방과 열두 명의 손님이 앉을 수 있는 큰 식탁에 두 사람의 식사가 우스꽝스럽게 떨어져 놓여 있는 것이 어쩐지 어색하게 느껴졌다. 레옹의 존재는 이 거북한 인상을 더욱 두드러지게 했다. 레옹은 접시를 바꿀 때마다 식탁과 찬장 사이를 왔다 갔다 해야 하기 때문에 식당의 절반을 두 번 걷게 되어 있었다. 그리고 자크는 자기도 모르게 카펫 위를 미끄러지듯 오가는 이 흰 유령을 곁눈질하곤 했다. 그는 레옹이 멜론을 나누어준 다음 사라지기를 바랐다. 그러나 레옹은 유리잔에 술을 따르며 서성거렸다. '새로운 버릇이구나' 하고 자크는 생각했다. (옛날의 형 같으면 형 마음대로 혼자 따라 마셔야 직성이 풀렸을 텐데.)

"1904년산 뫼르소야." 하면서 앙투안은 호박색의 투명한 포도주를 관찰하려 유리잔을 들어 올렸다. "생선하고 아주 잘 맞아…. 아래에서 오십 병이 나왔어…. 그런데 아버지는 지하 창고의 것은 다 비웠어…."

그는 슬그머니 더 주의를 기울여서 동생을 살펴보았다. 그는 무슨 질문을 하려다가 그만두었다.

자크는 멍하게 밖을 내다보고 있었다. 창문은 열려 있었다. 지붕들 위로 하늘은 자개 같은 장밋빛으로 빛나고 있었다. 그는 어린 시절, 이런 저녁 무렵에 이런 집들의 정면, 이런 지붕, 덧문을 닫은 이런 창문들, 검게 더럽혀진 이런 블라인드, 발코니에 늘어선 이런 초록색 화분을 얼마나 많이 보았던가!

"이봐, 자크…" 하며 갑자기 앙투안이 말했다. "그래, 어때? 잘 지내? 너는 만족하고 있니?"

자크는 소스라치게 놀라면서 형을 바라보았다.

"그래." 하며 앙투안은 다정하게 말을 계속했다. "그런대로 행복해?"

어색한 미소가 잠시 자크의 입가를 스쳐갔다.

"글쎄." 하며 자크는 중얼거리듯 말했다. "행복, 그것은 억지로 얻어지는 게 아니야…. 그것은 하나의 재능이라고 생각해. 어쩌면 나는 그것을 가지지 못한 것 같아…."

그는 형의 시선과 마주쳤다. 형의 시선은 직업인다운 시선이었다. 자크는 접시를 내려다보며 잠자코 있었다.

그는 중단된 토론을 다시 시작할 생각은 없었다. 그러나 그는 줄곧 그것만을 염두에 두고 있었다.

아버지가 쓰시던 은그릇은—레옹이 생선을 담아 들고 온 타원형 접시로 손잡이가 구부러진 것이 고대의 램프를 생각나게 하는 소스 그릇—그 옛날 이 집에서 저녁 식사를 하던 때를 떠올리게 했다.

"저어, 지젤은?" 하고 자크가 불쑥 물었다. 그것은 마치 몇 달

동안이나 잊고 있다가 갑자기 다시 생각나기라도 한 것 같은 질문이었다.

앙투안은 그 기회를 놓치지 않았다.

"지젤? 예나 다름없이 그곳에 있어…. 행복한 것 같더라. 가끔 편지가 와. 부활절 때는 사흘 동안 여기서 머물기까지 했지…. 아버지가 남겨준 것으로 지금은 그럭저럭 제 나름대로 꾸려가나 보더라."

그는 티보 씨의 유산에 관한 언급을 통해 막연하게나마 아버지의 유산 이야기의 실마리를 만들어보고 싶었다. 그는 동생이 유산 분배를 거절한 것을 결코 사실로 받아들이지 않았다. 그는 공증인과 의논한 끝에 재산을 똑같이 분배하기로 했다. 그리고 자크 몫의 관리를 그의 대리인에게 맡겨두었다.

그러나 자크는 그런 것을 전혀 염두에 두고 있지 않았다.

"여전히 수녀원에 있어?" 자크가 물었다.

"아니야. 이제 런던에는 없어. 근교의 킹즈버리에 살고 있어. 내가 알기로는 그 수녀원에 부속되어 있는 곳이야. 일종의 기숙사인데, 주로 지젤 같은 처녀들이 많이 있다더라."

자크는 이런 문제를 경솔하게 꺼내 후회스러웠다. 지젤 일을 생각할 때 그는 무엇인가 불편한 것을 느끼지 않을 수 없었다. 그는 지젤이 영국으로 도망간 것, 그녀에게 옛날을 상기시켜주고, 배신당한 희망을 생각나게 할 만한 모든 것으로부터 그녀가 멀리 피해버린 것에 대한 책임이 오로지 자신에게 있다고 생각할 만한 충분한 이유가 있었다.

앙투안은 너그러운 미소를 지으면서 이야기를 계속했다.

"어떻게 지내는지 알아? 정말 그 애에게는 어울리는 생활이야…. 엄격한 규율이 없는 일종의 공동체야. 신앙 생활과 운동으로 시간을 보내…." 그는 약간 망설이다가 되풀이했다. "행복한 것 같더라."

자크는 재빨리 형이 이야기를 다른 방향으로 돌리도록 유도했다.

"그리고 베즈 유모는?"

(겨울에 보낸 여러 통의 편지 가운데 하나에서 앙투안은 그녀가 양로원에 들어갔다는 것을 자크에게 알려주었었다.)

"베즈 유모에 대해서는 실은 언제나 간접적으로만 듣고 있다. 아드리엔과 클로딜드를 통해서 말이야."

"그녀들은 여전히 여기에 있어?"

"그래… 그냥 두기로 했어. 레옹과 별 말썽이 없으니까…. 그녀들은 첫째 주 일요일마다 충실하게 베즈 유모를 만나러 가."

"거기가 어디야?"

"푸앵 뒤 주르 강기슭이야. 샬르가 극성스런 어머니를 거기에 넣어놓고 엄청난 돈을 낭비한 그 **양로원** 알지? 몰라? 그 이야기를 몰랐었니? 그 별난 샬르 씨의 미담 가운데 하나인데…"

"그런데 그 사람은 어떻게 되었어?" 자크는 자기도 모르게 웃으면서 형에게 물었다.

"샬르? 그는 아주 잘해나가! 피라미드가街에서 발명품 전시장을 경영하고 있어…. 자기 말로는 태어나면서부터 바라던 천직이라는 거야…. 그런데 내가 봐도 꽤 잘해가고 있는 것 같더라…. 지나갈 일 있으면 들러보아도 좋을 거야. 그는 희한한 사람하고 동업을 하고 있어. 그 둘은 디킨스를 매혹시키고도 남을 한 쌍이지…."

잠시 둘은 함께 소리 내어 웃었다. 잠시나마 그들은 변함없는 형제의 정을 되찾았다.

"베즈 유모 말이야…" 하고 좀 있다가 앙투안이 말했다. 그는 갑자기 어색해하면서 자크에게 그동안의 일을 각별히 이야기해주고 싶어 하는 눈치였다. "이해해주겠지만" 하고 그는 자크로서는 처음 들어보는 순박한 사람의 어조로 말했다. "나도 유모가 이 집을 떠나서 여생을 보내리라고는 정말 생각도 못했어…. 이봐, 레옹, 샐러드 그릇을 식탁에 놓아주게. 우리가 직접 덜어먹을 테니까…. 크레송* 샐러드야." 레옹이 문 쪽까지 가기를 기다렸다가 앙투안이 말했다. "얼린 고기하고 같이 먹겠어? 아니면 나중에 먹을까?"

"나중에 먹지."

"솔직히 말하겠다." 하고 둘만 있게 된 것을 확인한 다음 앙투안이 말했다. "나는 불쌍한 그 노인이 우리 집을 나가게 할 만한 것은 아무것도 하지 않았어. 그러나 솔직히 말하면 나가겠다는 유모의 고집이 나를 떳떳하게 해준 셈이야. 유모가 여기에 그대로 있었으면 새로운 생활 설계도 매우 어려웠을 테니까…. 유모는 지젤이 영국에서 살기로 결심한 것을 알았을 때 양로원에 들어갈 생각을 굳힌 거야. 지젤은 유모를 그쪽으로 데려가서 자기 곁에 살게 하기를 부득부득 제의했고…. 그러나 안됐어. 유모는 양로원이라는 생각이 머리 깊이 박혀 있었던 거야…. 날마다 아침 식사가 끝나면 두 손을 식탁 위에서 마주 잡고는 해골 같은 그 작은 이마를 흔들면서 푸념을 시작

* 잎이 매운 물냉이.

하는 거야. '앙투안, 전에도 말했듯이… 이제 이런 몸으로는… 나는 짐이 되고 싶지 않아… 예순여덟 살에다 꼴도 이 모양이니….' 너도 상상할 수 있겠지? 등은 둘로 꺾이고, 턱을 식탁보 위에 얹고는 주름투성이 손바닥으로 빵 부스러기를 모으면서 떨리는 목소리로 '꼴도 이 모양이니….' 나는 언제나 이렇게 대답했어. '네, 네, 나중에… 다시 상의하도록 하지요…' 그리고 실은—말 못 할 이유가 없지 않니?—이렇게 해서 일은 쉽게 끝난 거야…. 결국 내가 양보한 셈이지…. 내가 잘못했다고 생각하는 것은 아니겠지? …뭐니 뭐니 해도 나로서는 할 수 있는 데까지 다 한 거야…. 우선 생활에 아무 불편이 없도록 돈을 넉넉하게 주고, 특별 대우 비용도 지불했어. 그리고 내가 직접 이어진 방 두 개를 골랐어. 방을 새로 손질하고, 될 수 있으면 낯선 기분을 덜 느끼도록 유모방에 있던 가구를 모두 거기로 옮겼지. 이쯤 되면 유모가 양로원에 들어갔다고 해서 꼭 인생 낙오자라고는 할 수 없는 거야. 안 그래? 약간의 연금을 받는 여자가 하숙집살이를 하는 셈이지…."

그는 동생을 지그시 바라보았다. 그리고 자크의 긍정적인 눈길을 보고 마음이 놓였다. 그는 곧 미소를 지었다.

"그렇게 된 거야" 하며 그는 쾌활하게 덧붙였다. "내가 나 자신한테 속아서는 안 되겠지…. 숨김없이 말하는데, 유모가 집을 나간 뒤로 마음이 홀가분해졌어!"

잠시 침묵을 지키더니 다시 포크를 손에 들었다. 아까부터 그는 이야기에 열중해서 먹는 것을 잊고 있었다.

앙투안은 지금 고개를 숙이고 오리 다리를 능숙하게 뜯고 있었다. 그는 무슨 생각에 열중하고 있는 것 같았다. 그러나 그 주의는 손가락 놀림과는 다른 그 무엇에 집중되고 있는 것이 분명했다.

17

"나는 지금 네가 말하는 천이백만 노동자를 생각하고 있는데" 하고 갑자기 앙투안이 말했다. "뭐랄까? 그럼 너는 그 사회주의 당에 입당해 있니?"

앙투안은 고개를 숙이고 있었다. 동생을 보려고 눈을 치켜뜰 때도 그는 고개를 들지 않았다.

자크는 이런 분명한 질문에 긍정적인 표시로 고개만 끄덕여 보였을 뿐, 아무 말도 하지 않았다. (사실 그는 당원증을 받은 지 며칠 되지 않았다. 그것도 유럽이 전쟁의 위협에 처해 있다는 것을 깨닫고 비로소 독자적인 입장을 떠나 사회주의 인터내셔널에 가입할 필요성을 느꼈던 것이다. 그것은 전쟁에 반대하여 효과적으로 투쟁하기 위해 매우 활동적이고 충분한 인원을 확보해놓고 있는 유일한 조직이었다.)

앙투안은 동생에게 샐러드 그릇을 건네주면서 무심한 말투로 물었다.

"도대체 너는 그러한… 정치적 환경 속에서 너의 현재의 생활이 과연 너의 지적 요구와 가장 부합된다고 확신하고 있니? 너의 문학적 입장과도? 결국 너의 본성과도?"

자크는 샐러드 그릇을 거칠게 식탁에 놓았다.

'불쌍한 형' 하고 그는 마음속으로 생각했다. '점점 아버지처

럼 잘난 체하는 말투를 닮아가는군….'

앙투안은 의연한 말투를 유지하려고 애쓰는 것이 역력했다. 그는 망설이다가 분명하게 말했다.

"정말 너는 네가 혁명가가 될 자질이 있다고 생각하니?"

자크는 형을 바라보았다. 씁쓸한 미소를 지으면서 즉시 대답하지 않았다. 그의 얼굴은 차츰 어두워졌다.

"나를 혁명가로 만든 것은" 하며 마침내 자크가 입을 열었다. 그의 입술은 떨리고 있었다. "그것은 내가 여기 이 집에서 태어났기 때문이야…. 부르주아의 아들로 태어났기 때문이야…. 어릴 때부터 이런 특권층이 의존해 살아가는 불의를 날마다 보아왔기 때문이야…. 어릴 때부터 죄책감 같은 것… 공범자의 느낌을 가졌었기 때문이야! 그래, 그러한 것을 증오하면서도 당연한 것처럼 이용하고 있었다는 쓰라린 감정 때문이야!"

그는 앙투안의 항의를 손짓으로 막았다.

"자본주의가 무엇인지 알기 훨씬 전에, 그 말조차도 알기 전에, 아마 열두세 살 때였던 것 같아. 나는 내가 살고 있는 세계, 친구들의 세계, 교사들의 세계… 아버지의 세계, 아버지의 훌륭한 사업의 세계에 대해서 반항을 느꼈던 거야!"

앙투안은 생각에 잠긴 채 샐러드를 섞고 있었다.

"하기야 사회가 구조적으로 많은 병폐를 지니고 있다는 것, 그것은 나도 누구 못지않게 잘 알고 있다." 하며 앙투안은 동생의 환심을 사기라도 하려는 듯이 가벼운 냉소를 머금고 말했다. "그러나 어찌 되었든 타성에 의해, 닳고 닳은 축을 중심으로 그럭저럭 돌아가고 있는 사회… 그것에 대해 너무 엄격해서는 안 돼…. 그런 사회는 그 자체의 미덕과 책임과 위대함을…

또 편리함을 갖고 있는 거야!" 그는 호인다운 태도로 이렇게 덧붙였으나 그것은 그의 말 이상으로 동생의 기분을 상하게 했다.

"아니야, 아니야" 하며 자크는 떨리는 목소리로 말했다. "자본주의 세계는 변호의-여지가-없어! 그것은 사람들 사이에 부조리하고 비인간적인 관계를 만들어놓았어! …그 세계는 모든 가치가 왜곡되어 있고, 인격의 존중이라는 것은 발붙일 곳이 없고, 오직 이익만이 유일한 원동력이며, 모든 사람의 꿈은 부자가 되는 그런 곳이야! 그러한 세계에서는 재력이 무서운 권력을 쥐고 있고, 매수된 신문에 의해서 여론을 조작하고, 심지어 국가 자체마저 예속시키고 있는 거야! 개인이, 노동자가 제로가 되어버리는 세계! 그런 세계란…"

"그럼" 하며 역시 화가 치민 앙투안이 말을 가로막았다. "너의 생각으로는 노동자는 모든 근대 사회의 생산의 혜택을 전혀 누리지 못했다는 거야?"

"얼마나 한심한 정도의 혜택이야? 그래! 그 혜택을 누리는 자는 고용주와 주주이며 대은행가와 대기업들이야…."

"…그럼 너는 당연히 그런 사람들이 하는 일 없이 향락에 빠져 있고, 민중의 땀으로 살이 찌고, 술집 여자들과 샴페인을 건배하는 사람들로 생각하겠구나?"

자크는 감히 어깨를 으쓱해 보일 생각조차 하지 못했다.

"아니야! 그들이 어떤 자들인지 생각해봐. 형… 적어도 그들 가운데서 가장 우수한 자들을. 그들은 절대로 하는 일 없는 자들이 아니야. 오히려 그 반대지. 그러나 쾌락을 추구하는 자들인 것은 사실이야. 그건 그래! 근면하면서 동시에 호사스런 생활을 하고 있어. 즐겁게 일하고 안하무인격의 호사스런 생활! 풍족한 생활, 거기에는 있을 수 있는 온갖 향락이 다 갖추어져 있어. 모든 종류의 쾌락과 위안거리가. 그것은 지적인 노동, 경쟁에 대한 스포츠적인 투쟁, 교활한 계략, 도박, 성공에 의해서 얻어진 거야. 모든 종류의 만족감은 이익의 획득, 사회적 존경, 인간과 물질에 대한 정복에 의해 얻어지는 거야…. 결국은 특권자의 생활이야…. 형은 그것을 부인하지 않겠지?"

앙투안은 잠자코 있었다. '말은 잘하는구나!' 하며 그는 마음속으로 중얼거렸다. '장광설을 늘어놓는군, 바보 같은 녀석! … 상투적인 것을 가지고 열을 올리고 있네!…' 그러면서도 그는 자신이 역정을 내는 것은 공정하지 않은 처사라는 것, 동생이 횡설수설하면서 제기한 문제들은 무시할 수 없는 것이라고 느끼고 있었다. '그런 문제들이란' 하고 그는 생각했다. '자크나 그런 부류의 단순한 인간들이 생각하는 것보다는 훨씬 어려운 것들이야…. 아주 복잡한 문제야. 그것을 해결하려면 유토피아를 꿈꾸는 인도주의자들보다는 학자들, 과학적 방법에 정통하고 냉정한, 훌륭한 인물들이 필요해….'

자크는 잔인한 눈초리를 하고 이렇게 결론을 내렸다.

"자본주의? 그것이 전에는 진보의 수단이었는지 모르지…. 그러나 지금에 와서는 그 숙명적인 진행 때문에 양식에 대한, 정의에 대한, 인간의 존엄성에 대한 도전이 되고 있어!"

"허어!" 하고 앙투안이 말했다. "그게 전부야?"

침묵이 흘렀다. 레옹이 들어와 그릇을 치웠기 때문이다.

"치즈와 과일을 주게나" 하고 앙투안이 말했다. "우리가 덜어 먹지…. 프티 스위스*로 할까, 홀란드로 할까?" 하고 동생 쪽을 보며 말했다. 그는 짐짓 의연한 태도를 취했다.

"생각 없어. 아무것도."

"그럼 복숭아는 어때?"

"그게 좋겠군."

"기다려. 좋은 걸로 골라줄게…."

그는 일부러 다정한 태도를 보이려고 애썼다.

"자, 그럼 진지하게 이야기해보자." 그는 좀 간격을 두었다가 상대편의 마음을 상하게 하지 않으려는 듯 타협적인 말투로 말했다. "자본주의란 게 뭐야? 미리 말해두겠는데, 나는 보편타당한 말이란 걸 믿지 않아. 특히 **주의**가 붙은 것은…."

그는 동생이 당황할 줄 알았다. 그러나 자크는 조용히 얼굴을 들었다. 그는 흥분을 가라앉힌 듯했다. 그의 입술에는 미소의 그림자가 보였다. 그는 잠시 열린 창 쪽을 물끄러미 바라보았다. 날이 저물어가고 있었다. 줄지어 서 있는 회색빛 지붕 위로 하늘은 점점 그 빛을 잃어가고 있었다.

"내 경우에는" 하며 자크가 설명했다. "**자본주의**라고 할 때 분명히 다음과 같은 것을 생각해. 이 지상의 부를 분배하는 어떤 방법과 그것을 활용하는 어떤 방법이라고."

앙투안은 잠시 생각해보았다. 그리고 고개를 끄덕이며 찬성의 뜻을 표했다. 형제는 서로 안도감을 느꼈다. 그래서 이야기는 비교적 부드럽게 진행되었다.

"잘 익었니? 설탕을 좀 줄까?"

"그런데" 하며 자크는 묻는 말에는 대답도 않고 말을 계속했

* 생크림 치즈의 일종이다.

다. "형은 자본주의 가운데서 나를 가장 화나게 하는 것이 무엇인지 알아? 그것은 노동자가 한 인간이 될 수 있는 모든 것을 자본주의가 빼앗아버렸다는 사실이야. 산업 집중으로 노동자는 고향을 빼앗기고 가정을 빼앗기고 그의 생활에 인간적인 특징을 부여해주었던 모든 것을 송두리째 빼앗겼어. 뿌리가 뽑힌 거야. 장인이 직업을 통해 얻던 모든 고귀한 만족감을 노동자는 빼앗긴 거야. 노동자는 공장이라는 개미집 속에서 일하는 어떤 생산하는 동물로 전락한 거야! 형은 이러한 지옥 속의 노동 조직이라는 것이 어떤 것인지 상상할 수 있어? 육체, 기계 노동과—뭐라고 말하면 좋을까?—정신 노동 사이에 정말 비인간적인 구별이 있다는 것을? 공장 노동자에게 나날의 일이 어떤 것인지 형이 상상할 수 있어? 그것이 얼마나 참을 수 없는 노예 상태인지? 옛날 같으면 그와 똑같은 인간이 자기의 작은 일터를 사랑하며 자기 일에 흥미를 느끼는 한 사람의 근면한 장인이 될 수 있었어. 오늘날에는 그는 아무것도 아닌 존재가 되어버렸어. 단지 한 개의 톱니바퀴, 신비한 기계의 수많은 부품의 하나에 지나지 않아. 더구나 그는 일을 하기 위해 그 기계의 신비를 이해할 필요조차 없는 거야! 신비, 그것은 소수의 전유물이거든. 언제든 같은 소수, 고용주라든가 엔지니어…"

"그것은 교육받은 사람과 전문가의 수가 언제나 소수이기 때문이겠지 뭐!"

"형, 인간이 인간성을 빼앗겼다니까…. 그것이 자본주의의 죄악이야! 그것은 노동자를 기계로 만들어버렸단 말이야! 그뿐이 아니야. 기계의 하인으로 만들었어!"

"침착해. 침착해" 하며 앙투안이 말을 가로막았다. "우선 그것은 자본주의가 아니야. 기계화라는 거야. 혼동해서는 안 돼…. 그리고 솔직히 말하는데, 너는 현실을 묘하게 과장하는 것 같구나! 실제로 노동자와 엔지니어 사이에 견고한 장벽이 가로놓여 있다고 나는 결코 생각하지 않아. 오히려 대개의 경우에는 그들 사이에 일종의 연계, 일치, 협력이 있다고 생각해. 기계를 '신비'라고 생각하는 노동자는 아주 드물어. 노동자는 기계를 발명할 수도 없었고 어쩌면 그것을 만들 수도 없었을 거야. 그러나 그는 기계가 어떻게 움직이고 있는지를 너무나 잘 알고 있어. 그래서 스스로 그 기계를 기술적으로 개량하는 경우가 많아. 아무튼 노동자는 기계를 사랑하고, 그것을 자랑으로 여기고 있어. 소중히 다루며, 작동이 잘되도록 애쓰고 있어…. 미국에 가본 적이 있는 스튀들레는 그쪽의 노동자계급을 사로잡은 '사업적 열광'에 대해 재미있는 이야기를 하고 있어…. 나는 나대로 병원 일을 생각해봐. 결국은 병원도 공장도 그런 점에서는 다를 게 없어…. 병원에도 고용주와 노동자, '정신' 부분과 '육체' 부분이 있어. 내 경우, 나는 일종의 고용주지. 그러나 이것만은 확실히 말할 수 있어. 내 밑에서 일하는 사람들은 설사 가장 낮은 급사라 해도 네가 말한 뜻의 '하인'은 결코 아니야. 우리는 모두 한 덩어리가 되어 같은 목적을 위해 일하고 있어. 환자의 완쾌가 그거야. 저마다 자신의 능력과 재능을 발휘하는 거야. 협력의 결과로 도저히 안 될 것 같은 경우에서 성과를 냈을 때 그들이 얼마나 기뻐하는지 네가 보았더라면!"

'언제나 자기가 옳다고 생각하지 않으면 직성이 안 풀리거든' 하고 자크는 신경질적으로 생각했다.

그러나 그는 자본주의에 대한 비판을 주로 노동의 조직과 분배에 입각해서 토론을 벌인 것이 잘못이었다는 생각이 들었다. 그는 되도록 침착해지려고 애쓰면서 말을 받았다.

"자본주의 체제 아래에서 참을 수 없는 것은 노동의 종류라기보다 그 속에서 노동을 하는 **여러 가지 조건들**이야. 그리고 내가 혐오하는 것은 확실히 기계화 그 자체가 아니라 어떤 특권계급이 그것을 자기 자신만의 이익을 위해 빼앗아간다는 것이야. 사회의 메커니즘을 단순화시켜서 생각하면 이런 거야. 한편에는 부유한 자들로 구성된 소수의 부르주아 엘리트가 있어. 그 가운데는 전문가도 있고 근면한 사람도 있지. 그런가 하면 놀고먹는 기생충 같은 자들도 있어. 엘리트는 모든 것을 장악하고, 모든 것을 지배하고, 모든 지도적 지위를 차지하고 있고, 모든 이익을 독점하고, 대중의 이익을 위해서는 일하지 않아. 그리고 다른 한편에는 대중이 있어. 진정한 의미의 생산자이며 착취당하는 사람들, 거대한 노예의 무리들이지…."

앙투안은 즐거운 듯이 어깨를 으쓱해 보였다.

"노예?"

"그래."

"아니야. 노예가 아니야…" 하고 앙투안은 친절하게 말했다. "시민이야…. 법 앞에서 고용주나 엔지니어들과 똑같은 권리를 갖는 시민이지. 선거권도 똑같아. 누구에게도 강요당하지 않아. 자신이 채우고 싶은 욕망에 따라 일을 할 수도 있고 안 할 수도 있어. 직업과 공장의 선택도 자유야. 마음대로 바꿀 수 있어…. 계약에 의해서 매여 있기는 하지만, 그것은 의논 끝에 자유롭게 승낙한 계약이야…. 그것을 노예라고 말할 수 있어? 누구의 노예야? 무엇의 노예야?"

"비참한 그들 자신의 노예지! 형은 마치 선동가처럼 말하는군…. 그러한 자유는 어디까지나 허울일 뿐이야. 실제로 오늘날의 노동자들은 전혀 자립을 못하고 있어. 왜냐하면 항상 가난에 허덕이기 때문이야! 굶어 죽지 않으려면 자신의 노동 임금에 매달리는 수밖에 없어. 그래서 손발이 묶인 채 일을 독점하고 임금을 결정하는 소수의 부르주아에게 몸을 바쳐야 하는 거야! 형은 그 소수가 교육받은 사람들과 기술자들이라고 말했지…. 그것은 나도 알고 있어. 내가 말하는 것은 그들의 능력이 아니야…. 단지 어떤 일이 일어나고 있는지를 알아달라는 거야. 고용주는 자기에게 이익이 된다고 생각하면 굶고 있는 노동자에게 일을 줘. 그리고 그 일에 대해서 임금을 지불해. 그러나 그 임금은 노동자가 일을 해서 생산한 이윤에 견주면 너무나 형편없이 작은 부분에 지나지 않아. 고용주와 주주들이 그 나머지를 차지하는 거야…."

"당연하잖아! 그 나머지는 그들이 협력한 몫으로 당연히 그들에게 돌아가야 하는 것이니까!"

"그래. 이론적으로 물론 나머지는 계획을 세운 고용주와 자본을 댄 주주들의 몫이어야 해. 이 일에 대해서는 나중에 다시 이야기하겠어! 우선 숫자를 비교해보도록 하지. 임금과 이윤을 비교해봐! …실제로 그 나머지는 부당하게 떼어낸 것이야. 그것은 제공한 협력과는 확실히 균형이 맞지 않아! 그리고 그 나머지는 부르주아들이 자기들의 힘을 공고히하고 증대하는 데 쓰이고 있어! 자기들의 안락과 호사를 위해 쓰고 남는 것들은 **자본**으로 만들어서 많은 사업에 투자하지. 그리고 그것은 눈덩이처럼 자꾸 커지는 거야. 이렇게 해서 노동자들의 희생의 대가로 자본이 된 그 부富라는 것이 몇 세기에 걸쳐 현재까지 부르주아 계급의 절대적인 힘이 된 거야. 그것은 무서운 불의 위에 세워진 절대적인 힘이야…. 왜냐하면 — 내가 다시 말하고 싶었던 것이 이 점인데 — 가장 나쁜 불의는 자본가가 자본을 출자해서 얻는 이익과 열심히 일한 사람이 받는 임금 사이의 불균형이 결코 아니기 때문이지. 가장 무서운 불의는 이런 사실이야. **돈**은 그것을 소유하고 있는 자를 위해 **이자를 낳는다**는 점이야! 그리고 돈은 그 소유자가 손끝 하나 까딱하지 않아도 **혼자** 활동한다는 점이야! …돈은 한없이 새끼를 치는 거야! …형은 지금까지 이런 걸 생각해본 적이 있어? 착취자의 무리들은 은행이라는 악랄한 발명품 덕분에 노예를 사들이고 자신들을 위해 그들을 혹사시키는 완벽한 술책을 발견한 것이라고! 안전하고 이름 없는 노예들, 멀리 떨어져 있고 누군지도 알 수 없는 노예들 말이야. 잠깐 동안 양심을 잠재우면 그들이 얼마나 괴로운 생활을 하고 있는지 모르는 체할 수 있겠지…. 중대한 죄악은 이거야. 가장 위선적이고 가장 부도덕한 수법으로 살과 땀에서 떼어냈다는 것!"

앙투안은 테이블에서 의자를 빼내고 담배에 불을 붙였다. 그리고 팔짱을 끼었다. 날이 갑자기 빨리 저물었기 때문에 자크는 형의 자세한 표정을 똑똑히 볼 수 없었다.

"그래서?" 하며 앙투안이 물었다. "너는 그 혁명이 마술 지팡이를 한번 휘둘러 그 모든 것을 단번에 바꾸어야 한다는 거니?"

비웃는 말투였다. 자크는 접시를 한쪽 옆으로 밀어놓고 식탁 위에 편안하게 팔꿈치를 올려놓았다. 그리고 어스름 속에서 형을 노려보았다.

"그래. 왜냐하면 현재 노동자가 고립되어 있고 가난에 허덕이는 한 그들은 속수무책이기 때문이야. 그러나 혁명이 낳는 첫 번째 사회적 효과는 노동자에게 마침내 정치적 힘을 쥐어주게 된다는 점이지. 그렇게 되면 노동자는 여러 가지 기본적인 조건을 바꿀 수 있겠지. 새로운 제도와 새로운 규범을 만들 수 있을 것이고…. 형, 유일한 악은 인간이 인간을 착취하는 거야. 그러한 착취가 더 이상 있을 수 없는 사회를 만들어야 하는 거야. 오늘날 대기업이나 대은행 같은 기생적 조직이 부당하게 장악하고 있는 부富가 다시 자유롭게 유통되어 인간 공동체 전체가 그것을 이용할 수 있는 사회 말이야. 오늘날 생산에 종사하고 있는 불쌍한 노동자는 생계를 유지하기 위해 꼭 필요한 최소한도의 것도 얻을 수 없어. 그 결과로 그들은 무엇을 생각하고, 인간으로서 할 수 있는 범위 안에서 자신을 발전시키는데 필요한 시간도, 용기도, 심지어 의욕도 없는 거야. 혁명으로 인해 프롤레타리아의 신분이 폐기될 때를 말하는 거야. 진정한 혁명가들의 생각으로는 혁명이란 단지 생산자에게 지금보다 더 넉넉하고 안정되고 더 행복한 생활을 가져다주는 것만은 아니야. 그것은 무엇보다도 노동과 관련된 인간의 상태를 바꾸어놓은 것이어야 해. 또 그것은 노동 그 자체를 인간적인 것으로 만들어 노동이 비참한 노예 상태로 전락하는 것을 막는 것이어야 해. 노동자는 여가를 가져야 해. 아침부터 저녁까지 하나의 도구에 지나지 않는 상태에서 벗어나야만 하는 거야. 자기 자신에 대해 생각할 여유를 가져야 하고 또 저마다의 재능에 따라 자신을 최대한으로 발전시킬 수 있어야 해. 그리고 자신이

할 수 있는 한도 내에서—그 한도는 흔히 생각하는 것처럼 제한되어서는 안 돼—참된 인간다운 인간이 될 수 있어야 해…."

그는 "그 한도는 흔히 생각하는 것처럼 제한되어서는 안 돼"라고 말할 때 확신에 넘친 사람의 설득력을 보였다. 그러나 그 말투는 가라앉아 있었으므로 앙투안보다 더 눈치 빠른 사람이 들었더라면 어쩌면 일말의 회의의 울림을 알아차렸을 것이다.

앙투안은 그것을 눈치채지 못했다. 그는 생각에 잠겨 있었다.

"그렇겠다…." 하고 그는 양보했다. "그것이 실현된다고 가정하고… 그런데 어떤 방법으로야."

"혁명밖에 없어."

"말하자면 프롤레타리아 독재야?"

"독재, 그래… 거기에서 시작해야 될 거야" 하며 자크는 꿈꾸듯이 말했다. "더 정확히 말하자면 생산자에 의한 독재야…. 프롤레타리아라는 말은 너무 남용되어왔어. 요즈음에는 혁명가들 사이에서도 48년*의 인도주의적이고 자유주의적인 옛날 말을 버리려고 해…."

'이것은 거짓말이야' 하고 자크는 자기가 하고 있는 말과 **대화실**에서의 연설에 대해 생각했다. '그러나 반드시 그렇게 되어야만 해….'

앙투안은 잠자코 있었다. 그는 동생이 말한 마지막 말을 잘 알아듣지 못했다. '독재…' 하고 그는 생각했다. **이유를 따지기 전에** 프롤레타리아 독재 그 자체가 생각할 수 없는 것으로 보이

* 프랑스 2월 혁명이 일어난 1848년을 말한다.

지는 않았다. 그것이 다른 나라들의 경우에, 예를 들어 독일에서라면 어렵지 않게 상상할 수 있었다. 그러나 그것이 프랑스에서라면 전혀 불가능한 것 같은 생각이 들었다. '그런 독재는' 하고 그는 생각했다. '단순한 방향 전환으로 공고히 자리 잡을 수 없어. 그런 독재가 승리를 확보하기 위해서는 그것이 긍정되고, 경제적인 결과를 가져오고, 또 새로운 세대 속에 뿌리를 튼튼히 내릴 시간이 필요해. 집요한 포악, 끊임없는 투쟁, 억압, 약탈, 비참함이 뒤섞인 적어도 팔 년, 십 년, 어쩌면 십오 년이, 프랑스—국민 모두가 불평을 잘하고 개인주의적이며 자신들의 자유를 소중히 여기는 나라, 평범한 혁명가도 자기도 모르는 사이에 소지주의 습관과 취미를 가지고 있는 소액 연금 생활자의 나라, 그러한 프랑스가 과연 십 년이란 긴 세월에 걸쳐 이런 엄격한 시련을 견디어낼 수 있을까? 그런 것을 기대하는 것은 정말 미친 짓이 아닐 수 없어.'

한편 자크는 생각나는 대로 자기주장을 폈다.

"자본주의 제도로 인간의 모든 활동력을 노예화하고 착취하는 것은 프롤레타리아 독재를 통해서만 끝낼 수 있어. 착취자의 소유욕은 결코 끝이 없지. 지난 오십 년 동안의 산업 발달은 오직 그들의 권력을 증대시키는 데 이용되었을 뿐이야. 전 세계의 모든 부는 그들의 탐욕의 대상이야! 그들의 정복욕, 팽창욕이 그러하기 때문에 전 세계 자본주의의 여러 분파들은 광범위한 세계 지배를 위해 대동단결을 이루지 못하고 오히려 아주 명백한 자신들의 이익에 역행해서 서로 싸우는 지경에까지 이르렀어. 마치 부모의 유산을 놓고 서로 다투는 자식들처럼 말이야! …전쟁의 위협도 그 깊은 원인을 따져보면 이거야…."

(그는 언제나 전쟁의 강박관념으로 되돌아갔다.) "그러나 이번에야말로 그들은 뜻하지 않은 힘에 부딪치고 말 거야! 다행히도 프롤레타리아는 이제 과거와 같은 수동적 자세가 아니야! 프롤레타리아는 유산계급이 자기네의 욕심과 분열에 의해 다시 한번 그들을 희생시키는 파국으로 몰아넣는 것을 절대로 용납하지 않을 거야…. 현재로서는 혁명은 그다음 과제야. 우선은 전쟁 방지야! 그런 다음에…"

"그런 다음에?"

"아, 그런 다음에는 뚜렷한 목표가 있지! …그러나 가장 급한 일은 이러한 민중 세력의 승리와 제국주의에 반대하는 여론의 고양을 이용해서 총궐기하여 권력을 잡는 거야…. 그렇게 되면 세계에 대해 생산의 합리화를 명령할 수 있겠지…. 온 세계에 말이야, 이해해?…"

앙투안은 주의 깊게 듣고 있었다. 그는 잘 이해했다는 시늉을 했다. 그러나 미소를 짓다 만 그의 표정은 전적으로 찬성할 수는 없다는 뜻을 담고 있었다.

"물론 그것은 저절로 되는 일이 아니라는 것을 잘 알고 있어." 하며 자크가 계속해서 말했다. "거기에 도달하기 위해서는 우선 혁명가들이 과감하게 앞장설 필요가 있어. **반란 상태**를 유발하는 거지." 그는 메네스트렐의 말을 그대로 인용하면서 그의 날카로운 목소리까지 흉내 냈다. "그 부분이 중요해. 그러나 그것을 할 때가 곧 닥칠 거야. 그렇지 않으면 노동자는 아마 반세기 동안 여전히 해방을 기다려야 할 거야…."

침묵이 흘렀다.

"그런데… 그런 훌륭한 계획을 실천에 옮기는 데 필요한 사람들은 있니?" 앙투안이 물었다.

그는 논쟁을 격하지 않고 이성적으로 이끌어나가려고 애썼다. 그는 동생에게 그의 호의와 자유로운 정신과 공정함을 솔직히 보여주려고 마음먹고 있었다. 그러나 자크는 그것을 조금도 고맙게 생각하지 않았다. 반대로 그는 형의 무관심한 태도에 화가 났다. 그는 속지 않았다. 앙투안이 동생과 논쟁할 때면 늘 보여주는 빈정거리는 듯한 목소리, 침착한 말투, 이런 것들이 자크로 하여금 형이 자기보다 더 풍부한 경험과 월등한 지식으로 윗사람의 입장에 서서 자기를 내려다보는 것 같은 생각을 줄곧 갖게 했다.

"사람들? 있고말고" 하며 자크는 뻐기듯이 대답했다. "그러나 흔히들 말하는 위대한 실천가라든가, 천재적인 지도자들에게 기대했던 것은 아니야. 일단 사태가 발생하면 새로운 인물들이 나오거든…."

그는 잠시 입을 다물고 마음속의 꿈을 좇고 있었다. 그는 조용히 말을 계속했다.

"형, 그 모든 것이 전혀 공상이 아니야…. 사회주의로 나아가는 것은 일반적인 현실이야. 그것은 너무나 명백해. 마지막 승리는 힘든 법이야. 그리고 아! 아마 피비린내 나는 격동 없이는 승리란 이루어지지 않을 거야. 그러나 지금부터 눈을 뜨고 있는 자에게 그것은 피할 수 없는 사실이야…. 결국에는 범세계적인 제도가 확립될 것을 예견할 수 있어…."

"**계급 없는** 세계" 하고 앙투안이 비꼬듯 머리를 저으면서 말했다.

자크는 듣지 못한 척하면서 말을 계속했다.

"…완전히 새로운 체제야. 이번에는 확실히 그 체제가 예측할 수 없는 수많은 문제를 제기할 것이 틀림없어. 그러나 그것은 적어도 오늘날 가난한 사람들을 괴롭히고 있는 것, 곧 경제 문제를 해결할 거야…. 거기에는 조금도 공상적인 것은 없어…" 하며 그는 되풀이했다. "이러한 전제 앞에서는 모든 희망이 허용돼!…"

자크의 열정, 희미한 어둠 때문에 더욱 감동적인 느낌을 주는 자크의 그런 확신은 거꾸로 앙투안의 회의적인 태도를 더욱 강화시켰다.

'반란 상태' 하고 그는 생각했다. '천만에! …문제는 여기에 있어! 생활을 좀 더 조화롭게 하기 위한 고귀한 노력은 얼마나 큰 희생을 수반하는가! …더구나 그러한 노력을 해도 결코 지속성 있는 개선에는 이르지 못해! 사람들은 흥분한 나머지 스스로를 속이고 성급하게 때려 부수고 갈아치울 것만 생각하고 있어. 그러나 시간이 흐르면 그 새로운 제도에도 또 새로운 병폐가 생겨나는 법이야. 그래서 결국…! 그것은 결국 의학의 경우와 다를 게 없어. 언제나 성급하게 새로운 치료법만을 쓰고 싶어 한단 말이야….'

실제로 그는 현실 세계에 대해서 동생보다 엄격하지 않았고, 결국 썩 잘 적응해가고 있기는 했으나—그것은 그의 무관심만큼이나 자연스러운 기회주의에 의해서였고 또한 그는 사회를 이끌어가는 전문가들을 신뢰하기 때문이기도 했다—그렇다고 그것이 완전하다고 생각하지는 않았다. '그럼… 그럼' 하고 그는 생각했다. '모든 것은 개선될 수 있고 또 항상 개선되어야만 해. 그것이 문명의 법칙이야. 또 생명의 법칙이기도 하고….

그러나 그것은 단계적으로 이루어져야 하는 거야!'

"그래서 거기에 도달하려면" 하고 그는 말했다. "반드시 혁명이 필요하다는 거니?"

"지금은 그래… 나는 지금 그렇게 믿고 있어" 하며 자크는 인정한다는 투로 말했다. "나는 형이 생각하는 것을 잘 알고 있어. 나도 꽤 오래전에는 형같이 생각했어. 나는 오랫동안 개혁으로 충분하다고 생각하려고 노력했어. 현재의 체제 안에서의 개혁만으로… 그러나 이제는 그렇게 믿지 않아."

"그러나 네가 말하는 사회주의는 한 해 한 해 점차로 저절로 실현되는 것이 아닐까? 곳곳에서 말이야! 전제 정치를 하는 나라에서도. 독일 같은 나라에서?"

"그렇지 않아, 형이 말하는 그 경우야말로 의미심장한 거야! 그런 개혁들, 그것들이 악의 어떤 **결과**를 완화할 수는 있겠지. 그러나 그것은 결코 악의 **원인**을 쳐부수지는 못해! 그것은 당연해. 개량주의자들, 그것은 아무리 양심적인 사람들일지라도 사실상 타도해야 하고 또 대체해야 할 정치나 경제와 밀접한 관계를 맺고 있어. 자본주의에 대한 스스로의 기반을 무너뜨리고 몰락하기를 요구할 수는 없어! 자본주의는 스스로 자초한 혼란에 빠져 꼼짝달싹 못 하게 되면 결국 궁여지책으로 개혁안을 사회주의 사상에서 빌려오는 거야…. 그러나 그것이 전부야…."

앙투안은 이 말에는 수긍하지 않았다.

"그러나 상대적인 것을 받아들이는 것은 현명한 일이지! 그러한 부분적인 개혁도 네가 옹호하는 사회적 이상을 위해서는 그래도 이득이 되겠지."

"허망한 이득이야. 그것은 마지못해 받아들인 하찮은 양보에 지나지 않아. 본질은 조금도 다를 게 없어. 형이 말하는 나라들에서 개혁이 과연 얼마나 중요한 변화를 가져왔어? 돈의 힘은 조금도 그 지배력을 잃지 않았어. 그것은 계속해서 노동을 좌우하고 대중을 손아귀에 넣고 있어. 또 여전히 신문을 조종하고 있는가 하면, 공권력을 부패시키고 위협하고 있어. 일의 근본에 도달하기 위해서는 체제의 토대 자체에 곡괭이질을 하고 사회주의적 계획을 전면적으로 적용해야 해! 낡은 건물을 없애려면 도시계획 전문가가 송두리째 부수어버리고 새롭게 다시 세우는 거야…. 그래" 하고 자크는 한숨을 쉬면서 말을 계속했다. "지금 나의 깊은 확신은 오직 혁명, 곧 아래에서부터 솟구쳐 올라 모든 것을 전면적으로 뜯어고치는 대변혁만이 세계를 자본주의의 중독에서 구해낼 수 있다는 거야…. 괴테는 불의와 혼란 가운데에서 어느 하나를 택해야 한다면 불의를 택하겠다고 했지. 나는 그렇지 않아! 나는 정의가 없이 진정한 질서는 있을 수 없다고 생각해. 그 어떤 것도 불의보다는 낫다고 생각해… 그 어떤 것도! …심지어" 하면서 자크는 갑자기 목소리를 낮추었다. "심지어 그것이 그 무서운 혁명적 혼란이라 해도…."

'미퇴르크가 내 말을 듣는다면' 하고 그는 생각했다. '흐뭇해하겠지….'

자크는 잠시 생각에 잠겼다.

"나의 유일한 희망, 그것은 피비린내 나는 혁명이 모든 나라에서 일어나지 않았으면 하는 거야…. 1789년*의 공화제의 정신이 만방에 스며들어 모든 것을 변혁시키기 위해서 반드시

1793년**의 단두대를 유럽 모든 나라의 수도에 세울 필요는 없었어. 곧 프랑스가 돌파구를 열었어. 그래서 모든 민족이 그곳으로 지나갈 수 있었던 거야…. 한 나라만이 —독일이면 어떨까? —살을 에는 듯한 아픔을 겪는 것으로 충분하지 않을까. 그러면 새로운 질서가 잡히고, 다른 나라들은 그 선례를 따라 서서히 발전할 수 있어….”

“독일 같으면 그런 대변혁이 어울릴 거야!” 앙투안은 빈정거리듯 말했다. “그런데” 하고 그는 진지한 말투로 말을 이었다. “내가 알고 싶은 것은 그 새로운 사회를 언제 세우느냐 하는 문제야. 나는 결국 헛수고로 끝날 거라고 생각해. 왜냐하면 재건하기 위해서는 언제나 동일한 기초적인 요소를 가지고 있어야 하기 때문이지. 그리고 그러한 본질적 요소는 변함이 없어. 그것은 인간의 본성이야!”

자크의 얼굴빛이 갑자기 창백해졌다. 그는 마음의 동요를 감추려고 얼굴을 돌렸다.

앙투안은 자신도 모르는 사이에 동생의 큰 상처, 마음속 깊은 곳의 상처, 치유할 수 없는 상처를 사정없이 건드린 것이다…. 미래의 인간에 대한 신뢰, 그것이야말로 혁명의 존재 이유가 되는 것이고 모든 혁명적 열정의 진정한 도약대를 만드는 계기가 되는 것인데, 불행하게도 자크는 그것을 이따금 잠깐씩 느끼거나 아니면 일시적으로 주변의 분위기에 눌려서만 느끼곤 했던 것이다. 자크는 지금까지 현실적으로 그것을 자

* 1789년의 프랑스 대혁명을 말한다.

** 1793년의 공포정치 시대를 말한다.

기 것으로 만들어본 적이 없었다. 그는 인간에 대해 한없는 동정심을 가지고 있었다. 인간에 대해 마음으로부터 우러나오는 사랑을 바치고 있었다. 그러나 아무리 발버둥 쳐도, 아무리 열렬한 확신을 가지고 이론적인 공식을 되풀이해보아도, 그는 여전히 인간의 정신적인 가능성에 대해 회의적이지 않을 수 없었다. 그리고 마음속 깊은 곳에는 이런 비통한 거부감이 자리 잡고 있었다. 그는 인류의 정신적인 진보라는 이 도그마에 잘못이 없다는 것을 믿지 않았으며 또 믿을 수도 없었다. 제도를 전면적으로 개혁하고 새로운 체제를 건설함으로써 인간의 조건을 개선하고 재조직하며 완전하게 할 수 있다는 것. 분명히 그렇다! 그러나 이 새로운 사회 질서가 본질적으로 좀 더 나은 인간형을 자동적으로 만들어내고 또한 **인간**을 새롭게 만들기를 열망하는 것. 그는 거기까지는 기대할 수 없었다. 그리고 마음속 깊은 곳에 자리 잡은 이러한 근본적인 회의를 느낄 때마다 회한과 부끄러움과 절망 때문에 가슴이 찢어지는 듯했다.

"나는 인간성의 완전성에 대해서 그렇게 특별한 환상을 가지고 있지는 않아." 하고 그는 약간 목소리를 바꾸어 솔직히 말했다. "그러나 나는 현대의 인간이 자기가 몸담고 있는 사회 체제에 의해 상처받고 모욕당하고 있다는 것은 인정해. 이 체제는 노동자를 억압함으로써 그들을 낮추고 그들을 정신적으로 메마르게 하고 극히 저급한 본능에 욕망을 질식시키고 있어. 물론 나는 그런 저급한 본능이 인간에게는 타고난 것임을 부정하지는 않아. 다만 인간에게 그러한 본능만이 있는 것은 아니라고 생각하고, 그렇게 믿고 싶어. 나는 우리의 경제 문명은 선한 본능이 발전하고 나아가서 그것이 다른 본능을 압도하는 데

방해가 된다고 생각해. 그리고 인간이 자기가 가지고 있는 가장 훌륭한 것을 자유롭게 꽃피울 수 있을 때야 비로소 인간은 지금과 달라질 것이라는 기대를 가질 수 있다고 생각해…."

레옹이 방문을 살며시 열었다. 그는 자크의 말이 끝나기를 기다렸다가 탁한 목소리로 말했다.

"서재에 커피를 준비해놓았습니다."

앙투안이 돌아보았다.

"아니, 이리로 갖다주게…. 그리고 불도 켜주고…. 코니스만 켜게…."

천장이 환해졌다. 천장의 환한 빛이 방 안을 밝게 하기에 충분했다.

'가만있자' 하고 앙투안은 생각했다. 그는 이 점에 있어서는 동생과 의견을 같이할 수 있으리라는 것을 생각지 못했었다. '이것이 문제의 핵심이다…. 저런 순진한 녀석들은 인간이 불완전한 것을 사회의 결함 탓으로만 돌리고 있다. 따라서 그들이 혁명에 터무니없는 희망을 거는 것도 아주 당연한 일이다. 만일 그들이 사실을 있는 그대로 볼 줄 안다면… 그리고 인간은 본디 더러운 동물이며 어떻게 할 수 없다는 것을 확실히 이해한다면…. 모든 사회 제도는 숙명적으로 인간성의 추악한 면을 반영하게 되어 있다…. 그렇다면 무엇 때문에 대변혁의 위험을 무릅쓴단 말인가?'

"근대 사회의 말할 수 없는 혼란이 단지 물질적인 차원에만 국한되는 것은 아니야…." 자크가 침통한 투로 말하기 시작했다.

커피 쟁반을 들고 레옹이 들어오자 자크는 이야기를 중단했다.

"설탕은 두 개?" 앙투안이 물어보았다.

"하나면 돼. 고마워."

잠시 침묵이 흘렀다.

"그것은 모두… 그것은 모두…" 하고 앙투안이 미소를 지으면서 중얼거렸다. "얘, 내가 한번 솔직히 말해볼까? 그것은 유-토-피아야!"

자크는 형을 아래위로 훑어보았다. '형은 '얘'라고 했지. 아버지하고 똑같군.' 그는 생각했다. 그는 점점 화가 치밀어 오르는 것을 느꼈다. 그는 화를 내면 속이 후련해질 것 같아 화를 벌컥 내며 외쳤다.

"유토피아라고?" 그는 외쳤다. "형은 몇천 명이나 되는 진지한 사람들이 있다는 것을 모르는 것 같아. 그들은 이 '유토피아'를 신중히 검토되고 엄밀히 짜여진 행동 계획으로 삼고, 기회만 오면 행동으로 옮길 태세를 갖추고 있어!…" (이렇게 말하면서 그는 제네바, 메네스트렐, 러시아의 이론가들, 조레스를 생각했다.) "우리가 오래 산다면 지구의 어디에선가 그러한 유토피아가 틀림없이 실현되어 새로운 사회가 탄생하는 것을 볼 수 있을 거야!"

"인간은 언제나 인간일 거야." 앙투안이 중얼거렸다. "언제나 강자와 약자는 있게 마련이니까…. 모두 다 똑같을 수는 없어. 강자는 우리와는 다른 제도, 다른 규범에 그 권력의 기반을 두겠지…. 그리하여 새로운 강자와 계급, 새로운 착취자의 유형이 만들어지고…. 이것이 법칙이야…. 그때까지 우리의 문명에서 좋은 점은 어떻게 될까?"

"그래," 하고 자크는 혼잣말처럼 중얼거렸다. 그의 슬픈 듯한 말투는 앙투안으로 하여금 어안이 벙벙하게 했다. "형 같은 사람들에게는 크고 놀라운 사실로 대답해줄 수밖에 없군…. 그때까지 형의 처지는 편할 거야! 그런 것은 현세에 안주하고 있고 현 상태를 어떻게 해서든지 그대로 유지해가고자 하는 사람들의 처지야!"

앙투안은 갑자기 들고 있던 찻잔을 놓았다.

"그러나 나는 나대로 다른 세계를 받아들일 준비를 완전히 갖추고 있어!" 앙투안은 외쳤다. 격렬한 형의 말투에 자크는 자기도 모르게 마음이 흐뭇해지는 것을 억제할 수 없었다.

'그것만으로도 대단한 일이지' 하고 자크는 생각했다. '자신의 확신을 현재의 생활에 굴종시키지 않는 것만 해도…'

"너는 모를 거야" 하며 앙투안이 말을 계속했다. "내가 얼마나 모든 사회 형태와 관계가 없고 독립적인지! 나는 한 시민에 지나지 않아, 나는! …내게는 내가 수행해야 할 직업이 있어. 내가 마음을 쓰고 있는 일은 그것뿐이야. 나머지 것들은 내 진찰실 주변에 너희 마음에 드는 세계를 만들어봐! 빈곤과 낭비와 어리석음과 저열한 욕망 같은 것들이 없는 사회, 불의와 부패와 특권이 없는 사회, 인간들이 서로 잡아먹는 저 정글의 법칙 같은 것이 판을 치지 않는 사회, 그런 사회를 건설할 수 있다고 믿는다면, 잘들 해봐! …우물쭈물하지 말고 말이야! …나는 자본주의를 두둔하는 게 아니야! 그것은 존재하고 있어. 내가 이 세상에 태어났을 때 그것은 이미 존재했어. 삼십 년 전부터 나는 그 속에서 살고 있어. 그래서 그것에 익숙해져 있고 받아들이고 있는 거야. 더구나 기회가 있을 때마다 그것을 이용하기도 해…. 그러나 나는 다른 것과도 타협할 준비가 완전히 되어 있어! 그리고 만일 너희가 정말 더 좋은 것을 찾았다면 그것은 다행이야! …나로서는 나의 존재 이유를 만들어줄 수 있는 것 말고는 아무것도 요구하지 않아. 나는 인간으로서의 나의 역할을 못하게 하는 것이 아니라면 너희가 원하는 것을 모두 받아들일 거야…. 그러나" 하며 그는 쾌활하게 덧붙였다. "너희가 말하는 새로운 체제가 아무리 완벽하다 할지라도, 박애를 일반 법칙으로 만드는 데 성공한다 하더라도 건강에 대해서도 그럴 수 있을지는 의심스러워…. 환자는 있을 테고, 따라서 의사도 있겠지. 그렇다면 나로서는 사람들과의 근본적인 관계에서 아무런 변화도 있을 수 없어…. 그렇지만" 하고 그는 눈을 깜빡거리면서 말했다. "네가 말하는 사회주의 사회에서는 나에게 어느 정도의…"

현관의 벨이 요란스럽게 울렸다.

앙투안은 놀라 귀를 기울였다.

그러나 그는 그대로 말을 계속했다.

"…어느 정도의 자유만… 아! 그렇지. 이것은 sine qua non* 의 조건이야. 어느 정도의 직업적인 자유 말이야…. 사상의 자유와 일의 자유라는 뜻인데… 물론 거기에 따르는 모든 위험과 모든 책임은 각오해야겠지…."

그는 하던 이야기를 멈추고 귀를 기울였다.

레옹이 층계참의 문을 여는 소리가 들렸다. 뒤이어 여자 목소리가 들려왔다.

* 라틴어로 '필요 불가결한'이라는 뜻.

앙투안은 테이블에 주먹을 올려놓고 곧 일어날 준비를 하고 있었다. 그의 얼굴에서는 이미 직업적인 표정을 읽을 수 있었다.

레옹이 문 앞에 나타났다.

그에게는 말 한마디 할 시간조차 없었다. 뒤에서 한 젊은 여자가 바삐 방으로 뛰어들어왔다.

자크는 깜짝 놀랐다. 그리고 갑자기 얼굴이 몹시 창백해졌다. 제니 드 퐁타냉임을 알아보았기 때문이다.

18

제니는 자크를 알아보지 못했다. 아마 그녀는 그를 주의해서 보지 않았거나 보지 못했을 것이다. 그녀는 긴장된 얼굴을 하고 앙투안 쪽으로 다가갔다.

"빨리 가주세요…. 아빠가 다치셨어요…."

"다치셨다고요?" 앙투안이 물었다. "중태인가요? 지금 어디 계세요?"

제니는 손을 관자놀이에 갖다 댔다.

그녀의 넋 나간 모습이며, 몸짓으로 미루어 보아, 지금까지 제롬 드 퐁타냉의 생활에 대해 어느 정도 알고 있는 앙투안으로서는 뭔가 심상치 않은 일이 벌어졌다는 것을 짐작할 수 있었다. 살인미수? 자살미수?

"어디 계세요?"

"호텔에요…. 제가 주소를 알아요… 엄마가 가서 기다리고 계세요… 가주세요….”

“레옹” 하고 앙투안이 외쳤다. “빅토르한테 알려줘…. 빨리 자동차를 준비해!”

그는 제니를 돌아보았다.

“호텔이라고? 거기에는 어떻게? …언제 다치셨는데요?”

제니는 대답하지 않았다. 그녀는 그곳에 같이 있는 손님을 얼핏 바라보았다…. 자크!

자크는 아래를 보고 있었다. 그는 자신을 응시하고 있는 제니의 눈길 때문에 얼굴이 화끈 달아옴을 느꼈다.

메종 라피트에서 보낸 여름 이후로 두 사람은 한 번도 만난 적이 없었다. 사 년 동안!

“잠깐만, 왕진 가방을 가지고 올게.” 하면서 앙투안은 문 쪽으로 뛰어갔다.

자크와 단둘이 있게 된 제니는 몸을 떨기 시작했다. 그녀는 카펫을 뚫어지게 내려다보고 있었다. 그녀의 입가는 눈에 뜨이지 않을 정도로 떨리고 있었다. 한편 자크는 조금 전까지만 해도 상상조차 할 수 없었던 뜻밖의 일에 어안이 벙벙해져서 숨을 죽이고 있었다. 두 사람은 동시에 눈을 들었다. 그들의 눈길이 마주쳤다. 똑같은 놀라움과 괴로움으로 그들의 눈동자는 커졌다. 제니의 두 눈동자에서는 공포의 빛이 어리었다. 그러나 그 빛은 이내 눈꺼풀로 가리어졌다.

자크는 무의식적으로 한 걸음 앞으로 나아갔다.

“앉지 그래요.” 그는 의자를 가까이 가져가면서 떠듬떠듬 말했다.

제니는 꼼짝도 하지 않았다. 그녀는 천장에서 내리비추는 불빛을 받으며 서 있었다. 두 뺨에는 속눈썹의 그림자가 아른거리고 있었다. 단색의 꼭 맞는 타이외르 투피스를 입고 있어서 키가 크고 호리호리하고 아주 늘씬해 보였다.

앙투안이 급히 돌아왔다. 그는 외출용 윗도리를 입고 모자를 쓰고 있었다. 두 개의 붕대 상자를 든 레옹이 뒤따라 들어왔다. 앙투안은 테이블에 있는 찻잔을 옆으로 치우고 상자를 열었다.

"그런데 좀 설명해봐요…. 자동차는 곧 준비될 테니까요…. 상처는 어때요? 어떻게 다쳤어요? 레옹, 빨리 습포 상자를 가져오게…."

앙투안은 이렇게 말하면서 상자 하나에서 핀셋과 작은 약병 두 개를 꺼내어 다른 상자에 넣었다. 그는 서두르고 있었다. 그러나 그 동작은 민첩하고 정확했다.

"우린 아무것도 몰라요…." 하고 제니는 앙투안이 방 안에 들어오자 그에게로 바싹 다가가면서 중얼거렸다. "권총 탄알이 하나…"

"저런!…" 하고 앙투안은 돌아보지도 않고 탄식하듯 말했다.

"파리에 계시는 것조차 우리는 모르고 있었어요…. 엄마는 아빠가 계속 빈에 계신 줄만 알고 계셨어요…."

이렇게 말하는 제니의 목소리는 분명치 않고 좀 숨 가빠 하는 듯했으나 말투는 단호했다. 이런 와중에서도 그녀는 여전히 힘과 용기를 잃지 않고 있다는 인상을 주었던 것이다.

"아빠가 있는 호텔에서 우리한테 알려왔어요…. 삼십분쯤 전에요. 우리는 차를 잡아탔지요…. 그리고 엄마는 거기로 가는 길에 나를 여기에 내려주었어요. 엄마는 기다릴 시간이 없었나봐요. 혹시나 해서…"

제니는 말을 끝맺지 못했다. 레옹이 니켈 상자를 들고 들어왔다.

"자" 하며 앙투안이 말했다. "그럼, 갑시다! …그 호텔은 멀어요?"

"프리들랑가街 27번지 을 호예요."

"너도 같이 가자!" 앙투안이 자크에게 말했다. 그 말투는 의향을 묻는다기보다는 오히려 명령조였다. 그는 이렇게 덧붙였다. "거기에서 네 도움이 필요할 거다."

자크는 아무런 대답도 않고 제니만 바라보았다. 그녀는 잠자코 있었다. 그러나 자크는 자기가 동행하는 것을 제니가 승낙하는 것으로 여겼다.

"갑시다." 앙투안이 말했다.

자동차는 아직 차고에 있었다. 앞마당에 비치는 헤드라이트 불빛이 눈을 부시게 했다. 빅토르가 서둘러 보닛을 닫는 동안 앙투안은 제니를 차에 태웠다.

"나는 앞에 타겠어." 자크는 조수석에 타면서 말했다.

차는 콩코르드 광장까지 쏜살같이 달렸다. 그러나 샹젤리제가街에 이르자 자동차의 통행이 혼잡했기 때문에 운전기사는 하는 수 없이 속도를 늦추어야 했다.

제니의 옆, 차 한구석에 앉은 앙투안은 그녀의 침묵을 방해하지 않으려고 애썼다. 그는 자신이 익히 아는 이 달콤한 순간, 결단과 책임의 시간에 앞서, 기다림과 넘쳐흐르는 힘으로 가득한 이 순간을 아무런 거리낌 없이 음미하고 있었다. 그러면서 그는 멍하게 밖을 내다보고 있었다.

무엇이던지 몸에 와닿는 것을 싫어하는 까닭에 자동차 구석까지 몸을 비키고 있던 제니는 떨리는 몸을 진정시키기 위해 안간힘을 쓰고 있었다. 그녀는 무엇에 부딪친 크리스털처럼 발끝부터 머리까지 계속 떨고 있었다.

처음 보는 호텔 보이가 경계하는 눈초리와 함께 건방진 말투로 "9호실 손님이 머리에 권총 한 방을 쏘았어요"라고 말하면서 안내하던 순간부터 택시를 타고 위니베르시테가街에 도착할 때까지 모녀는 말 한마디 없이, 눈물 한 방울 흘리지 않고, 떨리는 두 손을 경련을 일으킨 듯이 꼭 움켜쥐고 있었다. 제니는 오로지 다친 아버지만을 생각하고 있었던 것이다. 그러나 느닷없는 자크의 출현 뒤로 그녀는 아버지 일은 까맣게 잊어버렸다…. 그녀는 자기 앞에 있는 똥똥하고 살아 있는 이 등을 짐짓 보려고 하지 않았지만, 그래도 자신의 온 힘을 그리로 응집시킬 수밖에 없는 뚜렷한 존재였다!… 그녀는 이를 악문 채 왼손을 가슴에 대고 심장의 고동을 억누르고 있었다. 그리고 고개를 푹 수그리고 있었다. 그녀는 이런 격렬한 마음의 동요를 당장 어떻게 해석해야 할지 몰랐다. 그 때문에 자기가 죽을 뻔했고, 이제는 그것에서 완전히 벗어났다고 생각하고 있는 그 비극적인 사건에 다시 사로잡힌 듯 잠시 몸부림치고 있었다.

갑자기 자동차가 멈추었기 때문에 그녀는 눈을 들었다. 귀대하는 군대 행렬이 지나가는 동안에 로터리에서 자동차는 갑자기 멈추어야만 했다.

"다급할 때!…" 하고 앙투안은 제니 쪽으로 몸을 돌리면서 투덜거렸다.

빽빽이 열을 지은 한 무리의 젊은 병사들이 램프를 흔들며 군악대를 선두로 보조를 맞추어 행군하면서 군대 행진곡의 후렴을 목청을 돋우어 부르고 있었다. 양쪽에서는 근엄한 경비대의 보호를 받으면서 모여든 군중이 병사들에게 박수갈채를 보내고 군기가 지나가자 모자를 벗었다.

운전사는 자크가 모자를 벗지 않는 것을 보자 안심한 듯 자신도 모자를 그대로 쓰고 있었다.

"물론…" 하며 그는 용기를 내어 말했다. "이 지역은 저 녀석들의 세상이랍니다…." 그리고 자크가 어깨를 으쓱해 보이자 용기를 내어 덧붙였다. "우리 벨빌에서는 이런 소란을 내버려두지 않지요! 그럴 때마다 난투극으로 끝난답니다…."

마침 행렬이 콩코르드 광장 쪽으로 내려가 왼쪽으로 돌아갔기 때문에 앙탱가街의 길이 트였다.

몇 분 뒤에 자동차는 전속력으로 교외의 언덕길을 올라가 프리드랑가街로 나왔다.

앙투안은 재빨리 자동차 문을 열었다. 차가 서자마자 그는 뛰어내렸다. 제니는 자리에서 몸을 간신히 일으켰다. 그리고 앙투안이 내미는 손을 거절하고 인도에 내렸다. 그녀는 호텔 출입문에서 차도까지 반사되는 빛에 눈이 부셔 한순간 꼼짝 않고 서 있었다. 그리고 어찌나 현기증이 심했던지 그녀는 그 자리에 쓰러질 뻔했다.

"따라와요" 하고 앙투안은 그녀의 어깨를 부드럽게 치면서 말했다. "내가 먼저 갈 테니까."

제니는 몸을 빳빳이 하고 뒤를 따라갔다. '그는 어디에 있을까?' 하고 생각하면서도 그녀는 감히 뒤돌아볼 엄두를 내지 못했다. (지금, 여기 와서도 그녀가 생각하고 있는 것은 아버지가 아니었다.)

웨스트민스터 호텔은 에투알* 동네에서 흔히 볼 수 있는 외국인용 하숙집이었다. 작은 홀은 환하게 불이 켜져 있었다. 구석 쪽에는 유리문 너머로 갤러리 살롱이 보였다. 거기에서는 사람들이 여기저기 모여 앉아 담배를 피우며 녹색 화분 뒤에 가려진 피아노에서 흘러나오는 소리를 들으면서 트럼프 놀이를 하고 있었다.

앙투안이 뭐라고 말하자 수위는 검은 새틴으로 요란하게 몸치장을 한 뚱뚱한 여자에게 눈짓을 했다. 여자는 곧 카운터 뒤에서 몸을 일으켜 무뚝뚝한 얼굴로 아무 말도 않고 부랴부랴 그들을 엘리베이터 쪽으로 안내했다. 철문이 닫혔다. 그제야 비로소 제니는 자크가 그들과 함께 있지 않다는 것을 알고 무척 마음이 홀가분해지는 것을 느꼈다.

정신을 가다듬을 사이도 없이 그녀는 층계참에서 어머니와 마주쳤다.

퐁타냉 부인의 표정은 초췌해 있으면서도 침착성을 잃지 않고 있었다. 제니는 무엇보다도 먼저 어머니의 모자가 비뚤어져 있는 것을 알아차렸다. 그리고 이렇듯 괴상하게 흐트러져 있는 어머니의 모습이 슬픔에 잠긴 눈길보다도 더 그녀의 마음을 뒤흔들었다.

퐁타냉 부인은 겉봉이 뜯긴 편지를 손에 들고 있었다. 그녀

* 개선문이 있는 광장을 말한다.

는 앙투안의 팔을 잡았다.

"저기 계세요…. 가시지요…."

부인은 앙투안을 급히 복도 쪽으로 데려갔다.

"지금 막 경찰에서 다녀갔어요…. 아직 살아 있어요…. 어떻게 해서든지 살려내야 해요…. 호텔 전속 의사는 움직일 수 없다고 해요…."

부인은 제니 쪽을 돌아보았다. 그녀는 상처 입은 아버지의 모습을 딸에게 보여주고 싶지 않았던 것이다.

"얘, 너는 거기에서 기다리고 있거라."

그리고 부인은 손에 들고 있던 봉투를 딸에게 내밀었다. 그것은 마루 위 권총 옆에 떨어져 있던 편지였다. 거기에 주소가 적혀 있었기 때문에 옵세르바투아르가街로 곧 사람을 보낼 수 있었던 것이다.

층계참에서 혼자 남은 제니는 천장 등의 희미한 불빛 아래에서 아버지가 쓴 편지를 읽기 시작했다. 마지막 줄에 쓰인 **제니**라는 자신의 이름이 먼저 눈에 들어왔다.

....

제니, 용서해다오. 나는 제니한테 한 번도 애정을 보여주지 못했다….

....

제니의 손은 떨리고 있었다. 손끝까지 저며오는 신경의 떨림을 진정시키기 위해 온몸을 움츠려보았으나 헛일이었다. 그래서 정신을 집중해서 편지를 처음부터 읽었다.

....

테레즈! 나를 심하게 나무라지 말아주오. 일이 이쯤 될 때까지 내가 얼마나 괴로워했는지를 당신이 안다면! 당신을 얼마나 불쌍하게 생각했는지! 여보, 내가 당신을 무던히도 고생시켰구려! 그토록 훌륭하고 그토록 착한 당신. 나는 부끄럽게 생각하오. 선을 악으로밖에 갚을 줄 모르는 나였으니 말이오. 그러나 여보, 나는 당신을 사랑했소. 이 마음을 당신이 알아주기만 한다면. 나는 당신을 사랑하고 있으며 당신만을 사랑했소.

....

글씨가 눈앞에서 춤을 추었다. 차가우면서도 타는 듯한 제니의 두 눈, 편지를 읽던 그 눈은 계단 쪽으로 끊임없이 불안한 눈길을 보내곤 했다. 머릿속에는 오로지 자크가 오지 않나 하는 생각뿐이었다. 자크가 다시 모습을 나타내지 않을까 하는 두려움이 어찌나 컸던지 그녀는 비통한 몇 줄의 편지에 도저히 자신의 주의력을 집중시킬 수 없었다. 종이 위에 연필로 아무렇게나 갈겨쓴 이 편지. 스스로 목숨을 끊으려고 하던 최후의 순간에 그나마 딸을 마지막으로 생각한다는 흔적이라도 남기고자 했던 아버지.

…제니, 나를 용서해다오….

제니는 몸을 숨길 은신처가 될 만한 구석을 두리번거리며 찾아보았다. 그러나 그런 곳은 아무 데도 없었다…. 저쪽 한구석에 긴 의자가 하나 보였다…. 비틀거리면서 그리로 가서 앉았다. 지금 자신이 느끼고 있는 것을 알려고도 하지 않았다. 너무나 지쳐 있었다. 모든 것을 매듭짓고 자기 자신으로부터 해방될 수 있다면 지금 당장이라도 죽음을 무릅썼을지도 모른다.

그러나 제니는 자신의 생각을 막을 수 없었다. 잊으려야 잊을 수 없는 과거가 꿈처럼 빨리 지나가는 필름과 같이 눈앞에 펼쳐지고 있었다. 불가사의한 그 일은 1910년의 여름이 끝날 무렵에 메종 라피트에서 시작되었다. 그 당시 자크는 날이 갈수록 더욱 자신에게 빠져들면서 자신을 정복하려 든다는 것을 그녀는 알고 있었다. 그런가 하면 그녀 역시 날이 갈수록 더 마음이 흔들리면서 자크에게 이끌리고 있다는 사실을 깨닫고 몹시 당황하고 있던 참이었다. 그러던 중 어느 날 자크는 아무 예고도 없이, 편지 한 통 남기지 않고, 그런 갑작스런 태도 변화로 인해 그녀가 느낄 모욕감을 덜어줄 만한 아무런 흔적도 남기지 않은 채 발길을 끊었던 것이다…. 그 뒤 어느 날 밤, 앙투안이 전화로 다니엘을 불렀다. 자크가 실종되었다는 것이었다! …그리고 이때부터 그녀의 고통은 시작되었다. 왜 집을 나갔을까? 아니, 어쩌면 더 나쁜 일이, 자살이라도 한 것은 아닐까? … 1910년 10월 내내 제니는 하루하루 자신의 괴로움을 주위의 어느 누구도, 심지어는 어머니까지도 눈치채지 못하게 하면서, 집 나간 자크의 종적을 찾고 있는 앙투안과 다니엘의 허망한 수색 결과만을 애태우며 기다렸던 것이다…. 그리고 그런 상태가 몇 달이나 계속되었다…. 그녀는 침묵과 번민 속에서 진정한 종교적 삶의 지주도 없이 이런 숨 막히는 듯한 야릇한 분위기 속에서 혼자 몸부림쳤다. 자신의 절망을 숨기려고 했을 뿐만 아니라 육체적인 고통과 그런 충격 뒤에 오는 신체의 쇠약을 감추려고 몹시 애를 쓰기도 했다…. 마침내 이런 고독한 싸움, 회복되는 듯하다가 다시 재발하는 그런 기간이 일 년 이상 지속된 뒤에야 제니는 겨우 마음의 평정을 되찾았다. 이제는 몸을 돌보는 일이 문제였다. 그래서 의사가 시키는 대로 한여름 내내 산에서 지낸 다음에 초겨울이 되자 남프랑스로 옮겨갔다…. 자크를 찾았다는 것, 그가 스위스에 산다는 것, 티보 씨의 장례식에 참석하기 위해 그가 파리에 돌아왔다는 것을 그녀가 알게 된 것은 작년 가을 프로방스에 있을 때 다니엘이 어머니에게 보낸 편지를 통해서였다. 그 뒤 몇 주일 동안 그녀는 심한 마음의 동요를 겪었다. 그러나 아무튼 그것은 이내 자연스럽게 진정되었다. 그래서 그녀 자신은 당시에 완쾌된 것으로 생각하고 있었다. 그렇다. 자신과 자크의 관계는 이것으로 완전히 끝난 것이다. 이제 남은 것은 아무것도… 아무것도… 없다고 생각하고 있었다! 그런데 오늘 저녁, 제니로서는 더 이상 비통할 수 없는 이 순간에, 자크가 안정을 못 찾는 그 눈동자, 심술궂은 그 얼굴을 하고 다시 그녀 앞에 나타난 것이다!

제니는 몸을 숙이고 겁을 먹은 듯 두 눈을 계단 쪽으로 향한 채 앉아 있었다. 그녀의 생각은 활발히 움직이기 시작했다…. 자신은 어떻게 되는 것일까? 우연한 만남, 두 눈길의 부딪침, 이것만으로도 과거의 온갖 찌꺼기를 휘젓고, 몇 년에 걸쳐 되찾은 균형을 순식간에 파괴해버리기에 충분하단 말인가?

자크는 형이 시킨 대로 홀에서 기다리고 있었다.

검은 새틴 옷을 입은 여자가 카운터의 자기 자리로 돌아와 안경 너머로 자크에게 이따금 적의에 찬 눈길을 던지곤 했다. 멀리서 피아노와 날카로운 소리의 바이올린의 합주가 단 한 쌍의 춤추는 사람들을 위해 탱고를 힘겹게 연주하고 있었다. 자크의 눈에도 그 사람들의 모습이 간간이 유리문을 통해 들어왔다. 식당에서는 때늦은 손님들이 식사를 막 끝내려는 참이었다. 주방에서 접시 부딪치는 소리가 들려왔다. 보이들은 쟁반을 들고 왔다 갔다 하고 있었다. 그들은 카운터 앞을 지나면서 조심스러운 목소리로 "삼번 손님께 에비앙 한 병", "십번 손님은 계산", "이십칠번 손님께 커피 두 잔" 하고 알리고 있었다.

여자 청소부가 계단을 뛰어내려왔다. 그러자 검은 새틴 옷을 입은 여자가 펜 끝으로 여자에게 자크를 가리켰다.

청소부는 앙투안이 써준 쪽지 하나를 가지고 왔다.

닥터 에케한테 전화를 걸어 빨리 와달라고 할 것. 파시 09-13번.

자크는 공중전화 박스가 있는 곳을 물었다. 그는 전화를 받은 사람이 니콜이라는 것을 알아차렸다. 그러나 자신이 누구라는 것을 밝히지 않았다.

에케는 집에 있었다. 그는 곧 전화를 받았다.

"곧 떠날게. 십 분 뒤면 도착할 거야."

카운터 보는 여자가 전화박스 앞에서 기다리고 있었다. '저 9호실의 어처구니없는 사람'에 관한 모든 것이 그녀에게는 수상쩍었다. 병자라고 해도 호텔 쪽으로서는 이미 달갑지 않은 손님인데, 하물며 자살을 기도한 손님이라니!

"이런 일이란, 아시겠지만 저희 같은 집에서… 있을 수 없는… 절대로… 아무튼 즉시…"

앙투안이 계단에 모습을 나타냈다. 그는 모자도 안 쓴 채 혼자였다. 자크는 그에게 급히 달려갔다.

"어때?"

"혼수상태야…. 전화는 걸었겠지?"

"에케는 곧 온다고 했어."

검은 새틴 옷을 입은 여자는 결심한 듯 그들의 이야기에 끼어들었다.

"담당 의사신가 보지요?"

"그렇습니다."

"아시겠지만 저희로서는 이 상태로 그냥 여기에 있게 할 수는 없어요…. 저희 같은 호텔에서는…. 병원으로 옮겨주세요…."

앙투안은 여자의 말에는 아랑곳하지 않고 저쪽 구석으로 동생을 데려갔다.

"어떻게 된 거야?" 자크가 물었다. "왜 자살하려 했지?"

"전혀 모르겠어."

"여기에서 혼자 살고 있었나?"

"그런 것 같아."

"곧 올라갈 거야?"

"아니야. 에케를 기다리겠어. 그에게 잠깐 할 이야기가 있으니까…. 앉자."

그러나 앙투안은 앉자마자 곧 다시 일어났다.

"전화는 어디에 있지?" 그는 갑자기 안이 생각났다. "입구를 살피고 있어. 곧 돌아올 테니까."

안은 불도 켜지 않고 창문을 모두 열어놓은 채 발을 쳐놓고 디방 위에 누워 있었다. 전화벨이 울리자 그녀는 앙투안이 오지 못하리라는 것을 직감적으로 알아차렸다. 그녀는 상대편이 하는 말을 귀담아듣지도 않을뿐더러, 무슨 말을 하고 있는지 제대로 파악하려고 하지도 않고, 그저 상대의 이런저런 변명을 듣기만 했다.

"알겠지?" 하고 앙투안은 그녀의 침묵에 놀라면서 말했다.

안은 대답을 못 했다. 목구멍에 경련이 일어나 죄어드는 것 같았기 때문이다. 그래서 그녀는 간신히 이렇게 중얼거렸다.

"…거짓말이지요, 토니?"

목소리가 아주 낮은 데다가 평소와는 달랐기 때문에 앙투안은 화가 치밀어 올랐으나 참았다.

"뭐, 거짓말? 말하고 있잖아…. 혼수상태라니까! 외과의사를 기다리고 있는 중이야!"

그녀는 수화기를 꽉 잡고 분에 못 이겨 손을 부들부들 떨고 있었다. 그리고 울음이 나올 것 같아 아무 말도 못 하고 있었다.

앙투안은 잠자코 기다리고 있었다.

"당신, 어디 계세요?" 마침내 안이 물었다.

"어느 호텔이야… 에투알 근처에 있는…."

그녀는 희미한 메아리처럼 같은 말을 되풀이했다.

"에투알?…" 그러고 나서 한참 동안 망설이다가 말했다. "그러면 아주 가깝군요…. 아주 가까운 곳에 계시네요, 토니!…"

그는 미소를 지으며 말했다.

"그래, 멀지 않은 곳이지…."

그녀는 목소리를 통해 그가 미소를 짓고 있다는 것을 짐작했다. 그러면서 갑자기 희망을 되찾았다.

"당신이 무엇을 생각하고 있는지 잘 알고 있어." 하고 그는 여전히 미소를 지으면서 말했다. "그런데 또 한번 말해두는데, 나는 오늘 밤 내내 여기에 있어야 할 것 같아…. 당신은 얌전히 집에 돌아가는 게 좋겠어."

"싫어요" 하고 그녀는 재빨리 나지막한 목소리로 외쳤다. "싫어요. 나 꼼짝 않고 있겠어요!" 그리고 좀 망설이다가 속삭였다. "나, 기다리고 있을게요…."

그녀는 윗몸을 젖히며 수화기를 좀 멀리하고 숨을 들이마셨다. 멀리서 수화기를 통해 콧소리가 들려왔다.

"…빠져나갈 수 있다면야 그렇게 하지…. 너무 기대하지 말아요…. 그럼 안녕…."

그녀는 재빨리 수화기를 귀에 갖다 대었다. 그러나 그때는 이미 앙투안이 수화기를 내려놓은 뒤였다.

그녀는 다시 디방에 몸을 쭉 펴고 누웠다. 그리고 한쪽 뺨을 수화기로 꽉 누르면서 멍하니 두 눈을 크게 뜬 채, 두 다리를 한데 모으고 몸을 쭉 폈다.

"퐁타냉 부인은 확실히 훌륭한 부인이야" 하고 앙투안은 자크 곁에 와서 조용히 앉으며 말했다. 그는 잠시 침묵을 지키고 있다가 말했다. "제니와는 만나지 않고 있었나보군… 그 뒤로?" 앙투안은 동생이 집을 나갔던 일, 「라 소렐리나」, 그리고 그 아리송한 이야기 등 모든 것이 갑자기 생각났다.

자크는 침울한 표정을 지으며 그렇다는 뜻으로 머리를 저었다.

자동차 한 대가 호텔 앞에 와서 멈추었다. 에케가 돌계단 밑에 나타났다. 부인과 함께였다. 니콜은 결코 제롬 아저씨를 용서하지 않았다. 자기 어머니의 나쁜 행실도 아저씨의 책임으로 돌렸다. 그리고 이러한 부끄러운 종말도 결국은 하느님의 벌이라고 생각하는 것 같았다. 하지만 그녀는 이렇게 비통한 때 테레즈 아줌마와 제니를 단둘이 있게 할 수는 없다고 생각했던 것이다.

에케는 입구에서 잠깐 멈추어 섰다. 코안경 너머의 날카로운 눈길로 그는 홀 안을 한번 돌아보았다. 그는 자기들 곁으로 다가오는 앙투안의 모습을 보았다. 자크는 일부러 떨어져 있었기 때문에 알아보지 못했다.

앙투안은 니콜의 어린 딸이 죽기 전날 밤 이래로 니콜을 만나지 못했다. (그 뒤에 곧 니콜이 사산을 했다는 것, 그때의 상황이 매우 어려웠기 때문에 그녀의 심신이 아주 약해져버렸다는 것을 그는 알고 있었다.) 니콜은 아주 수척해져 있었다. 그토록 젊고 순박하던 그녀의 모습은 전혀 찾아볼 수 없었다. 니콜은 손을 내밀었다. 두 사람의 눈길이 서로 마주쳤다. 그리고 니콜의 표정이 가볍게 일그러졌다. 그녀의 고통스런 추억 속에는 언제나 앙투안에 대한 추억이 결부되어 있었던 것이다. 그런데 하필이면 오늘 밤에 이런 사건의 비극적인 분위기 속에서 또다시 그를 만나게 되다니….

앙투안은 외과의사의 귀에다 무엇인가 속삭이면서 그들을 승강기 쪽으로 데려갔다. 자크는 그들이 유리를 끼운 승강기 안으로 들어가기 전에 형이 관자놀이께 머리카락이 난 곳에 손가락을 얹는 것을 멀리서 볼 수 있었다.

검은 새틴 옷을 입은 여자가 카운터에서 뛰어나왔다.

"저분은 친척이세요?"

"외과의사입니다."

"여기에서 수술하는 것은 아니겠지요!"

자크는 여자에게 등을 돌렸다.

음악은 이미 끝난 지 오래다. 식당 불도 꺼져 있었다. 역에서 오는 합승 자동차에서 한 쌍의 젊은 남녀가 내렸다. 그들은 영국인이 틀림없었다. 그리고 과묵한 편이었고, 새 가방을 들고 있었다.

십 분쯤 지났을 무렵 방 청소부가 다시 앙투안의 전갈을 들고 나타났다.

뇌이 54-03번, 베르트랑 병원에 에케의 부탁이라고 하고 전화를 걸 것. 구급차를 곧 보내주도록. 수술실을 준비해놓도록.

자크는 곧 전화를 걸었다.

전화박스에서 나온 그는 문에 몸을 기대고 서 있는 여자 회계원과 마주쳤다. 그녀는 상냥한 태도로 한시름 놓았다는 듯이 미소를 지어 보였다.

그는 형과 에케가 홀을 가로질러 걸어오는 것을 보았다. 외과의사는 혼자 자동차를 탔다.

앙투안은 자크 쪽으로 돌아왔다.

"에케가 오늘 밤에 총알을 뽑아내 보겠대. 그 방법밖에 없으니까…."

자크는 눈으로 형에게 물었다. 앙투안은 입을 삐죽거렸다.

"두개골 깊숙이 구멍이 났어. 그걸 뽑아낸다면 기적이지…. 그런데 말이야…" 하면서 그는 갤러리 살롱 입구에 있는 우편

용 테이블 쪽으로 걸어갔다. "퐁타냉 부인은 뤼네빌에 있는 다니엘에게 알리고 싶을 거야. 밤에도 여는 우체국에 가서 전보를 쳐. 부르스 우체국이면 될 거야."

"휴가를 받을 수 있을까?" 자크는 되물었다.

'시국이 시국이니 만큼' 하고 그는 생각했다. '게다가 국경 근처에 주둔하고 있으니!…'

"당연하지… 왜 안 되겠어?" 앙투안은 아무것도 모르고 말했다.

앙투안은 벌써 테이블 앞에 앉아서 전보를 쓰기 시작했다. 그러다가 생각이 바뀌었는지 쓰던 종이를 구겨버렸다.

"아니야…. 가장 확실한 방법은 대령 앞으로 치는 거야." 하고 그는 중얼거리면서 다른 종이를 손에 들고 문구를 썼다. "…퐁타냉 중사에게… 휴가를… 긴급히 허락해줄 것을… 간곡히… 요망함… 아버지가…" 그러고 나서 그는 자리에서 일어섰다.

자크는 시키는 대로 전보를 손에 들었다.

"그러면 나중에 병원으로 갈까? 장소는 어디지?"

"…오려면 비노가街 14번지로 와…. 하지만 무슨 소용 있겠니?" 잠시 생각에 잠겼다가 그는 다시 말했다. "네게 가장 좋은 건 가서 자는 거야…." (그는 이렇게 덧붙이려고 했다. '어디에서 묵을 거니? 위니베르시테가街의 집에 와서 묵지 않을래?' 그러나 그는 아무 말도 하지 않았다.) "내일 아침 여덟시 전에 전화주렴. 어떻게 되었는지 알려줄게."

그리고 자크가 물러가려고 하자 그는 동생을 불렀다.

"어떻게 해서든지 다니엘한테 전보를 쳐야 해. 병원 주소도 알려주고."

19

자크는 자정이 다 되어서야 라 부르스 우체국에서 나왔다.

그는 다니엘을 생각하고 있었다. 마음이 몹시 산란해진 자크는 인도의 가장자리에 서서 불빛이 환히 비치고 있으나 인적이 드문 광장을 아무 생각 없이 물끄러미 바라보고 있었다. '닥터 티보'라는 이름으로 친 전보의 겉봉을 다니엘이 뜯고 있는 모습을 상상해보았다. 열이 날 때처럼 손발이 좀 저려왔다. 현기증도 났다. '왜 이럴까?' 하고 그는 생각했다.

그는 허리에 힘을 주고 몸을 다시 일으켜 세웠다. 그리고 차도를 건너갔다. 바람은 더 일고 있었으나 밤은 여전히 후텁지근했다. 그는 정처 없이 앞으로 걸어갔다. '왜 이럴까?' 하고 그는 다시 마음속으로 생각했다. '제니 때문일까?' 그러자 푸른 투피스를 입은 여위고 창백한 제니, 몇 년 만에 갑자기 나타난 그녀의 모습이 생생하게 눈앞에 떠올랐다. 잠깐 동안의 일이었다. 그는 이내, 그리고 별로 애쓰지도 않고 그 모습을 떨쳐버릴 수 있었다.

그는 비비엔가街를 지나 푸아소니에르가街까지 와서 발길을 멈추었다. 여름철의 일요일이라서인지 그때까지만 해도 한산했던 거리가 새벽 한시가 가까워오자 생기를 되찾았다. 여러 군데의 극장에서 사람들이 쏟아져 나왔다. 카페의 테라스는 손님으로 가득했다. 지붕 없는 택시들이 오페라 극장 쪽을 향해 쏜살같이 달려갔다. 인도 위에서도 인파가 서쪽으로 밀려가고 있었다. 꽃이 달린 큰 모자를 쓴 발랄한 밤의 여자들이 혼자인 남자들을 힐끗힐끗 쳐다보면서 생 마르탱 문 쪽으로 인파를 거슬러 올라가고 있었다.

길모퉁이에 있는 어떤 가게에 기대어 서서 자크는 태평스런 인간의 무리가 지나가는 것을 바라보고 있었다. 앙투안의 무지는 보편적인 것이었다. 웃고 떠들며 지나가는 사람들 가운데서 유럽이 이미 함정에 빠져 있다는 것을 알고 있는 사람이 한 사람이라도 있을까? …자크는 몇백만이나 되는 무심한 사람들의 운명이 거의 우연히 뽑힌 사람들의 손에 달려 있다는 것과 어처구니없게도 대중이 그러한 사람들에게 자기들의 안전을 맡기고 있다는 것에 대해 오늘처럼 비통하게 느껴본 적이 없었다.

한 신문팔이가 헌 신발을 질질 끌면서 힘없이 외치고 있었다.

"2판 신문이오… 『라 리베르테』*…『라 프레스』**…"

자크는 그 신문들을 사서 가로등 불빛에 비추어 대충 훑어보았다. '**카요 사건 공판… 푸앵카레 씨의 여행… 파리*** 헤엄쳐서 횡단… 미합중국과 멕시코… 질투의 참극… 프랑스 일주 자전거 경주… 튀일리 풍선 경쟁 일등상… 경제면…**' 아무 의미 없는 기사들.

다시 제니 생각이 그의 머리를 스쳐갔다. 그는 갑자기 출발을 이틀 앞당기기로 결심했다.

* '자유'라는 뜻.

** '신문'이라는 뜻.

*** 센강을 가리킨다.

'내일 제네바로 돌아가자.' 이렇게 결정하자 마음이 한결 가벼워졌다.

'『위마니테』사에 들러볼까?' 하고 생각한 그는 가벼운 마음으로 크루아상가街 쪽을 향해 걸었다.

대부분의 내일자 신문을 이 시각에 만들고 있는 이 거리는 아주 활기에 차 있었다. 자크는 개미 떼처럼 사람들로 붐비는 거리로 들어섰다. 대낮같이 밝게 불이 켜져 있는 바나 카페는 손님들로 득실거렸다. 왁자지껄한 소리가 열린 창문을 통해 길 한복판까지 흘러나왔다.

『위마니테』사 앞에는 몇 사람이 서서 입구를 막고 있었다. 자크는 몇 사람과 악수를 했다. 라르게가 사장에게 보고한 것이 화제가 되고 있었다. 그것은 금화 사십억 프랑의 특별 예치(그것은 '전쟁 준비금'이라고 불렸다)가 최근에 프랑스 은행에서 있었을 것이라는 정보였다.

패거리들은 곧 흩어졌다. 어떤 사람들은 오늘 밤을 카페 뒤 프로그레에서 끝내자고 했다. 그것은 여기에서 몇 분밖에 걸리지 않는 상티에가街에 있었고, 무슨 뉴스를 알고 싶은 사회주의자들은 그곳에 가면 신문 편집자 몇 명과 만날 수 있었다. (프로그레에 드나들지 않는 사람들은 몽마르트르가街의 카페 크루아상이나 페도가街의 라 쇼프에 가곤 했다.)

자크는 프로그레에 가서 맥주 한 잔을 하자는 제의를 받았다. 그는 이미 이런 집회 장소에 드나든 적이 여러 번 있었는데, 거기에 갈 때마다 예외 없이 몇 사람의 친구를 만날 수 있었다. 그들은 자크가 어떤 임무를 띠고 스위스에서 왔다는 것을 알고 있었다. 그래서 주위에서는 존경심 같은 것을 가지고 그를 대했다. 모두들 여러 가지 정보를 제공하면서 그의 임무를 도와주었다. 그러나 이러한 신뢰와 우정에도 불구하고 노동자 계급 출신의 많은 투사들은 자크를 '인텔리' 또는 '동조자'로 생각하고, 근본적으로는 자기들의 편이 아니라고 생각했다.

프로그레에서는 중이층의 비교적 넓고 천장이 낮은 방이 그들의 집회 장소였다. 그곳에는 당에 가입해 있는 지배인이 단골만 올라가도록 제한하고 있었다. 그날 밤에는 나이도 모두 다른 스무 명가량의 패거리들이 담배 연기와 시큼한 맥주 냄새 속에서 더럽고 끈적끈적한 몇 개의 대리석 테이블 둘레에 앉아 있었다. 모두들 전쟁이 일어날 경우에 인터내셔널이 할 역할에 대하여 그날 아침 신문에 실린 조레스의 글을 읽으며 토론하고 있었다.

거기에는 카디외, 마르크 르브아르, 스테파니, 베르테, 라브가 있었다. 그들은 수염이 텁수룩하고 얼굴이 불그스레한 금발의 한 남자를 둘러싸고 있었다. 그는 전에 자크가 베를린에서 만나 알게 된 독일인 사회주의자 타출러였다. 타출러는 이 글이 독일계의 모든 신문에 게재되어 논의될 것이라고 단언했다. 그의 말로는, 대통령의 러시아 여행 예산을 프랑스 사회주의 당이 거부한 것을 정당화하기 위해 최근에 조레스가 의회에서 행한 연설—그 연설에서 조레스는 프랑스가 **모험에 휘말리는 것**을 개의치 않는다고 분명히 밝혔다—은 라인강 건너편에서 대단한 반향을 불러일으켰다.

"프랑스에서도" 하고 라브가 말했다. 그는 인쇄공 출신으로서 수염이 텁수룩하고 두개골이 이상하고 우툴두툴했다. "그 결과로 센 조합은 전쟁의 위협이 있을 경우 총파업을 단행하기로 결의했어."

"당신네 독일 노동자들은" 하며 카디외가 물었다. "사회민주당이 파업 원칙을 인정할 경우에… 그리고 동원 위협에 직면해서 그런 명령을 내릴 때, 아무런 논란 없이 파업을 할 수 있을 만큼 충분히 훈련되어 있고, 준비되어 있을까?"

"그럼 똑같은 질문을 자네한테 하겠네." 하며 타출러는 자신 있는 듯 쾌활하게 웃으면서 말했다. "동원령이 내려질 때 당신들 프랑스의 노동자 계급은 충분히 훈련이 되어 있을까?…"

"그것은 모두 독일 프롤레타리아의 태도에 달려 있을 거라고 생각해." 하고 자크가 입을 열었다.

"나 역시 틀림없이 그럴 거라고 대답하겠어." 하고 카디외가 말했다.

"믿을 수 없어!" 하고 라브가 말했다. "나는 오히려 그렇지 않다고 말하고 싶어."

카디외는 어깨를 으쓱해 보였다.

(그는 키가 크고 바짝 말랐으며 동작이 어색해 보였다. 그는 지부, 위원회, 노동 조합 사무소, C.G.T,* 신문 편집실, 관청의 계단 어디에서나 눈에 띄었으며, 언제나 바쁘게 뛰어다니기 때문에 도저히 붙잡을 수 없는 사람이었다. 언제나 도중에서 잠깐씩 마주칠 뿐이었고, 막상 찾으면 어디로 갔는지 알 수 없고, 언제나 지나쳐버린 다음에야 생각나는 그런 유형의 사람이었다.)

* 노동 총동맹의 약자.

"그래, 그러나…" 하고 타츨러가 파안대소하며 말했다. "그래, 우리도 gerade so![*]… 왜 그런지 알겠나?" 하고 그는 큰 눈을 두리번거리면서 갑자기 말했다. "독일에서는 푸앵카레의 차르 방문을 매우 불안해하고 있어!"

"바보 같은 짓이야!" 하며 라브가 투덜거렸다. "확실히 시기를 잘못 잡았어! 세상 사람들의 눈에는 우리가 마치 범슬라브주의를 공식적으로 두둔하려고 하는 것처럼 보이고 있어!"

자크가 말했다.

"특히 우리 나라 신문을 보면 그래. 그 여행에 관해 프랑스의 신문들은 모두 정말 참을 수 없다는 투의 도전적인 논조로 논평하고 있어."

"왜 그런지 알겠나?" 하고 타츨러가 말했다. "외상 비비아니의 동행이 페테르스부르크에서 Germanismus[**]에 대항하기 위한 외교적 밀담이 있을 것이라는 생각을 갖도록 하기 때문이야…. 우리 나라에서는 프랑스가 삼 년 동안의 병역법을 실시하는 것이 러시아의 요청 때문이라는 것을 모두들 너무나 잘 알고 있어. 그 목적이 뭐야? 이러한 범슬라브주의는 줄곧 독일과 오스트리아를 더 위협하고 있어!"

"그러나 러시아에서는 제대로 안 되고 있어." 하고 들어오자마자 자크 곁에 앉은 밀라노프가 말했다. "여기 신문들은 거기에 대해서 거의 아무것도 쓰고 있지 않아. 프라즈노우스키가 러시아에서 왔어. 여러 가지 정보를 갖고. 파업이 파어븐 푸틸

* 독일어로 '똑같아'라는 뜻.

** 독일어로 '게르만주의'라는 뜻.

로프 공장에서 일어나 빠르게 확산되고 있어. 그저께 금요일에는 페테르스부르크에서만도 동맹 파업자가 육만오천 명이나 됐어! 시가전이 있었고! 경찰의 발포로 많은 사람이 죽었어! 아녀자들까지 말이야!"

자크의 눈앞에는 푸른 투피스를 입은 제니의 모습이 나타났다가 사라졌다. 자크는 이야기를 계속하기 위해, 그리고 마음을 불안하게 하는 제니의 영상을 떨쳐버리기 위해 밀라노프에게 물어보았다.

"프라즈노우스키가 왔다고?"

"오늘 아침에 도착했어. 한 시간 전부터 사장하고 방에 틀어박혀 있어…. 나는 그를 기다리고 있어…. 자네도 그런가?"

"아니야." 하고 자크가 대답했다. 다시 몸이 불편해지면서 열이 나는 것을 느꼈다. 이렇게 담배 연기 속에 꼼짝 않고 있으면서 계속 똑같은 질문을 되풀이하는 것이 그로서는 여간 고통스러운 일이 아니었다. "늦었군. 이제 돌아가야겠어."

그러나 밖으로 나오자 동지들과 어울려 있을 때보다 밤의 어두움과 고독감이 한결 더 고통스럽게 느껴졌다. 그는 발걸음을 재촉해서 호텔 쪽을 향해 걷기 시작했다. 그가 묵고 있는 곳은 센 강변 맞은편, 베르나르댕가街와 투르넬 강변로 모퉁이에 있는 모베르 광장 근처였는데, 방에 가구가 딸린 그 집은 반네드의 오랜 친구인 벨기에인 사회주의자가 관리하고 있었다. 그는 그다지 주의를 하지 않고 떠들썩한 밤의 중앙시장과 넓고 조용한 시청 광장을 지나갔다. 큰 시계는 두시 십오분 전을 가리키고 있었다. 이 시각은 밤늦도록까지 귀가하지 않은 남자들과 여자들이 서로 지나치면서, 마치 암캐와 수캐가 그러하듯이 서로 냄새를 맡는 그런 기묘한 시각이었다….

그는 덥고 목이 말랐다. 바는 모두 닫혀 있었다. 머리를 숙인 채 무거운 발걸음으로 강가를 따라 수면과 망각을 향해 걸음을 재촉했다. 그곳에서는 틀림없이 제니가 자기 아버지의 머리맡에서 밤새워 간호하고 있겠지. 그는 그 생각을 하지 않기로 작정했다.

“내일” 하며 그는 중얼거렸다. “이 시각에 나는 이미 멀리 떠나 있을 것이다!”

손으로 더듬어가면서 계단을 올라가 자기 방에 돌아온 그는 물주전자의 미지근한 물을 한 모금 마셨다. 그리고 촛불을 켤 사이도 없이 옷을 벗고 침대 위에 몸을 던졌다. 그리고 곧 잠이 들었다.

20

앙투안이 지켜보는 가운데 실시된 수술은 완벽하다고는 말할 수 없었다. 에케는 상처 입은 부위를 째고 부서진 뼈를 꺼냈다. 뼛조각은 두개골 속에 깊숙이 박혀 있었다. 그래서 그는 개두開頭 수술까지도 결심하고 있었다. 그러나 환자의 상태가 허락하지 않아 두 의사는 결국 총알을 찾아내는 것을 단념해야만 했다.

두 사람은 이 사실을 퐁타냉 부인에게 알리기로 합의했다. 그러나 그렇게 하기에는 너무나 가혹하다는 생각이 들었기 때문에—전혀 틀린 생각은 아니었지만—수술 결과로 미루어 보아 환자가 소생할 가능성이 전혀 없는 것은 아니라고 이야기해 주었다. 따라서 몸 상태가 회복되면 총알을 찾아서 빼낼 수 있을지도 모른다는 말도 해주었다. (그러나 그런 요행을 기대하기란 매우 의심스럽다는 말은 하지 않았다.)

에케와 그의 아내는 새벽 두시가 되어서야 병원을 떠날 생각을 할 수 있었다. 퐁타냉 부인은 이미 니콜에게 남편과 함께 집으로 돌아갈 것을 당부했었다.

제롬은 삼층에 있는 방으로 옮겨졌다. 간병인 한 명이 밤새워 간호하고 있었다.

앙투안은 부인과 제니 둘만 남겨놓을 수 없어서 자기도 같이 밤을 새우겠노라고 제의했다. 그들 세 사람은 모두 병실 옆에 있는 작은 살롱으로 자리를 옮겼다. 출입문과 창문은 모두 열려 있었다. 그들 주위에는 병원의 음침한 밤의 적막만 감돌고 있었다. 칸막이마다 그 뒤에는 몸부림치며 탄식하는가 하면, 엎치락뒤치락하며 시간이 가기만을 바라는 고통받는 육체가 있는 것을 짐작할 수 있었다.

제니는 다른 사람과 떨어져서 방구석에 있는 긴 의자에 앉아 있었다. 스커트 위에 두 손을 가지런히 올려놓고 윗몸을 꼿꼿이 하고는 고개를 숙인 채 두 눈을 감고 있는 그녀는 잠들어 있는 것 같았다.

퐁타냉 부인은 의자를 앙투안 옆으로 가까이 가져갔다. 그를 만나지 못한 지가 벌써 일 년도 더 되었다. 그런데도 남편의 자살 소식을 듣자 가장 먼저 떠오른 생각은 닥터 티보에게 구원을 청해야겠다는 일념뿐이었다. 그래서 그는 온 것이다. 그것도 부르자마자 언제나처럼 활기차고 변함없는 모습으로 달려왔다.

"아버님이 돌아가신 뒤로 통 뵙지 못했군요." 하고 갑자기 부인이 말을 꺼냈다. "몹시 괴로우셨지요…. 저도 걱정을 많이 했어요. 아버님을 위해 기도했어요…." 부인은 입을 다물었다. 그녀는 두 아이가 집을 나갔을 때 꼭 한 번 티보 씨를 찾아갔던 일을 회상하고 있었다. 그때의 티보 씨는 얼마나 무정하고 또 무례했던가! …부인은 낮은 소리로 말했다. "저세상에서 평안하시기를!…"

앙투안은 아무런 대답도 하지 않았다. 침묵이 흘렀다.

주위에 날벌레가 날아들고 있는 샹들리에의 불빛이 겉만 번지르르한 가구, 의자의 황금빛 소용돌이 무늬 장식, 푸른 질그릇으로 만든 화분에 담겨 테이블 중앙에 당당히 자리 잡고 있는 시들고 리본이 달린 화초를 매정하게 비추고 있었다. 이따금 귀를 멍멍하게 하는 벨 소리가 복도 끝에서 울렸다. 그러자 타일 위를 미끄러지듯이 걸어가는 간호원의 발소리가 들리고, 이윽고 문 하나가 조용히 열렸다가 다시 닫히는 소리가 났다. 이따금 멀리서 신음하는 소리며 도자기가 부딪치는 소리가 나다가 다시 모든 것이 잠잠해지곤 했다.

퐁타냉 부인은 앙투안 쪽으로 몸을 숙이고 통통한 작은 손으로 직접 비치는 전깃불 때문에 피곤해진 두 눈을 가리고 있었다.

부인은 낮은 목소리로 제롬에 관해 이야기하기 시작했다. 그리고 차근차근 남편의 사업에 대해서 아는 대로 들려주었다. 그녀는 자신이 생각하고 있는 것을 분명히 말하는 데 조금도 주저하지 않았다. 앙투안에게 신뢰감을 갖고 있었기 때문이다.

앙투안 쪽에서도 몸을 숙이고 부인의 말에 귀를 기울이고 있었다. 그는 이따금 얼굴을 들곤 했다. 그리고 그들은 아주 정중하고 서로 이해할 수 있다는 듯한 눈길을 주고받았다. '부인은 참으로 훌륭하다' 하고 앙투안은 생각했다. 이런 슬픔을 당하고도 침착하고 의연할 수 있는 그녀, 언제나 남성적인 꿋꿋함 속에 자연스런 매력을 간직하고 있는 그녀가 믿음직스럽게 생각되었다. '아버지는 부르주아에 지나지 않았어' 하고 앙투안은 생각했다. '부인은 귀족이야.'

그러는 동안에도 그는 부인이 하는 말을 한마디도 놓치지 않았다. 그리고 차츰 퐁타냉을 죽음으로까지 몰고 간 그 사이의 위태로운 과정을 하나하나 다시 엮어볼 수 있었다.

제롬은 십팔 개월쯤 전부터 어느 영국계 회사에서 일하고 있었다. 본사는 런던에 있고, 헝가리에서 삼림을 벌채하는 회사였다. 회사는 착실하게 운영되고 있었다. 그래서 퐁타냉 부인도 몇 달 동안은 남편이 이제 안정된 직장을 잡은 것으로 알고 있었다. 사실 그녀는 제롬이 어떤 일에 종사하고 있는지 확실히 모르고 있었다. 그는 대부분의 시간을 빈과 런던을 왕래하는 침대차 속에서 보내고, 파리에는 잠시 들르기만 했었다. 그럴 때면 옵세르바투아르가街의 집에 와서 하룻밤을 지내곤 했다. 서류가 가득 든 가방을 들고 와서는 거드름을 피우는가 하면, 기분이 매우 좋아 들떠 있기도 했으며, 가족들에게는 온갖 친절을 다 베풀었기 때문에 모두가 분위기에 도취되곤 했었다. (그런데 이것은 가련한 부인이 자신의 입으로 말한 사실은 아니지만 여러 가지 정황으로 미루어 보아 남편이 오스트리아와 영국에 각각 현지처를 두고 있다는 심증을 갖고 있는 것이 틀림없었다.) 아무튼 생활은 어렵지 않게 꾸려간 것 같았다. 심지어 그는 자신의 지위가 앞으로 더 높아질 것이며, 그렇게 되면 곧 아내와 딸을 위해 송금을 더 많이 할 수 있을 것이라는 말도 했다는 것이다. 왜냐하면 지난 몇 년 동안 퐁타냉 부인과 제니는 오직 다니엘만 의지하고 살아왔기 때문이다. (퐁타냉 부인은 이렇게 털어놓으면서도 남편의 무책임함을 비난하면서 느끼는 부끄러움과 부모를 끔찍이 위하는 아들을 자랑스러워하는 마음가짐 사이에서 갈등을 느끼고 있는 것이 분명했다.)

다행히 아들은 뤼드비그손의 미술 잡지 일을 하면서 상당한 보수를 받고 있었다. 다니엘이 군대에 들어가게 되면서 사정은 악화되지 않을 수 없었다. 그러나 관대하고 눈치가 빠른 뤼드비그손은 다니엘이 병역을 마친 다음에도 다시 자기에게 돌아오게 하려고 그가 없는 동안에 금액은 줄었지만 달마다 꼬박꼬박 월급을 주기로 약속했었다. 그래서 아무튼 부인과 제니는 최소한도의 필수품에는 어려움을 겪지 않았던 것이다. 제롬도 이 모든 것을 모르지는 않았다. 그는 자기 입으로도 이 사실을 몇 번이고 말하기까지 했다. 가족에 대한 무관심이 몸에 배어 있어서 자기 집 생계를 아들에게 맡겨놓고 있으면서도 그가 마치 고관대작이나 된 것 같은 거드름을 피우면서 아들이 지출하는 금액을 정확히 알아두도록 당부하곤 했다. 그리고 아들에게는 기회 있을 때마다 감사의 뜻을 표시하는 것을 잊지 않았다. 더구나 그는 그러한 금전적인 도움을 마치 아들이 미리 빌려준 것으로 생각하고 여유만 생긴다면 갚아줄 듯이 굴었다. 그는 빚을 갚기 위해서는 총액이 '우수리 없는 숫자'가 될 때를 기다리는 것이 낫겠다고 말하곤 했다. 그리고 그는 세심하게도 이따금 이런 부채의 정확한 계산서를 만들어 타자로 두 부를 쳐서 테레즈와 다니엘에게 한 부씩 주곤 했다. 이자는 높은 이율의 복리로 계산되어 있었다…. 이런 소상한 것까지 설명하는 퐁타냉 부인의 순진하면서도 어처구니없는 태도를 보고 있노라면 그녀가 제롬의 악의를 알고 있었는지 없었는지 분간할 수 없었다.

바로 그 순간에 고개를 들던 앙투안은 자신을 응시하고 있는 제니의 시선과 마주쳤다. 내면적 생활로 가득 찬 시선, 신중함과 고독이 무겁게 담겨 있는 시선, 그 시선과 마주칠 때마다 그는 늘 어떤 거북스러움을 느끼곤 했다. 그 옛날 동생의 가출에 대해 무엇인가 알아보려고 당시 어린아이였던 제니에게 갔을 때의 일, 그리고 그 시선을 처음으로 대했을 때의 일을 그는 결코 잊을 수 없었다.

별안간 제니는 자리에서 일어났다.

"가슴이 답답해요." 제니는 어머니에게 말했다. 그녀는 손바닥에 움켜쥐고 있던 작은 손수건으로 이마를 닦았다. "정원에 나가서 시원한 바람을 좀 쐬었으면 해요…."

퐁타냉 부인은 고개를 끄덕여 동조의 뜻을 표했다. 그리고 제니가 사라질 때까지 뒷모습을 지켜보았다. 그러고 나서 부인은 다시 앙투안 쪽으로 돌아앉았다. 그녀는 제니가 그들을 둘만 있게 해준 것을 고맙게 생각했다. 지금까지의 이야기만으로는 제롬의 갑작스런 자살 기도를 충분히 설명했다고 할 수 없었다. 어렵고 더 괴로운 설명을 그녀는 하지 않으면 안 되었다.

지난겨울에 빈에서 여러 사람들과 사귀고 있던 제롬은 '경솔하게도' 자신의 이름을 오스트리아인이 경영하는 어떤 벽지 제

조회사의 회장에게 빌려주었다. 그리고 자신의 호칭까지도 빌려주었는데, 그것은 그가 오스트리아에서 제롬 드 퐁타냉 백작으로 자칭했기 때문이다. 그 회사는 설립한 지 겨우 몇 달 만에 그다지 명예롭지 못한 도산을 하고 말았다. 회사를 청산하고 있는 와중에 오스트리아 재판소는 그 책임의 소재를 추궁하고 있었다.

사건은 더구나 트리에스테 박람회 사무국이 제소를 해옴으로써 복잡해졌다. 올봄에 벽지 회사는 박람회에 화려한 진열장을 설치했었는데, 임대료가 계속 밀려 있었던 것이다. 제롬은 이 박람회에 각별히 열중해 있었다. 그리고 유월에는 영국 회사로부터 한 달의 휴가까지 받아 트리에스테에서 즐겁게 지냈다. 벽지 회사는 몇 차례에 걸쳐 상당한 금액을 그에게 주었다. 그러나 그 돈을 어디에 썼는지가 확실하지 않았다. 그래서 예심 판사는 퐁타냉 백작을 진열장 임대료도 지불하지 않고 회사 비용으로 트리에스테에서 호화판으로 놀아난 혐의로 기소했다. 아무튼 제롬은 파산한 회사의 회장 자격으로 소추를 받게 되었다. 소문에 따르면 그는 적지 않은 주식을 가지고 있었는데, 그것은 회장을 맡은 대가로 '공짜로' 받았다는 것이다.

그런데 어떻게 해서 퐁타냉 부인은 이렇게 자세한 것까지 알았을까? 최근 몇 주일 전까지만 해도 부인은 아무것도 모르고 있었다. 그러던 어느 날 그녀는 제롬으로부터 한 통의 편지를 받았다. 아리송하면서 절박한 편지로서, 내용인즉 부인 명의로 되어 있는 메종 라피트의 별장을 저당잡혀 돈을 더 빌려달라고 간청하는 것이었다. (별장은 벌써 남편 때문에 일부가 저당잡혀 있었다.) 부인의 의뢰를 받은 공증인은 급히 오스트리아 쪽을 조사하게 했다. 이렇게 해서 퐁타냉 부인은 남편에게 제기된 기소 사실을 알게 되었다.

그런데 최근 며칠 동안에 무슨 일이 일어났을까? 어떤 새로운 사건이 제롬을 이 절망적인 행위로까지 몰고 갔을까? 부인은 여러 가지 추측을 해보았다. 그녀는 트리에스테의 채권자 몇 명이 날마다 지방 신문에 남편을 비방하고 있다는 것을 알고 있었다. 그런데 그들의 사건 폭로가 과연 근거 있는 것일까? 제롬은 틀림없이 자기의 장래가 이것으로 끝장났다고 생각했던 것 같다. 오스트리아 법정을 피할 수 있었다 하더라도 이런 스캔들을 일으킨 이상 영국 회사에서 자신의 지위를 그대로 유지하기를 기대할 수 없었다…. 결국 속수무책으로 꼼짝달싹할 수 없게 되자 제롬으로서는 사라지는 해결책 말고는 다른 방법이 없지 않았을까?

퐁타냉 부인은 입을 다물었다. 의아한 듯하면서 멍한 부인의 눈길, 앞을 물끄러미 바라보고 있는 그녀의 눈길은 입 밖에 내지는 않았지만 이런 질문을 던지는 것 같았다. '나는 그에게 내가 할 수 있는 모든 것을 했을까? 옛날처럼 내가 자기 곁에 있다는 것을 느꼈더라면 이런 일이 일어났을까?…' 그것은 마음만 아프게 할 뿐, 아무리 생각해도 해결할 수 없는 문제였다….

그녀는 마음을 가다듬으려고 애썼다.

"그런데 제니는?" 하고 그녀는 말했다. "감기라도 들면 어쩌지… 밖에서 자면 안 될 텐데."

앙투안이 일어났다.

"그냥 계세요. 제가 가볼 테니."

21

제니는 정원에 내려갈 기운도 없었다. 그저 앙투안을 피하여 살롱에서 빠져나오려 했을 뿐이다.

한 손으로 타일을 붙인 벽에 기대면서 그녀는 긴 복도를 따라 무턱대고 몇 걸음 걸었다. 창이란 창은 모두 열려 있었으나 숨이 답답하기는 마찬가지였다. 아래에 있는 수술실에서 역겨운 에테르 냄새가 더운 공기와 뒤섞였다.

그녀의 아버지 병실 문은 반쯤 열려 있었다. 칸막이 뒤에 작은 램프 하나만 켜두었기 때문에 방은 어두컴컴했다. 간병인은 의자에 앉아 뜨개질을 하고 있었다. 이불 밑에 꼼짝도 않고 있는 몸뚱이가 희미하게 보였다. 두 팔은 침대에 쭉 뻗어 있었다. 머리는 베개에 모로 뉘어져 있었다. 이마는 붕대로 가려져 있었다. 반쯤 벌어진 입은 검은 구멍을 이루고 있었으며, 거기에서 낮은 숨소리가 규칙적으로 새어 나오고 있었다.

제니는 반쯤 열린 문틈으로 자신도 놀라울 정도로 침착하고 거의 무관심하게 그 입을 똑똑히 보고 있었으며 그 숨소리를 분명히 듣고 있었다. 아버지는 죽어가고 있었다. 그 무서운 생각을 자신의 혼미한 속마음으로부터 떨쳐버리지 못한 채 아버지의 죽음을 자신과 관계있는 확실하고 현실적인 일로 바라볼 수 없었다. 목이 메고 몸이 굳어지는 것을 느꼈다. 제니는 아버지가 여러 가지 결점을 가지고 있음에도 불구하고 아버지를 존경했다. 어린 시절 중태에 빠진 아버지를 보살피기 위해 그의 머리맡에 있었던 일, 괴로움 때문에 일그러지고 찌푸려진 아버지의 얼굴을 보고 가슴 죄던 일을 생각해보았다. 그런데 오늘

어쩌면 이토록 무감각할 수 있을까? …그녀는 두 팔을 아래로 축 늘어뜨리고 침대를 뚫어지게 바라보면서 그 자리에 우뚝 서 있었다. 자신의 냉담함을 꾸짖는가 하면 죄책감을 느끼면서 이런 비극적인 장면을 외면하고 잊어버리고자 하는 욕망과 싸우고 있었다…. 바로 오늘 저녁 이 뜻하지 않은 아버지의 임종이 자신이 행복해질 수 있는 마지막 기회를 앗아가기라도 하는 것처럼….

마침내 제니는 바람을 좀 쐬려고 기대어 있던 기둥에서 어깨를 떼고 복도 창가로 걸어갔다. 마침 그곳에 의자가 하나 있었다. 그녀는 거기에 앉아 창문턱에 두 팔을 얹고 모아 쥔 두 손 위에 무거운 머리를 올려놓았다.

제니는 자크를 미워하고 있었다! 그는 비열하고 변덕스런 인간이었다. 무책임한 남자라고도 말할 수 있겠지…. 미친 사람….

무더운 어둠 속에서 아래로 보이는 정원은 나뭇잎 하나 흔들리지 않고 잠들어 있었다. 시야에 어둑어둑한 수풀 더미와 잔디밭 주위로 나 있는 샛길의 어둠침침한 굴곡이 들어왔다. 일본산 옻나무 한 그루가 지독한 한약 냄새를 풍겨 주위의 공기를 오염시키고 있었다. 수풀 저쪽에는 띄엄띄엄 서 있는 큰길의 가로등 불빛을 받으며 야채상의 수레들이 천천히 지나가고 있었다. 끝없이 이어지는 수레 행렬은 커피를 갈 때와 같은 소리를 내며 포장도로 위를 흔들거리면서 지나가고 있었다. 이따금 지나가는 자동차 소리가 짐수레 소리를 뒤덮곤 했다. 그리고 유성 같은 헤드라이트 불빛이 휙 수풀을 스쳐 어둠 속으로 사라지곤 했다.

"이런 데서 자면 안 돼요." 제니의 귀에다 대고 앙투안이 속삭였다.

제니는 소스라쳤다. 그리고 그가 만지기라도 한 듯 하마터면 소리를 지를 뻔했다.

"안락의자를 갖다드릴까요?"

그녀는 괜찮다는 시늉을 하면서 벌떡 일어나 앙투안을 따라 살롱 쪽으로 걸어갔다.

"병세가 더 나빠지진 않을 겁니다." 하고 그는 걸어가면서 낮은 소리로 설명했다. "맥박은 비교적 좋아요. 혼수상태가 좀 나아진 것 같은 증세도 보이고."

살롱에는 퐁타냉 부인이 서 있었다. 그녀는 두 사람을 맞으려고 다가왔다.

"이제야 겨우 생각이 났는데요." 하고 부인은 힘찬 목소리로 앙투안에게 말했다. "제임스한테 알려야 했었는데! …나의 친구 그레고리 목사 말이에요…."

부인은 이렇게 말하면서 다정하게 제니의 어깨에 팔을 얹었다. 그리고 그녀를 품 안으로 끌어당겼다. 서로 다른 슬픔이 깃들어 있는 두 사람의 얼굴이 맞닿았다.

앙투안은 그 목사를 잘 기억하고 있다는 표정을 지었다. 그는 병원을 빠져나갈 수 있는 뜻밖의 구실을 놓치지 말아야겠다는 생각이 문득 들었다! …한 시간만이라도 병원을 빠져나가자…. 바그람가街까지는 뛰어갈 수도 있지 않을까? 안의 모습이 머리에 떠올랐다. 하얀 실내복을 입고 긴 의자 위에서 잠이 든 안의 모습….

"아주 간단한 일이지요!" 하고 앙투안이 말했다. 그의 울리는 목소리는 뜻밖에도 생기를 띠었다. "주소를 말해주십시오…. 제가 갈 테니까요!"

퐁타냉 부인은 사양했다.

"너무 멀어요…. 오스테를리츠역* 근처인걸요!…"

"밑에 제 차가 있으니까요! 밤이라서 빨리 달릴 수 있고… 그리고" 하며 그는 아주 자연스런 말투로 덧붙였다. "가는 길에 잠깐 집에 들렀다 오겠어요. 어젯밤 이후로 전화한 환자가 없나 확인도 할 겸해서…. 한 시간 안에 돌아올 수 있을 겁니다."

그는 이미 문 쪽으로 가고 있었다. 그에게는 부인의 설명이나 감격해서 하는 감사의 말이 제대로 귀에 들어오지 않았다.

"정말 헌신적인 분이셔! 저런 분을 알고 있어서 얼마나 다행인지 몰라!" 하고 부인은 앙투안의 모습이 눈에서 채 사라지기도 전에 말했다.

"나는 저 사람이 싫어요." 잠자코 있던 제니가 낮은 소리로 말했다.

퐁타냉 부인은 별로 놀라는 기색 없이 딸의 얼굴을 바라보면서 아무런 대꾸도 하지 않았다.

부인은 딸을 살롱에 남겨둔 채 제롬의 병실로 들어갔다.

이제는 헐떡거림도 멈추었다. 시시각각으로 더 약해져가는 숨이 반쯤 열린 입에서 소리도 없이 새어 나오고 있었다.

퐁타냉 부인은 간병인에게 움직이지 말고 그대로 있으라는

* 파리 동남쪽에 있는 역이다.

눈짓을 했다. 그리고 살며시 침대 발치에 가서 앉았다.

부인은 이미 단념하고 있었다. 그녀는 붕대를 감은 얼굴에서 눈을 떼지 않았다. 눈물이 자신도 모르게 두 뺨으로 흘러내렸다.

'참 멋진 사람인데' 하고 그녀는 제롬을 바라보며 생각했다.

은빛 머리털을 가리고 있으며, 동양풍의 섬세한 옆모습을 두드러져 보이게 하는 솜과 붕대로 된 터번 아래에 남자다우면서도 단아한, 그리고 꼼짝도 않고 있는 제롬의 옆모습은 어떤 젊은 파라오의 데스마스크를 연상시켰다. 눈에 뜨이지 않을 정도의 부기가 주름을 완전히 없애주어 어두컴컴한 방 안에서의 그의 얼굴은 이상하리만큼 젊어 보였다. 매끈한 두 뺨은 불거져 나온 광대뼈 아래에서 턱의 단단한 곡선까지 안쪽으로 들어가 있었다. 붕대는 이맛살을 좀 잡아당겨 감긴 눈꺼풀을 관자놀이 쪽으로 당기게 했다. 마취제 때문에 핏기를 잃고 부풀어 오른 입술은 육감적으로 보였다. 그런 그는 두 사람이 젊었을 때의 어느 날 아침, 먼저 잠에서 깬 자신이 잠들어 있는 제롬을 몸을 구부리고 바라보던 때와 마찬가지로 그는 미남이었다….

절망도 애정도 충족시킬 수 없었던 그녀는 눈물을 통하여 제롬에게서 아직 남아 있는 것, 곧 자기 일생을 통해 유일하고도 위대한 사랑의 대상에서 남아 있는 것을 물끄러미 바라보고 있었다.

제롬, 서른 살이 되던 해에…. 그는 뒤로 젖힌 몸집, 엷은 구릿빛 살결, 미소, 부드러운 눈길, 유연하고 늘씬한 모습을 하고 그녀 앞에 서 있었다…. 그때 그녀는 그를 '나의 인도 왕자님'이라고 불렀다. 그만큼 그녀는 사랑받는 것을 자랑스럽게 여겼던 것이다!… 목을 젖히고 '하, 하, 하…' 하며 세 마디로 분명히 끊어지게 웃는 그의 웃음소리가 들리는 것만 같았다…. 그의 명랑함, 언제나 즐거운 기분 속에서 살던 그의 모습…. 거짓으로 뭉쳐진 그의 명랑함! 사실 그는 그런 거짓이 하나의 타고난 품성인 것처럼 거짓 속에서 살았다. 장난삼아 아무렇지 않게 하는 거짓이다 보니까 그것이 몸에 배고 만 것이다….

제롬…. 여자로서의 삶을 살아오는 동안 사랑이 어떤 것인지를 알게 해준 그가 지금 침대 위에 누워 있다…. 이미 여러 해 전부터 자신의 애정 생활은 끝나버린 것으로 생각했던 부인! 그녀는 갑자기 자기가 결코 희망을 버리지 않고 있었다는 것을 깨달았다…. 하지만 지금, 오늘 밤, 모든 것은 영원히 끝나가고 있다.

그녀는 두 손으로 얼굴을 가리고 성령에게 기도했다. 그러나 아무런 대답을 들을 수 없었다. 그녀의 마음은 지금 너무나 인간적인 감동으로 꽉 차 있었다. 불순한 회한에 몸을 맡기고 있는 그녀는 하느님으로부터 버림받은 것 같은 느낌이었다…. 부끄럽게도, 마음이 약해진 그녀는 마지막 사랑의 추억을 자신도 모르게 되살리고 있었다…. 그것은 메종 라피트에서의 일이었다…. 노에미가 죽고 난 뒤 제롬을 암스테르담에서 그 별장으로 데려왔을 때의 일이었다…. 그날 밤 그는 겁먹은 듯이 그녀의 방으로 슬그머니 들어왔다. 그는 용서를 구했다. 동정과 애무를 구했다. 어둠 속에서 몸을 오므리고 자신에게 안겼다. 자신은 어린아이에게 하듯이 그를 두 팔로 꼭 껴안아주었다. 오늘과 같이 여름날의 밤이었다…. 창문은 숲 쪽으로 열려 있었고… 그리고 아침까지 내내 한잠도 자지 않고 어린아이처럼 자신에게 안겨 잠들어 있는 그를 지켜보았던 것이다. 어린아이처럼… 무덥고 감미로운 여름밤. 오늘 밤과 같은….

퐁타냉 부인은 갑자기 고개를 들었다. 그녀의 시선에는 무언가 혼란스런 빛이 어렸다…. 격렬하고 미칠 듯한 욕정. 간병인을 내보내고 여기 남편 곁에 누워 마지막으로 그를 껴안고, 그의 체온 속에 파묻힐 수 있다면. 그리고 영원히 눈을 감아야 하는 그를 마지막으로 자기 손으로 잠재울 수 있다면…. '어린아이처럼… 내 아이처럼…'

눈앞에 보이는 이불에는 거푸집에 넣어서 만든 것처럼 선이 매우 아름답고 신경질적인 손이 놓여 있었다. 약지에 끼고 있는 큰 마노 반지가 검은 점을 이루고 있었다. 오른손, 대담하게 권총을 들었던 그 손…. '내가 왜 그때 당신 곁에 없었을까?' 그녀는 애통해하며 생각했다. 손을 관자놀이에 대기 전 마음속으로 자기를 부르지는 않았을까? 파멸의 그 순간 내가 그의 곁에, 그 자리에 있었더라면 그가 그런 짓을 하지는 않았을 거야. 그 자리는 그의 지상에서의 생활을 위해 하느님이 정해주신 자리이며, 어떤 원한이 있더라도 절대로 떠나서는 안 됐을 자리였는데….

부인은 눈을 감았다. 얼마 동안의 시간이 흘렀다. 차츰 마음의 평정을 되찾았다. 온갖 추억들을 떨쳐버리자 마음속에는 회한의 감정이 종교적인 평온으로 다시 돌아왔다. 다시금 우주적인 '힘'과 교감이 이루어지는 것을 느꼈다. 이 힘이야말로 언제나 변함없고 또 없어서는 안 될 위안이었다. 부인은 하느님이 주신 이러한 시련을 이미 다르게 보고 있었다. 갑자기 들이닥친 불행, 아직도 그 충격이 짓누르고 있는 불행 앞에서 지금 초월적이고 신비로운 '주님', '신의 섭리'를 확인하고자 했다. 그리고 평온한 세계…. 선택받은 사람들에게는 모든 고통의 종말인 포기와 체념 속에서 평화에 가까이 가고 있다는 것을 느꼈다.

'주님의 뜻대로 하옵소서' 하고 그녀는 두 손을 모으며 중얼거렸다.

22

자동차는 창유리를 모두 내리고 인적이 드물어 소리가 잘 울려 퍼지는 거리를 전속력으로 달렸다. 여름밤은 짧아서 벌써 동이 트기 시작했다.

앙투안은 시트 한가운데 앉아 팔과 다리를 벌리고 담배를 입에 문 채 생각에 잠겨 있었다. 늘 그렇듯이 불면의 피로는 그를 녹초가 되게 하기는커녕 오히려 기분 좋은 흥분을 느끼게 했다.

'세시 반.' 하고 그는 페레르 광장의 큰 시계 앞을 지나치며 속으로 중얼거렸다. '네시에 그 미치광이 목사를 깨워서 병원에 보내야지. 그러면 나는 완전히 자유롭게 된다…. 물론 **그 사람**은 내가 없는 사이에 죽을지도 모르지만… 그러나 아직 스물네 시간은 더 버틸 수 있을지 모르지….' 그의 마음은 평온했다. '아무튼 할 수 있는 데까지는 다했다.' 하고 그는 수술 과정을 하나하나 더듬어보면서 생각했다. 그러고 나서 그는 제니가 찾아온 일, 자크와 함께 보낸 저녁 한때를 떠올렸다. 몇 시간에 걸친 직업적인 일을 수행한 뒤 지금에 와서 생각해보니 동생과의 논쟁이 더욱 헛된 일처럼 느껴졌다.

'나는 의사야. 나에게는 해야 할 일이 있고 나는 그 일을 하고 있다. **그들**은 그 이상 무엇을 더 바란단 말인가?'

그들이란 바로 자크와 같은 사람들을 두고 한 말이었다. 아무 일도 하지 않고, 아무 직업도 없이, 부산히 돌아다니면서 그저 허공 속에서 지껄이는 것이 고작인 녀석들. 자크뿐만 아니라 그의 배후에 있는 한 무리의 혁명적 선동가들이, 어제저녁에도 소란을 피우는 소리를 그는 들은 것 같았다.

'불평등, 불의? …그래, 알아! 그런데 그들은 도대체 무엇을 만들어냈단 말인가? …그래서 어쨌다는 거야?… 오늘날의 문명, 그것은 신의 이름으로 주어진 것이야! **주어진 것**! 그래 거기에서 출발하는 거야. 그 모든 것을 무엇 때문에 다시 문제 삼는단 말인가?…그들의 혁명은' 하며 그는 낮은 소리로 계속 중얼거렸다. '공연히 우리를 궁지에 몰아넣으려고 해! 모두 부숴버리고 다시 만들다니, 나무 쌓기 하는 아이들처럼! 바보 같은 것들! 딴소리 말고 자기들 일이나 하라지! …사회가 불완전하다고 한탄하며 협력을 거부하기보다 현재 있는 것, 있는 그대로의 환경, 있는 그대로의 시대에 맞추어서 우리처럼 꿋꿋이 일하는 것이 훨씬 더 나아! 혜택이 불확실하게 마련인 대변혁에 집착하지 말고 저마다 적당한 범위 안에서 상대적으로, 보람있게 가능한 더 나은 일을 하는 데 짧은 인생을 바치는 거야!'

그는 혼자 이런 장광설을 늘어놓으면서 흐뭇해했다. 그는 피아노로 마지막 화음을 한 번 치듯이 덧붙였다. '자, 이상과 같소!'

'상속 문제도 마찬가지다.' 하고 그는 갑자기 치밀어 오르는 노여움에 몸을 떨면서 혼잣말을 계속했다. '오늘날 재산을 갖는다는 것이 '타인의 착취에 근거를 둔' 생활이라니! …바보 같은 녀석! …나는 세습 상속의 원칙을 옹호하지는 않아…. 그럼, 물론 나는 그것을 옹호하지 않아…. 너와 마찬가지로 나도 그것을 비난할 수 있어…. 한데 제기랄, 지금 세상은 그렇게 되어 있어! 우리의 생활 조건도 그렇고! 그래서 어쨌단 말이야?'

'아니, 내가 지금 무엇하고 논쟁하고 있는 거지?' 하고 그는 혼자 미소 지으며 생각했다. '마치 내가 옹호하려고 하는 것에 반기를 드는 것 같군…'

그러나 그는 설득해야 할 상대가 자기 앞에 있는 것처럼 곧 다시 계속했다.

'더구나 나는 많은 경우에 유산 상속은 아주 훌륭한 결과를 가져온다고 역설해왔다…. 지금까지 나는 유산 상속이 거의 틀림없이 훌륭한 생활의 실현을 가능하게 한다는 것을 수없이 확인해왔다… 말하자면 인간 공동체에 유용하고 보탬이 되는 생활 말이야….'

'가난하지 않은 것이 이제 와서는 죄악이라도 된단 말인가?' 하고 그는 별안간 팔짱을 끼면서 생각했다.

그는 막연하게나마 자신이 논리적으로 약간의 속임수를 쓰고 있는 듯한 느낌이 들었다. 지금 이 순간에 그의 양심이 그 양심 자체에 던진 정확한 질문은 오히려 이러한 것이었다. '자기 손으로 번 재산이 아닌 것을 가지고 부자가 된다고 해서 그것을 과연 죄라고 할 수 있을까?' 그러나 그는 이러한 미묘한 차이에 집착하지 않았다. 그래서 이런 사소하고 불성실한 생각을 떨쳐버리려는 듯이 어깨를 으쓱했다.

'지난겨울에 나에게 보낸 편지에서 자크는 '나는 그런 유산으로 혜택을 입고 싶지 않아…'라고 썼었지. 바보 같은 녀석! '혜택을 입다니!' 그래서 지금 내가 그 '혜택을 입는다'고 나를 비난하는 거야, 나를? 그렇다면 결국 직업인으로서의 내 생활과 우리의 일을 개편할 경우에 도대체 누가 그 '혜택을 입는다'는 거야? 나야? …그래, 바로 나야.' 그는 정직하게 인정했다. '그러나 나는 말하고 싶어. 나만이 그 '혜택을 입는다'고 할 수 있을까? …그리고 나아가 모든 것을 고려해볼 때 나 같은 위치에 있는 사람은 사회 일반의 이익을 위해 더욱 열심히 일하고, 자기의 개인적인 이득을 위해서도 또한 일하는 것이 아닐까?'

자동차는 센강을 건너고 있었다. 센강, 부두들, 여러 개의 다리가 장밋빛 안개에 싸여 있었다. 그는 차창 밖으로 담배꽁초를 버렸다. 그리고 새 담배에 불을 붙였다.

'너는 네가 생각하는 것보다 나와 비슷한 데가 많아, 이 바보야.' 하고 그는 만족스런 웃음을 지으며 중얼거렸다. '너는 빨간 머리로 태어난 것과 마찬가지로 부르주아로 태어난 거야! 네 머리색은 뒤에 갈색으로 변했지만 빨간색의 흔적은 남아 있어. 그것은 너도 어쩔 도리가 없는 거야…. 혁명가의 본능이라고? 나는 그 말을 절반밖에 믿지 않아…. 너의 유전, 네가 받은 교육, 너의 심오한 취미가 너를 다른 곳에 묶어놓고 있어. 두고 봐라. 마흔 살만 되면 나보다 더 부르주아답게 될 테니까!'

자동차는 속도를 늦추었다. 빅토르는 윗몸을 숙이고 번지수를 읽었다. 드디어 차가 철책문 앞에 멈추어 섰다.

'아무튼, 아무리 그 애가 그렇더라도 나는 그 애를 사랑해.' 하고 생각하며 앙투안은 자동차 문을 열었다.

그는 동생의 방문이 자기에게 얼마나 기쁨을 안겨다주었는지를 반갑게 맞아들임으로써 좀 더 확실히 보여주지 못한 것을 이제야 뉘우치고 있었다.

23

그레고리 목사는 일 년 전부터 잔다르크 동네의 한 초라한 하숙집에 묵고 있었다. 그 동네는 교외 주택지 구석에 위치한 아르메니아 노동자들이 몰려 사는 곳으로서, 목사는 여기에서 노동자들에게 복음을 전파하고 있었다.

앙투안은 야근하는 수위를 깨우느라 진땀을 뺐다. 그는 아주 가난한 생활을 이어가는 아시아 사람으로서, 복도 입구에 있는 벤치에서 옷을 입은 채 자고 있었다.

"예, 예…. 그레고리 목사님요, 저와 함께 올라가시지요…."

목사는 오층 다락방에 거처하고 있었다. 여러 세대가 바글거리며 살고 있는 이 누추한 집 안에서는 칠월의 무더위 탓으로 쓰레기와 양기름의 고약한 냄새가 코를 찌르고 있었는데, 아랍 골목에서 나는 심한 악취를 연상시켰다.

늙은 수위의 조심스런 노크 소리를 듣고 그레고리 목사는 침대에서 벌떡 일어났다.

'아주 영적인 가벼운 잠.' 하며 앙투안은 in petto* 생각했다.

안에서 문고리가 벗겨지더니 목사가 석유 램프를 들고 나타

* '마음속으로'라는 뜻의 이탈리아어.

났다.

그것은 뜻밖의 광경이었다. 그레고리 목사는 발까지 내려오는 점잖은 잠옷을 입고 잤다. 그리고 간장을 꽉 눌러주지 않으면 잠이 오지 않아 갈색 플란넬 허리띠로 허리를 꽉 죄어 매고 있었다. 그래서 잠옷 아랫부분이 스커트처럼 부풀어 있었다. 맨발에다가 유령 같은 얼굴빛, 말라빠진 몸, 텁수룩한 머리털, 신비스런 눈빛을 한 그의 모습은 마치 『아라비안나이트』에 나오는 마법사 같았다.

목사는 앙투안의 첫마디에—처음에 앙투안인 줄 몰랐다가—모든 것을 알아차렸다. 그는 아무 대답도 않고, 한시도 늦출 수 없다는 듯이, 앙투안이 문지방에 서서 자초지종을 설명하고 있는 동안에 침대의 쇠기둥에 허리띠의 끝을 묶어놓고는 사 미터쯤 되는 허리띠를 풀기 위해 마치 팽이처럼 점점 더 속도를 빨리하면서 혼자 뱅그르르 돌기 시작했다.

앙투안은 웃음이 터져 나오려는 것을 간신히 참고 외과의사의 수술을 받았으며 아직 총알을 빼지 못해 어려움에 처해 있다고 이야기했다.

"허! …허!…" 하고 목사는 뱅글뱅글 돌면서 숨 가쁜 목소리로 이의를 제기했다. "권총 따위는 잊어버리세요! …그냥 둬요, 총알은 그냥 둬요! …살겠다는 의지… 바로 그것을… 깨우쳐 주어야 합니다!"

그는 계속 돌면서 불만스런 눈망울을 굴렸다. 드디어 껍질이 완전히 벗겨지자 그는 앙투안의 얼굴 앞에 그의 모나고 균형 잡히지 않은 얼굴을 내밀었다. 그의 눈썹은 신경의 경련으로 줄곧 뒤틀렸다. 그러고 나서 그는 조용하고 내면적인 웃음을 터뜨렸다.

“가여운 의사 선생, 전에는 수염을 기르고 있었지요!” 하며 그는 동정 어린 투로 외쳤다. “당신은 병을 고친다고 생각하지요. 그러나 실제로는 당신들, 신을 모독하는 당신들은 병을 만들고 있어요. 당신들은 병은 존재한다고 미리 생각하기 때문이지요! …No! …나는 이렇게 말하겠습니다. **빛이 들어오게 해야 한다**고! 그리스도만이 유일한 의사이십니다! 누가 라자로를 살렸지요? 마음이 어두운 가여운 의사 선생, 당신은 라자로를 살릴 수 있다고 생각하십니까?”

앙투안은 가소로워하면서도 그런 내색은 하지 않았다. 그동안에 목사는 의사의 시선에서 본의 아닌 악의의 빛이 번뜩이는 것을 눈치챈 것이 틀림없었다. 눈살을 찌푸리며 갑자기 등을 돌렸기 때문이었다. 위에는 아무것도 걸치지 않고 허리에는 셔츠를 두른 채 그는 방 안 구석구석을 돌아다니며 낮에 입었던 옷가지들을 찾고 있었다.

앙투안은 선 채로 잠자코 기다리고 있었다.

“인간은 신성神性을 가지고 있어요!” 그레고리는 벽에 등을 기대고 양말을 신으려고 몸을 구부리면서 중얼거렸다. “그리스도께서는 자신이 신성을 가졌다는 것을 마음속으로 알고 계셨습니다! 나도 마찬가집니다! 우리 모두가 그렇습니다! 인간은 신성을 가지고 있는 겁니다!” 그는 끈이 묶인 채로 있는 커다란 검은 구두에 발을 넣었다. “그런데 **율법은 죽이는 것**이라고 말씀하신 분이 그 율법에 의해 죽임을 당하셨습니다. 그리스도는 율법에 의해 죽임을 당하신 거지요. 인간은 정신 속에 그 율법의 글자만을 지니고 있었을 따름입니다. 교회도, 그리스도의 참된 가르침 위에 서 있는 교회는 실제로 단 한 군데도 없습니다. 모든 교회는 그리스도의 비유의 말씀 위에 세워진 것에 지나지 않지요!"

혼잣말을 계속하면서 그는 신경이 매우 날카로운 사람에게서 볼 수 있는 극단적이고 어설픈 몸짓을 하면서 방을 왔다 갔다 했다.

"하느님은 만유萬有에게 만유이십니다. 하느님! 그분은 빛과 열의 지고의 근원이십니다!" 그는 복수에 불타는 듯한 몸짓으로 문고리에 걸려 있는 바지를 벗겼다. 그의 동작 하나하나에는 마치 감전이라도 된 것 같은 격렬함이 엿보였다. "주님은 만유이십니다!" 하고 그는 되풀이했다. 그는 목소리를 더 높여 말했다. 왜냐하면 바지 앞단추를 잠그려고 벽을 향해 돌아섰기 때문이었다.

단추를 잠그자마자 그는 그 자리에서 몸을 돌리고는 강하고 도전적인 시선으로 앙투안을 쏘아보았다.

"하느님은 만유이십니다. 그분에게는 악이 없습니다!" 그는 준엄하게 말했다. "그리고 poor dear Doctor,* 만유이신 그분 안에는 티끌 만한 악이나 악의도 없어요!"

그는 검은 알파카 털재킷에 팔을 끼워넣고 챙이 둥글게 말린 우스꽝스런 작은 펠트모자를 썼다. 그리고 마치 옷 입은 것이 즐겁기라도 한 듯이, 뜻밖의 쾌활한 목소리로 모자챙을 엄숙하게 만지면서 천장을 향해 외쳤다.

"Glory to God!"**

* 영어로 '가여운 의사 선생'이라는 뜻.

그러고 나서 멍한 눈길로 앙투안을 내려다보면서 갑자기 중얼거렸다.

"오, 가여운 테레즈 부인…." 그의 눈에는 눈물이 맺혀 있었다. 그는 앙투안이 그 가정의 비극 때문에 자기 집에 왔다는 사실을 그제야 비로소 깨달은 것 같았다. "불쌍한 제롬." 하고 그는 중얼거리며 한숨을 쉬었다. "불쌍하고 나태한 자여, 그대는 결국 지고 마는가? …그대는 결국 굴복하는가? 그대 자신으로부터 옳지 못한 것을 쫓아낼 수 없었단 말인가? …오 그리스도여, 그에게 어둠의 행실을 벗어버리고 빛의 갑옷을 입을 힘을 주소서!*** …죄인이여, 내가 그대에게 간다! …내가 그대에게 달려간다! …갑시다." 하고 그는 앙투안에게 다가오면서 말했다. "나를 그가 있는 곳으로 인도해주시오!"

램프를 끄기 전에 그는 재킷 호주머니에서 실양초 하나를 꺼내어 불을 붙였다. 그러고 나서 그는 층계참 문을 열었다.

"가시오!"

앙투안은 시키는 대로 했다. 그레고리는 계단을 비추려고 촛불을 든 팔을 치켜올렸다.

"그리스도는 말씀하셨습니다. 등불을 등잔걸이에 얹어두어야 모든 사람을 다 밝게 비출 수 있지 않겠느냐!**** 우리에게 촛불을 비추어주시는 분은 바로 그리스도이십니다! …언제나 낮은 곳에서 타고, 언제나 흔들리며 언제나 불쾌한 연기가 나

** 영어로 '하느님께 영광을'이라는 뜻.
*** 「로마서」 13장 12절에 나오는 말이다.
**** 「마태 복음」 5장 15절에 나오는 말이다.

는 가여운 촛불… 비참한, 비참한 피조물! 가여운 우리들! … 언제나 불꽃이 가늘고 빛나도록, 그 피조물을 깊디깊은 어둠 속으로 내몰도록 주님께 기도합시다!"

그리고 앙투안이 난간을 잡고 좁은 계단을 내려가는 동안에 목사는 마치 마귀를 쫓는 주문이라도 외는 것처럼, '피조물'이니 '어둠'이니 하는 말을 퉁명스럽고 신경질적인 말투로 하면서, 점점 더 알아듣기 힘든 목소리로 중얼거렸다.

"차를 가지고 왔습니다." 뜰에 나왔을 때 앙투안이 말했다. "차로 병원까지 모셔다드리도록 하겠습니다…. 저는 한 시간 뒤에 다시 가 뵙겠습니다…."

그레고리는 아무런 이의도 제기하지 않았다. 그러나 차에 오르기 전에 상대편을 쏘아보는 그의 눈초리가 어찌나 날카롭고 매서웠던지 앙투안은 그만 얼굴을 붉히고 말았다.

'아무려면 내가 어디에 가는지 알지 못하겠지.' 그는 생각했다.

그는 말로 표현할 수 없는 안도감을 느끼면서 희끄무레한 여명 속으로 멀리 사라져가는 자동차의 뒷모습을 바라보았다.

길모퉁이에는 가벼운 바람이 일고 있었다. 어디에선가 비가 온 것이 틀림없었다. 마치 벌을 서다가 풀려난 중학생처럼 앙투안은 발뤼베르 광장까지 뛰다시피 가서 택시를 잡았다.

"바그람가街!"

차에 올라탄 그는 갑자기 자기가 무척 피곤하다는 것을 알았다. 그러나 그것은 초조함에서 오는 피곤, 욕망을 부채질하는 데서 오는 피곤이었다.

그는 운전사에게 집에서 오십 미터쯤 떨어진 곳에 차를 세우게 하고는 힘차게 뛰어내려 좁은 골목 안으로 들어갔다. 그리고 살며시 문을 열었다.

문지방에서부터 그의 얼굴은 환히 빛났다. 안의 향기… 매혹적인 향기, 꽃향기라기보다는 송진 향기, 향기 이상의 것, 향기로운 먹거리. 그는 그것을 좋아했다.

'나는 자극적인 향기가 좋아.' 하고 혼잣말을 하면서 그는 전에 라셀이 달고 있던 용연향 목걸이를 문득 떠올렸다.

그는 마치 강도가 침입할 때처럼 조심스럽게 욕실로 들어갔다. 새벽녘의 욕실은 우윳빛으로 훤해지고 있었다. 그는 재빨리 옷을 벗었다. 그리고 욕조 안에 우뚝 서서 목덜미를 큰 타월로 문지르고 난 다음에 찬물을 끼얹었다. 김이 나는 그의 몸에서 물은 마치 달아오른 금속판에서처럼 증발했다. 피곤이 말끔히 가셨다. 그는 몸을 구부려 수도꼭지에 입을 대고 물을 마셨다. 그러고 나서 발소리를 죽여 방 안으로 들어갔다.

발밑에서 음악적이며 매우 경쾌한 하품 소리가 들려서 그는 펠로우가 있다는 것을 알아차렸다. 복사뼈 근처를 비벼대고 있는 펠로우의 차가운 콧등과 부드러운 귀를 느꼈다.

커튼은 걷혀 있었다. 머리맡의 전등이 방 안에 뿌연 빛을 뿌리고 있었다. 그것은 앙투안이 조금 전 다리를 건너면서 황홀하게 바라보던 흐릿한 장밋빛 불빛이었다. 안은 큰 침대 위에서 벽 쪽으로 돌아누워 맨살의 팔꿈치 안쪽에 머리를 얹고 자고 있었다. 카펫에는 패션 잡지들이 어지럽게 흩어져 있었다. 작은 테이블의 재떨이에는 반쯤 피우다 만 담배들이 수북이 쌓여 있었다.

침대 가장자리에서 꼼짝도 하지 않고 앙투안은 안의 짙은 머리숱, 목덜미, 어깨, 시트 아래로 뻗어 있는 날씬한 다리를 물끄러미 바라보았다. '이상하게 몸을 내맡긴 것 같은 모습을 하고 있군.' 그는 생각했다. 안이 그에게 이처럼 애정 어린 측은한 감정을 불러일으킨 적은 별로 없었다. 대개는 거칠고 지칠 줄 모르는 열정을 운동이라도 하는 기분으로 받아들였을 뿐이었다. 얼마 동안 그는 바로 가까이에서 느끼는 쾌락을 미루면서 관능적인 기대를 늘리고 있었다. 그것은 자크든 제롬이든 그레고리든 이 세상 그 어느 누구도 그에게서 빼앗을 수 없는 것이었다. 그녀의 머리카락 속에 자기 얼굴을 파묻고 그 탄력 있고 따뜻한 등을 가슴에 끌어안아 그녀와 한 몸이 되고 싶은 욕망이 어찌나 강렬했던지 그의 미소마저 굳어졌다. 그는 조심스럽게, 숨을 죽이며 시트 자락을 들어 올렸다. 그리고 몸을 꿈틀거리며 늠름한 동작으로 천천히 여자 곁으로 미끄러져 들어갔다. 그녀는 숨이 막혀 짧은 신음 소리, 쉰 듯한 신음 소리를 내었다. 그리고 허리를 뒤틀어 돌아누우면서 잠에서 깨어나 앙투안의 품 안에서 정신이 들었다.

24

아침 일찍 잠에서 깨어나면서 자크는 상쾌함을 느꼈다.

'오늘 저녁 다섯시 기차를 타려면 꾸물거려선 안 되지.' 그는 침대에서 뛰어내리면서 생각했다. 그러나 막상 일어나자 아무래도 무엇인가 마음에 걸리는 것이 있었다. 전날 밤의 일들이 줄곧 머리에서 떠나지 않았던 것이다.

그는 재빨리 옷을 입고 아래층으로 내려가 앙투안에게 전화를 걸었다.

퐁타냉은 아직 살아 있었다. 혼수상태는 스물네 시간, 어쩌면 그보다 조금 더 계속될 것 같았다. 살아날 가망은 전혀 없었다.

자크는 오늘 스위스로 돌아갈 생각이므로 이제 다시 만날 기회는 없을 것 같다고 전화로 형에게 알렸다. 그리고 숙소에 돌아가 방값을 치른 다음에 리옹역 수화물 보관소로 가서 짐가방을 맡겼다.

하루 종일 그는 출발 전에 처리해야 할 일 때문에 바삐 돌아다녔다. 그것은 리차들레가 준 주소를 가지고 대여섯 명의 '만나야 할 사람들'을 방문하는 일이었다.

모든 좌익 진영에서는 전쟁의 위협을 막기 위해 광범위한 운동을 준비하고 있었다. 각 분파들 사이의 결속도 이미 이루어져 있는 것 같았다. 이에 관한 정보는 아주 낙관적인 것이었다.

그럼에도 불구하고 불안에서 벗어날 수 없었으며 다시 혼자가 되자 기다렸다는 듯이 불안감이 그를 사로잡았다. 무어라 설명할 수 없는 허탈감 같은 것을 느꼈다. 그는 마치 열에 들뜬 듯이 땀에 흠뻑 젖어 파리 시내를 뛰어다녔던 것이다. 끊임없이 생각을 바꾸는가 하면 방향을 돌려 이야기를 빨리 끝내기도 하며, 삼십분이나 걸려 찾아가서는 마지막 순간에 방문을 포기하기도 했다. 거리며 집이며 길 가는 사람들이며 심지어 자기 동지들까지도 모두 지금까지와는 달리 적의를 품고 있는 것 같았다. 그는 마치 우리 안에 갇혀 있는 짐승처럼 철책에 몸을 부딪는 듯한 느낌이었다. 게다가 갑자기 자꾸 몸이 불편해졌다. 그래서 얼마 동안 멍해지고 손에 땀이 나고 가슴이 죄어오는 것을 느끼며, 자신도 이해할 수 없는 갑작스런 공포감에 대항해서 싸우지 않으면 안 되었다. 그것은 숨 막히는 공포였다….

'도대체 내가 왜 이럴까?' 그는 자문해보았다.

그러나 네시에는 긴급한 용무가 다 끝났기 때문에 출발할 수 있었다. 한시라도 빨리 제네바로 돌아가고 싶었다. 그러면서도 파리를 떠난다는 것이 어쩐지 마음에 걸렸다.

'밤차로 가면' 하고 그는 문득 생각했다. '시간을 내서 『위마니테』사, 카페 뒤 크루아상, 『프로그레』사에 들르고, 클리시가街에 가서 그 병기창 사건에 관한 정보를 모을 수 있을 텐데….'

(사실 여섯시에 클리시가의 한 바에서 해운조합 총연맹 모임이 열릴 예정이었다. 자크는 거기에 가면 몇 사람의 지도자와 만날 수 있다는 것을 알고 있었다. 그들은 내일 파업이 준비되고 있는 서부 지구의 몇몇 항구에 나가기로 되어 있었다. 자크로서는 그 문제에 대해 몇 가지 정확한 정보를 얻는다고 해서 그다지 불쾌한 일은 아니었을지 모른다.)

오늘 아침부터 또 다른 생각이 그를 끈질기게 괴롭히고 있었다. 그것은 바로 다니엘이 온다는 사실이었다. 물론 그와 악수 한 번 나누지 않고 떠날 수도 있었다. 그러나 자기가 파리에 있다는 것을 다니엘이 알게 될 것이 틀림없었다. '병원에 가지 않고 만날 수만 있다면….' 그는 갑자기 결심했다. '야간 급행열차로 가자. 저녁 식사를 하고 뇌이에 가서 다니엘을 만나자. 그 시각이면 **그녀**를 만나지 않게 될 거야. **그녀**는….'

여덟시 반에 그는 예정대로 『프로그레』사에서 나왔다. 클리시가에서의 모임이 끝난 뒤에 혹시나 해서 거기에 갔었다. 다행히 그는 거기에서 『위마니테』지에 실으려고 프랑스 서부 지방의 병기창에 관한 모든 정보를 모으고 있는 편집자 뷔로를 다시 만나게 되었다.

이제는 뇌이를 방문하는 일만 남아 있었다. '내일이면 나는 제네바에 있을 거야.' 하며 그는 결심을 굳혔다.

그는 중이층과 커피숍을 연결하는 작은 나선형 계단을 내려오고 있었다. 그때 누군가가 그의 어깨를 툭 쳤다.

"이봐 꼬마, 자네가 파리에 웬일이야?"

어슴푸레한 불빛 아래에서도 굵은 목소리와 하층민의 억양으로 미루어 무를랑이라는 것을 알 수 있었다. 머리를 길게 늘어뜨리고 겨울이나 여름이나 노상 식자공들이 입는 작업복을 걸치고 다니는 그는 검고 늙은 예수의 모습이었다.

무를랑은 드레퓌스 사건이 한창일 때 등사판으로 찍어내는 투쟁 회보를 발행했었다. 사람들은 당시에 매주 그것을 손에서 손으로 돌려가며 읽었다. 그 뒤에 『에탕다르』*지는 혁명가들의 소기관지가 되었고, 무를랑은 몇몇 독지가들의 도움으로 그것을 꾸준히 발행하고 있었다. 자크는 이따금 그에게 보고서라든가 외국 논문의 번역문을 보내곤 했었다. 자크는 그 잡지가 이론적인 비타협성을 기본 정신으로 하고 있었기 때문에 마음에 들었다. 무를랑은 비타협적 사회주의 이론의 이름으로 당 간부들, 특히 그가 '기회주의적 사회주의자들'이라고 부르는 조레

* '깃발'이라는 뜻.

스 일파를 공격 대상으로 삼고 있었다.

그는 자크에게 우정을 느끼고 있었다. 젊은 사람들, 특히 '꼬마들'을 좋아했는데, 그것은 그들의 열성과 불굴의 정신 때문이었다. 그는 대단한 교양은 없었으나 궤변을 늘어놓는 데는 탁월한 재능이 있었다. 더구나 파리의 늙은 노동자들의 말투를 쓰고 있어서 더욱 익살스러워 보였다. 그는 몇년 전부터 그 잡지를 존속시키기 위해 거의 혼자 투쟁하다시피 했다. 주위 사람들은 그를 두려워하고 있었다. 그것은 그가 자기의 정통성을 확고한 방패로 삼고, 혁명의 대의에 몸을 바친 가난한 투사의 생활로 단련되어 있고, 당의 모사꾼들을 가차 없이 공격하면서 조그마한 과오도 들추어내고, 그들의 타협을 폭로하고, 언제나 신랄한 독설을 퍼부었기 때문이다. 그에게 당한 사람들은 그에 대해 가장 추악한 소문을 퍼뜨려 복수하곤 했다. 그는 한동안 생 앙투안 교외에서 사회주의 문헌을 파는 작은 서점을 하고 있었는데, 그에게 적의를 품은 사람들은 그가 주로 외설 서적을 팔고 있다면서 비난했다. 그런 비난이 전혀 근거 없는 것은 아니었다. 그의 사생활에는 그런 요소가 꽤 있었다. 순수한 사회주의 잡지인『에탕다르』본사가 있는 로켓가街의 작은 집에는 항상 라프가街의 빈민굴에서 온 것 같은 수상한 이웃 여자들이 드나들었다. 여자들은 그가 좋아하는 사탕과자를 가지고 오곤 했다. 여자들은 큰 소리로 수다를 떨고, 싸움질을 하고, 어떤 때는 서로 치고받으며 소란을 피우기도 했다. 그럴 때면 우리의 그리스도는 일어나 파이프를 조용히 내려놓고 미쳐 날뛰는 양쪽 여자들의 팔을 잡아 계단으로 내몰곤 했다. 그러고는 다시 하던 이야기를 계속하는 것이었다.

오늘 그는 왠지 걱정거리가 있는 듯했다. 그는 자크를 인도까지 배웅했다.

“주머니에 한 푼도 없어.” 하고 그는 검은 작업복에 달린 호주머니 두 개를 뒤집어 보이면서 설명했다. “목요일까지 돈이 마련되지 않으면 다음 호는 당분간 중단해야겠어.”

“그래도” 하며 자크가 말했다. “발행 부수는 늘렸다면서요?”

“예약 구독자는 쇄도해! 단지 돈을 내지 않을 뿐이지…. 발송을 중단해버릴까? 무슨 상업적인 일을 하는 거라면 망설일 것도 없을 텐데. 내 목적이 뭐야? 선전이지. 그러면? …어떻게 한다? 경비를 줄일까? 하지만 하나에서 열까지 다 나 혼자 맡아 하는 일인데! 처음에는 금고에서 한 달에 백 프랑씩 끌어다 썼지. 그러나 그 백 프랑도 내 손으로 만져보기는 딱 한 번뿐이었어…. 방랑자처럼 빵 부스러기로 살아가고 있는 형편이야. 빚은 산더미 같고, 이런 생활이 십팔 년이나 계속되고 있으니…. 그건 그렇고 어디 진짜 얘기 좀 해보자구.” 하며 그는 말을 계속했다. “스위스에서는 그 불길한 소문을 어떻게들 생각하고 있나? …나는 워낙 늙은 너구리라서 어떤 일에도 놀라지 않아…. 산전수전을 다 겪은 몸이니까…. 1883년과 비슷해…. 그 당시 나는 겨우 스무 살밖에 안 되었지만 이미 스위스에서 발간되던 신문인 『라 레볼트』*를 꼬박꼬박 읽었어…. 자네는 『라 레볼트』를 모르겠지? …그러면 83년에 영국, 독일, 오스트리아, 루마니아가 똘똘 뭉쳤던 것도 모르겠지? …그때 일촉즉발의 위기가 감돌았었지…. 지금의 정세가 그때와 똑같아! …술

* ‘반항’이라는 뜻.

책도 같고… 그때도 조국이니 민족의 영광이니 하고 떠들어댔으니까…. 하지만 한 껍질 벗겨보면 뭐지? 산업 경쟁, 관세, 대자본가의 계략… 지금도 무엇 하나 변한 것이 없어. 한 가지 다른 점이 있다면 바로 우리한테 크로포트킨*이 없다는 거야… 83년에 크로포트킨은 악마처럼 미쳐 날뛰었지…. 그는 여러 개의 커다란 군수 공장들, 앙쟁,** 크루프, 암스트롱,*** 그 밖의 병기 공장들을 비난했어. 이들 공장이 그들의 야망을 달성하기 위해 유럽의 큰 신문들을 매수하고 있다고 말이야…. 그들에게 어떤 일이 일어난 줄 알아! …나는 그가 쓴 글을 찾아보았어…. 지금도 그때와 조금도 다를 게 없었어! 이번 호에는 그 가운데서 세 편을 실으려고 해…. 크로포트킨! …읽어봐. 확실히 얻는 게 있을 거야!…"

그는 빛나는 눈을 가지고 있었고, 나이 든 투사와 같은 빈정대는 듯한 말투를 쓰고 있었다. 그는 다음 호를 인쇄하는 데는 삼백팔십 프랑의 돈이 드는데도 자기에게 돈이 한 푼도 없다는 것을 까맣게 잊고 있었다.

자크는 빠져나왔다.

'『에탕다르』지를 전체적인 반전 활동 계획 속에 넣어주자.' 그는 생각했다. 그리고 제네바로 돌아가면 그것에 관해 꼭 말해서 가능하면 무를랑에게 조금이나마 보조금을 보내주도록 하기로 마음먹었다.

* 크로포트킨(1842-1921)은 러시아의 무정부주의자이다.

** 프랑스 제철 공업의 중심지이며 큰 병기 공장의 소재지이다.

*** 암스트롱 포의 발명자인 암스트롱의 이름을 딴 영국의 병기 공장이다.

그는 아직 저녁을 먹지 않았다. 조합 사무소 앞 역에서 샹페레행行 지하철을 타기 전에 그는 카페 뒤 크루아상에 가서 샌드위치를 먹었다. 『위마니테』지의 많은 기자들은 그들의 '보스'를 흉내 내어 몽마르트르가街의 모퉁이에 있는 이 카페에 드나들었다.

조레스는 늘 앉는 창가 구석 자리에서 세 친구와 함께 저녁 식사를 하고 있었다. 자크는 지나가면서 고개를 살짝 숙여 인사했다. 그러나 접시 위로 몸을 숙이고 있던 보스는 아무것도 보지 못했다. 침울한 모습을 하고, 목을 둥근 두 어깨 속에 수염 있는 데까지 파묻고 있던 보스는 옆자리에 앉은 사람들의 수다에는 아랑곳하지 않고 지고 플라졸레*를 먹고 있었다. 서류가 가득 든, 어디를 가나 가지고 다니는 그 큰 가방은 식탁 끝, 그의 손이 닿는 곳에 놓여 있었다. 자크는 조레스가 지칠 줄 모르는 독서가라는 것을 알고 있었다. 그저께 스테파니가 마리위스 무테**에게서 들었다고 하면서 들려준 일화가 생각났다. 무테는 최근에 조레스와 여행하면서 조레스가 독서에 빠져 있는 것… 러시아 문법책을 열심히 읽는 것을 보고 놀랐다는 것이다. 그리고 조레스는 당연한 것처럼 이렇게 말했다는 것이다. "그럼 빨리 러시아어를 배워야지. 앞으로 러시아는 유럽에서 굉장한 역할을 하게 될 거야!"

자크는 멀리서 역광을 받으며 앉아 조레스를 지켜보고 있었다. '도대체 다른 사람의 이야기를 듣고 있는 것일까?' 하고

* 제비콩을 섞은 양의 넓적다리 고기 요리이다.

** 프랑스 사회당 의원이다. 조레스는 1914년 7월 무테를 지원하는 연설을 나갔는데, 그것이 그의 마지막 연설이 되었다.

그는 생각했다. 지금까지 조레스를 볼 때마다 이런 생각을 해 본 적이 한두 번이 아니었다. 반추동물의 그것과 같은 그의 침묵—우연히도 그때 조레스는 입을 다물고 있었다—은 마음속으로 어떤 음악의 음율에만 열중해 있는 것처럼 보였다. 자크는 조레스가 갑자기 얼굴을 들고 가슴을 펴며 냅킨으로 재빨리 입술을 닦고는 이야기를 시작하는 것을 보았다. 숙인 이마 밑에 숨겨진 그의 시선은 날카롭게 빨리 왔다 갔다 하고 있었다. 수염에 가려지고 양 끝이 약간 처져 있는 그의 입은 메가폰의 주둥이나 그리스 비극에 나오는 가면의 검은 구멍을 연상시켰다. 조레스는 손님들 가운데 어느 특정인에게 말하는 것 같지는 않았으나 생각한 것을 분명히 말하면서 누군가를 반박하는 것 같았다. 그에게서는 논쟁과 사상이 불가분의 관계를 맺고 있지만 토론을 할 때만은 그의 정신이 약동하는 것 같았다. 그의 말은 분명하게 들리지 않았다. 왜냐하면 조레스는—적어도 웅변가로서의 그의 폐활량과, 북소리처럼 울려 퍼지는 그의 목소리가 허용하는 만큼—낮은 소리로 말하고 있었기 때문이다. 그러나 자크는 카페 안에서의 웅성거리는 소리 너머로 특색 있는 그 목소리의 음색을 알아들을 수 있었다. 그 울림, 그 은은한 떨림은 오케스트라 박스의 공명처럼 노래하는 듯한 그의 말소리를 반주하듯이 더욱 크게 들리게 했다. 익히 알고 있는 그 목소리의 울림은 자크에게 여러 가지 추억을 불러일으켰다. 집회의 열기, 언변의 경쟁, 비장한 결론, 미친 듯한 군중의 갈채… 조레스는 자신의 즉석 연설에 도취되어 음식이 반쯤 남아 있는 접시를 밀어놓고는 돌진하려는 물소처럼 몸을 앞으로 구부린 채 연설을 계속했다. 그는 말의 리듬을 자르기 위해 식탁 끝에 놓았던 불끈 쥔 두 주먹을 난폭하지 않게, 마치 동력 해머의 장단처럼 치켜들었다가 다시 떨어뜨리곤 했다. 그리고 시간이 촉박해서 카페를 나서려고 할 때도 조레스는 주먹으로 대리석 테이블을 치면서 여전히 이야기를 계속하고 있었다.

이러한 광경을 목격한 자크는 더욱 용기를 얻었다. 비노가街의 철책문 앞에 이르렀을 때에도 그 강렬한 인상은 생생하게 남아 있었다.

베르트랑 병원. 여기다….

땅거미가 지고 있었다. 자크는 걸음을 늦추지 않고 정원을 가로질러갔으나 건물 정면을 올려다볼 용기가 나지 않았다.

수위 노파가 떨리는 목소리로 그 양반은 아직 살아 있으며, 아드님이 어젯밤에 도착했다고 일러주었다. 자크는 다니엘을 불러달라고 부탁했다. 그러나 노파는 지금 수위실에 자기 혼자뿐이기 때문에 자리를 뜰 수 없다고 했다.

"삼층 경비원이 불러줄 겁니다." 하고 그녀가 말했다. "삼층으로 올라가보세요."

자크는 잠시 망설이다가 그렇게 하기로 결심했다.

이층 층계참에는 아무도 없었다. 긴 흰색 복도는 은은한 불빛 아래에서 쥐 죽은 듯이 조용했다. 삼층도 마찬가지로 조용했고, 불빛이 환하게 비치는 회랑도 끝없이 길고 적막했다. 그는 경비원을 찾아야 했다. 잠깐 기다리다가 복도를 걸어갔다. 지금까지 느꼈던 극도의 불안감은 어디론가 사라졌다. 그러나 반대로 과감하게 위험과 마주하겠다는 일종의 호기심이 생겼다.

그는 어떤 창 구석에 숨어 앉아 있는 어슴푸레한 것을 알아보지 못했다. 그가 다가가자 몸을 돌리며 자리에서 벌떡 일어났다. 제니였다.

그는 이 만남을 기다리고 있었던 것일까? '올 것이 왔구나.' 하고 그는 그다지 놀라지도 않으며 생각했다. 그리고 곧 깨달았다. '오늘도 머리에 아무것도 쓰지 않고… 옛날 그때와 똑같구나….'

제니도 자신의 머리카락이 흐트러져 있다는 것을 알았는지 손을 금방 머리로 가져갔다. 넓고 훤한 이마는 부드럽다기보다 청순하다는 인상을 주었다.

잠깐 동안 두 사람은 가슴을 두근거리면서 마주 서 있었다. 마침내 자크가 입을 열었다. 그의 목소리는 너무 감동한 나머지 퉁명스럽기까지 했다.

"미안해…. 수위 노파 아주머니의 말이…."

그는 제니의 창백한 얼굴이며 핏기 없는 입술이며 뾰족한 코를 보고 가슴이 미어지는 듯했다. 그녀는 긴장되고 무표정한 눈길로 자크를 쏘아보고 있었다. 그러한 그녀의 눈길에서는 마음을 약하게 먹지 말아야겠다는, 시선을 돌리지 말아야겠다는 의지가 엿보일 뿐이었다.

"소식을 듣고 싶어서…"

제니는 '이제 전혀 가망이 없어요'라는 표정을 지어 보였다.

"…그리고 다니엘도 만나고 싶어서." 자크는 덧붙였다.

그녀는 알약이라도 삼키듯이 힘겹게 알아들을 수 없는 말을 두세 마디 중얼거렸다. 그리고 삼층의 살롱 쪽으로 황급히 걸어갔다. 자크는 제니 뒤를 쫓아가려고 몇 걸음 옮기다가 복도 한가운데 멈추어 섰다. 그녀는 방문을 열었다. 자크는 그녀가 다니엘을 부르러 가는 줄로만 알았다. 그러나 그녀는 문을 열어놓은 채 그가 있는 쪽으로 몸을 반쯤 돌리고 눈을 내리깔고는 굳은 표정으로 꼼짝도 하지 않고 있었다.

"저… 방해가 된다면…." 하고 자크는 한 걸음 다가가면서 떠듬떠듬 말했다.

제니는 아무 대답도 하지 않았다. 눈꺼풀을 치켜올리려고도 하지 않았다. 겉으로 드러내지는 않지만 자크가 들어오기를 초조하게 기다리고 있었던 것 같았다. 자크가 문지방을 넘어서자마자 그대로 문을 닫아버렸다.

퐁타냉 부인은 방 모서리에 놓인 긴 의자에 어떤 젊은 군인과 나란히 앉아 있었다. 마룻바닥에는 군모, 혁대, 군도軍刀가 놓여 있었다.

"네가 어떻게!"

다니엘은 자리에서 일어났다. 뜻밖에도 다니엘의 얼굴은 환히 빛났다. 그는 우뚝 선 채 누군지 확실히 알아보지 못하겠다는 태도로 어깨가 퉁퉁하고, 광대뼈가 불거져 나온, 옛날의 친구와는 판이한 자크를 바라보고 있었다. 자크 역시 얼마 동안 우뚝 선 채로 구릿빛 얼굴에 머리를 짧게 깎은 하사관을 물끄러미 바라보고 있었다. 마침내 다니엘은 결심한 듯 돌연 박차와 장화 소리를 내면서 어색한 모습으로 그에게 다가왔다.

다니엘은 자크의 팔을 잡고 어머니 곁으로 데려갔다. 퐁타냉 부인은 놀라거나 당황한 기색은 보이지 않고 피곤한 눈길로 자크를 쳐다보며 손을 내밀었다. 그리고 그녀의 눈길과 똑같이 침착하면서도 냉정한 목소리로 마치 어제 만나기라도 한 것처럼 말했다.

"어서 와요, 자크."

다니엘은 아버지에게서 물려받은 친근하면서도 좀 우아한 몸짓으로 어머니를 향해 몸을 숙였다.

"저어, 엄마… 저, 잠깐 자크와 내려갔다 오겠어요…. 괜찮겠지요?"

자크는 몸을 떨었다. 지금 그는 그 목소리, 입 왼쪽을 치켜올리며 약간 수줍은 듯이 짓는 가벼운 미소, 한 음절씩 떼어 '엄-마' 하고 발음할 때의 그 부드럽고 공손한 말씨에서 지난날과 조금도 다름없는 다니엘의 모습을 알아볼 수 있었다.

퐁타냉 부인은 다정한 눈길로 두 젊은이를 바라보면서 가볍게 고개를 끄덕였다.

"아무렴, 가봐…. 나 혼자 있어도 괜찮으니까."

"정원으로 나가지." 다니엘은 자크의 어깨에 손을 얹고 말했다.

그들의 키 차이가 옛날과 같았으므로 다니엘이 무심코 어린 시절의 동작을 다시 취한다고 해서 조금도 어색할 것은 없었다. 왜냐하면 다니엘이 언제나 자크보다 키가 컸기 때문이다. 그리고 지금 그는 군복을 입고 있어서 훨씬 더 커 보였다. 흰 칼라가 달린 어두운색 군복을 꼭 끼게 입은 유연한 윗몸은 헐렁헐렁한 붉은 바지에 가죽 각반을 두르고 있어서 통통해진 두 다리와 기묘한 대조를 이루고 있었다. 징을 박은 구두 바닥이 타일을 깐 복도를 미끄러져 갔다. 군화 소리는 잠들어 있는 건물의 정적을 깨뜨렸다. 다니엘은 그것을 의식하고 미끄러지지 않으려고 아무 말 없이 자크의 어깨에 몸을 기대었다.

'제니는 어떻게 되었을까?' 하고 자크는 스스로 물어보았다. 그는 또다시 공포에 짓눌리는 듯 가슴이 죄어옴을 느꼈다. 목을 꼿꼿이 세우고 시선은 마루를 향한 채 걸어갔다. 계단까지 왔을 때 자크는 자신도 모르게 텅 빈 복도를 살펴보았다. 그러자 원망이 깃든 실망이 음험하게 그를 엄습했다.

다니엘은 첫 번째 계단 앞에서 멈추어 섰다.

"그래, 파리에 와 있었어?"

반가워하는 그 말투는 얼굴의 슬픈 빛을 더 두드러지게 했다.

'제니가 나에 관해 아무 말도 하지 않았구나.' 자크는 생각했다.

"사실은 벌써 떠났어야 했어." 그는 활기찬 목소리로 말했다. "곧 기차를 타야 해." 다니엘이 눈에 띄게 실망하는 것을 보고 자크는 곧 덧붙였다. "너를 보려고 일부러 출발을 늦춘 거야…. 내일까지는 제네바에 돌아가야 해."

다니엘은 근심스러워하며 수줍은 듯한 눈길, 무엇인가 물어볼 것이 많은 듯한 눈길로 자크를 뚫어지게 바라보았다. 제네바에? …그에게는 불가사의한 자크의 생활이 안타깝게만 여겨졌다. 물어볼 용기도 나지 않았다. 자크의 조심스러운 태도 때문에 다니엘은 아무 말도 못 하고 있었다. 그는 굳이 들으려 하지 않고 자크의 어깨 위에 얹었던 손을 뗀 다음에 난간을 잡고 계단을 내려가기 시작했다…. 반가운 마음도 어느덧 사라졌다. 생각지도 못했던 자크의 방문, 마음껏 이야기를 나누고 싶었던 방문, 그러나 자크가 그렇게 빨리 떠나간다면, 다시 만날 수 없게 된다면 이 방문이 무슨 소용이 있는가?

지금 막 물을 뿌린 정원은 텅 빈 채 신선한 느낌을 주었다. 그리고 나무 사이를 통해 전구의 불빛이 군데군데 비치고 있었다.

“담배 피워?” 다니엘이 물었다.

그는 호주머니에서 담배를 꺼내 탐욕스럽게 불을 붙였다. 담뱃불이 잠깐 동안 그의 얼굴을 비추었다. 무엇보다도 변한 것은, 예전에는 까만 눈동자며 검은 머리카락이며 입술 위로 난 검은색의 가느다란 수염과 특이한 대조를 이루고 있던 그의 창백하고 윤기 없던 얼굴빛이 보주산맥의 맑은 공기 덕분에 사라진 것이었다.

두 사람은 말없이 어깨를 나란히 하고 꼬불꼬불하게 만들어 놓은 오솔길로 접어들었다. 길이 끝나는 곳에 의자 몇 개가 둥글게 놓여 있었다.

“앉을래?” 하며 다니엘이 의자를 권했다. 그리고 그는 자크의 대답을 기다리지 않고 털썩 주저앉았다. “참 피곤해. 끔찍한 여행이었어….” 그는 잠시 덜거덕거리며 무더웠던 기차 속에서의 하루를 생각했다. 자리를 바꿀 수 없는 상태에서 담배만 연거푸 피우며 지나가는 풍경을 바라보면서 그는 서너 가지 불길한 예감에 사로잡혀 있었던 것이다. 그러는 동안에 멀리서는 예측할 수 없는 사건들이 일어나고 있었다. 그는 되뇌었다. “끔찍했어….” 그러고는 담뱃불을 들어 지금 아버지의 임종이 다가오고 있는 창 쪽을 가리키면서 침울하게 덧붙였다. “언젠가는 이렇게 될 줄 알았어….”

화단의 축축한 부식토가 어둠 속에서 기분 좋은 향기를 내며 증발하고 있었다. 그리고 이따금 숨결처럼 부드러운 바람에 실려 씁쓰름한 약용 시럽 같은 냄새가 그들이 있는 곳까지 풍겨왔다. 그것은 병원의 약국에서 풍겨오는 냄새가 아니라 멀리 떨어진 숲속의 작은 옻나무에서 풍기는 냄새였다.

자크는 군복 입은 사람 옆에 있으니 더욱 전쟁의 위협이 머리를 떠나지 않아 이렇게 물었다.

“휴가는 쉽게 받을 수 있었어?”

“그럼, 아주 쉬웠어. 왜?” 자크가 잠자코 있자 다니엘은 안심하고 말을 계속했다. “나흘 받았어. 더 오래 받을 수도 있어. 하지만 그럴 필요는 없을 거야…. 내가 도착했을 때 여기 있던 앙투안이 가망이 전혀 없다고 분명히 말해주었어.”

그는 입을 다물고 있다가 돌연 말을 계속했다.

“결국 그렇게 되는 게 나을 거야.” 하면서 그는 다시 손을 병실 쪽을 향해 들었다. “끔찍한 일이지. 하지만 일이 이쯤 되고 보면 아버지가 살 수 있으리라고는 아무도 기대할 수 없어. 물론 아버지가 죽는다고 해서 보상되는 것은 아니지만.” 하며 그는 냉담하게 말을 계속했다. “아무튼 그것으로 한 가지 일은 깨끗이 끝나는 거야…. 그렇지 않았더라면 뒤끝은 더 참혹했을 거야…. 엄마를 위해서… 아버지를 위해서… 우리를 위해서….” 그는 자크 쪽으로 살짝 얼굴을 돌렸다. “아버지는 체포될 뻔했어.” 하고 말하는 그의 목소리에는 일종의 흐느낌이 섞여 있으면서도 퉁명스럽고 도발적인 데가 있었다. 그는 눈을 감고 목을 가볍게 뒤로 젖혔다. 나뭇잎 사이로 새어 든 불빛에 잠깐 그의 아름다운 이마가 빛났다. 이마는 가운데를 탄 가르마 때문에 양쪽에 두 개의 활 모양을 만들고 있었다.

자크는 무엇인가 말해주고 싶었으리라. 그러나 고독한 생활과 정치적인 친교에 젖어 있는 탓으로 그는 심정을 토로하는 따위의 습관은 잃어버린 지 오래였다. 그는 다니엘을 향해 그럴 수 있다는 몸짓을 하며 그의 팔을 잡았다. 손바닥에 군복의

까칠까칠한 감촉이 느껴졌다. 다니엘의 몸에서 모직물 냄새, 따뜻하고 기름이 밴 살냄새, 담배 냄새, 말 냄새가 뒤섞인 묘한 냄새가 났다. 그리고 그가 몸을 움직일 때마다 그것은 곧 밤의 정원 향기에 섞이곤 했다.

자크는 지난 사 년 동안 다니엘을 만나지 못했다. 아버지가 돌아가신 뒤로 몇 번의 편지 왕래는 있었지만, 또 다니엘이 오라는 권유를 여러 번 했지만 그는 뤼네빌에 갈 생각을 해본 적이 한 번도 없었다. 다니엘을 만나는 것을 두려워하고 있었다. 그에게는 멀리 떨어져서 주고받은 우정 어린 편지가 그 뒤의 그들의 우정에 어울리는 유일한 분위기인 것 같았다. 그러한 우정은 깊이 뿌리내리고 있어서 그의 마음속 깊은 곳에 생생하게 살아 있었다. 자크가 가장 애정을 품었던 존재가 형 앙투안과 함께 다니엘이었던 것이다. 그러나 이제 그것은 과거의 일부분에 지나지 않았다. 그는 그 과거로부터 자발적으로 떨어져 나왔고, 그 과거가 계속되는 것을 용납할 수 없었다.

"뤼네빌에서는 전쟁 이야기 안 하나?" 하고 그는 침묵을 깨뜨리려고 말을 꺼냈다.

다니엘은 그다지 놀라는 것 같지 않았다.

"그야 물론 하지! 장교들은 날마다 전쟁에 관해 이야기해… 그들에게는 그것이 존재 이유야…. 특히 동부 출신 녀석들에게는!" 그는 미소를 지었다. "나는 날마다 꼽고 있어. 칠십삼 일… 칠십이 일… 이제 칠십일 일… 내일은… 나머지 일이야 어찌되든 나에게는 상관없어. 구월 말에는 제대해."

그때 또다시 불빛이 그의 얼굴에 어른거렸다. 그렇다. 다니엘은 그다지 변하지 않았다. 단정한 선들이 일종의 엄숙한 느낌을 주는 (오늘 저녁처럼 피로와 슬픔 때문에 얼굴이 침울해 있을 때 특히 그러했다.) 맑고 달걀 같은 그 얼굴에는 미소가 옛날의 그 밝은 표정을 그대로 보여주고 있었다. 아련한 느낌을 주는 느긋한 미소, 윗입술을 비스듬히 벌리면 아름다운 치아가 드러나는 미소… 수줍은 듯하면서도 대담성이 엿보이는 미소… 자크는 과거 소년 시절에 사람의 마음을 사로잡는 이런 미소를 다니엘의 입술에서 찾아보기 위해 애태우며 기다리곤 했었다. 그리고 지금 그는 어떤 훈훈한 열기에 휩싸이는 것을 느꼈다.

"군대 생활이 고달프겠지!" 그는 어물어물 말했다.

"아니… 별로…."

서로가 불쑥 내뱉다시피 하다가 다시 침묵 속으로 빠져드는 그들의 하찮은 몇 마디의 말, 그것은 이 배에서 저 배로 닻줄을 던지는 선원들이 그 줄을 수없이 물에 빠뜨렸다가 마침내 걷어 올리는 장면을 연상시켰다.

꽤 긴 침묵 끝에 다니엘은 다시 같은 말을 되풀이했다.

"별로 고달프지 않아…. 처음에는 그랬지. 퇴비 작업, 변소 청소, 타구 청소… 지금은 하사관이니까 괜찮아…. 좋은 친구가 생겼어. 말馬도 있고 동료들도 있어…. 결국 지나고 보니까 만족스러워."

자기를 응시하는 자크의 시선이 어찌나 딴사람 같고 경멸적이었던지 다니엘은 하마터면 발끈 화를 낼 뻔했다. 자크의 고집스런 태도, 그의 침묵, 그의 질문마저도 무엇인가 거리를 두고 우월감을 느끼고 있는 것 같아 다니엘은 몹시 마음이 상했다. 그럼에도 불구하고 자크에 대한 그의 애정은 이런 것들을 극복했다. 그가 자크에게 서먹서먹한 감정을 느끼게 된 것은 우정에 기인하는 그런 피상적인 몰이해 때문이 아니었다. 그것은 오히려 그가 자크에 대해 모르고 있는 모든 것, 자크가 집을 뛰쳐나갔을 때 이해할 수 없었던 모든 것 때문이었다…. 자크의 신뢰를 다시 얻자…. 그는 갑자기 몸을 구부렸다. 그리고 상대의 애정에 호소라도 하듯이 지금까지와는 다른 부드럽고 설득력 있는 목소리로 중얼거렸다.

"자크…."

다니엘은 비록 그것이 격려의 말에 지나지 않더라도 어떤 대답, 어떤 반응, 마음속으로부터 우러나오는 말 한마디를 기대하고 있었음이 틀림없다. 그러나 자크는 마치 물러서기 위해서 그러기라도 하는 것처럼 본능적으로 윗몸을 뒤로 뺐다.

다니엘은 용기를 내어 말했다.

"말해봐! 사 년 전에 도대체 무슨 일이 있었어?"

"잘 알잖아."

"아니야! 나는 아무것도 모르고 있었어. 왜 너는 집을 나갔지? 어째서 나한테 미리 알리지도 않았어? 비밀을 지켜달라고 했더라면… 왜 몇 년 동안이나 소식도 없었지?"

자크는 어깨 사이에 목을 움츠리고 있었다. 그는 고집스런 태도로 다니엘을 바라보았다. 그리고 피곤한 듯한 몸짓을 했다.

"지나간 일들을 다시 말해봤자 무슨 소용이 있어?"

다니엘은 그의 손목에 팔을 얹었다.

"자크!"

"싫어."

"뭐? 정말 **싫어**? 무엇 때문에 네가 그런 짓을 했는지… 절대로 말해주지 않겠단 말이지?"

"아! 그만두자." 다니엘의 팔을 뿌리치면서 자크가 말했다.

다니엘은 입을 다물었다. 그리고 천천히 일어났다.

"나중에, 나중에…" 하고 자크가 중얼거렸다. 그러는 그의 목소리는 너무도 힘이 없었다. 그래서 그가 화를 내며 이러한 말을 내뱉었을 때, 갑작스런 그 목소리의 폭발은 더욱 놀랍게 들렸다. "**그런 짓**이라니! 마치 내가 죄를 지은 것처럼 말하는구나!" 그는 거침없이 말을 계속했다. "우선, 뭐 그리 설명할 필요가 있을까? 너는 한 남자가 어느 날 갑자기 모든 것과 절연하고자 한다 해서 그것이 정말 있을 수 없는 일이라고 생각해? 어느 누구하고도 의논하지 않고 자기 혼자 홀연히 떠나는 것을 이해하지 못하겠어? …넌 그걸 몰라? 언제까지나 재갈이 물리고 손발이 묶인 채로 있을 수 없다는 것을 몰라? 사람은 일생에 한 번쯤은 자기 자신이 되어보려는 용기가 있어야 해! 자기 마음속으로 깊이 파고들어가서 지금까지 완전히 무시당하고 경멸당했던 것을 발견하고는 마침내 '이것이야말로 진정한 나 자신이다!'라고 말할 수 있는 용기 말이야. 다른 모든 사람들에게 '나는 너희 따위는 필요 없어!'라고 외치며 뿌리칠 수 있는 용기 말이야. 몰라? 너는 그것을 모르겠어?"

"그래, 그래, 잘 알겠어…." 다니엘이 중얼거렸다.

그는 처음에는 이런 힘차고 침통하며 격렬한 목소리를 들었을 때 옛날의 자크를 본 것 같아 말할 수 없는 기쁨을 느꼈다. 그러나 곧 이런 거친 말투 뒤에 무엇인가 부자연스런 것이 있다는 것을 확실히 깨달았다. 이러한 폭발, 그것은 무엇보다도 도망갈 구실에 지나지 않는 것이었다…. 그는 지금 자크가 둘의 사이를 자연스럽게 해줄 솔직한 설명을 결코 하지 않으리라는 것을 깨달았다. 이제는 무엇인가를 알고자 하는 생각은 버려야만 했다. 그렇다면 또한 그들의 우정, 지금까지 자랑으로 여겨왔던 단 하나밖에 없는 우정도 단념하지 않으면 안 되었다. 다니엘은 이 사실을 분명히 직감했다. 그러자 그의 가슴은 미어지는 듯했다. 더구나 오늘 저녁에 그에게는 또 다른 슬픈 일들이 있는데….

그들은 잠시 동안 서로 아무 말 없이, 꼼짝하지 않고, 심지어는 서로 바라보지도 않고 마주 앉아 있었다. 드디어 다니엘이 쭉 뻗고 있던 두 다리를 오므리고는 이마에 손을 얹었다.

"아무래도 나는 올라가봐야겠어." 그는 낮은 소리로 말했다. 그의 목소리에는 전과 같은 울림이 없었다.

"그래." 하고 자크는 곧 일어섰다. "나도 가봐야겠어."

다니엘도 따라 일어섰다.

"와줘서 고마워."

"어머니께 너무 오래 붙들고 있어서 죄송하다고 전해줘 …."

그들은 둘 다 상대방이 먼저 걸음을 떼기를 기다렸다.

"몇 시 기차야?"

"23시 50분."

"P.-L.-M.*이니?"

"응."

"자동차를 찾아볼까?"

* 파리-리옹-마르세유 열차를 말한다.

"필요 없어…. 거기까지 가는 전차가 있으니까…."

그들은 이런 이야기를 주고받게 된 것을 쑥스럽게 여기면서 잠시 침묵을 지켰다.

"문까지 바래다줄게." 오솔길로 접어들었을 때에 다니엘이 말했다.

그들은 아무 말도 나누지 않고 정원을 가로질러갔다.

그들이 대로로 나왔을 때 자동차 한 대가 문 앞에 와서 섰다. 모자를 쓰지 않은 젊은 여자와 늙은 신사가 뛰어내렸다. 그들은 심상찮은 얼굴들을 하고 있었다. 두 사람은 바삐 자크와 다니엘 앞을 지나갔다. 두 청년은 그들을 지켜보았다. 그것은 그들에 대한 호기심이라기보다는 서로가 그 순간을 어떻게 넘겨야 할지를 모르고 있었기 때문이다.

자크는 작별을 서두르면서 손을 내밀었다. 다니엘은 그 손을 묵묵히 잡았다. 손과 손을 꼭 잡은 채 둘은 잠시 서로를 바라보았다. 다니엘이 어설픈 미소를 지어 보이자 자크 역시 마지못해 미소로 응답했다. 자크는 힘차게 문밖으로 뛰쳐나와 불빛이 환한 넓은 인도를 건넜다. 차도에 접어들기 전에 그는 뒤를 돌아보았다. 다니엘은 그 자리에 그대로 서 있었다. 손을 들어 보이고는 돌아서서 어두운 나무 사이로 사라지는 다니엘의 모습이 자크의 눈에 보였다.

멀리 우거진 숲 사이로 환한 불빛이 새어 나오는 병원의 창문들이 보였다…. 제니….

자크는 전차를 기다리지도 않고 파리를 향해 내달았다. 자신이 탈 기차가 있는 곳으로, 제네바를 향하여, 뛰다시피 해서. 자신의 생명이라도 걸려 있는 듯이.

25

래커 칠을 한 칸막이가 있는 커다란 살롱에 (앙투안은 상대가 누구이든 서재에는 절대로 사람을 들여보내지 않도록 레옹에게 일러놓았다) 바탱쿠르 부인이 앉아서 하품을 하고 있었다.

창문은 모두 열려 있었다. 바람 한 점 없는 가운데 하루가 저물어갔다. 안은 윗몸을 움직여 걸치고 있던 가벼운 가운을 안락의자 등에 걸쳐놓았다.

"우릴 너무 기다리게 하지, 펠로우." 하고 그녀는 작은 목소리로 말했다.

카펫에 느긋하게 누워 있던 페키니즈 강아지의 귀가 가볍게 떨렸다. 안은 이 블론드 명주 뭉치 같은 강아지를 1900년의 박람회에서 샀다. 이제는 이도 빠지고 성질도 사나워진 이 늙은 개를 그녀는 어디에 가나 꼭 데리고 다녔다.

갑자기 펠로우가 고개를 들었다. 안은 재빨리 일어났다. 안과 펠로우는 앙투안의 빠른 발걸음 소리와 세차게 문을 여닫는 소리를 함께 들었기 때문이다.

앙투안이었다. 그는 의사답게 걱정스러운 얼굴을 하고 있었다.

그가 안의 머리카락에 가볍게 키스를 한 다음 목덜미까지 내려오자 그녀는 소스라쳐 몸을 떨었다. 그녀는 팔을 들었다. 그리고 손가락으로 앙투안의 잘생기고 네모진 이마며 두툼해서 의지가 강해 보이는 눈썹 언저리며 광대뼈며 뺨을 천천히 어루만졌다. 그러고는 잠시 손바닥으로 그의 턱, 좋아하면서도 동시에 두려움을 느끼고 있는 티보가家 특유의 단단한 그 턱을 만져보았다. 이윽고 그녀는 머리를 치켜들고 일어나면서 미소 지었다.

"나를 보고 있어요, 토니! …그게 아니에요. 당신의 눈은 나를 향해 있지만 시선은 딴 곳을 보고 있는걸요…. 그렇게 근엄한 얼굴을 하면 싫어요."

앙투안은 안의 어깨를 잡고 자기 앞에 똑바로 세운 다음 두 손으로 어깨뼈의 돌출부를 가볍게 두드렸다. 그리고 손을 그대로 안의 어깨에 올려놓고는 살짝 물러서면서 마치 자기 소유물을 보는 꼬마처럼 위에서부터 아래까지 그녀를 훑어보았다. 그를 사로잡는 안의 가장 큰 매력은 그녀의 미모라기보다는 오히려 그녀가 너무나도 분명히 사랑을 위해 만들어진 것처럼 보이는 점이었다.

그녀는 생기와 기쁨으로 가득한 눈으로 앙투안을 응시하면서 그가 자신을 관찰하는 대로 몸을 내맡겼다.

"옷을 갈아입고 곧 올게." 하면서 앙투안은 살며시 여자를 뒤로 밀쳐 의자에 다시 앉혔다.

근래에 와서 앙투안은 턱시도를 걸치는 경우가 자주 있었다. 그래서 오분도 걸리지 않아 샤워를 하고 수염을 깎은 다음 깔끔한 셔츠, 흰 조끼, 미리 준비해놓은 옷가지를 입을 수 있었다. 레옹은 그 모든 것을 미리 준비해놓고 마치 얼빠진 제식 집행자처럼 아래를 보면서 한 가지씩 건네주고 있었다.

"밀짚모자와 운전용 장갑." 그는 낮은 목소리로 말했다.

방을 나오기 전에 그는 거울에 비친 자신의 모습을 슬쩍 살펴보고는 커프스를 끌어냈다. 그는 얼마 전부터 얇은 속옷, 꽉 끼는 칼라, 재단이 잘된 양복을 입었을 때 느끼게 되는 더할 나위 없이 쾌적하고 상쾌한 기분을 즐길 줄 알았다. 날마다 일이 끝나면 한가롭고 호사스런 하룻밤을 즐기는 것이 지금의 그에게는 당연할 뿐만 아니라 건강에도 좋은 일이라고 여겼다. 그리고 그는 그런 휴식을 안과 함께 누리는 것을 다행으로 생각했다. 비록 가끔 그렇듯 혼자 충분히 자기 식으로 즐길 수도 있었지만.

"토니, 저녁 식사는 어디에 가서 하지요?" 안이 물었다. 앙투안은 그녀에게 외투를 입혀주면서 드러난 목덜미에 재빨리 키스를 했다. "파리 시내는 안 돼요…. 무척 더우니까요…. 마르리에 있는 프라트로 가면 어때요? 아니면 코크라든가! 그쪽이 더 재미있을 것 같아요."

"너무 멀어…."

"무슨 상관있어요? 베르사유에서부터는 오는 길도 얼마 전에 다시 포장했는데."

그녀는 '이런 것을 하면 어때요?'라든가 '거기에 가면 어때요?'라고 말할 때는 다정하고 약간 졸린 듯한 눈길을 하면서 아무렇지도 않다는 듯이 말하는 독특한 태도를 가지고 있었다. 그리고 거리라든가 시간이라든가 앙투안의 피곤이라든가 기호 따위는 물론이고 자신의 그런 즉흥적인 발상 때문에 드는 비용 같은 것은 아랑곳하지 않고 무턱대고 엉뚱하게 먼 곳으로 가자고 했다.

"그래, 그럼 코크로 가지!" 앙투안은 쾌활하게 말했다. "펠로우 일어나!" 그는 몸을 구부려 개를 팔에 낀 다음 문을 열었다. 그리고 안을 앞장세우기 위해 몸을 비켰다.

그녀는 우뚝 섰다. 검푸른 외투, 크림색 드레스, 검은 래커 칠을 한 칸막이, 이런 것들이 그녀의 갈색 피부를 더욱 은은한 빛으로 빛나게 했다. 그녀는 돌아서서 거침없는 눈길로 그를 지그시 바라보았다. 그러면서 "나의 토니…." 하고 중얼거렸다. 그 목소리가 어찌나 작았던지 그에게 속삭인 것이라고 믿기 어려울 정도였다.

"나가지!" 그가 말했다.

"그래요…." 하고 그녀는 한숨짓듯 대답했다. 그렇게 말하는 그녀의 태도는 파리에서 사십오 킬로미터나 떨어진 레스토랑을 선택한 것이 마치 폭군의 변덕 때문에 마지못해 자기가 양보나 한 것 같은 느낌을 주었다. 그리고 타프타 장식단을 살랑살랑 흔들면서 턱을 높이 쳐들고 유연한 걸음걸이로 사뿐히 문지방을 넘었다.

"당신이 걸어가는 모습은" 하고 앙투안은 안의 귀에다 대고 속삭였다. "마치 바다로 나가는 아름다운 범선 같군…."

자동차는 성능이 좋아 운전하기에 즐거웠으나 앙투안은 핸들을 잡는 데 더 이상 흥미를 느끼지 못했다. 그러나 그는 안이 이렇게 운전사 없이 그와 드라이브하는 것을 좋아한다는 것을 알고 있었다.

땅거미가 지고 있었다. 저녁은 여전히 무더웠다. 불로뉴 숲을 지나기 위해 앙투안은 울창한 숲 밑으로 나 있는, 사람이 잘 다니지 않는 작은 길을 택했다. 열린 차창으로 후텁지근한 바람과 풀 냄새가 흘러들어왔다.

안은 계속 수다를 떨었다. 최근에 베르크로 여행 갔던 이야기를 하면서 그녀는 남편 이야기를 했다. 이것은 그녀로서는 흔한 일이 아니었다.

"글쎄, 그이는 나를 떠나지 못하게 했어요! 애걸하다 못해 협박까지 하더군요. 정말 지긋지긋했어요! 그래도 정거장까지 데려다주더군요. 하지만 굉장히 괴로워하는 눈치였어요. 그리고 기차가 막 떠나려 할 때 플랫폼에서 뚱딴지같이 이렇게 말하는 거예요. '당신, 절대로 마음 변하는 일 없겠지?' 그러길래 차 속에서 나는 '네!' 하고 대답해주었어요. 그런 '네'는 여러 가지 끔찍한 뜻을 지닌 거지요! …그래요. 내 마음이 변하지 않으리라는 것은 확실하니까. 그이가 아주 싫을 뿐이랍니다. 어쩔 수가 없는걸요!"

앙투안은 미소를 지었다. 그는 그녀가 뾰로통해 있는 것을 보는 것이 싫지 않았다. 그녀에게 가끔 이런 말을 하곤 했다. '나는 당신이 해적 같은 눈을 할 때가 좋아!' 그러면서 다니엘과 자크의 친구인 시몽 드 바탱쿠르를 떠올리곤 했다. 어린 염소 같은 눈, 노란 머리카락, 온순하면서도 좀 음흉해 보이는 그의 행동, 요컨대 그리 호감이 가지 않는 인물이었다.

"내가 그런 바보를 좋아하다니." 하고 안은 계속 재잘거렸다. "어쩌면 바로 그것 때문이었는지 몰라요…."

"무엇 때문에?"

"사실은 그이가 바보스러웠기 때문에… 그리고 일생 동안 이렇다 할 연애 사건 하나 없었던 사람이었기 때문에… 신선한 느낌이 들었지요. 또 나를 변모시켜주리라는 기대도 있었고. 게다가 새롭게 인생을 시작할 수 있는 기회라는 막연한 생각도 들었고요. 어처구니없는 바보짓이었지요!"

그녀는 자기 자신에 관해, 자신의 과거에 관해 좀 더 자주 그에게 이야기해주어야겠다고 결심했던 일을 생각했다. 지금이야말로 절호의 기회였다. 그녀는 편안히 앉아서 앙투안의 어깨에 머리를 기대었다. 그리고 거리를 내다보면서 여러 가지 추억에 잠겼다.

"투렌에서 사냥할 때 그이를 가끔 만났지요. 그이가 나를 유심히 보고 있다는 것을 알았어요. 그러나 그는 말을 걸어오지는 않았어요. 그러던 어느 날 저녁 숙소로 돌아오는 길에 숲속에서 그와 마주쳤어요. 어째서 그랬는지는 기억나지 않지만 그때 그 사람은 걸어오고 있었어요. 나는 혼자였고. 그래서 나는 자동차를 멈추고 그에게 투르까지 데려다주겠다고 했어요. 그랬더니 그이 얼굴이 홍당무가 되더군요. 차를 타기는 했지만 그는 아무 말도 하지 않았어요. 땅거미가 질 무렵이었어요. 그런데 갑자기 도시 초입 조금 못 미쳐서…."

앙투안은 도로와 자동차의 리듬에 정신이 팔려 건성으로 듣고 있었다.

안… 그녀는 나 다음에 또 다른 남자들을 좋아할 것이다. 자신의 운명을 쫓아가겠지. 그는 이 관계가 오래가리라고는 꿈에도 생각하지 않았다. '이상해.' 하며 그는 생각했다. '번번이 이런 열정적이고 방종한 여자들한테 끌리다니….' 그는 가끔 이렇게 여러 여자를 상대로 즐기는 사랑의 유희가 결국은 사랑의 불완전한 형식이 아닌가 생각해보았다. 그것은 어쩌면 지극히 초라한 방식인지 모른다. '너는 사랑과 욕정을 혼동하고 있어.' 언젠가 스튀들레가 그에게 말한 적이 있었다. 불완전하든 어떻든 그것은 그 자신의 형식이었다. 그리고 그는 그것에 만족하고 있었다. 그가 맡은 천직에 헌신하기 위해 언제나 자유롭고자 하는 근면한 인간으로서의 그의 역량에 그녀는 조금도 손상을 주지 않았던 것이다. 그는 얼마 전에 스튀들레와 나눈 대화가 머리에 떠올랐다. 칼리프*는 그가 아는 페기**라는 젊은 작가의 말을 인용해 들려주었다. **사랑이란 잘못을 저지른 애인을 옳다고 보는 것이다.** 이 말이 앙투안에게는 몹시 못마땅했다. 그런 격렬하고 미치광이 같고, 사람을 바보로 만드는 형식으로 표현되는 것이 사랑이라면 그것은 언제나 그에게 놀라움과 두려움, 심지어는 혐오감마저 불러일으켰을 것이다….

자동차는 다리로 접어들어 센강을 건너 쉬렌 언덕을 기운차게 올라가고 있었다.

"저기 튀김 요리를 하는 조그만 음식점이 있어요." 안이 갑자기 팔을 내밀면서 말했다.

(그곳은 최근까지 들로름므가 줄곧 그녀를 데려갔던 곳이다. 들로름므는 의과대학 출신으로 불로뉴에서 약제사가 되었다. 그리고 몇년 전부터 이번 겨울까지, 곧 안이 마약 중독에서 해방될 때까지 그녀에게 모르핀을 공급해줌으로써 뜻하지 않게 그의 정부가 된 이 여자의 환심을 살 수 있었던 것이다.)

앙투안이 무엇인가 물어볼까 봐 억지로 웃으면서 이렇게 말했다.

"거기 주인아주머니는 일부러라도 가볼 만해요. 머리를 컬

* 스튀들레의 별명.

** 샤를 페기(1873-1914)는 프랑스 기독교문학 작가이다.

클립으로 말아 올린 아주머니인데, 양말을 복사뼈까지 말아 내리고 있어요…. 나 같으면 양말을 신는 것보다 맨발이 훨씬 낫겠는데! 그렇지 않아요?"

"언제 일요일에나 한번 가보지." 앙투안이 말했다.

"일요일은 안 돼요. 일요일은 내가 굉장히 싫어하는 것을 아시잖아요? 사람들은 쉰답시고 온통 거리를 메우고!"

"결국 다른 사람들이 일주일에 엿새를 일해주는 것은 고마운 일이야." 하고 앙투안은 비꼬듯 말했다.

그녀는 그 비난을 알아차리지 못하고 웃기 시작했다.

"컬클립! 나는 이 말이 참 좋아요. 입속에서 마치 캐스터네츠 소리처럼 울려 퍼지거든요. 개가 한 마리 더 있으면 컵클립이라고 부를 텐데…. 하지만 개를 또 한 마리 기르지는 않겠어요." 하며 안은 엄숙하게 말을 이었다. "펠로우가 늙으면 독살할 거예요. 그리고 다른 개는 기르지 않겠어요."

앙투안은 고개를 돌리지 않고 미소 지었다.

"펠로우를 독살할 만한 용기가 있을까?"

"있어요." 하며 그녀는 또렷한 목소리로 말했다. "하지만 그것은 펠로우가 아주 늙어버려서 몸을 움직이지 못하게 될 때 말이에요."

앙투안은 그녀를 슬쩍 쳐다보았다. 그는 구피요가 죽었을 때 이상한 소문이 떠돌았던 사실을 떠올렸다. 이따금 그는 그 일을 생각해보곤 했다. 그럴 때마다 대개의 경우는 웃어넘겨버렸다. 그렇지만 가끔 안이 무섭게 여겨질 때가 있었다. '무슨 짓이라도 할 수 있는 여자다.' 하고 그는 생각했다. '무슨 짓이라도. 심지어 다 **늙어빠져서 몸을 움직이지 못하게 된** 남편도 독살할 수

있는 여자….'

그는 물었다.

"그러면 무엇으로 할 거야? 스트리크닌으로? 아니면 청화수소로?"

"아니요. 바르비투르산으로 할 거예요…. 그래도 제일 좋은 것은 디디알이지요. 하지만 그것은 B표에 들어 있는 거니까 처방전이 없으면 안 돼요…. 간편한 디알이면 족해요!* 그렇지 않니, 펠로우?"

앙투안은 억지로 웃었다.

"적당량을 조제하는 일이 그렇게 간단하지는 않아! 일이 그램이라도 많거나 적으면 망치고 마니까…."

"일이 그램이라고요? 삼 킬로그램도 안 되는 개인데요? 당신은 아무것도 모르시는군요, 의사 선생님!" 그녀는 간단한 계산을 해보고는 침착하게 말했다. "아니에요. 펠로우는 0.25그램이나 기껏해야 0.28그램이면 끝나요…."

그녀는 입을 다물었다. 앙투안도 아무 말 없이 있었다. 두 사람은 과연 똑같은 것을 생각하고 있었을까? 아니다. 그녀는 조용히 말했다.

"나는 펠로우 대신에 다른 개를 기르지 않을 거예요…. 절대로. 놀라셨어요?" 그녀는 또다시 그에게 바싹 기대었다. "나도 성실해질 수 있어요, 토니, 정말로… 정말로 성실해질 수 있어요…."

차는 커브를 틀어 건널목을 건너기 위해 속력을 늦추었다.

* 약품들의 일종.

안은 거리를 내다보며 건성으로 미소 짓고 있었다.

“결국, 토니, 나는 위대한 사랑, 단 한 번뿐인 사랑을 할 여자가 되려고 태어났는가 봐요…. 그런 생활을 했다 해도 뭐 내 잘못은 아니지요…. 아무튼” 하며 그녀는 힘차게 말을 계속했다. “내가 분명히 말할 수 있는 것은 절대로 비굴한 짓은 안 했다는 거예요….” (그녀는 매우 솔직한 여자였다. 들로름므는 잊어버리고 있었다.) “나에게는 무엇을 뉘우친다든가 하는 것은 있을 수 없어요.” 그녀는 말을 끝맺었다.

그녀는 잠시 입을 다물고 관자놀이를 앙투안의 어깨에 기댄 채 어두워진 수풀과 지나가는 자동차 주위를 춤추듯 떠돌고 있는 모기떼를 바라보았다.

“참 이상해요.” 그녀는 말을 계속했다. “나는 행복해질수록 내가 착한 여자처럼 느껴져요…. 가끔 어떤 일에, 어떤 사람에게 나 자신을 완전히 바쳤으면 하고 바랄 때가 있어요!”

서글픈 듯한 그녀의 목소리에 그는 충격을 받았다. 그녀가 성실하다는 것을 그는 알고 있었다. 사치도, 사교계의 지위—그것은 십오 년에 걸친 타산과 거래의 목적이었다—도 그녀에게 마음의 안정이나 행복을 가져다주지 못했다는 것을 그는 알고 있었다.

그녀는 한숨을 내쉬었다.

“나 이번 겨울에는 정말로 생활 방식을 바꾸어보기로 결심했어요…. 착실한 생활… 유익한 생활… 토니, 당신이 도와주셔야 해요. 약속하시지요?”

이런 말은 그녀가 입버릇처럼 하던 것이었다. 하기는 앙투안도 그녀가 생활 방식을 바꾼다는 것이 불가능하다고는 보지 않았다. 그녀는 여러 가지 단점을 가지고 있지만 장점도 많이 갖고 있었다. 즉 매우 예리한 현실감각을 천부적으로 타고났으며, 어떤 시련도 견디어내는 강인한 정신력을 갖고 있었다. 그러나 성공하기 위해서는, 끝까지 밀고 나가기 위해서는 옆에서 이끌어주고 그녀의 약점을 감싸줄 사람, 이를테면 자신과 같은 사람이 필요했다. 지난겨울에 그녀로 하여금 모르핀을 끊게 하려고 마음먹었을 때 그녀에 대한 자신의 영향력을 가늠할 수 있었다. 곧 그녀를 팔 주일 동안 생 제르맹 병원에 입원시켜 고통스러운 해독 치료를 받도록 하는 데 성공했던 것이다. 병원에서 나올 때 그녀는 지쳐 있었다. 그러니 완전히 나아 있었다. 그리고 그 뒤로 그녀는 다시는 모르핀 주사를 맞지 않았다. 만일 그에게 그럴 생각이 있었다면 지금까지 파묻혀 있던 이 정력을 분명히 진지한 일에 돌리게 할 수도 있었을 것이다. 그가 마음만 먹었더라면 안의 장래는 완전히 뒤바뀔 수도 있었다…. 그럼에도 불구하고 그는 그런 기미를 절대로 보이지 않기로 결심했었다. 그런 '구원'이 앞으로 자신에게 또 하나의 귀찮은 부담을 안겨주리라는 것을 너무나 잘 알고 있었기 때문이다. 모든 행위에는 책임이 뒤따르게 마련이다. 친절한 행위인 경우에는 더더욱 그러하다…. 그런데 그에게는 해야 할 자기 자신의 생활이 있었고, 지켜야 할 자신의 자유가 있었다. 그 점에 대해서는 그는 양보할 수 없었다. 그러면서도 그 일을 생각할 때마다 마음의 동요를 느끼며 우울해했었다. 그것은 마치 물에 빠져 허우적거리는 사람이 그를 향해 내민 손을 보지 않으려고 얼굴을 돌리는 것과 같았다….

정말 이상하게도 그날 밤에 코크 다르장에는 손님이 거의 없었다.

자동차가 서자 급사장, 보이, 웨이터들이 늦게 찾아온 손님을 맞이하기 위해 달려 나와 두 사람을 숲 이곳저곳으로 정중히 안내했다. 풀숲에 가려져 있는 작은 현악대가 조용히 연주를 시작했다. 모두 잘 짜여진 각본에 따라 움직이는 것 같았다. 그리고 안 뒤에서 걸어가는 앙투안 자신도 마치 능숙한 연기를 하는 배우가 바야흐로 무대에 나가기라도 하듯이 의젓하게 나갔다.

테이블과 테이블 사이에는 쥐똥나무와 꽃상자들로 꾸며진 화단이 있어서 서로 보이지 않게 되어 있었다. 안은 마침내 테이블 하나를 골랐다. 그리고 그녀는 지배인이 친절하게도 자갈 위에 마련해준 쿠션 위에 개를 놓는 일에 먼저 신경을 썼다. (그것은 장밋빛 무명 쿠션이었다. **코크**에서는 작은 베고니아 화단을 비롯해서 테이블 천, 파라솔, 나뭇가지에 매단 램프에 이르기까지 모든 것이 장밋빛이었다.)

안은 선 채로 차분히 메뉴를 살폈다. 그녀는 일부러 미식가인 것처럼 보이려고 했다. 보이들을 거느리고 온 급사장은 입술에 연필을 대고 유심히 내려다보면서 아무 말 없이 서 있었다. 앙투안은 그녀가 앉기를 기다리고 있었다. 안은 앙투안을 향해 돌아서더니 장갑을 벗은 손끝으로 메뉴에 적힌 몇 가지 요리를 가리켜 보였다. 그녀가 볼 때, 물론 전적으로 틀린 생각은 아니었지만 앙투안은 다른 사람에게 양보하는 것을 싫어할 뿐만 아니라 그녀가 직접 보이에게 이야기하는 것을 좋아하지 않는 것 같았다.

앙투안은 이런 경우에, 언제나 그렇듯이, 단호하면서도 익숙한 말투로 음식을 주문했다. 급사장은 알겠다는 듯이 정중한 태도로 받아 적었다. 앙투안은 그가 메모하는 모습을 보고 있었다. 사람들이 자기를 떠받들어주는 것이 그로서는 흐뭇한 일이었다. 그는 순진하게도 여기에서 모두가 자기를 극진히 대접한다고 생각하는 것 같았다. 물론 그는 그것을 아주 당연한 것으로 여겼다.

"어머나, 귀여운 pussy!*" 하고 외치며 안은 테이블 위에 뛰어오른 검은 고양이에게 팔을 내밀었다. 난처해진 보이들은 재빨리 냅킨을 흔들어 쫓으려 했다. 태어난 지 여섯 주쯤 되는 새까맣고 먹지 못해 바싹 마른 새끼 고양이었다. 배는 툭 튀어나오고 그 큰 머리통에는 야릇한 초록빛 눈이 박혀 있었다.

안은 고양이를 두 손으로 잡고 웃으면서 뺨에 갖다 대었다.

앙투안은 미소를 짓고 있었으나 좀 짜증스러워하는 듯했다.

"안, 그런 벼룩투성이는 내려놔요…. 할퀸다니까."

"아니야, 넌 벼룩투성이가 아니지…. 귀여운 pussy." 하고 안은 더러운 새끼 고양이를 가슴에 안고 그 머리를 턱 끝으로 문지르면서 말했다. "어머나 이 배! 마치 '루이 십오세풍의 서랍장' 같아! 그리고 이 큰 머리통 좀 봐! 마치 순이 난 양파 같아…. 토니, 순이 난 양파 모양이 얼마나 우스꽝스러운지 아세요?"

앙투안은 애써 웃어 보였다. 좀 억지웃음이었다. 그런 일은 그에게는 드문 편이었다. 그는 자신의 웃음소리를 듣고 놀랐다. 갑자기 그는 그 웃음소리가 특별하다는 것을 깨달았다. '이

* '고양이'라는 뜻의 어린아이 영어.

런' 하고 생각하면서 그는 묘하게 가슴이 죄어오는 것을 느꼈다. '나는 방금 아버지와 똑같이 웃었어…' 아버지가 살아 있었을 때 앙투안은 그의 웃음소리에 전혀 주의하지 않았었다. 그런데 오늘 밤 자신의 입에서 나온 그 웃음소리를 언뜻 알아본 것이다.

안은 크림색의 타프타가 더러워지는 것도 아랑곳하지 않고 그 끔찍한 동물을 어떻게 해서든지 무릎에 앉혀두려고 했다.

"어머나, 못된 놈!" 하며 그녀는 아주 기분이 좋아서 떠들어댔다. "바알세불* 씨, 가르랑거리는 소리를 내봐! …봐요…. 이 고양이는 다 알아들어요…. 확실히 요놈은 혼을 가지고 있어요." 하고 그녀는 정색을 하며 말했다. "나 이것 사주세요, 토니… 우리의 마스코트가 될 거예요! 이것이 우리와 함께 있으면 우리에게 불행이 닥치지 않을 것 같아요!"

"꼬리가 잡혔군." 하며 앙투안은 놀리듯 말했다. "그러면서도 아직 미신을 안 믿는다고 주장할 수 있을까!"

그는 이미 이 문제로 그녀를 놀려준 적이 있었다. 그녀는 밤에 왠지 불길한 예감이 들어 잠자리에 들지 못하고 방 안을 서성거릴 때면 추억이 담긴 물건들을 넣어둔 서랍 속에서 오래된 카드점 책을 꺼내어 잠이 올 때까지 카드점을 치곤 했다고 그에게 털어놓은 적이 있었다.

"당신 말이 옳아요." 그녀는 갑자기 말했다. "나는 정말 바보예요."

그녀는 고양이를 놓아주었다. 그러자 고양이는 비틀거리면

* 성서에 나오는 마귀의 두목.

서 두세 번 구르다가 덤불 속으로 사라졌다. 단둘이 된 것을 확인하고는 앙투안을 지그시 바라보면서 속삭였다.

"나를 꾸짖어주세요. 난 그런 것을 좋아하니까요…. 당신 말을 들을게요. 두고 보세요… 제 잘못을 고칠게요…. 당신이 바라는 여자가 되겠어요…."

앙투안은 자기가 바라고 있는 이상으로 안이 자기를 좋아하고 있다는 생각이 들었다. 그는 미소를 지었다. 그리고 포타주*를 들라는 시늉을 했다. 그녀는 눈을 내리깔고 어린아이처럼 하라는 대로 했다.

그녀는 전혀 다른 이야기를 시작했다. 앙투안과 떨어지지 않기 위해서 여름휴가를 파리에서 보내기로 했다는 것, 너댓새 전부터 신문마다 대서특필하고 있는, 반은 정치적이며 반은 감정적인 재판 사건**에 관한 이야기였다.

"얼마나 대담한 일인지! 나도 그런 일을 해보고 싶어요! 당신을 위해서 말이에요! 당신이 잘못되기를 바라는 사람은 죽여버릴 거예요!" 멀리서 두 대의 바이올린과 첼로와 비올라가 미뉴에트 한 곡을 연주하고 있었다. 그녀는 잠시 공상에 잠기는 듯하더니 상냥하면서도 비장한 목소리로 말했다. "사랑하는 사람을 위해서 살인을 하다…."

"정말 해낼 것 같군." 앙투안은 미소를 지으면서 말했다.

그녀는 무어라고 대꾸하려 했다. 그러나 그때 급사장이 와서 새끼 비둘기를 자르기 전의 살미*** 향기가 나는 은접시를 마

*　체에 거른 야채, 생선, 고기, 곡식 등으로 만든 수프를 말한다.

**　카요 부인의 칼메트 사살에 대한 재판 사건을 가리킨다.

치 향로처럼 내놓았다.

앙투안은 그녀의 속눈썹 끝에서 눈물방울이 반짝이는 것을 보았다. 그는 눈길로 그녀에게 물었다. 본의 아니게 그녀의 마음을 상하게 했나?

"그것은 당신이 생각하는 것 이상으로 정말인지 몰라요." 하며 그녀는 그를 바라보지도 않고 한숨을 지었다. 이상하게도 그는 구피요의 일을 다시 한번 생각하지 않을 수 없었다.

"뭐, 정말이라고?" 그는 이상한 듯이 물어보았다.

그 억양에 깜짝 놀란 안이 눈을 들었다. 그리고 앙투안의 눈길 속에서 이해할 수 없는 동요의 빛을 발견했다. 갑자기 그들이 독약에 관해 이야기했던 것, 거기에 대해서 앙투안이 물어왔던 것이 생각났던 것이다. 그녀는 남편이 죽은 뒤에 나돌던 자신에 대한 비난의 소리를 모르고 있지는 않았다. 와즈 지방의 한 신문은 그 지방의 늙은 억만장자가 야심을 품은 젊은 여자와 늘그막에 결혼을 했는데, 그는 그 여자에게 별장에 감금되었다가 어느 날 밤 의문의 죽음을 당한 것이 틀림없다고 암시하기까지 했었다.

앙투안은 목소리를 가다듬어 반복했다.

"뭐, 정말이라고?"

"나는 정말 멜로드라마의 여주인공 같아요." 안은 앙투안의 생각을 알아챘다는 것을 보이고 싶지 않은 듯 냉정하게 대답했다. 그녀는 핸드백에서 작은 거울을 꺼내어 물끄러미 들여다보았다. "보세요…. 내 얼굴이 침대에서 바보같이 죽을 사람의 얼

*** 구운 새고기 스튜를 말한다.

굴 같아요? 천만에요. 나는 드라마틱하게 죽을 거예요. 두고 보세요! 어느 날 아침 칼에 찔려 방 안에 쓰러져 있는 나를 발견하게 될 거예요…. 카펫 위에 발가벗은 채로… 칼에 찔려!… 더구나 책에 나오는 안이라는 이름을 갖고 있는 여자들은 언제나 칼에 찔려 죽는다는 걸 나는 알고 있어요…. 그런데" 하고 그녀는 거울을 보면서 말을 계속했다. "나는 죽을 때 꼴이 흉해질까 봐 몹시 두려워요. 죽은 사람들의 창백한 입술, 그것은 정말 소름 끼쳐요…. 나는 화장만은 꼭 해주었으면 해요. 하기는 유언장에도 써놓았지만."

그녀는 여느 때보다 더 빠른 말투로, 그리고 겁을 먹었을 때처럼 떠듬거리면서 말했다. 그녀는 손수건 자락으로 속눈썹 사이에 맺혀 있는 눈물을 닦았다. 그러고 나서 분첩으로 얼굴에 분을 한 번 바른 다음 모두 핸드백에 집어넣었다. 그리고 고리를 잠갔다.

"사실은" 하며 그녀는 계속해서 말했다. (그리고 고백을 할 때의 그녀의 아름다운 콘트랄토 목소리는 갑자기 평범한 말투로 바뀌어 있었다.) "멜로드라마의 여주인공 같은 얼굴이 그다지 싫지는 않은데요…."

안은 마침내 앙투안에게로 얼굴을 돌렸다. 그리고 그가 자기를 계속 살피고 있다는 것을 깨달았다. 그녀는 느긋하게 웃어 보였다. 그러한 그녀의 모습에는 어떤 결의가 엿보였다.

"나는 내 생김새 때문에 지금까지 여러 가지로 손해를 보았어요." 하면서 그녀는 한숨을 지었다. "사람들이 나를 독살범으로 본다는 사실을 알고 계시지요?"

잠시 앙투안은 망설였다. 그는 눈을 깜박거렸다. 그리고 말했다.

"알고 있어."

안은 팔꿈치를 식탁에 올려놓고 뚫어지게 앙투안의 눈을 응시하면서 느릿느릿한 목소리로 말했다.

"당신은 내가 그런 짓을 할 수 있다고 생각하세요?"

말투에는 허세가 깃들어 있었지만 시선은 상대의 시선을 피해 허공을 향하고 있었다.

"왜 못해?" 하고 그는 반은 농담으로 반은 진담으로 말했다.

그녀는 테이블 천을 내려다보면서 한동안 아무 말이 없었다. 그러한 의문이 자기에 대해 앙투안이 느끼고 있는 감정에 어떤 자극을 주었을지도 모른다는 생각이 그녀의 뇌리를 스쳐갔다. 그리고 불안해하는 그를 그대로 내버려둘까 하는 유혹도 스쳐갔다. 그러나 그녀가 다시 그를 바라보았을 때 그 유혹은 사라져버렸다.

"난 할 수 없어요." 하며 그녀는 거침없이 말했다. "사실은… 그처럼 소설 같은 얘기는 아니에요. 구피요가 죽은 날 밤에 우연히 제가 그 사람과 단둘이 있었다는 것뿐이에요. 정말이에요. 그 사람은 때가 되어서 죽은 것이지 나하고는 아무런 상관이 없어요."

앙투안의 침묵, 이야기를 듣고 있는 그의 태도로 보아 그는 더 자세한 설명을 듣고 싶어 하는 것 같았다. 그녀는 손도 대지 않은 접시를 앞으로 내밀었다. 그러고 나서 핸드백 속에서 담배 한 개비를 꺼냈다. 앙투안은 꼼짝도 하지 않고 그녀가 불을 붙이도록 내버려두었다. 그녀는 곧잘 이 홍차 담배를 피우곤 했다. 그것은 뉴욕에서 구해 온 것으로 풀잎이 타는 것처럼 맵고 현기증을 일으키는 냄새를 풍겼다. 그녀는 담배를 몇 모금 빨더니 길게 연기를 내뿜었다. 그러고 나서 힘없이 중얼거렸다.

"이런 옛날이야기 재미있어요?"

"응." 그는 얼떨결에 대답했다.

안은 미소를 짓더니 하찮은 일시적 기분으로 그러했다는 듯이 어깨를 으쓱해 보였다.

앙투안은 갈피를 잡지 못하고 있었다. 언젠가 안은 이런 말을 하지 않았던가? '나는 살아오면서 나 자신을 지키기 위해 거짓말하는 버릇이 몸에 배어 있어요. 그러니까 내가 거짓말을 한다고 생각하시면 곧 나에게 말해주세요. 그렇다고 나를 나쁘게는 생각하지 마세요….' 그는 어찌할 바를 모르고 있었다. 그는 문득 전에 안이 어린 위게트의 가정교사였던 미스 메리와 이상하게 친한 것을 보고 놀랐던 일이 생각났다. 그는 그런 친밀의 본질에 대한 자신의 생각이 결코 틀린 것이 아니라는 확신을 가지고 있었다. 그러나 나중에 그가 미소를 지으면서 안에게 그 일에 관해 몇 가지 분명하게 질문했을 때 그녀는 솔직히 털어놓기는커녕 오히려 그런 의심을 품은 데 대해 분개하는가 하면 결백을 가장하며 매우 당황했던 것이다.

"안 돼요! 뼈 같은 것은! 목을 조르려고 하는군요!"

펠로우의 쿠션 앞에 보이가 파테 접시를 가져와서 친절한 체하려고 새끼 비둘기 뼈를 주려고 했던 것이다.

급사장이 뛰어왔다.

"부인, 무슨 일이라도?"

"아무 일도 아니오, 아무 일도." 짜증이 난 앙투안이 말했다.

페키니즈 강아지는 일어서서 접시 냄새를 맡았다. 녀석은 한 번 기지개를 켜더니 귀를 쫑긋거리며 킁킁 냄새를 맡아보았다. 그러더니 실망했는지 작고 납작한 코를 주인을 향해 돌렸다.

"펠로우, 도대체 왜 그러니?" 안이 말했다.

"왜 그러니, **개구쟁이**야?" 급사장이 메아리처럼 되풀이했다.

"보여주세요?" 하고 보이를 향해 안이 말했다. 그녀는 그릇에 손등을 갖다 대었다. "어머나, 이 파테는 다 식어버렸어요! 내가 따뜻한 걸로 갖다달라고 말했는데…. 그리고 기름기도 없애고." 하며 그녀는 손가락으로 기름 덩이를 가리키면서 야멸차게 말했다. "밥하고 홍당무하고 잘게 썰은 고기 좀하고, 별로 어려운 거 아니잖아요!"

"가져가!" 하고 급사장이 호통쳤다. 보이는 접시를 들고 잠깐 파테를 유심히 살펴보았다. 그러더니 순순히 주방으로 돌아갔다. 그러나 돌아가기 전에 그는 테이블 쪽을 힐끗 쳐다보았다. 그때 그의 시선이 앙투안의 시선과 마주쳤다.

둘만이 되었다.

"당신" 하며 그는 나무라듯 말했다. "아무래도 펠로우가 좀 까다롭다고 생각하지 않아…?"

"저 보이가 멍청한 거예요!" 하고 안이 화를 내면서 말을 가로막았다. "당신도 보셨지요? 그릇 앞에 우두커니 서 있는 꼴이라니!"

앙투안은 부드럽게 말했다.

"아마 지금쯤 변두리의 어느 고미다락방에서 저녁을 먹고 있을 마누라와 애들을 생각하고 있었는지도 모르지…."

안은 열이 나서 후들후들 떨리는 손을 얼른 앙투안의 손 위에 얹었다.

"토니, 그래요. 무서워요. 당신의 그런 말은⋯ 그래도 설마 당신은 펠로우가 병이 나도 좋다는 말씀은 아니겠지요?" 그녀는 정말 당황하고 있는 것 같았다. "그런데 왜 웃는 거예요? 이봐요, 토니. 저 불쌍한 보이에게 팁을 주어야지요⋯. 특별히 저 보이에게 말이에요⋯. 두둑히⋯ 펠로우가 주는 거라고⋯."

그녀는 잠시 생각에 잠겨 있더니 갑자기 말했다.

"저, 우리 오빠도 보이를, 처음에는 식당 보이 노릇을 했었어요⋯. 그래요, 뱅센의 싸구려 식당의 보이였지요."

"당신한테 오빠가 있는 줄은 몰랐어." 앙투안이 말했다. (그의 얼굴 표정은 '하기야 나는 당신에 관해 그다지 아는 것이 없어⋯'라는 뜻을 은연중에 암시하는 것 같았다.)

"아, 지금은 먼 곳에 가 있어요⋯. 아직 살아만 있다면 좋으련만⋯. 인도차이나로 떠났어요. 식민지 부대에 지원해서⋯. 거기에서 살림을 차렸다던가⋯. 한 번도 소식이 없었어요⋯." 그녀는 점점 목소리를 낮추었다. 그녀의 목소리는 낮은 어조일 때 가장 감동적이었다. 그러면서 말을 계속했다. "기막힌 일이지요. 내가 도와줄 수도 있었는데⋯." 그러고 나서 입을 다물었다.

"그러면" 하며 잠시 침묵을 지키다가 앙투안이 말했다. "그는 당신이 거기에 없을 때 죽었나?"

"누구?" 하고 안은 눈을 깜박거리면서 반문했다. 안은 앙투안이 이렇게 집요하게 물어오는 데 놀랐다. 그러면서도 앙투안이 자기에게 몹시 신경을 쓰고 있다는 것을 느끼고는 흐뭇해했다.

갑자기 안은 웃기 시작했다. 난데없는 웃음, 명랑하고 상대방에게 쉽사리 전파되는 그런 웃음이었다.

"가장 어처구니없는 것은 하지도 않았고 또 도저히 할 만한 용기도 없는 나를 두고 내가 했다고 몰아붙이는 거예요. 내가 정말로 어떤 나쁜 짓을 했는지는 아무도 몰라요. 말할게요. 나는 구피요가 썼다는 유언장을 믿지 않았어요. 이유는 그이가 정신이 흐려졌던 두 해 동안에 나는 보베의 한 공증인의 도움으로 억지로 받아낸 위임장을 가지고 버젓이 그이 재산의 대부분을 내 것으로 해버렸으니까요. 하지만 쓸데없는 짓이었지요. 왜냐하면 유언장은 나에게 아주 유리하게 되어 있었어요…. 하지만 칠 년 동안이나 그 지옥 같은 생활을 참아온 나로서는 재산을 내 것으로 만들 권리쯤은 있다고 생각했거든요!"

그녀는 웃음을 그치더니 상냥한 목소리로 덧붙였다.

"그리고 토니, 이런 이야기를 하는 것은 당신한테가 처음이에요."

그녀는 갑자기 몸서리쳤다.

"추워?" 하고 앙투안은 눈으로 외투를 찾으면서 말했다. 밤은 점점 싸늘해졌다. 밤이 깊었다.

"아니요, 목이 말라요." 하면서 그녀는 샴페인을 넣어둔 통을 향해 잔을 내밀었다.

그녀는 앙투안이 따라주는 샴페인을 꼴깍꼴깍 마신 다음에 그 매운 담배에 불을 붙였다. 그리고 어깨에 외투를 걸치려고 일어섰다. 다시 자리에 앉은 그녀는 앙투안 곁에 오려고 의자를 당겼다.

"들려요?" 그녀가 물었다.

밤나방 몇 마리가 램프 주위를 날아다니다가 큰 파라솔 천에 부딪혀 투둑투둑 소리를 내고 있었다. 이제 현악대의 소리도

들리지 않았다. '여관' 창문의 불은 대부분 꺼져 있었다.

"여기도 좋아요. 하지만 더 좋은 곳을 알고 있어요…." 하고 그녀는 기대에 부푼 눈길로 말했다.

앙투안에게서 아무 대답이 없자 그녀는 그의 손목을 잡았다. 그리고 그 손을 뒤집어 테이블 천 위에 올려놓았다. 그는 손금을 보려고 하는 줄로 알았다.

"그만둬." 그는 손을 뿌리치려고 하면서 말했다. (점을 치는 것만큼 그의 신경을 거스르는 일도 없었던 것이다. 그것이 아무리 훌륭한 예언이라 해도 자신이 마음먹고 있는 장래에 견준다면 그것처럼 하찮은 짓도 없는 것 같았다!)

"바보!" 그녀는 손목을 그대로 잡고 있으면서 웃었다. "이봐요, 나는 이러고 싶었어요…." 그녀는 갑자기 몸을 숙이며 그의 손등에 입을 갖다 대었다. 그리고 그대로 얼마 동안 꼼짝 않고 있었다.

앙투안은 다른 한 손으로 수그리고 있는 그녀의 목덜미를 부드럽게 쓰다듬었다. 그러면서 자신에 대한 그녀의 애틋한 사랑과 그녀에 대한 너무나 타산적인 자신의 감정을 비교해보았다.

바로 그때 직감적으로 알아차리기라도 한 듯이 그녀는 가볍게 고개를 들었다.

"나는 내가 당신을 사랑하는 것만큼 당신이 나를 사랑해주기를 바라진 않아요. 다만 당신을 좋아하게 내버려두었으면 싶어요…."

26

반네드는 외출하려는 참이었다. 아침마다 하듯이 그는 석유 난로 위에다 커피를 끓이고 있었는데, 그때 자크가 와서 방문을 노크했다. 자크는 짐을 자기 방에 가서 풀지 않고 곧장 반네드의 방으로 왔던 것이다.

"제네바에서는 뭐 새로운 것이 있었나?" 그는 여행 가방을 타일이 깔린 바닥에 놓으면서 쾌활하게 말했다.

방구석에 있던 알비노는 실눈을 하고 방문객 쪽을 살피다가 자크의 목소리를 듣고는 그를 알아보았다.

"보티! 벌써 돌아온 거예요?"

그는 어린애 같은 작은 손을 내밀면서 자크 쪽으로 걸어왔다.

"얼굴색이 좋군요." 그는 자크 쪽으로 다가와 자크의 얼굴을 뚫어지게 바라보면서 말했다.

"그래." 하고 자크도 그것을 인정했다. "좋아!"

그것은 사실이었다. 모든 예상과 달리 어젯밤 여행은 여간 좋은 것이 아니었다. 홀가분한 밤이었다. 콩파르티망* 안에서는 혼자였기 때문에 그는 길게 몸을 뻗고 금방 잠들 수 있었다. 그리고 겨우 눈을 뜬 곳이 퀴로즈역이였다. 몸은 상쾌하고, 활기가 넘치고, 무엇으로부터인지는 몰라도 해방이나 된 것처럼 유별나게 행복감에 젖어 있기까지 했다. 막 솟아오른 아침 햇살이 밤이 남기고 간 솜구름을 깊은 골짜기에서 걷어내고 있

* 예닐곱 사람이 앉게 되어 있는 열차의 칸막이 방을 뜻한다.

는 동안 열차 승강구에서 심호흡을 하며 아침 공기를 들이마시고 있던 그는 오늘 아침에 이렇게까지 기쁨으로 충만한 이유가 어디에 있을까 하고 자기 자신을 돌아보았다. '이제는' 하고 그는 생각했다. '복잡한 사상이나 이론 속에서 허우적거리는 것도 끝이다. 이제 명확한 목적이 주어졌다. 반전을 위한 직접적인 행동이다!' 그렇다. 중대한 시기였다. 확실히 결정적인 시기였다. 파리에서 가지고 온 여러 가지 인상의 밸런스 시트를 만들어볼 때 프랑스 사회주의 입장의 단호함, 조레스를 중심으로 실현되고 있고 또 그의 낙관적인 투쟁 정신을 기초로 해서 이루어지고 있는 지도자들 사이의 협약, 노동 조합의 활동과 당의 활동 사이에 이루어지고 있는 것으로 보이는 협조, 이 모든 것은 그로 하여금 인터내셔널의 불굴의 힘을 더욱 신뢰할 수 있게 해주었다.

"앉지요." 반네드는 흐트러진 침대 위의 시트를 잡아당기면서 말했다. (그는 자크에게 말을 놓겠다는 생각을 해본 적이 한 번도 없었다.) "같이 커피나 마셔요…. 그래, 모든 일이 잘됐나요? 들어봅시다! 그쪽에서는 모두 뭐라고 합디까?"

"파리에서? 그것은 가지가지야…. 대중은 아무것도 모르고, 누구 하나 걱정하는 사람이 없어. 놀라운 일이지. 신문들은 카요 부인의 재판이라든가 푸앵카레의 러시아 여행 따위만 대서특필하고 있어. 그리고 여름휴가 이야기! …하기는 프랑스 신문에 어떤 지령이 내렸다는 말이 떠돌고 있어. 말하자면 외교관들의 노력을 방해하지 않기 위해 발칸문제에 관심을 기울이게 해서는 안 된다는 거야…. 그러나 당내에서는 동분서주하고 있어! 그리고 실제로 모두들 훌륭하게 일하고 있는 것 같고! 총파업은 매우 중요한 문제로 대두되고 있는 것이 분명해. 이거야말로 빈 대회에서 프랑스의 슬로건이 될 거야. 물론 의문점은 독일 사회민주당이 어떻게 나오느냐 하는 거지. 그들도 원칙적으로는 이 문제를 들고 나오는 데 찬성하고 있지만. 그러나…”

“오스트리아 쪽의 정보는요?” 반네드는 책이 수북이 쌓여 있는 머리맡 탁자에 커피를 가득 담은 양치질 컵을 놓으면서 물었다.

“응. 그 정보가 틀리지 않는다면 꽤 좋은 소식이야. 어젯밤 『위마니테』사에 들렀는데, 세르비아에 보낸 오스트리아의 각서는 도전적인 성격을 띠지 않았을 것이라는 의견들이었어.”

“보티” 하고 반네드는 갑자기 말했다. “잘되었어요. 당신을 만나니까 속이 후련해져요!”

그는 상대의 이야기를 중단시킨 것이 미안하게 생각되었는지 미소를 지어 보였다. 그러고 나서 곧 말을 계속했다.

“여기에 빌만이 와 있어요. 그가 빈의 외교관들로부터 나온 이야기라고 하면서 들려주던데, 그의 말로는 오히려 오스트리아의 의도는 악랄하고… 그리고 아주 계획적인 거라고 하는군요…. 모든 게 틀려먹었어요!” 하고 그는 침울하게 말을 맺었다.

“반네드, 그것을 좀 설명해줘.” 자크가 말했다.

그의 말투에는 호기심보다는 유쾌함과 애정이 엿보였다. 반네드도 그렇게 느꼈음이 틀림없다. 그는 미소를 지으면서 침대 위 자크 곁에 와서 앉았다.

“올겨울에 프란츠 요제프를 진찰하기 위해 불려 갔던 의사들은 호흡기 질환이라는 진단을 내렸어요…. 불치의 질환… 더구나 아주 중태이기 때문에 황제는 연말을 넘기지 못할 거라는 거예요."

"그렇다면… requiescat!*" 하고 자크는 중얼거렸다. 지금 그는 그 일을 그렇게 중대하게 여길 생각은 전혀 없었다. 그는 손가락을 데지 않으려고 손수건으로 컵 둘레를 감쌌다. 그리고 반네드가 만들어준 짙은 커피를 조금씩 마시고 있었다. 그는 컵 너머로 의심쩍어하면서도 다정한 눈길로 머리가 헝클어진 친구의 창백한 얼굴을 정면으로 바라보았다.

"잠깐." 하고 반네드가 말을 되받았다. "지금 문제가 복잡해요…. 진찰 결과가 곧 수상한테 보고된 것 같아요…. 베르히톨트는 자기 별장으로 많은 정치가를 불러들여 비밀 회의로 일종의 어전 회의를 연 것 같아요."

"허어!" 하고 자크는 재미있다는 듯이 맞장구를 쳤다.

"그리고 그들, 그 가운데는 티서, 포르가하, 그리고 참모총장 회첸도르프도 있었는데 이런 이야기를 한 것 같아요. 곧 지금의 정세로 보아 황제가 죽으면 오스트리아에 국내적으로 매우 어려운 일들이 벌어질 거다. 이중군주제**가 그대로 유지되더라도 오스트리아는 앞으로 약해질 것이 틀림없다. 오스트리아는 앞으로 상당 기간은 세르비아를 제압할 생각을 단념해야 할 거다. 그러니까 제국의 장래를 위해 이 기회에 꼭 세르비아를 타도해야 한다. 그러자면 어떻게 해야 할 것인가?"

* 고인을 위한 기도로서 '고이 잠드소서'라는 뜻.

** 오스트리아-헝가리 제국을 말한다.

"늙은이가 죽기 전에 세르비아 원정을 서두른다?" 하고 자크는 조금 전보다 좀 더 관심 있는 태도로 말했다.

"그래요…. 그러나 어떤 사람들은 한술 더 떠요…."

자크는 반네드가 말하는 것을 가만히 보고 있었다. 그리고 그 눈먼 천사 같은 얼굴 앞에서, 그 가냘픈 겉모양과, 윤기 없는 반죽의 한가운데에서 나타나는 단단한 핵과 같은 고집불통의 정신력이 대조를 이루고 있다는 것을 느끼면서 그는 새삼 감명을 받았던 것이다. '사랑스런 반네드.' 하고 그는 미소를 지으면서 생각했다. 그는 일요일마다 레만 호숫가의 여러 여관에서 열렸던 열렬한 정치 논쟁 도중에—'모두 다 비열해. 모두 썩었어!' 하고 외치며—갑자기 테이블을 떠나 어린아이처럼 혼자 그네를 타러 가던 알비노를 여러 번 보았던 일이 생각났다.

"…어떤 사람들은 한술 더 떠요." 반네드는 맑고 부드러운 목소리로 계속 말했다. "그들이 사라예보의 암살은 베르히톨트가 고용하고 있는 선동분자들이 저지른 일이며, 그렇게 함으로써 그는 기대했던 계기를 마련할 수 있었다고 말하고 있어요! 그리고 그들은 베르히톨트가 그렇게 함으로써 일석이조의 효과를 얻었다고 해요. 곧 그는 좀 불안하고 너무 평화주의적인 왕위 후계자를 쫓아낼 수 있었고, 또한 황제가 살아 있는 동안에 세르비아와의 전쟁을 가능하게 했다는 거예요."

자크는 웃고 있었다.

"정말 황당무계한 이야기를 하는군…."

"보티, 당신은 그렇게 생각하지 않아요?"

"그야" 하며 자크는 진지하게 대답했다. "야심적인 인간, 정치 생활로 일그러진 인간은 일단 자기 손안에 절대 권력이 들어왔다고 생각하면 무슨 짓이라도, 정말 무슨 짓이라도 서슴지 않고 할 수 있는 거야! 역사란 이런 것을 길게 예증하는 것에 지나지 않는 거야…. 하지만 반네드, 나는 이렇게도 믿고 있어. 즉 어떤 음흉한 계획이라도 민중의 평화 의지 앞에서는 곧 분쇄되고 만다는 것을 말이야!"

"조종사도 그렇게 생각한다고 믿으세요?" 반네드는 머리를 흔들면서 물었다.

자크는 의아스러운 듯이 그를 빤히 바라보았다.

"제 생각으로는…" 하고 반네드는 망설이다가 말을 계속했다. "조종사는 그렇지 않다고 말하지는 않아요…. 하지만 그는 언제나 그런 저항, 민중의 그런 의지라는 것을 진정으로 믿고 있는 것 같지는 않아요…."

자크의 얼굴빛이 어두워졌다. 그는 메네스트렐의 처지가 자기와 어떤 점에서 다른지 잘 알고 있었다. 그로서는 그렇게 생각하는 것이 괴로운 일이었다. 그는 본능적으로 그런 생각을 하지 않으려고 애썼다.

"반네드, 그런 의지는 존재해!" 하며 그는 힘차게 말했다. "나는 파리에서 막 돌아왔어. 그리고 나는 믿어. 현재 그것은 프랑스만의 일은 아니야. 유럽 곳곳에서 동원될 수 있는 사람들 가운데서도 전쟁의 관념을 받아들이려는 사람은 백에 열, 아니 다섯도 안 돼!"

"그럼 나머지 아흔다섯은 수동적이거나 체념하고 있는 사람들이군요, 보티!"

"나는 그렇게 알고 있어. 그러나 그 아흔다섯 가운데서 전쟁의 위험을 인식하고 분연히 일어서는 사람이 여남은 명, 아니

그 반이라도 있다고 상상해봐. 그거야말로 여러 나라의 정부는 진정한 반대자 군단을 만나게 되는 거야! …저항을 하기 위해서는 백 사람 가운데서 이런 대여섯 명과 연락해서 단결해야 해. 실현될 수 없는 것이 아니야. 그리고 이 순간에도 유럽의 혁명가들은 곳곳에서 그러기 위해 활동하고 있어!"

자크는 일어섰다.

"몇 시지?" 그는 손목을 힐끗 보면서 물었다. "이제 메네스트렐을 만나러 가야겠어."

"오늘 아침에는 안 돼요." 반네드가 말했다. "조종사는 리차들레와 함께 자동차로 로잔에 갔으니까요."

"쯧쯧… 확실해?"

"대회 때문에 그곳에서 아홉시에 약속이 있어요. 오후나 되어야 돌아올걸요."

자크는 난처한 표정을 지었다.

"좋아, 오후까지 기다리지…. 그런데 자네는 오늘 아침에 무슨 일이 있나?"

"도서관에 가려고 했어요. 하지만…"

"나하고 같이 사프리오 집에 가. 가면서 이야기하자고. 그에게 전해줄 편지가 있어. 나는 파리에서 네그로토를 만나보았어…." 그는 여행 가방을 다시 들고 문 쪽으로 걸어갔다. "십 분만. 면도하고 있을 테니까… 내려오면서 나를 불러줘."

사프리오는 성당 교구 안에 있는 펠리스리가街의 작고 초라한 삼층집에 살고 있었다. 그는 그 집 아래층에 상점을 차려놓았다.

사람들은 사프리오의 과거에 대해서 그다지 아는 것이 없었다. 그러나 그는 명랑하고 친절하다고 이름이 났기 때문에 모두가 그를 좋아했다. 스위스에 오기 훨씬 전부터 이탈리아 당원이었던 그는 칠 년 전부터 제네바에서 약국을 경영해왔다. 그가 이탈리아를 떠나게 된 것은 불행한 부부 생활 때문이었는데, 그는 그 문제에 대해 분명하게는 아니었지만 자주 이야기하곤 했다. 어떤 사람들의 말로는 그 일 때문에 그는 살인도 저지를 뻔했다는 것이다.

자크와 반네드가 들어갔을 때 가게에는 아무도 없었다. 입구의 벨 소리를 듣고 사프리오가 안에서 얼굴을 내밀었다. 검고 아름다운 그의 두 눈이 다정한 빛으로 빛났다.

"Buon giorno!"*

그는 머리를 흔드는가 하면 균형이 잡히지 않은 두 어깨를 오므리고 이탈리아 여관 주인처럼 애교 있게 두 팔을 벌리며 미소를 지었다.

"우리 나라 사람 둘이 와 있어." 그는 자크의 귀에 속삭였다. "들어와요."

그는 언제나 스위스 정부로부터 추방령을 받은 이탈리아인 망명객들에게 기꺼이 은신처를 제공했다. (제네바 경찰은 평소에는 매우 너그러웠지만 주기적으로 불시에 소탕하는 일에 열을 올리고, 외국 혁명가들 가운데서 경찰의 눈엣가시 같은 사람들을 영토 밖으로 쫓아내곤 하는 것이었다. 소탕 작업은 일주일 정도 지속되었다. 그러는 동안에 도피자들은 대개 자기

* '안녕하세요'라는 뜻의 이탈리아어.

숙소를 떠나 몇몇 동료들의 집에 피신해서 살곤 했다. 그러고 나면 전처럼 다시 평온해졌다. 사프리오는 이런 종류의 친절을 베푸는 전문가의 한 사람이었다.)

자크와 반네드는 그를 따라갔다.

가게 뒤에는 전에 술을 저장하던 지하실이 있었고, 가게와의 사이에 좁다란 부엌이 있었다. 이 방은 지하 감옥이라고 해도 괜찮을 정도였다. 천장은 궁륭형이었고 텅 빈 마당으로 향해 난 창살 있는 채광 환기창이 위에서부터 희미한 빛을 들여보내고 있었다. 그러나 방의 배치로 보아 그것은 사람 눈에 뜨이지 않는 안성맞춤의 은신처였다. 거기에는 꽤 많은 사람이 들어갈 수 있어서 메네스트렐도 가끔 자기들끼리의 작은 모임 장소로 이곳을 이용하곤 했다. 한쪽 벽을 따라 여러 칸의 나무 선반이 쳐져 있었는데, 그 위에는 낡은 약제 기구, 작은 유리병, 주둥이가 넓은 빈 저장용 병, 못 쓰게 된 약연藥碾이 쌓여 있었다. 가장 높은 선반 위에는 칼 마르크스의 석판화가 놓여 있었는데, 액자 유리는 금이 가 있었고 먼지가 뿌옇게 쌓여 있었다.

과연 거기에는 이탈리아인 두 명이 있었다. 한 사람은 아주 젊은 남자로서 룸펜처럼 누더기를 걸치고 토마토를 섞은 식은 마카로니 한 접시를 앞에 놓고 혼자 식탁에 앉아 있었다. 그는 그것을 나이프 끝으로 찔러서 빵에 얹고 있었다. 그는 상처 입은 짐승처럼 부드러운 눈길로 두 방문객을 바라보다가 다시 식사를 계속했다.

더 나이 들어 보이면서 옷차림이 더 깔끔한 다른 한 사람은 원고를 손에 들고 서 있었다. 그는 두 방문객을 맞으려고 이쪽으로 걸어왔다. 그는 레모 튜티였다. 자크는 그를 전에 베를린에서 만난 적이 있었는데, 당시에 그는 이탈리아 신문의 특파원이었다. 그는 몸집이 작았고 약간 여성적인 데가 있었으며 매섭고 총기 있는 눈초리를 하고 있었다.

사프리오는 손가락으로 튜티를 가리켰다.

“레모는 어제 리보르노에서 왔어.”

“나는 파리에서 오는 길이에요.” 자크는 지갑에서 한 장의 봉투를 꺼내면서 사프리오에게 말했다. “그리고 어떤 사람을 만났는데—그게 누구였는지 맞춰봐요!—그 사람이 나더러 이 편지를 당신한테 전해주라고 줍디다.”

“네그로토!” 하고 사프리오는 기쁜 얼굴로 봉투를 받아 쥐면서 외쳤다.

자크는 의자에 앉았다. 그리고 튜티 쪽으로 몸을 돌렸다.

“네그로토한테서 들었는데, 이탈리아에서는 두 주일 전부터 대훈련이라는 명분으로 팔만 명의 예비군을 소집해서 무장시켰다더군. 사실일까?”

“아무튼 오만오천에서 육만 명 정도는 되지, Si*… 하지만 네그로토도 모르고 있을지 모르는데, 그것은 군 내부에 굉장한 혼란이었다는 거요. 특히 북부 지방의 군대에. 군기 문란이 이루 말할 수 없다는군! 명령 계통도 엉망이고. 징벌 같은 것은 거의 포기했다나 봐.”

노래하는 듯한 반네드의 목소리가 침묵 속에서 들려왔다.

“바로 그거예요! 거부하는 거예요! 온건하게 말이에요! 그러면 이 지구 상에 살인은 더 이상 발붙일 곳이 없어질 테니까

* ‘그래’라는 뜻의 이탈리아어.

요….”

모두 웃었다. 반네드만은 웃지 않았다. 그는 얼굴을 붉히며 작은 두 손을 마주 잡고 있었다.

“그렇다면” 하고 자크가 말했다. “이탈리아에서는 동원령이 내리더라도 일이 쉽지 않겠군?”

“안심해도 돼!” 튜티가 힘차게 말했다.

사프리오가 읽고 있던 편지에서 얼굴을 들었다.

“우리 나라에서 누가 군국주의로 나아가려 한다면 사회주의자이건 아니건 간에 국민 모두가 반대할 것이 틀림없어!”

“당신네 나라들보다는 우리 나라가 경험에서 앞서 있으니까” 하고 튜티가 매우 정확한 프랑스어로 설명했다. “우리 나라로서는 트리폴리 원정은 바로 어제 일이야. 민중은 모든 것을 알고 있지. 군인에게 권력을 맡기는 것이 얼마나 비싼 대가를 치르는지를 그들은 알고 있어! …나는 단지 전쟁터에서 싸우는 불행한 사람들의 고통만을 말하는 것은 아니야. 나라를 질식시켜버리는 그 독기를 말하는 거지. 허위 보도, 민족주의적 선전, 자유의 말살, 생활비의 폭등, profittori*의 탐욕… 이탈리아는 이런 길을 걸어왔거든. 이탈리아는 그것을 하나도 잊지 않았어. 우리 나라에서는 동원령이 내려지기 전에 당이 새로운 **적색 주간**을 조직하는 일은 어렵지 않을 거야!”

사프리오는 편지를 정성스럽게 접었다. 그는 그것을 셔츠와 가슴 사이에 넣었다. 그리고 한쪽 눈을 깜박거리면서 햇볕에 그은 얼굴을 자크 쪽으로 돌렸다.

* ‘착취자’라는 뜻의 이탈리아어.

"Grazie!"*

방구석에 있던 청년이 일어섰다. 그는 식탁에서 물을 차갑게 보관하는 큰 도기 병을 잡아 두 손으로 들어 올려 물을 한참 동안 꿀꺽꿀꺽 마셨다.

"Basta!"** 하고 사프리오는 웃으면서 말했다. 그는 청년 곁으로 가서 다정하게 그의 목덜미를 잡았다. "자, 위로 따라와. 그리고 푹 자, 동지."

청년은 순순히 사프리오를 따라 부엌 쪽으로 갔다. 지나가면서 그는 다른 사람들에게 공손히 머리를 숙여 인사했다.

나가기 전에 사프리오는 자크 쪽을 돌아보며 말했다.

"『아반티』지에 실린 무솔리니의 경고가 확실히 큰 충격을 준 거야! 왕도 정부도 호전주의好戰主義 정책에는 민중이 결코 따르지 않는다는 것을 알아차린 거야!"

두 사람이 이층으로 통하는 작은 나무계단을 올라가는 소리가 들렸다.

자크는 곰곰이 생각해보았다. 그는 머리카락을 쓸어 올리며 튜티를 바라보았다.

"바로 그것을 이해시켜야 돼. 지도자들을 두고 하는 말은 아니야. 그들은 우리보다 더 잘 알고 있어. 우리가 이해시켜야 할 사람들은 독일과 오스트리아의 민족주의자들이야. 그들은 지금도 삼국동맹을 믿으면서 자기네 정부를 모험으로 몰아가고 있거든…. 그런데 당신은 여전히 베를린에서 일하나?" 하고 그

* '고마워'라는 뜻의 이탈리아어.

** '그만하면 됐어'라는 뜻의 이탈리아어.

가 물었다.

"아니." 튜티는 간단히 대답했다. 그 말투, 그 눈길을 스쳐가는 미묘한 미소는 분명히 '물어보아도 소용없어…. 일은 비밀이니까'라고 말하고 있었다.

사프리오가 돌아왔다. 그는 머리를 설레설레 저으면서 웃었다.

"젊은 녀석들이라니, 쯧쯧!…" 하며 그는 반네드에게 말했다. "녀석들은 정말 고지식해! 선동분자한테 또 한 명 잡혔어… 그러나 다행히 녀석이 굉장히 발이 빨라서… 게다가 이 사프리오 아저씨의 재치 덕분에!"

그는 쾌활하게 자크 쪽을 돌아보았다.

"그래 티보, 자네는 파리에서 믿어도 된다는 좋은 인상을 받고 왔나?"

자크는 미소를 지었다.

"좋다뿐인가요!" 자크는 흥분하며 말했다.

반네드는 의자를 바꾸어 햇빛을 뒤로하고 자크 옆에 앉았다. 광선을 정면으로 받는 것이 밤의 새처럼 고통스러웠기 때문이다.

"내가 만난 것은 프랑스 사람뿐만이 아니었어요." 하며 자크가 말을 계속했다. "나는 벨기에 사람, 독일 사람, 러시아 사람을 만났어요…. 혁명가 동지들은 곳곳에서 경계하고 있지요. 사람들은 전쟁의 위협이 심각하다는 것을 알고 있었어요. 곳곳에서 무리를 지어 전체적인 행동 방침을 찾고 있어요. 저항이 조직화되고 구체화되어 가고 있어요. 행동의 일치, 운동의 확산. 한 주일도 안 되어서 말이에요. 마음 든든해요! 사람들은 인터내셔널이 하려고 마음만 먹는다면 어떤 힘을 가지고 추진할 수 있는지 알고 있어요. 더구나 오늘날 부분적으로 모든 나라의 수도에서 제각기 별도로 진행되는 것은 지금 계획하고 있는 것에 견주면 아무것도 아니야! 다음 주에 인터내셔널의 간부 회의가 브뤼셀에서 소집되지….”

“Si, si….” 하고 튜티와 사프리오가 동시에 말했다. 그들의 타는 듯한 눈길은 흥분한 자크의 얼굴에서 떠날 줄 몰랐다.

알비노 역시 눈을 깜박거리면서 옆에 앉아 있는 자크를 보려고 상체를 구부렸다. 그는 팔은 자크의 의자 등받이에 얹고 손은 자크의 어깨에 올려놓았다. 그러나 아주 살짝 걸쳐놓았기 때문에 자크는 그 무게를 느끼지 못했다.

“조레스와 그 그룹은” 하며 자크가 말을 이었다. “그 회합에 대단한 의미를 부여하고 있어요. 스물두 나라의 대표자가 참석하거든! 더구나 그 대표자들은 등록된 천이백 노동자들뿐만 아니라 실제로는 그 밖의 몇백만의 사람들, 모든 동조자들, 망설이고 있는 모든 사람들을 대표하고 있어요. 심지어 우리와는 의견을 달리하지만 그중에는 전쟁의 위험을 눈앞에 둔 지금, 인터내셔널만이 대중의 평화 의지를 구체화시켜 그것을 끌고 갈 수 있다고 생각하는 사람들이 있는 거예요…. 우리는 브뤼셀에서 역사적인 한 주일을 갖게 될 거예요. 역사상 처음으로 민중의 목소리, 현실적인 다수의 목소리를 들을 수 있을 거예요. 그것은 싫어도 따라야 할 목소리거든요!”

사프리오는 의자 위에서 몸을 흔들고 있었다.

“브라보! 브라보!”

“그리고 더 멀리 내다봐야 해요.” 하면서 자크는 자신의 신념을 확인하는 데 쾌감을 느꼈다. “우리가 승리한다면 그것은 단지 위대한 반전 투쟁의 승리에 그치는 것이 아니지요. 그 이상이지. 그 승리는 인터내셔널에 돌려야 해요….” 바로 그 순간에 자크는 반네드가 자기 어깨에 기대고 있다는 사실을 알아차렸다. 왜냐하면 반네드의 작은 손이 갑자기 떨리기 시작했기 때문이다. 그는 반네드 쪽으로 몸을 돌리면서 무릎을 두드렸다. “그래, 반네드! 그렇게 되면 아주 간단하게, 무익한 폭력을 쓸 필요도 없이 전 세계에 사회주의의 승리가 마련되는 거야! …그럼 이제” 하며 그는 허리에 힘을 주어 일어나면서 말했다. “조종사가 왔는지 가보자!”

메네스트렐이 집에 돌아오기에는 너무 이른 시간이었다.

“그럼 같이 가서 라 트레유에 잠깐 들러보자….” 자크는 알비노의 팔짱을 끼면서 제안했다.

그러나 반네드는 고개를 저었다. 그는 이미 너무 많이 걸었던 것이다.

제네바에 정착한 뒤로 그는 자크와 함께 있고 싶어서 타자를 치는 일에서 완전히 손을 떼었다. 그리고 그는 오로지 역사 연구에 몰두해 있었다. 수입은 훨씬 적었다. 그러나 그는 자기가 하고 싶은 일에 전념할 수 있었다. 두 달 동안 그는 라이프치히의 한 편집자가 계획하고 있는 「프로테스탄티즘에 관한 문헌들」의 출판을 위한 자료를 수집하느라고 시력이 완전히 나빠졌다.

자크는 그를 도서관까지 바래다주었다. 그러고 나서 혼자가 된 그는 카페 랑도(그곳은 그뤼틀리와 마찬가지로 젊은 사회주의자들이 즐겨 찾는 카페였다) 앞을 지나가다 그리로 들어갔다.

그는 패터슨이 그곳에 있는 것을 보고 깜짝 놀랐다. 테니스 바지를 입은 그 영국인은 카페 주인이 그곳에서 전람회를 열도록 허락해주어 액자를 걸고 있는 중이었다.

패터슨은 아주 신이 난 것 같았다. 그는 최근에 굉장한 일을 거절했다. 그의 정물화에 감탄한 삭스턴 클레그라는 상처한 미국인이 오십 달러를 낼 테니 자기 아내의 빛바랜 명함판 사진을 보고 아내의 전신상을 그려달라고 부탁했던 것이다. 그의 아내는 플레산*에서 조난당했던 것이다. 비탄에 잠긴 홀아비는 꼭 한 가지만을 요구해왔다. 그것은 아내의 옷을 파리의 최신 유행대로 바꾸어달라는 것이었다. 패터슨은 유머를 섞어가며 이야기를 과장해서 했다.

'우리 가운데서 쾌활하고 진실한 면을 지니고 있는 사람은 패터슨뿐이야. 그것은 자연스럽고 마음에서 우러나는 거야.' 하고 생각하며 자크는 파안대소하는 그 영국 청년을 바라보았다.

"자네와 잠깐 함께 가지." 하고 패터슨은 자크가 메네스트렐을 만나러 간다는 것을 알자 말했다. "최근에 영국으로부터 아주 이상한 편지를 받았어. 런던에서 홀데인**이 극비로 대단한 원정 부대를 조직하고 있다고 야단이라는 거야. 만반의 준비를 갖추려는 거겠지…. 그리고 해군 쪽도 동원령을 해제하지 않

* 프랑스령 마르티니크섬의 화산.

** 영국의 정치가이자 법학자 리처드 홀데인을 가리킨다. 1912에서 1915년까지 영국군을 재조직했다.

고 있어서… 해군에 대해서 신문에서 읽었나? 스피트헤드함의 관함식觀艦式 일을? 유럽 각국 대사관의 육-해군 무관들은 군함이 영국 국기를 휘날리면서 한 척 한 척 바싹 붙어서 지나가는 것을 보기 위해 꼬박 여섯 시간이나 불려 갔었다는 거야. 봄에 볼 수 있는 그 송충이의 행렬처럼… 정말 굉장한 시위지…. Boast![*] Boast!" 하고 패터슨은 어깨를 흔들면서 말했다.

여하간 그러한 독설 뒤에는 자만심이 깃들어 있었다. 자크는 마음속으로 비웃었다. '영국인이란 아무리 사회주의자라 해도 화려한 해군 편대를 보면 무감각할 수 없단 말이야.' 그는 생각했다.

"그런데 우리 초상화는?" 하고 헤어질 때 패터슨이 물어보았다. "그 초상화 때문에 죽을 지경이야! 오전 중에 두 번만 하면 돼. 더 이상 필요 없어. 맹세해! 오전 중에 두 번만… 언제 할까?"

자크는 패터슨의 집요함을 알고 있었다. 빨리 끝내려면 순순히 그의 말에 따르는 수밖에 없었다.

"내일로 하지. 내일 열한시가 어때?"

"All right! 당신 참 좋은 친구야, 잭!"

알프레다는 혼자였다. 큰 꽃무늬가 있는 기모노, 이마 위로 늘어뜨린 검은 머리카락과 눈썹, 그것은 그녀가 의도한 대로 동아시아의 인형처럼 보이게 했다. 그녀 주위에는 덧문의 틈사이로 새어 들어오는 햇빛 속에서 파리들이 윙윙거리고 있었

* '허세'라는 뜻의 영어.

다. 부엌에서 요란스럽게 끓고 있는 콜리플라워의 고약한 냄새가 방 안에 온통 퍼졌다.

그녀는 자크를 보자 무척 반가워했다.

"네, 조종사는 돌아왔어요. 하지만 또 새로운 문제가 생겨서 리차들레와 함께 본부에 묶여 있다고 모니에 편으로 알려왔어요. 나는 나중에 타자기를 갖고 가기로 되어 있어요…. 나하고 점심이나 들어요." 하고 그녀는 갑자기 정색을 하고 자크에게 제의했다. "그리고 나중에 함께 가요…."

그녀는 아름답고 겁먹은 눈으로 자크를 바라보고 있었다. 자크는 그녀의 초대가 순수한 친절에서 나온 것이 아니라는 인상을 막연하게 받았다. 무슨 물어볼 말이라도 있는 것일까? 속내 이야기라도 털어놓으려는 것일까? …그는 젊은 여자와 단둘이 마주 앉아 이야기를 나누고 싶은 생각이 전혀 없었다. 게다가 속히 메네스트렐과 만나고 싶었다.

그는 거절했다.

조종사는 **대화실**의 작은 사무실에서 리차들레와 함께 일하고 있었다.

두 사람뿐이었다. 메네스트렐은 책상에 앉아 있는 리차들레 뒤에 서 있었다. 그리고 두 사람은 앞에 펴놓은 서류 위로 몸을 숙이고 있었다.

자크를 보자 깊은 생각에 잠긴 듯한 메네스트렐의 눈은 반기는 빛으로 번득였다. 이어 그의 날카로운 눈길은 한군데로 쏠렸다. 그는 무엇인가 머리에 떠오르는 것이 있는 듯했다. 의아해하는 태도로 리차들레 쪽으로 몸을 숙여 턱으로 자크가 온 것을 알렸다.

"마침 잘 왔어. 같이해도 되겠지?"

"물론." 리차들레가 동의했다.

"앉게나." 메네스트렐이 말했다. "곧 끝날 테니까." 그리고 그는 리차들레에게 말했다. "쓰도록 해…. 이것은 스위스 당으로 보낼 거야."

메마르고 윤기 없는 목소리로 그는 이렇게 받아쓰게 했다.

"문제 제기가 잘못되었다. 문제는 거기에 있지 않다. 마르크스와 엥겔스는 그 시대에 이런저런 국가를 편들 수 있었지만 우리는 그럴 수 없다. 1914년의 사회주의자들인 우리는 유럽의 여러 국가들 사이에 어떠한 구별도 두지 않는다. 지금 우리를 위협하고 있는 전쟁은 제국주의 전쟁이다. 그것은 금융 자본의 이익만을 목표로 하고 있다. 이 점에서 모든 국가는 같은 깃발 아래에 서 있다. 프롤레타리아의 유일한 대상은 아무런 구별을 두지 않고 모든 제국주의 정부를 가차 없이 타도하는 것이다. 내 의견은 **절대 중립**이다…. (이 단어에 밑줄 쳐….) 이 전쟁을 통해 자본주의 강대국들의 두 진영은 서로 물어뜯게 된다. 우리의 전술은 그들로 하여금 서로 물어뜯게 하는 것이다. 또 그 싸움을 조장시키는 것이다…. (아니야. 그 마지막 말은 지워 주게….) 사건을 이용하는 것이다. 활동력은 좌익에게 있다. 혁명적인 소수는 이 위기 동안에 그 활동력을 증대시켰다가 때가 오면 혁명을 유발시킬 돌파구를 만든다."

그는 입을 다물었다. 잠깐 침묵이 흘렀다.

"프레다는 왜 오지 않지?" 메네스트렐은 매우 빨리 말했다.

그는 책상에 있는 메모지철을 들었다. 그리고 쪽지에 간단한 메모를 갈겨쓰더니 리차들레에게 주었다.

"이것은 위원회로… 이것은 베른과 바젤로… 이것은 취리히로…."

마침내 그는 일어나서 자크 쪽으로 걸어왔다.

"돌아왔나?"

"'일요일이나 월요일까지 아무런 연락이 없으면'이라고 말씀하셨기에…."

"사실이야. 노리고 있던 것으로부터 아무런 수확이 없었어. 그래서 자네에게 파리에 더 있어달라고 편지를 보내려던 참이었어."

파리… 뜻하지 않았던 마음의 동요, 무엇이라고 분석할 여유도 없이 마음의 동요가 자크를 사로잡았다. 그는 마치 투쟁을 포기하듯, 무거운 책임을 남에게 전가하듯, 될 대로 되라는 기분으로 돌연 생각했다. '그렇게 되기를 바랐던 것은 바로 그들이야.'

메네스트렐은 계속해서 말했다.

"지금 누군가가 그쪽에 가주면 좋을 것 같아. 자네가 보내준 정보는 헛된 것이 아니야. 내가 잘 모르고 있는 사회의 분위기를 전해주는 것이니까. C.G.T.보다 오히려 『위마니테』지의 움직임에 주의하라고. C.G.T.에 대해서는 다른 데서도 정보를 보내와…. 예를 들면 독일 사회민주당과 조레스와의 관계, 영국과 조레스와의 관계가 그것이지. 프랑스와 러시아의 관계에 대한 그의 케 도르세*에서의 활동 상황… 결국, 이 모든 것을 자네

* 파리의 센 강변 프랑스 외무부 소재지.

한테 이야기해 준 바 있지만. 오늘 아침에 도착했나? 피곤하지는 않아?"

"괜찮습니다."

"다시 가줄 수 있겠나?"

"곧 말입니까?"

"오늘 저녁에."

"필요하다면! 파리에 말입니까?"

메네스트렐은 미소를 지었다.

"그건 아니야. 좀 둘러 가주었으면 해. 브뤼셀, 앙베르… 자세한 것은 리차들레가 설명해줄 거야…." 그는 낮은 목소리로 덧붙였다. "알프레다가 식사를 끝내고 곧 오기로 되어 있어!"

리차들레는 찾고 있던 열차 시간표를 덮고 뾰족한 코를 자크 쪽으로 들었다.

"오늘 밤 십구시 십오분에 떠나는 기차가 하나 있어. 그걸 타면 바젤에는 내일 새벽 두시쯤에, 브뤼셀에는 정오에 도착해. 거기에서 앙베르로 가는 거야. 내일 수요일 오후 세시까지는 도착해야 돼…. 신중을 기해야 하는 임무야. 왜냐하면 크니아브로우스키를 만나는 문제인데, 그는 엄중히 감시를 당하고 있거든…. 그를 알아?"

"크니아브로우스키? 응, 잘 알아."

크니아브로우스키를 만나기 전에 자크는 모든 혁명가 사회에서 그에 관해 이야기하는 것을 들은 적이 있었다. 마침 블라디미르 크니아브로우스키가 형기를 마치고 러시아 형무소에서 막 나왔을 때였다. 자유의 몸이 되자 그는 또다시 선동가의 임무를 맡았다. 크니아브로우스키가 감옥에서 쓴 저서의 일부분을 스위스 신문에 기고하려고 젤라우스키의 도움을 받아 번역까지 했었다.

"조심해." 하며 리차들레가 말했다. "그는 지금 수염을 짧게 깎아서 아주 달라 보이나봐."

선 채로 몸을 뒤로 젖히고 그 얇은 입술에 특유의 미소를 지으면서 리차들레는 총명하고 자신감이 넘치는 눈으로 자크를 보았다.

메네스트렐은 뒷짐을 진 채 근심스러운 표정을 하고는 불편한 다리의 피 순환을 위해 좁은 방 안을 왔다 갔다 하고 있었다. 갑자기 그는 자크 쪽으로 몸을 돌렸다.

"파리에서는 어처구니없게도 오스트리아의 유화정책을 믿고 있다던데, 어때?"

"그렇습니다. 그러나 어제 『위마니테』지에서는 오스트리아의 각서가 유예기간을 전혀 주지 않을 것이라고 말하고 있었습니다…."

메네스트렐은 창가로 걸어가서 마당을 내려다보았다. 그러고는 다시 자크 쪽으로 돌아왔다.

"생각해볼 문제야!"

"아?" 하고 자크가 중얼거렸다. 그의 몸이 가볍게 떨리더니 이마에 땀방울이 맺혔다.

리차들레는 냉정하게 단정 지었다.

"오스메르가 정확히 보았어. 사태는 급전직하야."

잠깐 침묵이 흘렀다. 조종사는 다시 방 안을 왔다 갔다 하기 시작했다. 그는 눈에 띄게 초조해하고 있었다. '오스트리아 일 때문일까?' 자크는 자문해보았다. '아니면 알프레다가 오지 않

아서일까?'

"바양*과 조레스가 한 말이 옳았습니다." 하며 자크가 말했다. "각국 정부는 대중이 그들의 전쟁 정책을 받아들이리라는 온갖 희망을 버려야 합니다. 각국 정부로 하여금 중재를 받아들이도록 해야 합니다! 총파업도 불사한다는 식으로라도! 이 동의는 일주일 전에 프랑스 대회에서 절대 다수의 찬성으로 가결되었습니다. 그 원칙에는 모두가 찬성해요. 그러나 파리에서는 독일 쪽을 납득시켜 우리 나라처럼 확실한 의사 표명을 얻어내려고 합니다."

리차들레는 고개를 저었다.

"헛수고일 거야… 그들은 여전히 거절할 거야. 그들의 논법이란, 그것은 플레하노프의 낡은 논법, 리프크네히트의 논법인데, 굉장히 완강한 거야. 사회화의 정도가 같지 않은 두 나라 국민 사이에서, 파업은 더 사회화한 나라가 덜 사회화한 나라에 질질 끌려가게 되는 결과를 가져와. 뻔한 일이지."

"그래도 독일 사람들은 러시아의 위협에 정신을 빼앗기고 있어."

"알 만해! 아! 러시아가 사회적으로 충분히 진보해서 두 나라가 동시에 파업을 일으킬 수만 있다면!…"

자크는 굽히지 않았다.

"우선, 러시아에서 파업이 불가능하다는 것은 이제 그다지 확실한 게 아니야. 적어도 부분적인 파업, 말하자면 푸틸로프**

* 에두아르 바양은 프랑스의 사회주의 정치가로 프랑스 사회당 대통령 후보를 역임했다.

** 푸틸로프 공장을 가리킨다.

의 파업 같은 것이 일어나서 다른 여러 공장에 확대되면 군부를 매우 난처하게 만들 수도 있을 거야. 러시아 이야기는 그만 해두지. 사회민주당의 민족주의적인 혐오감에 대항하는 확실한 논법이 있어. 그것은 그들을 향해 이렇게 말하는 거야. '동원령과 동시에 자동적으로 총파업령을 지령하면 독일로서는 무언가 위험이 될 것이다. 그렇다. 그런데 **예방적**인 파업은 어떨까? 긴장이 닥쳐오기 직전에, 외교적 위기가 감도는 시기에, 곧 동원령 직전에 사회주의의 이름으로 행하는 파업이라면? 그것이 엄청난 혼란으로 국민 생활을 위협하고, 그 위협이 심각하다면 정부는 싫어도 중재에 나서야 할 것이다…. 이런 논법을 펼친다면 독일 쪽의 반대도 별수 없을 거야. 그리고 나는 이것이야말로 브뤼셀의 간부 회의에서 프랑스 사회당이 채택할 슬로건이라고 생각해."

책상 앞에서 서류 위로 머리를 숙이고 있던 메네스트렐은 이러한 논쟁에는 관심이 없다는 눈치였다. 그는 몸을 일으켜 자크와 리차들레 사이로 왔다. 그의 얼굴에 심술궂은 미소가 스쳐갔다.

"이제 자네들, 물러가게나. 나는 할 일이 있으니까. 나중에 이야기를 나누도록 하지…. 두 사람 다 네시에 다시 와주게." 그는 열린 창문 쪽으로 불안한 눈길을 던졌다. 그 눈길에는 '도대체 알프레다는 어찌 된 일이지?'라는 뜻이 담겨 있었다. 그리고 그는 리차들레를 향해 말했다. "Primo, 크니아브로우스키를 만나기로 되어 있는 자크에게 상세한 설명을 해줄 것. Secundo, 자크의 여비를 지불할 것. 두세 주일쯤 가 있어야 할 거야…."

이렇게 말하면서 그는 두 사람을 문 쪽으로 밀었다. 그리고 그들이 나간 다음 문을 닫았다.

27

화창한 오후, 찌는 듯한 태양 아래에서 앙베르시는 마치 스페인 도시같이 바싹 타고 있었다.

차도에 발을 들여놓으려던 자크는 가마솥 같은 거리에서 눈을 껌벅이면서 역의 큰 시계를 보았다. 세시 십분. 암스테르담에서 오는 기차는 세시 이십삼분에 도착한다. 역 안에서는 되도록 남의 눈에 띄지 않는 편이 좋겠다.

거리를 가로질러 가면서 그는 맥줏집 테라스에 정면으로 자리 잡고 있는 사람들을 재빨리 살펴보았다. 안심이 되었던지 그는 좀 떨어져 있는 빈 테이블을 찾아냈다. 그리고 맥주를 시켰다. 시간이 되었는데도 광장에는 거의 사람 그림자도 보이지 않았다. 길을 가는 사람들은 그늘진 쪽의 인도에서 벗어나지 않으려고 마치 개미처럼 모두가 한결같이 길을 돌아가고 있었다. 앙베르시의 사방에서 오는 전차들은 차체 밑에 검은 그림자를 드리우면서 네거리에서 마주쳤다. 그리고 달아오른 차바퀴들은 커브에서 심하게 삐걱거리는 소리를 냈다.

세시 이십분. 자크는 일어나서 옆문으로 들어가기 위해 왼쪽으로 걸어갔다. 역 홀에는 별로 사람이 없었다. 지저분한 복장을 하고 케피*를 쓴 한 늙은 벨기에인이 먼지투성이의 바닥에

* 프랑스 육군 장교의 군모이다.

물뿌리개로 8을 그리고 있었다.

위쪽에서는 마침 열차가 플랫폼에 들어오고 있었다.

자크는 계속 신문을 보면서 여객이 나오는 큰 계단 밑에 가서 섰다. 그렇다고 누구를 유심히 보는 것도 아니고 그저 자기 앞을 지나가는 사람들을 멍하게 바라보고 있었다. 챙이 달린 모자를 쓴, 나이가 쉰 안팎으로 보이는 남자가 앞을 지나갔다. 그는 회색빛 양복을 입고 옆구리에 신문 뭉치를 끼고 있었다. 인파는 빨리 지나갔다. 이윽고 뒤처진 몇 사람들만이 남았다. 계단을 내려오는 데 불편을 느끼는 노파 몇 사람뿐이었다.

자크는 마치 기다리던 사람이 오지 않기라도 한 것처럼 발길을 돌려 힘없는 걸음걸이로 역을 나왔다. 만약 이때 눈치 빠르고 그의 거동을 미리 알고 있던 경찰 같았으면 그가 인도를 떠나기 전에 어깨너머로 슬쩍 곁눈질하는 것을 눈치챘을 것이다.

그는 케이제가街에서 프랑스가街까지 가서 어디로 갈까 생각해보는 관광객처럼 망설이다가 오른쪽으로 돌아갔다. 리리크 극장 앞을 지나면서 잠시 극장 광고를 살펴보았다. 그리고 재판소 앞에 있는 한 작은 공원을 택해서 침착한 걸음걸이로 들어갔다. 빈 벤치를 보자 그리로 가서 털썩 주저앉아 이마의 땀을 닦았다.

골목길에서는 아이들 한 떼가 더위는 아랑곳도 않고 놀이를 하고 있었다. 자크는 호주머니에서 접은 신문을 꺼내어 자기 옆에 있는 벤치에 깔아놓았다. 그러고는 담배에 불을 붙였다. 발밑으로 공이 굴러오자 그는 웃으며 공을 감추었다. 아이들은 왁자지껄하면서 그를 둘러쌌다. 그는 어린아이들에게 공을 도로 던져주면서 이번에는 자기도 공놀이하는 그들 속에 끼어들었다.

몇 분 뒤에 어떤 산책하는 사람이 벤치 끝에 와서 앉았다. 그는 손에 아무렇게나 접은 몇 장의 신문을 들고 있었다. 분명히 외국인이었다. 틀림없는 러시아인이었다. 챙이 달린 모자를 깊숙이 내려 쓰고 있어서 이마는 보이지 않았다. 햇빛 때문에 언저리에 밝은 두 개의 반점이 있는 것이 눈에 띄었다. 수염이 없는 얼굴로 미루어 보아 나이가 든 사람이었다. 움푹 파인 데다가 주름살투성이의 정력적인 얼굴이었다. 너무 구운 빵껍질 색깔처럼 햇볕에 그을린 그 얼굴은 눈빛과 기이한 조화를 이루고 있었다. 그의 눈은 그늘이 져 있어서 확실한 색을 분별할 수 없으나, 밝고 푸른색 또는 쥐색을 띤 것이 유달리 반짝거리고 있었다.

남자는 호주머니에서 작은 시가를 꺼냈다. 그리고 자크 쪽을 보면서 공손히 모자챙에 손을 갖다 댔다. 자크의 담배로 자기 시가의 불을 붙이려면 몸을 굽혀 신문을 든 손으로 벤치를 짚지 않으면 안 되었다. 두 사람의 눈과 눈이 마주쳤다. 남자는 몸을 일으켜 다시 신문을 무릎 위에 놓았다. 그는 아주 능숙하게 자크의 신문을 손에 들었다. 그러고는 자기의 신문을 자크 가까이, 벤치에 놓았다. 그러자 자크는 태연하게 곧 그 위에 손을 얹었다.

먼 곳을 보면서 입술도 움직이지 않고, 거의 들릴 듯 말 듯한 목소리, 울림이 없이 배 속에서 나오는 목소리, 감옥에나 들어가봐야 처음으로 그 비밀을 알 것 같은 목소리로 남자는 중얼거렸다.

"편지는 신문 속에 있어…. 거기 『프라우다』 최근호 몇 부도….”

자크는 잠자코 있었다. 그는 아주 천연스런 모습으로 아이들과 계속 놀고 있었다. 그가 공을 멀리 던지면 아이들은 뛰어갔다. 아주 즐거운 혼전이며 난투극이었다. 이긴 아이는 의기양양해서 공을 가지고 왔다. 그리고 또 같은 놀이가 계속되었다.

남자는 웃고 있었다. 그리고 자기도 이 놀이를 즐기고 있는 것 같았다. 그러자 애들은 이번에는 남자에게 공을 주었다. 왜냐하면 그가 던지는 편이 자크보다 공이 더 멀리 가기 때문이었다. 그리고 둘만이 되자 크니아브로우스키는 기회를 놓치지 않고 말을 걸어왔다. 그다지 입을 열지 않고 또박또박 끊기는 짧은 말, 힘차면서도 은은한 말투였다.

“페테르스부르크에서… 월요일, 십사만의 파업자… 십사만… 여러 지역에서 계엄령… 전화선 절단, 전차 불통… 근위기병대… 기관총으로 무장한 4개 연대가 동원되고… 몇 개의 코사크 연대, 몇 개 대대…”

아이들이 돌풍처럼 몰려와 벤치를 둘러쌌다. 그는 마지막 말을 기침을 하는 척하며 얼버무렸다.

“그러나 경찰도 장군들도 속수무책이야….” 하고 그는 잔디 가운데로 공을 던져주고 나서 말을 계속했다. “폭동에 뒤따른 폭동… 정부는 푸앵카레 환영을 위해 프랑스 국기를 나누어주었어. 그러나 여자들은 그것으로 적기赤旗를 만들었지. 기마병의 돌진, 일제 사격… 나는 비보르크 동네에서 전투하는 그 광경을 보았어… 끔찍했어…. 또 하나는 바르소비역 근처… 또 다른 하나는 스타가라데레프냐 근교… 그리고 또 심야에….”

그는 아이들이 다시 돌아왔기 때문에 입을 다물었다. 그리고 갑자기 아이들이 귀여워 못 견디겠다는 듯이 가장 어린아이인 너댓 살 되어 보이는 얼굴색이 창백한 금발의 아이를 붙들고는 무릎 위에 올려놓고 웃으면서 흔들어주었다. 그리고 입술에 쪽 하고 키스를 했다. 그러고 나서 어리둥절해하는 그 애를 내려놓은 다음 공을 들어 멀리 던졌다.

"동맹파업자들은 무기를 들고 있지 않아…. 길에 깔린 돌멩이, 병, 석유통… 공격을 막기 위해 집집마다 불을 질렀어…. 셈소니예프스키 다리가 타는 것을 보았어…. 밤새도록, 여기저기에서 화재가 발생했어. 수백 명의 사상자… 체포된 사람만 하더라도 수백 명에 이르고… 모두가 용의자인 거야. 우리 신문은 일요일부터 발행 정지되고… 편집인들은 투옥… 이것은 혁명이야. 혁명이니 망정이지 아니면 전쟁이나 다름없어. 푸앵카레는 러시아에 와서 못할 짓을 했어. 정말 못할 짓을 한 거야."

그는 애들이 서로 밀치고 뒹굴고 있는 잔디밭 쪽을 향해 얼굴을 돌리고는 웃는 척했으나 그 입가에 나타난 것은 멋쩍게 비죽거리는 웃음에 지나지 않았다.

"가볼게!" 그는 침울하게 말했다. "그럼, 안녕."

"그래." 자크는 숨을 몰아쉬면서 말했다. 근처에 인기척은 없지만 더 이상 같이 가는 것이 의미가 없었다. 가슴이 답답해옴을 느낀 자크는 속삭이듯 말했다. "돌아가는 건가… 그리로?"

크니아브로우스키는 곧 대답하지 않았다. 윗몸을 굽힌 다음 두 팔꿈치를 무릎에 얹어놓고는 어깨를 축 늘어뜨린 채 구두와 구두 사이에 있는 길바닥의 모래를 내려다보고 있었다. 맥이 풀려 있는 그의 육체는 잘못하면 쓰러질 것처럼 보였다. 자크는 그의 얼굴에서 체념을, 더 정확히 말하면 인고의 주름을 보았다. 그것은 결국 그가 걸어온 삶이 입 양쪽에 새겨놓은 것이다.

"그래, 그리로." 하고 그는 얼굴을 들면서 말했다. 그는 주변의 공간과 공원, 멀리 보이는 집들의 정면, 푸른 하늘, 지금이라도 여차하면 광란에 뛰어들 그런 사람처럼 정신이 나간 듯하면서도 확고한 태도로 여기저기를 두리번거렸다. "해로海路를 통해 함부르크로… 확실히 돌아갈 수 있어…. 그러나 그쪽에서는, 알다시피 사태는 점점 우리들에게 어려워져…."

그는 천천히 일어섰다.

"아주 어렵게 되어가고 있어…."

그러고 나서 다시 자크 쪽으로 시선을 돌리면서 우연히 옆에 앉은 사람에게 작별 인사를 하듯이 공손히 손을 모자챙으로 가져갔다. 그들은 불안에 차 있으면서도 우정이 담긴 이별의 눈길을 주고받았다.

"Vdobryi tchass"* 그는 헤어지면서 중얼거렸다.

어린아이들은 그가 철책문을 나설 때까지 웃음소리며 고함소리를 지르며 그를 배웅했다. 자크도 멀리 사라져가는 그의 모습을 지켜보았다. 그 러시아인이 보이지 않게 되자 자크는 벤치에 남기고 간 신문 뭉치를 호주머니에 넣었다. 그리고 일어나서 침착한 모습으로 다시 산책을 계속했다.

그날 밤 자크는 크니아브로우스키에게서 받은 편지를 윗옷 안에 넣고 꿰맨 다음 다시 브뤼셀에서 파리행 기차를 탔다.

* '성공을 빌겠어'라는 뜻의 러시아어.

그다음 날 목요일 아침 일찍, 그는 그날 밤 제네바로 가게 되어 있는 슈라본에게 비밀 서류를 전했다.

28

23일 목요일, 자크는 아침 일찍부터 신문을 보려고 카페 뒤 프로그레로 들어갔다. 그는 중이층 대화실을 피하려고 아래층 방에 자리를 잡았다.

카요 부인의 재판 기사가 거의 모든 일간지들의 전면을 가득 채우고 있었다.

이면이나 삼면에서 몇몇 신문이 페테르부르크의 모든 공장이 파업에 들어갔다는 것, 그러나 노동자들의 소란은 경찰의 강력한 개입으로 곧 진압되었다는 것을 간략히 보도하고 있었다. 그와는 반대로 다른 지면은 전체가 푸앵카레에 대한 환영 행사 기사로 메꾸어져 있었다.

한편 오스트리아-세르비아 '분쟁'에 대해서 언론은 오히려 애매한 태도를 취하고 있었다. 공식적이기 때문에 신문마다 게재했을 한 각서에 따르면 러시아 관변 쪽에서는 일반적으로 긴장 완화가 외교적 여러 경로를 통해 빨리 이루어져야 한다고 생각한다는 것이었다. 그리고 대부분의 신문들은 전에 발칸 위기에 처했을 때 독일은 자신의 동맹국인 오스트리아에 온건한 태도를 언제나 권장했었다는 사실을 지적하면서 독일에 대한 신뢰를 아주 정중하게 피력했다.

다만 『악시옹 프랑세즈』*지만은 불안감을 공공연하게 표명했다. 지금이야말로 대외 정책에 관한 프랑스 정부의 본질적 허약성을 규탄하고, 좌익 정당들의 비애국심을 분쇄하기 위한 절호의 기회라는 것이었다. 특히 사회주의자들을 겨냥한 것이었다. 몇년 동안 매일같이 조레스를 독일에 매수된 매국노라고 되풀이하는 것으로 만족하지 못한 샤를 모라스**는, 『위마니테』지가 점점 국제적 평화주의를 격렬하게 외치는 데 분개한 나머지, 오늘은 조레스를 샤를로트 코르데***와 같은 해방자의 단검의 대상으로서 지칭하는 것 같았다. **"우리는 누구에게도 정치적 암살을 종용하지 않는다"**라고 그는 신중하면서도 대담하게 썼다. **"그러나 조레스 씨는 그야말로 떨고 있어야 한다! 조레스 씨의 논제는 만일 그가 칼메트 씨와 똑같은 운명에 처해질 경우 엄연히 현재의 상태에 어떠한 변화가 일어날 것인가 하는 문제를 실험적 방법에 의해 해결해보려는 욕망을 어떤 광분자에게 불러일으킬 수 있다."**

아래로 내려온 카디외가 쏜살같이 지나갔다.

"올라가지 않을래? 위층에서는 논쟁에 불이 붙었어…. 사명을 띠고 빈에서 온 오스트리아 동지 뵘이 있어…. 그의 말로는 오스트리아의 각서가 오늘 밤에 베오그라드****로 전달되리라는 거야. 푸앵카레가 페테르부르크를 떠나자마자."

"뵘이 파리에 있나?" 자크는 얼른 일어나면서 말했다. 그는 그 오스트리아인을 다시 만난다는 생각에 몹시 기뻤다.

그는 작은 나선형 계단을 올라가서 문을 열었다. 그리고 실

* 왕정복고 운동에 의해 설립된 프랑스 우익계 신문이었다.
** 『악시옹 프랑세즈』지 주필이다.
*** 프랑스혁명 때의 혁명가.
**** 세르비아의 수도이다. 여기에서는 세르비아 정부를 뜻한다.

제로 누런 레인코트를 접어 무릎에 올려놓은 채 맥주 한 잔을 앞에 놓고 조용히 앉아 있는 뵘 동지를 보았다. 열다섯 명의 행동 대원이 그를 둘러싸고 계속 질문을 퍼붓고 있었다. 뵘은 여전히 시가 끝을 씹으면서 조리 있게 그들의 질문에 대답하고 있었다.

뵘은 자크가 들어오는 것을 보자 마치 그와 어제 헤어지기라도 했던 것처럼 다정하게 눈을 찡긋해 보였다.

빈 정부의 호전적인 태도와 오스트리아-헝가리의 격앙된 여론에 대한 그의 보고는 사람들로부터 격분과 불안감을 자아낸 것 같았다. 오스트리아가 세르비아에 대해 도전적 최후통첩을 보낼지도 모른다는 사실은 지금 상황으로서는 지극히 우려되는 분쟁을 초래할 것이 틀림없었다. 게다가 세르비아의 수상 파시치는 유럽 각국 대사관에 보낸 경고 각서에서 열강들은 세르비아의 도를 넘는 전적인 소극적 태도를 기대해서는 안 되며, 세르비아는 자국의 존엄성을 해치는 어떠한 요구도 단호히 배격한다는 것을 열강에게 통고했다는 것이다.

자기네 나라의 무모한 정책을 추호도 변명할 생각은 없었으나 뵘은 이 작고 거친 이웃 나라가 대국 러시아의 지원과 교사教唆로 오스트리아인의 국민적 자존심에 가한 끊임없는 모욕의 결과인 세르비아(그리고 러시아)에 대한 오스트리아의 격분을 설명하려고 했다.

“오스메르는” 하고 그는 말했다. “이미 몇 년 전에 세르비아 주재 러시아 대사에게 페테르부르크 정부의 외상 사조노프가 보낸 비밀 외교 각서를 내게 읽어주었어. 사조노프는 분명히 오스트리아 영토의 일부를 러시아가 세르비아에 할양하기로 약속했다고 말했어. 그것은 매우 중요한 문서야." 하며 그는 덧붙였다. "왜냐하면 그것은 세르비아가, 그리고 그 배후에 있는 러시아가 오스트리아 제국의 안전에 실제로 얼마나 끊임없는 위협인지에 대한 증거니까!"

"언제나 있는 자본주의적 정책의 폐해야!" 하고 푸른 윗옷을 입은 늙은 노동자가 테이블 끝에서 외쳤다. "유럽의 모든 정부는 민주주의적이든 아니든 대중의 감시를 받지 않는 비밀 외교를 펼치고 있는데, 모두가 국제 금융 자본의 꼭두각시들이야…. 그리고 사십 년 동안 유럽이 전면전을 피해왔다면 그것은 단지 금융가들이 각국 정부가 점점 더 많은 빚을 져서 무장된 평화를 연장시키길 바라기 때문이거든…. 하지만 대은행업자가 일단 전쟁이 일어나는 쪽이 이익이 된다고 생각하면!…"

모두가 큰 소리로 동의했다. 그들로서는 늙은이의 이런 말참견이 뵘이 말하고 있는 뚜렷한 문제와 별로 관계가 없다는 것쯤은 염두에도 없었다.

자크와 안면이 있으며 주의 깊고 열정적인 시선과 결핵 환자 같은 얼굴을 한 청년이 갑자기 침묵을 깨고 굵직하게 울리는 목소리로 비밀 외교의 위험에 대한 조레스의 문장을 인용했다.

뒤이어 웅성웅성해지는 틈을 타서 자크는 뵘에게 다가가 점심 약속을 했다. 그런 다음 그는 시가를 씹는 것과 같은 끈기로 다시 설명을 계속하고 있는 오스트리아인을 뒤에 남겨두고 몰래 그곳을 빠져나왔다.

자크는 뵘과 점심을 같이한 다음, 『위마니테』사에서 몇 사람과 만나 이야기하고, 리차들레가 파리에 도착하는 대로 해달라고 부탁한 몇 가지 급한 용건을 마쳤다. 뒤이어 저녁에는 뵘을 환영하기 위해 르 발루아에서 열린 사회주의자 회합에 참여했다. 거기에서 페테르부르크 사건을 이야기하기 위해 발언할 기회가 있었다. 첫날부터 자크는 이런 일에 정신이 팔려 있어서 퐁타냉가家 사람들의 일은 생각할 겨를이 없었다. 그렇지만 그는 두세 번 비노가街의 병원에 전화를 걸어 제롬의 생사 여부를 물어보려는 생각은 했었다. 그런데 먼저 그의 이름을 밝히지 않아도 가르쳐줄까? 차라리 그만두는 편이 좋겠다. 그는 자기가 파리에 와 있다는 것을 알리고 싶지 않았다. 그렇지만 그날 저녁 투르넬 강변의 작은 방에 돌아와 잠을 자려고 했을 때, 그는 제롬의 일을 짐짓 모른 척하는 것이 마음을 편하게 해주기는커녕 사실을 알았던 것보다 오히려 더 자신을 괴롭힌다는 것을 시인하지 않을 수 없었다.

그리고 금요일 아침잠에서 깼을 때 그는 앙투안에게 전화를 걸고 싶은 유혹을 느꼈다. '그래보았자 무슨 소용이 있을까? 도대체 무슨 상관이 있어?'라고 그는 시계를 보면서 생각했다. '일곱시 삼십분… 형이 병원에 가기 전에 통화하려면 지금밖에 시간이 없다!' 그는 더 이상 주저하지 않고 침대에서 뛰쳐나왔다.

앙투안은 동생 목소리를 듣고 깜짝 놀랐다. 그는 제롬이 지난 사흘 동안 생사의 갈림길에서 헤매다가 의식을 회복하지 못한 채 어젯밤 숨을 거두었다고 알려주었다. "장례식은 내일 토요일에 있을 거야. 계속 파리에 있을 거니? …다니엘은" 하며 앙투안은 덧붙였다. "쭉 병원을 떠나지 않고 있어. 아무 때고 가면 만날 수 있을 거다…." 앙투안은 동생이 다니엘을 만나고 싫어 하는 것을 당연한 것으로 여기는 것 같았다.

"그런데 점심을 먹으러 오지 않을래?" 그는 동생에게 제의했다.

자크는 안절부절못하며 전화기 곁에서 물러선 다음 수화기를 놓았다.

이십사일 자 신문들은 간단하게 오스트리아의 '각서'가 세르비아에 전달된 것을 보도했다. 그런데 대부분의 신문은—물론 명령에 따른 것이었겠지만—애매한 논평에 그치고 있었다.

조레스는 그날의 논설에서 러시아의 파업에 관한 기사를 다루었다. 그런데 그 기사의 논조는 전에 없이 침통했다.

유럽의 강대국들에 대해서는 엄청난 경고이다! 도처에서 혁명은 임박해 있다. 이런 상황에서 차르가 유럽 전쟁을 일으키거나 또는 일어나도록 방임한다면 차르의 경솔함이야말로 엄청난 것이다! 또 오스트리아-헝가리 제국이 성직자와 군인 정당의 맹목적인 격분에 휘말리면서 세르비아와의 관계가 수습할 수 없는 정도에 이르게 된다면 그것 또한 치명적인 경솔함이 될 것이다! …푸앵카레 씨의 여행에는 러시아 노동자의 피와 비극적인 경고로 점철된 고통스러운 한 페이지가 첨가되었다!

『위마니테』사 편집부에서는 이 논조에 대해서 추호의 의심도 품지 않았다. 거기에는 경고의 투가 담겨져 있었으며 최악의 사태를 걱정하고 있었기 때문이다. 모두들 초조한 마음으로 조레스가 돌아오기를 기다리고 있었다. 조레스는 오늘 아침 돌연 케 도르세에 나가 비비아니 씨의 부재 중에 외상대리를 맡고 있는 비앵브뉘 마르탱 씨와 개인적 교섭을 결심한 것이다.

편집자들 사이에는 무언가 알 수 없는 혼미한 분위기가 감돌고 있었다. 사람들은 유럽 여러 나라의 반응이 어떠할 것인가를 불안스럽게 생각하고 있었다. 천성적으로 비관론자인 갈로의 말로는 오늘 저녁 독일과 이탈리아에서 들어온 보도에 따르면 이 두 나라에서는 일반 대중의 의견, 신문, 심지어 일부 좌익 정당에 이르기까지 오스트리아의 태도에 오히려 호의적이 아닌가 하고 걱정하고 있다는 것이었다. 스테파니는 조레스와 같은 생각을 갖고 있었는데, 베를린에서는 사회민주당의 분노가 강한 행동으로 나타날 것이며, 그 결과 독일뿐만 아니라 독일 국경 밖에까지 커다란 여파가 미치게 될 것이라고 했다.

정오가 되자 편집실은 텅 비었다. 스테파니가 편집실을 지킬 차례였다. 자크는 같이 있어 주겠다고 제의했다. 그렇게 함으로써 그는 다음 주에 브뤼셀에서 열리기로 되어 있는 인터내셔널 회의 소집에 관한 서류를 볼 수 있었기 때문이다. 모든 사람들은 이 임시 총회에 커다란 희망을 걸고 있었다. 스테파니는 바양, 키어 하디,* 그 밖 당의 여러 수뇌부가 전쟁이 일어날 경우 이것을 기회로 총파업을 상정하리라는 것을 알고 있었다. 그러나 그러한 근본적인 문제를 앞에 놓고 외국의 사회주의자들, 특히 영국과 독일의 사회주의자들은 어떤 태도로 나올 것인가?

한시가 되었는데도 아직 조레스의 모습은 보이지 않았다. 자크는 카페 뒤 크루아상에서 요기를 하기 위해 밖으로 나왔다. 보스는 그곳에서 점심을 들고 있지 않을까?

* 영국 독립 사회당의 급선봉이다.

그러나 조레스는 그곳에 없었다.

자크가 빈자리를 찾고 있을 때, 전에 베를린에서 만난 적이 있고 그 뒤 제네바에서도 여러 차례 본 적이 있는 독일 청년 키르헨블라트가 그를 불렀다. 그는 한 친구와 함께 식사 중이었는데 자크도 합석하기를 권했다. 그 친구 역시 독일인으로 이름은 박스였다. 자크는 모르는 사람이었다.

두 사람은 이상할 정도로 달랐다. '저들은 동부 독일의 전형적인 두 가지 인간형을 잘 나타내고 있군.' 하고 자크는 생각했다. '**지도자형**과… **그 반대형!**'

박스는 전에 제련소에서 근무한 적이 있다. 나이는 마흔 살가량. 어딘지 러시아 사람 같은 중후한 얼굴, 납작한 광대뼈, 정직해 보이는 입 모양, 끈기와 장중함을 보이는 밝은 두 눈. 그의 커다란 두 손바닥은 곧 쓸 수 있는 연장처럼 펴져 있었다. 상대편 이야기를 들으며 그는 머리를 끄덕일 뿐, 말을 별로 하지 않는 편이었다. 그의 온몸에서는 굳건한 정신, 침착한 용기, 지구력, 규율에 대한 사랑, 본능적인 성실함이 그대로 풍기고 있었다.

키르헨블라트는 박스에 견주면 훨씬 젊었다. 작고 둥근 얼굴 모양이 가는 목 위에 올려져 있어서 새머리를 연상하게 했다. 광대뼈는 박스와는 달리 넓지 않지만 눈 아래에서 거의 뾰족하게 보일 정도로 불쑥 나와 있었다. 언제나 진지하고 주의 깊은 그의 표정에는 가끔 불안한 미소가 떠오르곤 했다. 갑자기 입술 양 끝까지 벌리는 미소, 눈꺼풀을 가늘게 뜨며 관자놀이에 주름을 잡고, 치아가 모두 보일 정도로 입술을 젖히는 미소였다. 그럴 때 그 시선에서는 좀 잔인해 보이는 육감적인 불꽃이 번득였다. 이리처럼 생긴 어떤 개들은 장난을 칠 때 이렇게 이를 드러내 보인다. 그는 동부 프로이센 태생으로 아버지는 교수였다. 독일의 진보적인 정계에서 자크가 접해볼 수 있었듯이 그는 교양 있고 니체주의를 숭상하는 독일인의 한 사람이었다. 그들에게는 법률 같은 것은 존재하지 않았다. 명예에 대한 각별한 감수성, 일종의 기사도적인 낭만주의 정신, 자유분방하고 위험한 생활에 대한 동경, 이런 것들이 그들 나름의 귀족 취미를 확실히 의식하는 일종의 카스트로 결합시켜 주었다. 사회제도에 반항적이기는 하지만 그 자신 지적으로 그런 사회 속에서 형성된 키르헨블라트는 기질적으로 무정부주의자였으므로 무조건 사회주의에 뛰어들 수도 없었고, 민주주의적이고 평등주의적인 이론에도 그러하지만, 제정 독일에 잔존하는 봉건적 특권에도 본능적으로 혐오감을 느꼈기 때문에 결국 국제혁명결사대의 주변에서 생활하게 되었다.

대화는 — 박스는 프랑스어를 잘 모르기 때문에 독일어로 진행되었다 — 대번에 오스트리아 정책에 대한 베를린 정부의 입장으로 쏠렸다. 키르헨블라트는 독일의 고급 관리들의 정신 상태를 확실히 알고 있는 것 같았다. 그는 최근 카이저*의 동생 헨리 공작이 영국 왕에 대한 특별한 사명을 띠고 급히 런던에 파견된 것을 알고 있었다. 이러한 시기에 비공식 접촉은 카이저가 오스트리아-세르비아 분쟁에 대한 자기의 의견을 조지 5세도 찬성하게 만들려는 개인적인 생각을 보여주는 것 같았다.

* 독일 황제 빌헬름 2세를 가리킨다.

"어떤 생각에서일까?" 하고 자크가 물었다. "문제는 모두 거기에 있어…. 도대체 독일 정부의 태도에는 어느 정도의 협박이 포함되어 있을까? 트라우텐바하를 제네바에서 만났는데, 그는 정통한 소식이라면서 카이저 자신은 전쟁 발발의 가능성에 대해 생각하는 것조차 거부하고 있다는 거야. 그러나 빈 정부가 독일의 지지를 확신하지 않고서 이렇게 대담하게 나올 수는 없을 것 같아."

"옳은 말이야." 하고 키르헨블라트가 말했다. "내 생각에는 카이저가 오스트리아의 요구 사항의 원칙을 승인하고 거기에 찬성한 것 같아. 오스트리아로 하여금 가능하면 빨리 손을 쓰게 해서 하루빨리 기정사실로 하려고 하는 것 같아…. 그것도 확실히 하나의 훌륭한 평화주의지…." 그는 심술궂은 미소를 지었다. "물론이야! 러시아의 저항을 피하기 위해서는 그것이 가장 좋은 방법이지! 유럽의 평화를 확보하기 위해 오스트리아-세르비아 분쟁을 촉진시키는 거야!…" 그는 돌연 진지해졌다. "그러나 카이저에게는 조언자가 있기 때문에 그는 그런 위험을 재어보게 된 거야. 말하자면 러시아가 거부권을 행사할 위험, 전면전의 위험이 뒤따르는 거지. 그러나 문제는 여기에 있어. 곧 그는 그런 위험 같은 것은 대수롭지 않게 생각한다는 거야. 그것은 과연 옳은 것일까? 문제는 결국 거기에 있어…." 그의 얼굴은 다시 메피스토펠레스 같은 미소로 긴장했다. "나는 지금 카이저를 이렇게 상상하고 있어. 소심한 상대를 앞에 놓고 좋은 카드를 쥐고 있는 도박꾼 같은 카이저로 말이야. 물론 그도 운수 나쁘면 파산할 수도 있다는 것쯤은 잘 알고 있겠지. 파산이란 언제나 있는 법이니까…. 그러나 손에 쥔 카드가 좋다고 해. 파산을 두려워한 나머지 이런 절호의 기회를 과연 놓칠 수 있을까?"

카랑카랑한 목소리며 능글맞은 미소로 미루어 보아 키르헨블라트는 경험을 통해 자기 손에 좋은 카드를 쥐고 있다는 것이 어떠한 것인지, 그리고 뱃심 좋게 운을 걸어본다는 것이 무엇을 뜻하는지 알고 있는 사람 같았다.

(다음 권에서 계속)

미행에서 만든 책들

1	소설	마르셀 프루스트	최미경	**쾌락과 나날**
2	시	조르주 바타유	권지현	**아르캉젤리크**
3	소설	유리 올레샤	김성일	**리옴빠**
4	시	월리스 스티븐스	정하연	**하모니엄**
5	소설	나카지마 아쓰시	박은정	**빛과 바람과 꿈**
6	시	요제프 어틸러	진경애	**너무 아프다**
7	시	플로르벨라 이스팡카	김지은	**누구의 것도 아닌 나**
8	소설	카트린 퀴세	권지현	**데이비드 호크니의 인생**
9	르포	스티그 다게르만	이유진	**독일의 가을**
10	동화	거트루드 스타인	신혜빈	**세상은 둥글다**
11	산문	미시마 유키오	강방화·손정임	**문장독본**
12	소설	마르셀 프루스트	최미경	**익명의 발신인**
13	시	E. E. 커밍스	송혜리	**내 심장이 항상 열려 있기를**
14	시	E. E. 커밍스	송혜리	**세상이 더 푸르러진다면**
15	산문	데라야마 슈지	손정임	**가출 예찬**
16	칼럼	에릭 사티	박윤신	**사티 에릭 사티**
17	산문	뤽 다르덴	조은미	**인간의 일에 대하여**
18	르포	존 스타인벡·로버트 카파	허승철	**러시아 저널**
19	소설	윌리엄 포크너	신혜빈	**나이츠 갬빗**
20	산문	미시마 유키오	손정임·강방화	**소설독본**
21	소설	조르주 로덴바흐	임민지	**죽음의 도시 브뤼주**
22	시	프랭크 오하라	송혜리	**점심 시집**
23	산문	브론테 자매	김자영·이수진	**벨기에 에세이**
24	소설	뱅자맹 콩스탕	이수진	**아돌프 / 세실**
25	산문	안드레이 플라토노프	윤영순	**전쟁 산문**
26	소설	안토니 포고렐스키 외	김경준	**난 지금 잠에서 깼다**
27	소설	모리 오가이	전양주	**청년**
28	소설	알베르틴 사라쟁	이수진	**복사뼈**
29	산문	페르난두 페소아	김지은	**이명의 탄생**
30	산문	가타야마 히로코	손정임	**등화절**
31	산문	고바야시 히데오	유은경·이재창	**비평가의 책 읽기**

32	소설	조르주 바타유	유기환	**마담 에드와르다 / 나의 어머니 / 시체**
33	시론	라헬 베스팔로프	이세진	**일리아스에 대하여**
34	시	하트 크레인	손혜숙	**다리**
35	산문	다니자키 준이치로	이한정	**문장독본**
36	소설	로제 마르탱 뒤 가르	정지영	**티보가 사람들(전 11권)**

한국 문학

1	시	김성호	**로로**
2	시	유기환	**당신이 꽃 옆에 서기 전에는**

로제 마르탱 뒤 가르(Roger Martin du Gard, 1881-1958)는 예술의 중흥기인 '벨 에포크'에서 전란과 이념의 시대로 이행하는 20세기의 역사의 한복판에서 활동한 작가이다. 1881년 파리 근교의 뇌이쉬르센에서 태어났다. 페늘롱 중학교를 졸업하고, 국립 고문서 학교에서 공부했다. 마르탱 뒤 가르는 이곳에서 면밀한 자료 수집, 과학적 논리 전개, 객관적 문장력 등의 훈련을 쌓았다.
1908년에 장편소설 『생성』을 발표하면서 문단에 데뷔한 그는 1913년 『장 바루아』를 발표하면서 두각을 나타내기 시작했다. 그 뒤로 『오래된 프랑스』, 『아프리카의 비화』 등의 소설과 『를뢰 영감의 유언』 등의 희곡 작품들을 발표했다.
1920년부터 대하소설 『티보가 사람들』을 집필하기 시작했으며, 그중 1936년에 발표된 「1914년 여름」으로 이듬해 노벨문학상을 수상했다. 그리고 「에필로그」는 1940년에 발표했다. 『티보가 사람들』의 완성 뒤로 전원에 칩거하며 제2차 세계대전을 다룬 제2의 대하소설 『모모르 중령의 수기』를 집필하였으며, 이 작품을 자신이 죽은 뒤에 출판할 것을 조건으로 국립도서관에 맡겼다. 1958년 8월 벨렘에서 사망했다.
로제 마르탱 뒤 가르의 대표작 『티보가 사람들』은 1, 2차 양차 세계대전 사이에 위치한 작가가 참혹한 전쟁의 소용돌이 속에서도 20세기의 역사를 웅장한 인간 벽화로 그려낸 대작이다. 총 여덟 편의 연작 소설로 이루어진 이 작품은 신과 인간, 예술과 이념에 대한 작가의 고찰을 고스란히 보여주면서 영원히 해소되지 않을 인간 본원의 갈등을 그리고 있다.
알베르 카뮈는 로제 마르탱 뒤 가르를 "영원한 현대인으로 남을 작가", 앙드레 지드는 "20년 후에야 진정한 평가를 받을 작가"라는 찬사를 보냈다.

옮긴이 정지영은 1937년 함경북도 회령에서 출생하였다. 서울대 불문과 및 동대학원을 졸업하고 프랑스 그르노블 대학에서 문학박사 학위를 받았다. 서울대 불문과 교수를 역임하였고, 현재 같은 과 명예교수로 있다. 저서로는 『프라임 불한사전』이 있고, 주요 논문으로는 『티보가 사람들』에 대한 다수의 논문을 비롯 「까뮈의 『이방인』에 쓰인 자유 간접 화법」, 「빅토르 위고의 시의 형식」 등이 있다. 『티보가 사람들』을 국내에 처음 완역하여 소개했다.

티보가 사람들

7부 1914년 여름 1

로제 마르탱 뒤 가르
정지영 옮김

초판 1쇄 발행 2025년 10월 31일

펴낸곳 미행
출판등록 제2020-000047호
전화 070-4045-7249
메일 mihaenghouse@gmail.com
인쇄 제책 영신사

ISBN 979-11-92004-38-9 04860
979-11-92004-31-0 (세트)